A Vida Secreta de uma Mãe Caótica

A Vida Secreta de uma Mãe Caótica

Fiona Neill

Tradução de
CÁSSIA ZANON

EDITORA RECORD
RIO DE JANEIRO • SÃO PAULO
2010

CIP-BRASIL. CATALOGAÇÃO-NA-FONTE
SINDICATO NACIONAL DOS EDITORES DE LIVROS, RJ

Neill, Fiona
N332v A vida secreta de uma mãe caótica / Fiona Neill; tradução Cássia Zanon. – Rio de Janeiro: Record, 2010.

Tradução de: The secret life of a slummy mummy
ISBN 978-85-01-08415-6

1. Romance inglês. I. Zanon, Cássia, 1974-. II. Título.

CDD: 823
10-2784 CDU: 821.111-3

TÍTULO ORIGINAL EM INGLÊS:
The secret life of a slummy mummy

Texto revisado segundo o novo Acordo Ortográfico da Língua Portuguesa.

Impresso no Brasil

ISBN 978-85-01-08415-6

Para Ed

"Toda mulher é uma ciência, pois aquele que meditar sobre uma mulher por toda a sua vida irá depois de um longo tempo descobrir-se necessitado de conhecimento a respeito dela."

John Donne

"É possível sonhar sonhos diferentes compartilhando a mesma cama."

Provérbio chinês

1

"Um marido surdo e uma esposa cega sempre formam um casal feliz"

Deixo minhas lentes de contato de molho durante a noite numa xícara de café e acordo de manhã para descobrir que o Marido de Pavio Curto as bebeu de madrugada. Pela segunda vez em menos de um ano.

— Mas eu disse que elas estavam ali — protesto.

— Você não pode querer que eu me lembre desse tipo de detalhe — ele diz. — E eu não vou tentar vomitar desta vez. Use os óculos.

Tom está sentado na cama, com os cabelos desalinhados, usando um pijama listrado amassado abotoado até o colarinho e os braços cruzados na defensiva. Estou com um pijama de flanela, com alguns botões faltando. Eu me pergunto: quando os dois começam a usar pijama na cama significa o começo ou o fim de alguma coisa num relacionamento? Ele se estica para empilhar três livros na mesa de cabeceira por ordem de tamanho e para alinhar a caneca que antes continha minhas lentes de contato de modo equidistante do abajur que está do outro lado.

— Eu simplesmente não entendo por que você põe as lentes numa xícara de café. Há milhões de pessoas em todo o país que realizam o mesmo ritual todos os dias, e elas nunca recorrem a uma caneca para guardar algo tão essencial à sua rotina diária. Isso é uma forma de sabotagem, Lucy, porque você sabe que existe o risco de eu querer beber alguma coisa durante a noite.

— Mas às vezes você não tem vontade de viver um pouco perigosamente? — pergunto. — De tentar o destino um pouco, sem machucar ninguém que você ama no processo?

— Se eu achasse que havia questões filosóficas não respondidas por trás disso, em vez de uma garrafa vazia de vinho e uma consequente amnésia, estaria preocupado quanto ao seu estado mental. Eu poderia ser mais compreensivo se você demonstrasse alguma preocupação comigo. Isso podia ser uma emergência — responde ele, petulantemente.

— Mas da última vez não deu em nada — eu o interrompo rapidamente, para tentar impedir a inevitável queda na hipocondria.

Resisto à vontade de dizer que no momento há coisas mais importantes, como a necessidade de deixar nossos filhos na escola na hora certa no primeiro dia de aula do semestre. Tenho uma vaga lembrança de ter deixado uma lente de contato cair no carpete há uns dois meses e começo a examinar meticulosamente o chão do meu lado da cama. Numa inspeção quase casual, encontro, não necessariamente nesta ordem: uma lente que o caçula tirou dos meus óculos na semana anterior, um biscoito comido pela metade de tanto tempo atrás que está petrificado e uma multa de estacionamento não paga que rapidamente enfio de volta embaixo da cama.

— Você precisa de alguns sistemas de organização, Lucy — diz o Marido de Pavio Curto, sem saber o que está acontecendo a poucos metros de distância dele. — Com eles, a vida fica muito mais simples. Enquanto isso, por que você não usa os óculos velhos? Você não precisa impressionar ninguém, afinal. — Ele sai da cama e vai para o banheiro para a próxima parte de seu ritual matinal.

Uma década atrás, no sopé do nosso relacionamento, esse tipo de conversa teria sido qualificado como uma briga completa, uma daquelas violentas erupções que tinham o potencial de acabar com tudo. Mesmo há cinco anos, aproximadamente na metade do nosso casamento, seria considerado um desacordo significativo. Agora não passa de uma nota de rodapé na narrativa da vida de casados.

Enquanto subo a escada até o último andar para acordar as crianças, penso que relacionamentos são como pedaços de elástico nos quais uma pequena tensão é permitida, até desejável, caso se queira que as duas pontas se mantenham unidas. Se ficam soltos demais, tudo desmorona, como aqueles casamentos em que as pessoas dizem que nunca discutem e então, da noite para o dia, se transformam em nada, nem mesmo recriminação. Se há tensão demais, eles se rompem. É tudo uma questão de equilíbrio. O problema é que normalmente não há um aviso sobre quando se está prestes a perder esse equilíbrio.

Digo um palavrão ao tropeçar num modelo de Lego deixado na escada que se parte em pedacinhos, unindo forças a alguns carrinhos de brinquedo e a um braço que costumava pertencer a um boneco. Meu queixo vai parar no último degrau e, enfiado ao lado do carpete, vejo um minúsculo sabre de luz, de menos de um centímetro de comprimento, que pertence a um dos bonecos de Guerra nas Estrelas de Joe. Havia desaparecido fazia uns dois meses em circunstâncias suspeitas depois que nosso agitado bebê, Fred, montou uma operação secreta no quarto do irmão nas primeiras horas da manhã.

Quantas horas perdi procurando por esse sabre de luz? Quantas lágrimas foram derramadas por causa de seu desaparecimento? Por um breve instante, descanso a cabeça no tapete, sentindo algo parecido com satisfação.

Paro do lado de fora do quarto de Sam e Joe e empurro a porta devagarinho. Sam, o mais velho, está na pole position, dormindo na cama de cima do beliche. Joe está na cama de baixo, e Fred está no chão. Como um club sandwich. Não importa quantas vezes eu leve Fred para seu próprio quarto durante a noite, ele tem um GPS inato que o leva ou de volta ao quarto dos irmãos ou para nossa cama, onde frequentemente o encontramos dormindo de manhã.

Fico olhando maravilhada para meus filhos dormindo, com os braços e as pernas atravessados nas camas e no chão, e minha irritação desaparece. Durante o dia, eles estão em movimento contínuo, e é impossível congelar qualquer instante por mais que alguns segundos. Com eles dormindo, há a possibilidade de observar a exata inclinação de um nariz ou uma constelação de sardas. Toco a mão de Sam para acordá-lo, mas, em vez de ele acordar, seus dedos envolvem os meus. Seus relógios internos ainda estão em ritmo de férias. Sou instantaneamente transportada de volta para aquele primeiro instante logo depois que ele nasceu, quando fez isso pela primeira vez e aquela onda absoluta de amor maternal transbordou, e eu soube que nada mais voltaria a ser o mesmo.

Sam tem quase 9 anos. Não consigo mais levantá-lo há mais ou menos dois anos. Está grande demais para sentar no meu colo, e não tenho mais permissão de beijá-lo quando o deixo na escola. Logo estará completamente perdido para mim. Claro que haverá reservas de afeição que ele poderá usar durante os sombrios anos da adolescência, quando nos verá com todos os nossos defeitos. Observando-o deitado na cama, com o já desajeitado corpo de pernas e braços compridos, com a adolescência logo ali, dou-me conta de que estou olhando para os últimos vestígios de infância. Tenho certeza de que é por isso que algumas mulheres nunca param de ter filhos, para que sempre haja um receptáculo desejoso de seu amor.

Joe se vira primeiro. Tem o sono leve, como eu.

— Quem vai ajudar o Major Tom? — ele pergunta, antes de abrir os olhos, e sinto meu coração afundar um pouco.

Tocar David Bowie no caminho para Norfolk durante as férias de verão havia parecido uma grande evolução no duro mundo do entretenimento automobilístico. Pensamos que a qualidade narrativa das letras das músicas apelaria para a imaginação dos meninos. E apelou mesmo. Mas nunca passamos da primeira faixa de *Changes*.

— Por que o foguete deixou ele? — Joe pergunta agora, espiando de debaixo do edredom.

— Ele se soltou — respondo.

— Por que não tinha outro piloto para ajudar ele? — Joe pergunta.

— Ele queria ficar sozinho — eu digo, acariciando seus cabelos. Aos 5 anos, Joe é feito à minha imagem, com os cachos castanhos revoltos e os olhos verde-escuros, mas o temperamento foi herdado do pai.

— O foguete deixa ele para trás?

— Sim, mas tem uma parte dele que quer fugir — explico.

Joe faz uma pausa.

— Mamãe, você quer fugir da gente às vezes? — ele pergunta.

— Às vezes, mas só para o quarto ao lado — respondo, rindo. — Não tenho planos de ir para o espaço.

— Mas às vezes quando eu falo com você, você não escuta. Onde você está nessas horas?

A essa altura, Sam desceu sua escada e já está vestindo o uniforme da escola. Peço a Joe que faça o mesmo. Fred, de 2 anos e meio, será vestido no último minuto, porque no instante em que viramos as costas ele simplesmente tira tudo. Volto ao banheiro atrás de Tom — o marido, não o major.

Houve um tempo em que as abluções de Tom me fascinavam, mas muito embora elas ainda sejam impressionantes em sua meticulosidade, a familiaridade diminuiu a sensação de novidade. Resumidamente, ele entra no banheiro e prepara tudo o que precisa para fazer a barba: pincel, espuma e lâmina ficam sobre uma mesinha ao lado da pia. Ele abre a torneira fria da banheira por exatamente três minutos e depois desvia a atenção para a torneira quente. Dessa forma, diz ele, não há desperdício de água. Sempre argumentei que a lógica funcionaria melhor ao contrário, mas ele nunca aceitou o desafio. "Por que mudar o que está funcionando, Lucy?" Enquanto prepara o banho, liga o rádio e escuta o programa *Today*.

O processo do banho só é interessante pelo fato de que ele passa uma quantidade desmedida de tempo esfregando o sabonete com a esponja. Normalmente, durante essa parte dos procedimentos ele conversa. Mesmo depois de estarmos morando juntos por uns dois anos, eu às vezes ainda avaliava mal o momento em que brincar era permitido. Interrompê-lo na hora errada podia levar a humores difíceis de serem dispersos, mas o timing perfeito o fazia expansivo e generoso. Assim, a dança do casamento foi se aperfeiçoando.

Enquanto vasculho as gavetas do banheiro, tento explicar que os óculos azuis-claros do Serviço Nacional de Saúde dos anos 1980 não são o tipo de acessório que se usa para levar os filhos à escola, mas ele já se retirou para a fase seguinte, que envolve a submersão até a ponta do nariz e o fechar dos olhos embaixo d'água numa pose meditativa da qual nenhum volume de gritos infantis é capaz de tirá-lo.

Agora ele está fora de alcance, e sou deixada sentada numa cadeira com as pernas cruzadas, os cotovelos apoiados nos joelhos, a palma da mão no queixo, conversando sozinha, uma metáfora do nosso relacionamento.

Sou brevemente transportada de volta para a primeira noite que passei com Tom no apartamento dele em Shepherd's Bush, em 1994. Acordei de manhã, decidi ir embora rapidamente e saí pé ante pé procurando pelas minhas roupas no quarto. Como não consegui encontrá-las, refiz meus passos até a sala de estar, porque me lembrava com alguma clareza de que havíamos passado um bom tempo no sofá antes de finalmente irmos para o quarto. Mas as roupas não estavam lá. Eu estava completamente nua, e então me lembrei de alguma menção a colegas de apartamento. Corri de volta ao quarto na ponta dos pés para não acordar ninguém e comecei a me perguntar se aquilo era alguma brincadeira. Ou se, apesar das recomendações em contrário, havia um lado sombrio de sua personalidade que envolvia manter cativas mulheres que dormiam com ele no primeiro encontro. Quando voltei para o quarto, ele havia desaparecido, e realmente comecei a entrar em pânico. Chamei pelo nome dele, mas não ouvi resposta. Então, vesti cuidadosamente um velho roupão que encontrei atrás da porta para fazer uma busca em todos os cômodos.

Quando entrei no banheiro, dei um berro. Ele estava debaixo d'água, de olhos fechados, completamente imóvel. Pensei que tivesse caído no sono e se afogado. Tive uma grande sensação de perda por nunca mais poder fazer sexo com aquele homem de novo, já que tinha sido tão bom. Então pensei em ligar para a polícia e tentar explicar o que havia acontecido. E se eles pensassem que eu estava envolvida de alguma maneira? Todas as provas apontariam nessa direção. Por um instante, pensei em fugir. Então lembrei que estava sem roupa. Lentamente, tentando manter a respiração sob controle, fui até a banheira, olhei fixamente para ele durante alguns segundos, notando o tom pálido de sua pele, e apertei bem forte com o indicador na parte macia entre as sobrancelhas para ver se ele estava consciente. O alívio da força da cabeça dele empurrando minha mão de volta foi rapidamente substituído por choque quando ele agarrou meu braço com tanta força que pude ver a pele ficando branca entre seus dedos e gritou:

— Meu Deus! Você está tentando me matar? Porque eu achei a noite muito boa.

— Achei que você tivesse se afogado — falei. — Não consegui encontrar minhas roupas.

Ele apontou para uma cômoda no baú do lado de fora do banheiro, onde minhas roupas estavam dispostas numa pilha bem-arrumada. A calcinha do dia anterior, adoravelmente dobrada no meio em cima de um sutiã que teve dias melhores e uma velha Levi's 501.

— Você fez aquilo? — perguntei, nervosa.

— Atenção aos detalhes, Lucy — ele disse. — Isso é tudo. — E voltou a afundar debaixo d'água.

A conversa tinha acabado, mas não dava para dizer que eu não soubesse o que viria pela frente. E, sim, nós voltamos para a cama.

Enquanto ele se esparrama no banho e eu escovo os dentes, faço um inventário crítico do corpo dele, começando por cima. Os cabelos ainda estão escuros, quase negros, com uma leve calvície, mas apenas para olhos atentos. Rugas de sorriso e de preocupação brigam pela supremacia ao redor dos olhos. Um leve franzido entre as sobrancelhas que aumenta e diminui dependendo do progresso de seu projeto da biblioteca em Milão. Está com um pouco de queixo duplo, porque come mais quando está preocupado. Há menos ângulos, está com a barriga e o peito mais macios, mas surpreendentemente encantadores. Preciso me lembrar de lhe dizer isso. É um homem confiável, que promete conforto e sexo convencional inspirado num repertório bem praticado. É atraente, dizem minhas amigas. Tira a cabeça da água e pergunta o que eu estou olhando.

— Há quanto tempo nos conhecemos? — pergunto.

— Há mais ou menos 12 anos — ele responde. — E três meses.

— Em que ponto do nosso relacionamento nós dois começamos a usar pijama na cama?

Ele pensa cuidadosamente na pergunta.

— Acho que foi no inverno de 1998, quando estávamos morando na zona oeste da cidade e acordamos numa manhã com a janela congelada do lado de dentro. Na verdade, você costumava pegar o meu emprestado.

Ele tinha razão. No começo, eu havia adotado uma abordagem íntima e fácil de compartilhamento que acreditava refletir a profundidade e a amplitude do nosso relacionamento. Mas depois do primeiro ano juntos, ele me fez sentar com ele na cozinha e me disse que aquilo não funcionaria se eu não parasse de usar a escova de dentes dele.

— Você tem noção de quantos germes temos na boca? Qualquer dentista de respeito vai dizer que temos mais na boca do que na bunda. A saliva transmite várias doenças.

— Não acredito — falei, sem saber o que dizer.

— Hepatite, AIDS, ebola... todas podem ser transmitidas oralmente — ele insistiu.

— Mas você as pegaria de qualquer maneira, porque fazemos sexo — racionalizei.

— Não se estivermos usando camisinha. Quando você lambe as lentes de contato antes de botar nos olhos, é como se as estivesse passando na bunda antes de usá-las.

Aparentemente, aquela conversa vinha se formando fazia algum tempo. Concordei com ambas as questões, e elas nunca mais voltaram a ser um problema. Eu ainda uso a escova de dentes dele e lambo minhas lentes de contato, mas nunca na frente dele, embora às vezes ele passe o dedo sobre as cerdas à noite e me olhe com ar desconfiado, imaginando por que estão úmidas.

— No que você estava pensando embaixo d'água? — pergunto com sincera curiosidade.

— Eu estava calculando quanto tempo economizaríamos de manhã se deixássemos os sucrilhos nas tigelas na noite anterior. Poderíamos ganhar até quatro minutos — ele diz, antes de afundar novamente.

Mas reaparece depois de alguns segundos para anunciar, como forma de pedido de desculpas pela explosão de mais cedo, que vai levar Fred para a nova creche.

— Eu gostaria muito de levá-lo — diz ele. — Além disso, você pode se perder.

E eu fico contente, porque, embora devesse sentir alívio por Fred estar começando a ir à creche e pela primeira vez em oito anos eu tenha a perspectiva de algum tempo para mim mesma, o dia está marcado por uma pesada sensação de perda, e eu sei que posso chorar.

Então ocorre que, meia hora mais tarde, eu me flagro caminhando pela calçada com a mão no ombro de Sam de um jeito que espero que pareça maternal.

— Estamos atrasados? — ele pergunta, já sabendo a resposta, porque exatamente quando estávamos prestes a sair pela porta Joe passou correndo pela mesa da cozinha e derrubou uma caixa de leite sobre o uniforme dele e minhas calças jeans, provocando um crítico atraso de dez minutos. Apesar dos planos cuidadosos, dos almoços preparados na noite anterior, do uniforme dobrado sobre as cadeiras, dos sapatos alinhados ao lado da porta da frente, da mesa do café já deixada arrumada, das escovas de dentes deixadas ao lado da pia da cozinha, não se pode desconsiderar desastres imprevisíveis. Chegar à escola na hora é um processo de sintonia tão fina como o controle de tráfego aéreo no aeroporto de Heathrow: qualquer leve mudança pode levar todo o sistema ao caos.

— Nada desastroso — respondo. Fico absolutamente impressionada com o fato de que eu costumava conseguir aprontar o segmento principal do programa *Newsnight* em menos de uma hora, mas seja tão singularmente incapaz de vencer o desafio de aprontar meus filhos para a escola todas as manhãs.

Parece inacreditável que eu conseguisse convencer ministros de Estado a ir ao estúdio tarde da noite para serem fritos por Jeremy Paxman, mas não consiga convencer meu filho mais novo a ficar vestido.

— Deus é maior que um lápis? — pergunta Joe, que se preocupa demais para um menino de 5 anos. — Se não é, ele poderia ser comido por um cachorro?

— Não pelo tipo de cachorro que anda por essas ruas — respondo, num tom tranquilizador. — Eles são muito bem-educados.

E é verdade. Estamos caminhando pelo território de maior renda per capita da região noroeste de Londres. Não há garotos pálidos de cabeças raspadas passeando com pit bulls por aqui. Não há apostas esportivas. Não há merendas industrializadas. Não há gravidez adolescente. Estamos no coração da terra dos banquetes.

É o primeiro dia de aula do semestre, e os padrões já decaíram. Caminhando pela calçada, as crianças complementam pedaços de torrada com punhados de cereais tirados de alguns daqueles pacotes de sabores variados.

Minha visão está reduzida pela miopia a pinceladas extremamente impressionistas, e me lembro de um momento duas semanas atrás numa praia em Norfolk, quando fiquei parada diante do mar do Norte com um chapéu de lã enfiado até as sobrancelhas e um cachecol enrolado no pescoço até pouco abaixo dos olhos. Um vento leste, incomum para a época do ano, soprava em meu rosto, fazendo os olhos lacrimejarem.

Eu precisava ficar piscando para não permitir que a vista borrasse. Era como se eu estivesse olhando através de um prisma. Bastava focar o olhar numa gaivota ou em alguma pedra particularmente bonita, que a cena se partia num espectro de diferentes formas e cores. Ocorreu-me então que era exatamente assim que eu me sentia em relação a mim mesma. De alguma forma, ao longo dos anos eu havia me fragmentado. Agora, diante da perspectiva de meu filho mais novo começar a frequentar a creche três manhãs por semana, está na hora de me reconstruir, mas não lembro mais como todas as peças se encaixam. Tem o Tom, as crianças, a minha família, os amigos, a escola, todos esses elementos diferentes, mas nenhum todo coerente. Nenhum fio ligando tudo. Em algum lugar no redemoinho doméstico, eu me perdi. Consigo ver de onde vim, mas não estou segura quanto a para onde estou indo. Tento me agarrar ao quadro maior, mas não consigo mais lembrar o que ele deve ser. Desisti do emprego que amava como produtora de um telejornal oito anos atrás, quando descobri que jornadas de 13 horas e maternidade eram uma parceria instável. Quem quer que tenha sugerido que trabalhar em tempo integral e ter filhos significava ter tudo não era muito bom em matemática. Sempre havia algum dos lados no negativo. Incluindo nossas contas bancárias, porque não sobrava muito depois que pagávamos à babá. E, além disso, eu sentia muita falta de Sam.

O que eu deveria fazer aqui e agora, com o pátio da escola se aproximando, era pensar em algumas respostas padrão para aquelas bobagens amigáveis que marcam o início de um novo ano escolar. Algo resumido, porque a maioria das pessoas não está realmente interessada nos detalhes. "O verão foi difícil, culminando numa desastrosa viagem de férias a um acampamento em Norfolk, porque estamos com pouco dinheiro, durante a qual assumi meu espírito introspectivo atual, reavaliando áreas-chave da minha vida, incluindo — sem uma ordem em particular, porque meu marido tem razão, eu não sei priorizar — minha decisão de parar de trabalhar depois que tivemos filhos, o estado do meu casamento e nossa falta de dinheiro", eu me vejo dizendo, imaginando as palavras e usando a mão direita para ilustrar a profundidade do meu sentimento. "Ah, e eu contei que meu marido quer que aluguemos a nossa casa e moremos com minha sogra durante um ano até nossa situação financeira melhorar?" As férias foram um divisor de águas, e ambos sabíamos disso. Mas as repercussões eram menos imediatamente evidentes.

— Mãe, mãe, você está me ouvindo? — pergunta Sam.

— Desculpe, eu estava sonhando acordada — respondo, e ele me pergunta se ele é como um cão-guia.

— Algo parecido — eu digo, olhando mais adiante na rua.

Localizo o contorno embaçado de um dos pais da escola caminhando em nossa direção. Ele está falando ao celular e passando os dedos pelos fartos cabelos escuros num gesto que me era familiar do ano letivo anterior. É o Pai Sexy Domesticado, com suas sensatas opiniões sobre o que constitui uma lancheira nutritiva e uma atração pelos cafés matinais das mães. Mas não são essas características que o fixam em minha mente. É a aparência dele e o jeito como ele se move. Algo muito mais primário. Na verdade, quanto menos ele fala, mais me atrai.

Mesmo a distância posso reconhecer sua forma. Nessa estranha justaposição de pensamentos aleatórios, de repente me ocorre que, ao aparecer, ele inadvertidamente se tornou parte do quadro mais amplo em que eu estava pensando. Amaldiçoo a roupa que vesti rapidamente: calça de pijama de flanela por baixo de um casaco comprido e desengonçado, no que eu esperava que fosse passar por *casual chic* numa moda "pijama para sair". Mas é tarde demais para me esconder atrás das cercas vivas com meus filhos, de modo que confiro disfarçadamente a maquiagem do dia anterior que eu não havia tirado no retrovisor externo de uma caminhonete 4 x 4.

Dou um salto quando o vidro automático desce e alguém se estica por cima do assento do passageiro para perguntar o que estou fazendo.

— Meu Deus, você está parecendo um panda — diz a Mãe Gostosa Nº 1, minha nêmesis em termos de estilo. Ela abre o porta-luvas, revelando conteúdos típicos de um spa, incluindo meia garrafa de Moët, uma vela Jo Malone e lenços de remoção de maquiagem.

— Como você faz isso? — pergunto, limpando os olhos com gratidão. — Você tem sistemas de organização?

Ela parece intrigada.

— Não, só empregados — responde.

— Teve um bom verão? — pergunto.

— Maravilhoso. Toscana, Cornuália. E você?

— Ótimo — respondo, mas ela já está olhando para a rua, batucando no volante.

— Preciso ir, senão vou me atrasar para minha aula de *ashtanga*. Aliás, você está vestindo flanela? Que prático.

O Pai Sexy Domesticado caminha lentamente pela rua em minha direção. Posso vê-lo acenando e não tenho escolha a não ser falar com ele. Então percebo que o outro braço está engessado. Ah, que felicidade, um óbvio tema de conversa.

— Você quebrou o braço — digo, com um pouco de entusiasmo demais.

— Sim — diz ele. — Caí de uma escada na casa de um amigo na Croácia.

Ele fica me olhando com expectativa. Então sorri, e ouço a mim mesma falando com uma estranha lentidão.

— Deve ter sido muito... relaxante.

Só que digo isso com um tom rouco que faz com que eu fale parecido com a apresentadora Mariella Frostrup.

O sorriso dele se fecha levemente. Aquilo não estava de acordo com o previsível padrão de gentilezas entre pais que ele estava esperando.

— O que pode haver de relaxante em quebrar um braço? Principalmente na Croácia?

Sam olha para mim, igualmente perplexo.

— Ele tem razão, mãe.

— Na verdade, Lucy, é muito... dolorido. — O Pai Sexy Domesticado está imitando minha voz. — E não acho que minha mulher concordaria que seja algo relaxante. Não ando sendo muito útil no momento. Não consigo fazer nada, digitar dói muito. — Ele sorri. De repente, penso nos encontros casuais antes do casamento e suas infinitas possibilidades, e imagens de uma vida anterior invadem meus pensamentos. Meias listradas na altura dos joelhos com os dedos separados, walkmans da Sony, botinhas modernas. Lembro-me de ter comprado um disco do The Cure em Bristol de um garoto que usava uma calça jeans skinny preta muito justa e um casaco de angorá e cheirava a óleo de patchuli. Lembro inclusive da letra da maioria daquelas canções. Lembro-me de um voo para Berlim em que um homem me perguntou se eu queria ir para o hotel com ele e eu aceitei, e então a mulher dele se virou da poltrona da frente e sorriu. Lembro-me de estar apaixonada na universidade por um cara que nunca desfez as malas e tinha três calças jeans Levi's idênticas e três camisas brancas que revezava todos os dias. Tom o aprovaria. Por que aquelas lembranças ficaram comigo enquanto outras estão perdidas para sempre? Se é disso que me lembro agora, do que me lembrarei dentro de vinte anos?

A menção da supermulher do Pai Sexy Domesticado me traz de volta à realidade, porque nunca pensei nele no plural, e deixo minha expressão com um ar amigável, mas profissional.

— E como está ela? Conseguiu descansar?

— Ela nunca consegue fazer isso direito, tem muita energia. Escute, você quer tomar um café depois de deixar os meninos?

— Ótimo — digo, tentando parecer contida diante daquela inesperada incursão em meus devaneios. Então noto que ele está olhando com ar desconfiado para meus pés.

— Você está usando um pijama de flanela embaixo desse casaco? — ele pergunta. — Talvez seja melhor deixarmos o café para outra hora.

2

"Sombras de acontecimentos futuros chegam antes"

Apesar das mensagens confusas e das pequenas humilhações, aquele encontro provoca algum movimento geológico dentro de mim. Placas agitadas depois de um longo período de inatividade. De que outra forma explicar os renovados sentimentos de entusiasmo que experimentei ao longo dos dias subsequentes? Acho que é assim que acontecem os desastres naturais. Uma série de movimentos imperceptíveis no cerne, culminando com uma catástrofe ao final. Sinto-me do mesmo jeito como me sinto quando fumo um cigarro filado enquanto as crianças não estão vendo, reconectando-me momentaneamente com sentimentos de liberação associados com um período diferente da minha vida, em que o prazer estava lá para ser usufruído.

Ao longo dos dias seguintes, eu começava o dia com a esperançosa expectativa de encontrar o Pai Sexy Domesticado e então repreender a mim mesma por me sentir irracionalmente decepcionada quando ele não aparecia. Talvez ele esteja trabalhando novamente e a mulher leve os filhos à escola, embora eu saiba que ela tenha um Grande Emprego na Cidade, o que significa que ela precisa estar em sua mesa às 8 horas. Talvez eles tenham uma *au pair* que esteja levando as duas crianças para a escola.

Dou-me o direito de me entregar a um inocente devaneio e o imagino na British Library fazendo uma pesquisa para o livro que está escrevendo. Ele poderia fazer isso com um braço engessado, mas quase certamente não conseguiria digitar. Ele então me ditaria, e eu faria a digitação. Ele ficaria sentado numa velha poltrona confortável, com os antebraços descansando nos braços da poltrona, puxando pedaços de estofamento durante os momentos silenciosos em que ficaria me contemplando. Passaríamos longos dias trancados no escritório dele (as crianças estão fora deste quadro), eu lhe ofereceria conselhos precisos e moldaria a estrutura de sua biografia. Então eu me tornaria indispensável, ele não conseguiria trabalhar sem mim. Não que eu soubesse sobre o que ele está escrevendo até procurar no Google numa noite depois de as crianças terem ido dormir e descobrir que ele está atrasado para entregar um original sobre a contribuição da América Latina para o cinema internacional. Muito específico. E um assunto sobre o qual eu não sei nada. De modo que aí termina minha fantasia. De forma benigna.

— Com licença, a senhora gostaria de beber algo? Quer pedir alguma coisa? — De repente, tomo consciência de um garçom me dando tapinhas no ombro. Ele está usando um avental branco comprido, impecavelmente limpo e bem passado, amarrado com várias voltas em torno da cintura e um laço benfeito na frente, logo acima do estômago. Penso na guerra que está sendo travada em minha lavanderia, onde as pilhas de lençóis e camisas por passar estão ameaçando sitiar a cozinha. Nossa faxineira polonesa, que vai lá em casa uma manhã por semana, está artrítica demais para dar conta de qualquer coisa além de uma apressada tirada de pó e abandonou a pilha de roupas à sua própria sorte há meses.

Penso em perguntar onde ele manda lavar suas roupas ou se ele toparia lavar as minhas. Será que dormir em lençóis macios e frios como cobertura de bolo industrializada devolveria meu equilíbrio? Resisto a um impulso de pousar a cabeça em seu avental e fechar os olhos. São esses os tipos de questões domésticas que costumavam fazer as amigas de minha mãe saírem em busca de Valium. Elas não importam mais, digo a mim mesma. De qualquer maneira, há novas armas no arsenal da vida doméstica: camisas fáceis de passar, fraldas descartáveis e massas congeladas. Há muito tempo a goma havia sido banida, junto com refrigerantes feitos em casa e o costume de bater tapetes.

Além disso, o caos doméstico é uma condição genética. Sabiamente, minha mãe o transformou numa declaração intelectual, e eu cresci ouvindo que uma casa muito arrumada era antifeminista. As mulheres deveriam passar mais tempo sintonizando o cérebro e menos tempo organizando o armário de roupa de cama se quisessem romper os laços domésticos que as impediam de conquistar seus potenciais intelectuais, ela costumava me dizer quando eu era criança.

O garçom me incita a olhar para uma longa e confusa lista de drinques. Todos prometem um amanhã melhor e têm nomes como "Sonhos Ensolarados" ou "Arco-Íris de Otimismo". Não tem nenhum chamado "Trégua Desconfortável" ou "Tempestade em Formação". Sinto-me uma estranha numa terra estrangeira e peço uma cerveja de gengibre, em parte porque parece familiar, mas principalmente porque as letras são tão pequenas que não consigo ler a lista de ingredientes das bebidas.

Mais um ano, e vou precisar de bifocais.

Estou esperando num clube privado do Soho para passar uma rara noite com minhas últimas amigas solteiras. Dentro dos antigos salões de jantar georgianos, as paredes são pintadas de carmim-escuro, e mesmo sob a luz suave fornecem um brilho caloroso, uma intimidade convidativa e indiscrições sussurradas. As pessoas se agitam feito mariposas, em busca de rostos familiares. Protegidas pelo álcool, não parecem ter dúvidas quanto à qualidade de sua felicidade.

Estou sentada sozinha no meio de um grande sofá imitando o estilo regência, com braços de madeira e estofado de veludo desbotado. De vez em quando, algumas pessoas se aproximam e perguntam se eu posso ir para um canto para que possam se sentar, mas minha necessidade de ficar sozinha transcende qualquer desejo de ser afável, e digo-lhes que estou esperando minhas amigas. Sei que ainda vai demorar um pouco para alguém chegar, mas queria fugir do caos da hora do banho e da hora de dormir, então disse a Tom que precisava chegar às 19h30, só para poder ficar um pouco comigo mesma. Às vezes, interpreto tantos papéis num único dia que acho que estou sofrendo de uma forma de esquizofrenia materna. Cozinheira, motorista, faxineira, amante, amiga, mediadora. É como estar numa pantomima, sem saber se devo ser a parte de trás de um burrico ou interpretar o papel principal.

Olhando para o relógio e bebendo calmamente minha cerveja de gengibre orgânica Luscombe, penso nas grandes falhas de sistemas que devem estar acontecendo em casa. Imagino Fred se recusando a sair do banho e se desvencilhando das mãos de Tom como uma enguia escorregadia. Seus irmãos vão se agarrar às pernas de Fred e gritar feito capetas. Tom vai xingar baixinho, e então os dois mais velhos ficarão repetindo "O papai falou palavrão" em tom provocativo até Tom perder a paciência. Amanhã ele certamente vai me responsabilizar pela anarquia. Mas há toda uma noite entre agora e amanhã. Muito embora seja a primeira vez que eu saia em quase um mês, não consigo deixar de me censurar. A culpa é a planta trepadeira da maternidade. As duas são tão inexoravelmente interligadas que é difícil saber onde termina uma e começa a outra.

Meu irmão Mark, que é psicólogo, diz que as mães contemporâneas são vítimas inocentes do debate natureza *versus* educação. Segundo Mark, somos sobrecarregadas pelas recentes tendências do pensamento psicoterapêutico, que rejeita a ideia de que as crianças nascem com um conjunto único de características e, em vez disso, depositam a responsabilidade de todos os aspectos do desenvolvimento totalmente sobre os nossos ombros. "Assim, as mães culpam a si mesmas por qualquer falha na personalidade de seus filhos", diz ele. "Jogos estimulantes, Bebê Einstein, lápis especiais, tudo é parte da crença de que se pode modelar os filhos como argila, quando a verdade é que, desde que se evitem os extremos, o resultado da criança será mais ou menos o mesmo." Quero acreditar nele, mas quando penso no caos que é a vida dele, sempre volto à nossa infância em busca de respostas.

— Importa-se se eu me sentar aqui? — pergunta um homem de aparência cansada levando uma pilha de papéis soltos embaixo do braço. — É só por meia hora. — Como fiquei em dúvida, ele continuou em tom exasperado: — Eu só quero ficar aqui o bastante para não ter de botar meus filhos na cama. — E então sei que ele está dizendo a verdade. Um companheiro desertor do front doméstico. Tiro um jornal da bolsa para lhe dar a ilusão de privacidade e uma chance de descansar com seus próprios pensamentos.

Quase por impulso, decido voltar a fumar direito e pergunto ao homem se ele poderia guardar meu lugar por um instante. Ele assente desanimadamente com a cabeça sem dizer palavra. Faz tanto tempo desde a última vez em que comprei um maço de cigarros que me flagro remexendo os bolsos do casaco atrás de troco quando vejo quanto eles estão custando. Então não consigo lembrar como usar a máquina. É para botar o dinheiro primeiro ou escolher a marca antes? No final, aperto o botão errado e acabo com um pacote de John Player.

Acendo o primeiro cigarro e, muito embora ele tenha um gosto terrível e eu me sinta tão tonta que ache que vá desmaiar, continuo tragando teimosamente, como que para provar algo a mim mesma. Deveria ser como andar de bicicleta, mas não é. Realmente preciso sair mais. Como uma menina tentando terminar um cigarro antes de a professora me ver, eu me pego fumando tão rápido que a ponta fica desagradavelmente quente, e a fumaça aumenta em volta da minha cabeça. Começo a tossir. Através da nuvem de fumaça, vejo a Amiga com a Improvável Carreira de Sucesso circulando pelo salão ao lado procurando por mim. Em vez de acenar ou chamar por ela, fico observando maravilhada enquanto ela vai de mesa em mesa olhando para os rostos e às vezes parando para cumprimentar alguém. A tranquilidade de Emma me espanta. Ela está usando uma calça skinny de cintura baixa reta Sass & Bide, botas de couro na altura dos joelhos e um fantástico top prateado com franjas tão compridas que formam uma espécie de onda atrás dela. Mas não é apenas o que ela está vestindo, embora seja certo que o efeito mereça atenção. É mais a forma como ela ocupa o espaço ao seu redor com tanta autoridade. Da mesma maneira que não é apenas a fumaça que me deixa invisível. Nem o fato de que estou usando um casaco de couro da mesma cor do sofá, de modo que me fundo com a mobília.

— Lucy — ela se ilumina, sentando-se ao meu lado. — Finalmente encontrei você. — As franjas finalmente se acalmam enquanto ela olha para os copos vazios à minha frente. — O que você está bebendo? — pergunta.

— Cerveja de gengibre — respondo.

— Um monte, pelo que estou vendo. — O garçom se aproxima imediatamente e a cumprimenta efusivamente, de um jeito que parece gratificante para ambos, e ela pede uma garrafa de champanhe. É justo dizer que Emma agora está tão por cima na organização de mídia em que trabalha que a maior parte de sua vida se qualifica como custos, fico sempre alerta.

Enquanto bebo champanhe de uma taça alta e fina com um cabo longo e elegante, a Mãe Solteira Sexy aparece e faz com que eu, a convidada de honra, passe para o meio do sofá.

— Lucy, é tão bom ver você. Nem me lembro da última vez em que todas saímos juntas — diz Cathy, entusiasmada, dando-me um abraço apertado.

— Como está meu querido afilhado? — pergunto.

— Está ótimo. Passando a noite com o pai — ela responde.

As molas são mais fracas no meio do sofá, de modo que eu afundo num buraco, apoiada em segurança entre duas das minhas melhores amigas, sentindo algo parecido com satisfação. Então chega uma amiga de Cathy do trabalho. Quando ela senta, fico maravilhada com um mundo de tanta espontaneidade em que as pessoas não têm responsabilidades a não ser consigo mesmas, livres de arranjos complicados envolvendo terceiros e listas de números de telefone e instruções sobre o que fazer se as crianças acordarem.

De repente, não sou mais uma pessoa casada solitária num dia de folga do subúrbio, mas parte de um grupo atraente de mulheres aparentemente solteiras de 30 e poucos anos se divertindo muito. Imagino as pessoas olhando para nós e pensando como combinamos umas com as outras. Exceto que, num lugar como esse, as outras pessoas estão envolvidas demais nas letras miúdas de suas próprias vidas para que a nossa atraia muita atenção.

Houve uma época durante nossos 20 e poucos anos, embora isso pareça fantástico agora, em que vivíamos existências paralelas, criando carreiras relativamente bem-sucedidas e relacionamentos menos consequentes. Então eu conheci Tom numa festa de Emma, porque ele era um dos arquitetos envolvidos no projeto dos novos escritórios da empresa dela, e a Cathy conheceu o homem a quem hoje nos referimos como o Marido Sem Chance numa sessão de fotos de uma campanha publicitária. Nós duas nos casamos, e Emma quase se casou várias vezes.

Depois que Ben nasceu, Cathy voltou a trabalhar três dias por semana como redatora publicitária.

Por uns bons anos, frequentamos os mesmos grupos de crianças em seus dias de folga. Dividíamos chá fraco em copos de isopor. Tínhamos conversas monossilábicas com nossos maridos por celular enquanto empurrávamos carrinhos de bebê por pracinhas em que nunca havíamos reparado antes, apesar de sua propensão a cores primárias. Examinávamos cuidadosamente os tanques de areia atrás de seringas velhas, como as outras mães nos haviam dito para fazer.

Enquanto o tédio de minhas conversas com Tom normalmente me deixava anestesiada, ao passarem por assuntos domésticos como qual a melhor maneira de libertar um boneco de dentro da privada, as conversas de Cathy com o marido ficaram cada vez mais altas e ásperas.

O marido dela alternava entre tentar se estabelecer como designer de móveis e trabalhar em projetos de construção, nenhum dos quais gerava muita renda. Então Cathy precisou voltar a trabalhar em tempo integral e logo depois se tornou diretora de uma empresa, fazendo com que ele se sentisse ainda pior. É claro que era mais complicado que isso, porque sempre é. O marido encontrou um terapeuta que disse que ela estava atrasando a vida dele, então ele resolveu deixar a mulher e o filho e voltar a morar com os pais. Agora, Cathy vive uma existência dupla: de mãe responsável de um menino de 5 anos e de animal festeiro — dependendo de quando o ex-marido fica com o filho nos finais de semana —, com uma babá em tempo integral organizando o que resta entre uma e outra.

Depois de virar a terceira taça de champanhe, e mais que perfeitamente contente com a qualidade de minha própria felicidade, começo a analisar os clubes privados a que pertenço.

— Claro que não há fila de espera, e se você quer beber alguma coisa, precisa ir ao banheiro levando uma garrafa térmica, mas, em ordem decrescente de importância tem 1) o clube de natação Pequenos Mergulhadores, 2) o grupo musical Munchkin e 3) o grupo de brincadeiras Carro de Bombeiros.

— Este parece legal — diz Cathy. — Eu gostaria de um pouco de brutalidade.

Então Emma dá um grito.

— Alguma coisa tentou subir pela minha meia-calça.

Nós quatro nos abaixamos para olhar embaixo da mesa.

— Esqueça a vida selvagem local — diz Cathy. — São as pernas cabeludas de Lucy.

Todas exigem examiná-las, passando as mãos por minhas canelas, espantadas.

— Nossa, Lucy, você pode provocar queimaduras por atrito com essas pernas — diz Cathy.

Tento explicar que ter três filhos exige uma rotina de beleza minimalista. Tomar uma chuveirada de três minutos conta como uma grande preparação para festa com qualquer coisa entre um desodorante e uma pinçada do buço contando como bônus no final. Depilação com cera havia se tornado um luxo bianual, depois que tentativas de me depilar em casa tarde da noite terminaram num desastre envolvendo lençóis cabeludos. Eu estava cercada de olhares incrédulos.

— Mas o que você faz o dia todo? — pergunta Emma. — Não é só yoga e estampas florais de Cath Kidston? E os bolos e pães assados em casa?

Então relatei acontecimentos de um dia no destacamento doméstico.

— Hoje acordei às 6h30, arrumei duas lancheiras, ouvi Joe lendo, corri para a escola para levar os dois mais velhos, acertei a ida do melhor amigo de Sam lá em casa para o chá, procurei pelo casaco de Joe nos achados e perdidos e corri para levar Fred para a creche — disse a elas, inclinando-me para a frente para dar um efeito dramático. — E isso tudo antes das 9 horas.

— Não — dizem elas, espantadas.

— Vocês querem mais mesmo? — pergunto. Elas assentem. "Fui fazer compras, corri para casa para descarregar tudo, diminuí a pilha de roupa suja a apenas 30 centímetros, lidei com a descoberta de que Fred vinha usando o cesto de roupa do banheiro para fazer xixi havia duas semanas e então corri para buscá-lo na creche. Fred ficou brincando com um amiguinho, e aproveitei para ligar para minha mãe enquanto eles estavam no andar de cima. Então descobri que eles tinham tirado todas as roupas de Sam da cômoda, e tive de arrumar a bagunça. A essa altura já estava na hora de voltar à escola para pegar Sam e Joe. Daí teve a lição de casa, o chá, o banho e as histórias. Ah, e esqueci de mencionar que brinquei de "Sou Jens Lehmann" por meia hora depois do chá. — Mais olhares intrigados. — É o goleiro do Arsenal. É praticamente um membro da família.

— Mas não pode ser assim — diz Emma. — Você está vivendo o nosso idílio. Não o estrague para nós.

Na verdade, foi um bom dia, e eu gosto bastante de fazer o Jens Lehmann, mas não digo isso a elas. Não houve nenhum machucado. Nenhuma doença. Nenhuma fratura. Nada para alterar o status quo. Não menciono as coisas que faço rotineiramente, o interminável ciclo de cozinhar, limpar, lavar e passar. Em parte porque tudo se tornou natural para mim, mas principalmente porque nem eu consigo acreditar que minha existência se tornou definida por essa esteira doméstica.

Além disso, tenho quase certeza de que Emma está ocupada demais aproveitando a própria vida para cobiçar a minha. Ela tem um apartamento em Notting Hill e fica visivelmente tensa com nossas pouco frequentes visitas com os meninos, quando eles deixam minúsculas impressões digitais por todo o balcão de aço inoxidável da cozinha e ficam correndo para lá e para cá com seus caminhõezinhos no impecável piso de carvalho.

A conversa é rapidamente desviada para assuntos mais diretos, incluindo a análise de um novo namorado.

— Digam-me se isso ao menos se aproxima da normalidade — pergunta a amiga de Cathy, com a indiferença de sua voz escondendo o que estava por vir. — Ele só transa comigo se eu estiver com um travesseiro cobrindo meu rosto ou se eu estiver deitada de barriga para baixo. E ele não quer nenhum contato físico depois.

— Você está querendo dizer que ele gosta de asfixia? — pergunta Emma.

— Pode ser uma almofada ou precisa ser um travesseiro?

pergunto, acrescentando rapidamente: — Ele pode ter algum fetiche por decoração.

— Você está querendo dizer que estaria tudo bem se ele a estivesse privando de ar com aquela maravilhosa almofada Lucinda Chambers da Rug Company? — pergunta Cathy.

— Não sei a qual você está se referindo, mas talvez seja menos sinistro se for com uma almofada — digo. — Para começar, as almofadas têm mais cores.

— Olhe, ele provavelmente só é gay — diz Emma.

— Só gay — repete a amiga de Cathy, com a voz levemente trêmula. — Mas isso é ainda pior, porque não há esperança. Eu posso ser muitas coisas, mas nunca um homem.

Emma confirma que ainda está fazendo test-drives em hotéis em Bloomsbury com um casado pai de quatro filhos com quem vem tendo um caso nos últimos oito meses. Os dois se conheceram durante um jantar organizado por uma empresa de relações públicas para promover encontros entre banqueiros e jornalistas.

— Ele disse que teve uma epifania sexual desde que me conheceu — diz ela, alegremente. — Pela primeira vez em 15 anos consegue fazer sexo mais de uma vez numa única noite.

— Aposto que Tom conseguiria fazer o mesmo se estivesse dormindo com você — digo. — Não é exatamente por sua causa, é por causa da novidade de fazer sexo com alguém que não é a mulher dele, e não há nada de muito profundo nisso.

— Acho que estou tornando a vida dele de casado mais fácil — diz ela, como se estivesse trabalhando num sopão para o dia de Natal.

Cathy revela que fez sexo sem proteção com um sujeito que conheceu numa festa e começa a considerar práticas sexuais ainda mais exóticas.

— Ah, meu Deus — digo, surpreendida com sua pouco usual falta de cuidado.

— Você devia guardar isso de brinde — diz Emma.

Tenho pouco a acrescentar à conversa, já que acho que nem transei desde que nos encontramos pela última vez. Mas, às vezes, só às vezes, principalmente em momentos como este, isso não parece algo tão ruim.

— Acho que estou gostando de um dos pais da escola — falo, num impulso. No mesmo instante em que digo isso, pergunto-me se havia pegado o roteiro da vida de outra pessoa, de alguém sentada à mesa ao lado, talvez, porque não era o que eu queria dizer. No entanto, espero que isso seja tratado com recíproca equanimidade por minhas amigas.

Em vez disso, há um silêncio perplexo.

— Lucy, isso é absolutamente terrível — diz Emma. — É chocante. Indecente.

— Ignorem. Só estou em busca de atenção — brinco. Elas olham para mim com uma expressão séria. Começo a me defender imediatamente: — Não aconteceu nada. Na verdade, nunca nem fiquei sozinha com ele. Não cheguei nem no estágio da fantasia sexual. Não tenho tempo para isso. — Dou uma risada exagerada, esperando que alguém se junte a mim. — Na verdade, eu mal falei com ele. — Mais olhares de pavor. Isso é tão hipócrita. As amigas são piores que os pais na expectativa de que nos conformemos aos papéis que nos são designados. — Olhem, não é tudo uma maravilha no noroeste de Londres — digo. — Tenho direito de sonhar acordada.

— Mais alguém sabe disso? — pergunta Cathy em tom desaprovador.

— Sabe do quê? Não há nada para saber. Ele leva os filhos à escola — digo, esperando que isso explique tudo.

— Acho que deveríamos ir conferi-lo — diz Cathy. — Toda uma nova zona de caça.

3

"Do sublime ao ridículo é apenas um passo"

Quando chego em casa, não vou direto para a cama. Em vez de me deitar, fico andando pela casa, envolvendo a escuridão e o silêncio ao meu redor como amigos. A luz está acesa no quarto de Sam e Joe, e eu entro lá, aliviada por encontrar todos dormindo. Pelo trilho de trem no chão com sua labiríntica rede de pontes, desvios e túneis que apenas Tom poderia ter criado, vejo que a hora de dormir se prolongou. Botar os meninos para dormir sozinho é sempre uma experiência realista para Tom, pondo em questão sua crença de que há uma fórmula mágica para impor ordem ao caos essencial da vida doméstica.

Fred está dormindo no meio dos trilhos, debruçado, com o bumbum para cima, o nariz quase tocando num cruzamento. Sam e Joe chutaram as cobertas para fora da cama e eu os cubro de novo carinhosamente, e fico andando pelo quarto, recolhendo a parafernália da infância. Pedaços de um material tão precioso sem os quais os meninos não podem dormir e que eu preciso lavar secretamente, já que eles gostam tanto do cheiro. Uma confusão de ursos, livros e trens. Cuidadosamente, enfio esses adorados tesouros sob os cobertores e prometo nunca fazer qualquer coisa que perturbe seus sonos despreocupados, embora não vá haver reciprocidade nesse acordo. Nos últimos oito anos, uma noite sem contratempos se tornou algo digno de nota, assunto de conversas, como ver um texugo em Londres.

Levanto Fred carinhosamente, e ele faz barulhinhos reconfortantes, roncando e gemendo em meu peito feito um bichinho. Tiro uma bola de críquete da mão de Sam e levo Fred de volta ao seu quarto.

No andar de baixo, na cozinha, acendo a luz, preparo uma xícara de chá e me sento à mesa. Olho para cima e me pego olhando fixamente para uma pintura que ganhamos de minha sogra, Petra. É um retrato a óleo feito por um artista cuja família se mudou para o Marrocos logo depois do fim da Segunda Guerra Mundial. Tom conta que sua mãe foi noiva do artista durante algum tempo, não sabe exatamente quanto, mas se recusou a se mudar para o exterior com ele. Essa explicação parecia deixá-lo satisfeito. Muitas vezes, tentei tirar mais detalhes de Petra, usando a pintura como desculpa, mas ela nunca diz nada. A pintura está inacabada, e o fundo verde está tão tênue em algumas partes que dá para ver a granulação da tela. Petra diz que não sabe quem posou para o quadro, embora me pareça óbvio que tenha sido ela. "Se você não o aceitar, Lucy, darei para outra pessoa", ela disse, quando me deu o quadro. Foi nessa ocasião que perguntei se ela era apaixonada pelo homem que o pintou. Afinal, ela ficou noiva do pai de meu marido apenas alguns meses depois, o que eu descreveria como um clássico relacionamento rebote. "Se a gente imaginar bastante, pode amar qualquer pessoa, Lucy", ela respondeu, olhando atentamente para mim.

Subo a escada de pés descalços, ziguezagueando de um lado de um degrau para o outro lado do degrau acima numa manobra bem ensaiada para desviar de tábuas soltas que possam entregar minha presença. No quarto, evito acender a luz e estendo um braço, sabendo que vou encontrar o canto da cômoda quatro passos depois da porta, à direita. Abro cuidadosamente o roupeiro e escondo os cigarros que comprei mais cedo dentro de uma bota de couro.

Sussurro algumas palavras tranquilizadoras a Tom quando ele murmura "Você já voltou", embora logo vá amanhecer. Ouço os radiadores gorgolejando em desaprovação e perdoo a incapacidade deles de aquecer a casa adequadamente.

Então deito cuidadosamente na cama, usando a técnica de movimentos lentos imperceptíveis, ficando absolutamente imóvel quando sinto qualquer reação do outro lado para não acordar Tom. Quando estou perto o bastante, ponho um braço sobre o peito dele e fico ali deitada de costas, sentindo o calor dele, deixando o sono chegar exatamente quando mais quero. Só um insone verdadeiro ou uma mãe com anos de privação de sono sabe o valor disso.

Não há motivo lógico pelo qual uma combinação de falta de sono e álcool demais pudesse dar origem a qualquer coisa além de um dia com variações de humor e uma tendência à tristeza. Ainda assim, de algum modo, não é o que acontece. Na manhã seguinte, participo de uma reunião no ginásio exageradamente aquecido para celebrar o novo ano escolar. O agitado Joe fica sempre assustado se não vê meu rosto no meio da multidão, de modo que abro mão de meu café da manhã para conseguir chegar à escola no horário e pegar um bom lugar bem na frente.

— Você quer dizer em algum lugar no meio do campo — diz Joe, olhando-me esperançosamente enquanto atravessamos os portões da escola. Sei bem o que vem a seguir. — Podemos brincar de Jens Lehmann quando eu voltar para casa?

Tento explicar que uma tarde de dia de aula consiste em fazer o chá, limpar as coisas, garantir que a lição de casa seja feita, dar banho, contar histórias e ir para a cama, e que já é um milagre que tudo isso possa ser condensado em quatro horas. Então me rendo quando vejo sua expressão começando a fechar.

— Quem sabe a gente brinca de críquete, então? — sugiro carinhosamente. — Eu posso ser Shane Warne, e você pode ser Freddie Flintoff. Por dez minutos. — Ele dá um pulo no ar de alegria. É muito fácil agradar um menino de 5 anos.

Enquanto Fred e eu atravessamos o pátio com a minha cadeira dobrável lotada feito um burro de carga, faço uma pausa — eu sempre faço isso — esperando por um aplauso silencioso por mais uma vez ter conseguido chegar antes do sinal das 9 horas. Vejo a ocupada diretora cumprimentando os pais na escada. "Parabéns, Sra. Sweeney", eu a imagino dizendo. "Muito bem, não apenas por haver conseguido chegar até aqui esta manhã depois de apenas quatro horas de sono e de ressaca, mas também por trazer dois meninos bem alimentados com o uniforme correto e seu bebê, ainda comendo uma torrada, mas mesmo assim vestido e parcialmente alimentado, dois almoços antialérgicos e um par de tênis com identificação. Você e todas essas outras mães, e alguns desses pais — embora eu saiba que sejam as mães que se lembrem de tudo, na verdade — são verdadeiros heróis." Embora ninguém festeje, tenho uma forte sensação de dever cumprido.

Sentindo-me a mais malvestida, desejo o anonimato do começo da manhã, mas logo me vejo cercada de um lado pela Mãe Gostosa Nº 1 e, depois, inesperadamente, do outro lado pelo Pai Sexy Domesticado. Tento ver se há outros lugares em que ele poderia ter se sentado e percebo que ainda há muito espaço livre. Meu coração começa a disparar, e eu me sinto corando pela primeira vez em anos. Acho que estou sofrendo de uma combinação de menopausa precoce e adolescência tardia.

Tento me concentrar nos equipamentos do ginásio. Cordas, varas, cavalos, barras. As coisas não evoluíram muito. As escolas passaram incólumes pelas reformas de interiores. Não há traços de falso despojamento nem da estética minimalista. E o cheiro fétido de meias sujas e suor é tão familiar que, quando fecho os olhos e me esqueço da criança pequena sentada em meu colo, eu mesma estou de volta à escola. Quando levamos nossos filhos à escola, nós também retornamos. Então a Mãe Alfa se sentou atrás de nós. Ex-representante de turma e capitã de hockey, ela previsivelmente participa das comissões de pais e observa a todos com ar de reprovação. As que costumavam ser intimidadas enfrentam um desassossego que só diminui quando atravessam os portões da escola e seus ombros finalmente relaxam. E aquelas de nós que estávamos ocupadas paquerando os meninos, como, suspeito, a Mãe Gostosa Nº 1, bem, aqui estamos nós, ainda paquerando os meninos.

Então me lembro de Simon Miller. Meu primeiro namorado. Quando Simon Miller perguntou se podia me acompanhar até em casa depois de uma aula de inglês da turma A em outubro de 1982, nós caminhamos em silêncio, com os pés em sincronia, até um galpão ao lado do ginásio em que eu nunca tinha reparado antes. Não havia uma menina em minha turma que fosse capaz de rejeitá-lo, e, no entanto, ele aparentemente nunca havia tido uma namorada. Mesmo naquela época, reconhecíamos que Simon Miller era o máximo.

Até fecharmos a porta atrás de nós, mal nos tocamos. Acho que nem conversamos muito. A única coisa que ele me disse foi: "Quero que você seja minha namorada, mas não quero que ninguém saiba, porque meus amigos vão querer saber exatamente como é fazer sexo com você, e vai ser mais emocionante manter isso em segredo."

Concordei assentindo com a cabeça, e ele estendeu a mão e acariciou o lado do meu rosto. Senti um arrepio percorrendo todo o meu corpo e me esforcei para não tossir no redemoinho de pós-barba Aramis.

Os desajeitados amassos sobre os frios colchonetes de plástico de ginástica, que ocorreram semanalmente durante todo aquele semestre, eram a usual mistura de luxúria semivestida adolescente e empenho. A possibilidade de descoberta, a necessidade de um subterfúgio todas as vezes e a revelação da atração mútua eram uma combinação emocionante e irresistível. Para minha surpresa, nenhum dos dois havia feito sexo antes. A igualdade da situação nos fez generosos, e Simon Miller deve ter dado prazer a muitas mulheres, porque mesmo aos 16 anos ele tinha uma compreensão inata e um gosto pelo sexo oral que poucos namorados subsequentes chegaram sequer perto de ter. Foi só depois de sair da escola e ter descoberto que pelo menos três de minhas amigas tinham tido relacionamentos clandestinos semelhantes com ele que a sofisticação de seu *modus operandi* foi revelada. Mas ele havia estabelecido um padrão, e isso é de suma importância para o resto da vida.

E eu conheci desde aquele momento os benefícios de manter um segredo. Nunca tive necessidade de compartilhar minhas velhas emoções adolescentes com qualquer um. Simplesmente sabia que um dia tudo aquilo faria sentido. Imaginei o que teria acontecido com Simon Miller. Se eu entrasse no site Friends Reunited, provavelmente poderia mandar um e-mail para ele até o final do dia e descobrir que ele virou dentista em Dorking e tem dois filhos e uma mulher com dentes perfeitos. Algumas coisas devem ser mantidas apenas como lembranças.

Fred se agita no meu colo, e eu sinto cada vez mais calor.

— Fome, mamãe — diz ele. Tiro um pacote de passas do bolso do meu casaco.

Do lugar atrás de mim, a Mãe Alfa se inclina para tão perto que consigo sentir o colarinho da camisa branca impecavelmente bem passada dela cutucar minha nuca.

— Sabia que passas contêm oito vezes mais açúcar que uvas? — ela sussurra em meu ouvido.

— Ahn, não — sussurro de volta.

— Sabia que ela é oito vezes mais azeda que a mãe comum? — cochicha a Mãe Gostosa Nº 1, em tom conspiratório.

Lembro num sobressalto que esqueci de trazer "um sabor de outono" para o momento Mostre e Cante de Joe e remexo a bolsa atrás de alguma coisa que possa servir. Num golpe de sorte, encontro um miolo podre de maçã, que parece resumir perfeitamente a estação de névoa e suave fecundidade em toda a sua glória decadente. Tudo o que preciso fazer é dizer a Joe que é uma maçã ácida. Com o bom humor recém-redescoberto com minha desenvoltura, eu me viro para falar com a Mãe Gostosa Nº 1.

— Você trouxe alguma coisa? — pergunto, imaginando se ela algum dia se esquece dos dias de Mostre e Cante.

Ela aponta para um homem claramente atraente de 20 e poucos anos andando desajeitadamente no final do corredor, e ele acena para nós.

— Novo semestre, novo personal trainer — ela sorri. — Ele jura que luta kickboxing.

— Ele é grande demais para a mesa de outono — digo. — Ele pode escorregar numa castanha.

— Ah, meu Deus. Eu me esqueci do Mostre e Cante — ela diz preguiçosamente. — Vou mandar minha empregada trazer uma sacola com castanhas da árvore do jardim mais tarde.

Penso no fato de que nunca a vi com os filhos mais novos ou o marido. Eles podem ser a família nuclear, mas as moléculas estão espalhadas bem distantes umas das outras.

— O que acontece — diz ela, escolhendo as palavras com cuidado e olhando por cima do ombro para o personal trainer — é que a gente precisa de um bom incentivo para ir para a academia todos os dias, e há algo de sublime em suar para este homem, mesmo que tudo o que ele fale seja sobre os grupos musculares e a importância de consumir aveia. Uma dose diária de sublimidade é muito importante, você não acha? E conforme vamos ficando mais velhas, importa cada vez menos o que um homem diz.

— Você pensa nele quando não está com ele? — pergunto, curiosa para avaliar a largura e a profundidade desse relacionamento.

Ela olha para mim com ar divertido.

— Só quando estou tentando pegar um pacote de biscoitos e o imagino sacudindo o indicador para mim e dizendo "Isso é *muito* feio", e então não os como.

Tento me sentar ereta e encolher a barriga, mas ela se recusa a cooperar. Em vez de encolher, o alívio de relaxar os músculos murchos que se esforçam por manter algum tipo de decoro faz uma camada de gordura escapar por cima da calça jeans. Claro que ninguém pode ver isso, mas, mesmo assim, é um ato de rebeldia. Depois que temos filhos, há muito que esconder, e nosso corpo nunca mais é leal.

— Você devia ir também, seria muito divertido — ela diz, de um modo amigável, em vez de crítico, embora provavelmente não esteja sendo sincera. Gostaria de explicar a ela que vivemos em estratosferas financeiras diferentes e que, à exceção de uma faxineira artrítica, eu sou os empregados, mas tudo levaria tempo demais e, além disso, ela é uma mulher que gosta de viver num mundo cor-de-rosa, em que as pessoas conseguem evitar mochilas no metrô pegando táxi para ir a todos os lugares e no qual a dívida do Terceiro Mundo pode ser resolvida com um jantar bianual de três pratos com champanhe de graça.

Fred cai no sono no meu colo, empurrando minha perna contra a canela do Pai Sexy Domesticado, e de repente eu me sinto grata pela imprecisão da rotina de sono de Tom. Seja grata pelos prazeres simples e gratuitos, penso comigo mesma. Tento viver o momento, mas minha mente começa a vagar e, para minha inquietação, vejo-me desejando que ele faça pressão contra minha perna com toda a autoridade de sua coxa. Então não consigo parar de olhar para a perna direita dele. Durante minutos, seu pé fica parado, com a sola de borracha do tênis Converse firmemente presa ao chão. Mas quando a professora de piano começa a tocar, ele começa a bater o pé, e parece que sua perna se aproxima da minha. Ao menos posso sentir seu calor. Quando a música termina, a coxa dele está definitivamente mais perto do que estava no começo. A essa altura, a coisa começa a ficar complicada. Acho que eu devia mexer minha perna em consideração à dele, só para o caso de ele achar que eu estou correspondendo, mas daí resolvo que pode parecer grosseiro, se ele na verdade não aproximou a perna dele da minha conscientemente. Como se eu o estivesse acusando de muita intimidade física.

Tento olhar por cima dos joelhos dele para ver se sua outra perna está igualmente apoiada contra a perna do pai sentado do outro lado e me sinto desanimada quando vejo que sim. Talvez ele corte para os dois lados. Isso me provoca um sobressalto: como cheguei a este ponto? Penso em Tom no trabalho, tentando resolver seu impasse burocrático com o departamento de planejamento milanês. Imagino que estou de pé ao lado da mesa dele, usando meu dedo médio para alisar a ruga em sua testa enquanto ele conversa com um colega na Itália sobre os últimos empecilhos para os planos finalmente serem aprovados. Mas ele não iria me querer lá. Sei disso porque quando ligo para ele no trabalho, ele nunca consegue se livrar de mim rápido o bastante. Entendo o estresse dele, mas me ressinto da forma como o trabalho o tem consumido. Pelo menos pensar em Tom me devolve uma restaurada noção da realidade.

Assim que começo a me comportar como uma adulta sensata novamente, pensando no que fazer para o almoço e se devo passar pelo parque com Fred no caminho para casa, o Pai Sexy Domesticado se reposiciona completamente e cruza a perna esquerda sobre o joelho direito, e de repente me vejo colada a ele não apenas com a parte superior de sua coxa, como por boa parte do bumbum dele também.

Ele se inclina e diz baixinho em meu ouvido:

— Ainda bem que você não está usando seu pijama hoje. Está fervendo aqui.

Olho para ele e, por um instante, pergunto-me se ele está pensando em prazeres ilícitos em hotéis de Bloomsbury, que Emma diz que são cheios de gente tendo casos tórridos.

— Devem ser todos esses bulezinhos. — Procuro por alguma indireta sexual na palavra "bule", mas não encontro nenhuma. Estou atualizada em relação a iPods, MSN e zonas wi-fi, mas poderia muito bem ter perdido alguma coisa nos anos intermediários. As crianças do primeiro ano, incluindo nossos filhos, cantam muito bonitinho uma canção sobre serem baixinhas e fazem uma interpretação de "Sou um bulezinho". Daí a apresentação vai diretamente para "Bom Senhor e Pai da humanidade, perdoe nossos erros", e qualquer fantasia incipiente desaparece rapidamente.

Depois do hino, a diretora pede voluntários para acompanhar as crianças num passeio ao Aquário de Londres.

— Eu vou neste — sussurra o Pai Sexy Domesticado.

— Os interessados podem, por favor, levantar as mãos e vir à frente para mais detalhes? — diz a diretora, agitando um envelope.

Salto do lugar da melhor maneira possível com Fred nos braços e aceno.

— Que ótimo ver tamanho entusiasmo — diz ela, e todos se viram para olhar para mim, tentando avaliar se sou uma mãe culpada que trabalha o dia todo tentando compensar o fato de nunca estar presente ou se sou uma daquelas excessivamente cuidadosas, que dá aos filhos sopa de letrinhas para que eles aprendam a soletrar. A verdade é muito mais fútil:

eu vou simplesmente porque o Pai Sexy Domesticado vai, e eu acho que ele sabe disso também. Que mal poderia haver nisso?

Eu me inclino e começo a me levantar para ir até a frente quando olho para baixo para conferir se estou usando o jeans que promete aumentar as pernas e erguer o bumbum. Percebo com horror que não é minha perna que está encostada no Pai Sexy Domesticado, mas uma grande saliência se projetando da minha panturrilha esquerda. As calcinhas de ontem. Sinto a respiração ficar ofegante, mas não há como eu conseguir me desenrolar dessa imprevisível virada dos acontecimentos. Internamente, amaldiçoo a volta dos jeans justos — nem mesmo uma pinça seria capaz de tirar aquilo pelo buraco do pé.

— O que é isto? — pergunta a Mãe Gostosa Nº 1, capaz de desconstruir uma roupa como uma revoada de abutres em torno de uma carcaça. Ela olha para minha perna com desconfiança.

— É um aparelho — ouço a mim mesma dizendo, com gotas de suor se formando em minha testa. Limpo o suor nas costas do casaco de Fred.

O Pai Sexy Domesticado parece interessado.

— Não do tipo que pode ser detonado, espero — diz ele.

— É para diminuir o estresse. Se você se sente ansioso, basta apertá-lo — retruco, apertando freneticamente as calcinhas do dia anterior.

— Tipo uma bola antiestresse? — diz ele, desconfiado.

— Exatamente — respondo, confiante.

Os dois se inclinam por cima de Fred para experimentar, com o braço engessado do Pai Sexy Domesticado pousando pesadamente sobre meu joelho. Em outra situação, essa invasão de meu espaço pessoal teria definitivamente se qualificado como um momento especial.

— Bem, eu já estou me sentindo mais relaxado — diz o Pai Sexy Domesticado, com a voz repleta de sarcasmo.

— Não sei se posso dizer a mesma coisa — diz a Mãe Gostosa Nº 1.

— Sra. Sweeney, a senhora gostaria de vir pegar isto? — pergunta a diretora, enfatizando cada palavra lentamente e se virando de um lado para o outro para nos ver melhor. Centenas de olhares se voltaram para mim. Então, veio o resgate. Toda a manipulação havia feito a irritante calcinha baixar na direção do meu tornozelo, e a etiqueta da M&S está começando a aparecer. Eu me abaixo, sinto o sangue descendo até minha cabeça e cuidadosamente agarro a ponta da etiqueta. Com habilidade, eu a arranco num único puxão, levanto-me, enfio-a calmamente dentro da bolsa e desço por entre as fileiras de pais sentados, segurando o adormecido Fred num braço, para ir pegar meu envelope. Estou tonta por ter ficado inclinada para a frente por tempo demais e encharcada de suor, mas a ideia de um dia inteiro no aquário com o Pai Sexy Domesticado me enche de otimismo.

Mas quando volto para o meu lugar, eu o vejo olhando para mim com uma expressão familiar dos primeiros anos do meu relacionamento com Tom. Os olhos dele estão desconfiados, a boca está num meio sorriso, quase uma careta, com a tensão de manter as contradições inerentes de tais emoções confusas. O corpo dele havia se dobrado sobre si mesmo. Suas pernas e seus braços estão cruzados, e ele está inclinado por sobre os joelhos, ocupando o mínimo de espaço possível, com um ar de silenciosa descrença pairando ao seu redor. Ele não diz nada. Em vez disso, me deixa passar timidamente, cuidando para garantir que nenhuma parte de seu corpo toque o meu.

— Que pesadelo — sussurra a Mãe Gostosa Nº 1 no meu ouvido enquanto eu me sento. — Quero dizer, uma calcinha M&S. Nem minha mãe usa mais essas calcinhas. Mas não se preocupe. Tenho certeza de que ninguém mais notou. Além disso, podem ter pensado que o M era de Myla. — Ela está tentando me confortar, o que é gratificante, mas não tenho ideia de quem seja Myla.

Quando nos levantamos para sair do ginásio, fico impressionada com o quanto ela parece arrumada em seu vestido estampado transpassado e botas na altura das canelas com saltos impossivelmente altos enquanto percorre o caminho no meio das fileiras de assentos. Ela dá um gracioso passo para o lado quando o espaço fica estreito demais, e percebo que ela está tão magra que quase perdeu qualquer aspecto tridimensional. Sai saltitando confiantemente. Não há perigo de ela cair, apesar do peso de um longo casaco de pele de carneiro, que vestiu durante toda a apresentação.

— Joseph. Foi um presente de meu marido, para se desculpar por ter viajado tanto durante o verão — ela diz quando paramos, reconhecendo a inveja. Mas, na verdade, o que eu invejo não é o casaco em si, mas sua limpeza. Não há qualquer marca nele, nada que entregasse o que ela tinha dado para as crianças no café da manhã, nenhuma mancha de geleia, nenhum vazamento de caneta deixada sem tampa nos bolsos, nenhum rasgão ou sujeira de qualquer espécie. Tem o batom e o rímel perfeitamente aplicados. Ela inclusive usa um perfume sofisticado, não de uma forma exagerada, mas com uma fórmula elegante e atemporal, aperfeiçoada por gerações.

Ela é intocável, envolta em perfeição. Ah, o esforço que é necessário para se ter uma aparência de simplicidade. E o Pai Sexy Domesticado. Bem, ele sai correndo na direção oposta, muito embora seja um caminho pior. A última vez em que o vejo, ele está pedalando o mais rapidamente possível com um braço quebrado pela Avenida Fitzjohn's.

4

"Um homem pode roubar um cavalo, enquanto outro nem sequer pode olhar por cima de uma cerca"

Às 5 horas da manhã na semana seguinte, abandono toda a esperança de dormir mais e me inclino por cima de Tom para olhar para um de seus relógios. O que fica à esquerda de sua mesa de cabeceira é elétrico e nos desperta dizendo repetidamente "Tom, saia da cama" numa voz lenta e mecânica. O da direita, Tom pegou de Sam, quando ele era pequeno demais para perceber, e funciona a pilha. Tem um rosto de coelho e, se fica tocando por tempo demais, começa a se agitar na beirada da mesa e cai no chão, de tão forte que é sua campainha.

É justo dizer que, desde que estamos juntos, nunca dormimos demais. Nenhum dos relógios jamais falhou, e nas raras ocasiões em que nossos filhos nos deixam dormir além das 7 horas, somos acordados por um coro de despertadores. Houve vezes em que me senti tentada a atrasar os relógios em uma hora, para mostrar a Tom que o mundo não vai acabar se fizermos tudo uma hora mais tarde.

A insônia nos dá tempo de sobra para repassar velhos argumentos. É claro que de manhã quaisquer conclusões são esquecidas e tudo o que nos resta é um gosto ruim na boca, mas aquelas discussões teimosas que nunca desistem de nós dão excelentes reprises noturnas. Hoje volto a uma velha favorita, a mãe de todas as discussões, que gira em torno de meu atraso e da crença de Tom de que tudo ficará bem no mundo se as coisas forem feitas na hora. Uma grande qualidade num arquiteto, mas menos atraente num marido.

O round mais recente aconteceu na despensa da casa dos meus pais nos Mendips, algumas semanas antes da fatídica viagem para acampar em Norfolk. Se você estivesse desenhando um gráfico de acontecimentos significativos em minha família, a despensa apareceria desproporcionalmente como pano de fundo. Foi onde, anos atrás, contei à minha mãe que ia me casar com Tom, e ela me cumprimentou com lágrimas nos olhos, antes de dizer: "Você tem noção de que, se fosse uma experiência química, você explodiria?" E meu pai entrou naquele momento, resmungando sobre elementos instáveis e o valor da explosão sobre a implosão como receita para um casamento estimulante.

— Não existe atração sem reação — disse ele, sabiamente.

Não lembro exatamente como começou a briga entre mim e Tom, mas me lembro de que os azulejos sob meus pés estavam tão gelados que meus dedos descalços começaram a ficar dormentes. Ainda assim, mesmo com o frio, eu conseguia sentir o fedor de um velho pedaço de queijo Stilton abandonado ali no Natal anterior. Estávamos procurando por um pote de café.

— Não entendo como seus pais podem ter ficado sem algo tão essencial como café — disse Tom, saindo do caminho num salto quando uma ratoeira pulou em seu sapato. — Devia ser a base de qualquer despensa, principalmente de uma deste tamanho.

— Eles têm outras coisas em mente — respondi, num esforço para distraí-lo.

— Como a incapacidade que têm de fazer qualquer coisa na hora, mesmo no nosso casamento — disse ele.

— Tem tanta coisa pior na vida do que estar atrasado — falei, sem saber se devia me sentir grata pela discussão ter ido além da história do café ou desanimada com sua nova direção. Porque eu sabia que as críticas aos meus pais eram, na verdade, críticas a mim, não a eles. Então, como ele me ignorou, acrescentei: — Na verdade, é falta de educação estar adiantado. Por que não vivemos um pouco perigosamente e, pelas próximas quatro semanas, como experiência, começamos a chegar com meia hora de atraso?

— Você está falando em viver perigosamente, Lucy. Não estamos mais num estágio da vida em que isso é possível. Somos criaturas de hábitos que devem adotar o hábito familiar. Como velhos sofás. — Devo ter parecido cética, porque ele ficou mais expansivo: — O sofá na nossa sala de estar tem uma mola solta no canto direito. Tem um pedaço grudento nas costas, no meio, de um doce que colou ali há anos... acho que foi um sorbet de limão... e tem um buraco que está ficando cada vez maior porque um dos meninos o está usando para guardar dinheiro. — Eu não podia acreditar que ele havia notado todas aquelas coisas. — Muito embora tudo isso devesse ser relativamente irritante, não é, porque a familiaridade dessas imperfeições é reconfortante. Você não notou que eu não digo mais nada quando você perde o cartão de crédito? Sigo olhando para a frente. Respirando normalmente. Com as sobrancelhas imóveis. Com todos os tiques faciais sob controle.

— Pensei que você tinha começado a entender que perder o cartão de crédito simplesmente não é um grande problema — murmurei, mas ele estava irredutível.

— Depois que nos damos conta de que não somos imortais, vemos conforto na rotina, Lucy. Pense no quanto você ficou perturbada quando o marido de Cathy a deixou. Acabada. Na verdade, Lucy, você não gosta de mudanças. Você detestaria se de repente eu começasse a me atrasar.

E, como sempre, acabei concordando com ele. Porque ele provavelmente tinha razão.

Tom dormiu a noite toda exatamente na mesma posição, de frente, com as pernas estendidas e abraçando o travesseiro. Eu, por outro lado, enfrentei as visitas noturnas de sempre. Deitada na cama, com a orelha mais ou menos na altura da cabeça de Fred, e mais ou menos à 1h30, acordei num salto, ouvindo uma voz rouca e profunda sussurrando em meu ouvido:

— Quero meus carinhos. Quero agora.

Daí, mais ou menos uma hora depois, foi Joe que entrou para anunciar lacrimosamente que estava encolhendo.

— Estou menor agora do que estava quando fui para a cama — disse ele, agarrando meu braço com tanta força que de manhã ainda havia marcas de seus dedinhos em minha pele.

— Juro que você está do mesmo tamanho — respondi. — Olhe para a sua mão. Ela cabe dentro da minha exatamente como quando fomos a pé para a escola ontem.

— Mas estou sentindo minhas pernas encolhendo — disse ele com tanta convicção que momentaneamente cheguei a me perguntar se ele não estaria certo.

— São dores do crescimento — disse eu, dando a resposta padrão para quaisquer dores noturnas inexplicáveis. — Papai e eu também sentíamos.

— Como você sabe que não são dores de encolhimento? — ele insistiu. — A vovó está menor do que era. De manhã, vou estar tão pequeno que você não vai mais conseguir me ver — disse ele, com a voz ficando cada vez mais baixa. — E daí talvez eu seja comido por um cachorro no caminho para a escola.

Então saí da cama e o levei até o andar de baixo, para a porta da cozinha, onde o Tom registra periodicamente a altura dos meninos.

— Olhe só, você está até mais alto do que da última vez em que o medimos — mostrei a ele.

Ele sorriu e me abraçou. Levei-o de volta para a cama e consegui cair no sono até a insônia do começo da manhã dar o ar da graça.

Cometo o erro de começar a calcular exatamente quantas horas de sono tive durante a noite e desisto ao chegar a 5 horas e 45 minutos. Presa naquela esfera inferior entre o sono profundo e o despertar completo, fico consciente de um buraco em meu estômago, uma lembrança da ansiedade que carrego em meu corpo sem ter completa noção de sua proveniência. Começo a percorrer sistematicamente os cenários de sempre que costumam aparecer a esta hora do dia. Não estou com a menstruação atrasada. Sei onde estacionei o carro. Escondi meus cigarros. A calcinha de ontem foi uma emboscada, mas já consegui arquivar aquele desastre em particular nos recessos mais profundos de meu subconsciente. Algumas coisas são tão verdadeiramente terríveis que não há nada a se ganhar analisando.

Então me lembro do que foi que esqueci. O projeto "Seis Grandes Artistas do Mundo" de Sam precisava ser entregue naquela manhã. Três estavam prontos, ainda faltavam três. Salto da cama num único movimento, surpreendendo os músculos preguiçosos com uma intenção pouco familiar.

Ruim, mas não irremediável. Para não incomodar Tom, corro até o quarto vazio e pego o roupão que está pendurado atrás da porta. É o mesmo que vesti quando o conheci, um roupão equivalente a um tapete felpudo, comprido, cabeludo e impossível de limpar, dado a meu marido por minha sogra quando ele era adolescente. Sua presença, portanto, antecede inclusive minha entrada em cena, e agora só é chamado à ação em tempos de grande incerteza. Pensar em Tom antes de ele ter me conhecido costumava me deixar com ciúme de todas as coisas que nunca compartilhamos. Agora é algo que aprecio. Porque o casamento ganha sentido quando o desconhecido se torna mais interessante que o conhecido. Tento persuadi-lo a me levar a feitos sexuais com as mulheres que me precederam, mas ele é correto demais para ceder à minha lascívia.

Há manchas e pedaços ásperos na lateral desse roupão que imagino que sejam resíduos de furtivos combates adolescentes, pedaços de comida não identificáveis enfiados no fundo das felpas e inexplicáveis pedaços sem atoalhado. É um registro melhor dos anos adolescentes de Tom que os intermináveis slides e as fotos fora de foco tiradas por sua mãe.

Ele me lembra uma era de estampas Laura Ashley e discos do Status Quo. Sinto alguma coisa no bolso e meio que espero se tratar de uma página amassada e manchada de uma modelo de seios grandes arrancada de uma edição de 1978 da *Playboy*. Mas não podia estar mais enganada. É uma página de uma antiga edição da Sra. Beeton.* Leio por alto algumas frases. "Sempre considerei que não existe fonte mais frutífera de insatisfação familiar que jantares malfeitos e modos desorganizados de uma dona de casa. Os homens hoje são tão bem servidos fora de casa — nos clubes, em estalagens organizadas e restaurantes — que, para poder competir com as atrações desses lugares, uma dona de casa deve ter bastante conhecimento da teoria e da prática da gastronomia, bem como ser perfeitamente conhecedora de todas as demais artes de tornar e manter um lar confortável."

Penso comigo mesma que a Sra. Beeton tem muitas respostas a dar, enfiando mal-humorada o pedaço de papel no fundo do bolso do roupão. Como ele foi parar ali é algo que não consigo entender e tento lembrar qual foi a última vez em que o roupão foi usado. Minha sogra foi quem ficou naquele quarto mais recentemente. Faço uma anotação mental para pensar nessa descoberta mais tarde, pensando se Petra está tentando me mandar mensagens subliminares, mas, neste momento, tenho outras prioridades. Em minutos, esqueci de sua existência.

Do lado de fora do quarto vazio, dou de cara com Fred cambaleando e esfregando os olhos. Nesse estágio, ele poderia ser persuadido a voltar para a cama. Mas ele sente o meu nível de estresse e nota que estou envolta numa roupa desconhecida que se arrasta pelo chão e protesta que quer descer. Lá embaixo na cozinha, avalio a situação enquanto procuro por pincéis e tintas, abrindo e fechando armários com força e resmungando baixinho: "Degas está pronto, Goya está pronto e Constable

*Autora de livros de cuidados domésticos. (*N. do T.*)

está pronto." Fred repete cada frase, percebendo que essa inesperada mudança em sua rotina do começo da manhã pode se mostrar favorável a ele. Sento no banquinho ao lado da mesa de desenho de Tom e lhe dou uma tesoura, potes de tinta e outras coisas proibidas. O que for preciso. O que for preciso, repito para mim mesma. Porque há muitas vezes, mesmo em casas nas quais a televisão é permitida apenas nos finais de semana, que as mães apelam para táticas escusas para recuperar aqueles poucos minutos que vão definir o sucesso ou o fracasso não apenas do resto do dia, mas até mesmo do resto de suas vidas, porque às vezes as pequenas coisas parecem ter uma enorme ressonância. É o efeito borboleta.

Devo estar fazendo mais barulho do que imaginava, porque no curso dessa atividade confusa Tom entra na cozinha.

— Preciso fazer Van Gogh, Jackson Pollock e Matisse — digo, agitando um papel-toalha no rosto dele. — Tudo até as 8 horas.

— O que você está fazendo, Lucy? Voltem para a cama, vocês dois. Estão tendo algum tipo de pesadelo sobre pintura abstrata — diz ele. Então ele nota que Fred está empunhando uma tesoura grande. — Por que você o acordou também?

— É claro que não o acordei. Seria muito mais fácil fazer tudo isso sozinha. Ele está cortando pedaços de papel toalha para fazer uma colagem de Matisse — explico.

— Isso pode parecer lógico para você, mas, daqui de onde eu estou, isso não se qualifica como uma explicação racional para tudo isso.

— Sam tem um projeto de arte. Ele fez metade, mas, por sorte, lembrei que o resto precisa ser entregue hoje. E se Sam não terminar isso, serei responsabilizada.

— Mas não é Sam que está terminando o projeto, é você que está fazendo isso por ele.

— É mais rápido e menos bagunçado assim. Se ele estivesse envolvido, nunca conseguiríamos terminar. Mais ainda: ele não entregar o projeto significa que fracassei como mãe.

— Lucy, isso é ridículo, ninguém a julgará por uma coisa dessas.

Largo as tintas e respiro fundo.

— Aí é que você se engana. Sam falhar é um reflexo de mim. É simplesmente a natureza da maternidade no novo milênio — digo, agitando um pincel no ar para ilustrar meu argumento.

— Abaixe isso, Lucy. Olhe o que você fez com meu pijama — diz Tom. O pijama dele está coberto de pontinhos de tinta vermelha. Fred cobre a boca com a mão e ri daquele jeito que as crianças riem quando sentem que um dos pais está perdendo o controle.

— Tem gente, a maioria mães, mas alguns pais também, que chegará hoje à escola com o projeto "Artistas do Mundo" dos filhos já transformado numa apresentação em PowerPoint num CD-ROM.

— Mas não é um projeto dos pais — diz ele, confuso. — De qualquer maneira, você nunca conseguiria fazer isso. Na verdade, nem eu.

— Exatamente. Então, o mínimo que posso fazer, o mínimo, é garantir que Sam termine o projeto.

— Vai ficar bem parecido, porque este aqui está prestes a cortar a orelha fora — diz ele apontando para Fred, que está concentrado numa perigosa tentativa de cortar o ar.

Então Tom vê as manchas de tinta por toda a sua mesa e na parede.

— Como foi que isso aconteceu? Como vocês fizeram tanta bagunça?

— Estávamos tentando fazer Jackson Pollock — explico. — Na verdade, parece bastante bom. — Mostro a ele um trabalho anterior. — Poderia ter sido pior; Sam poderia ter escolhido Damien Hirst.

— Fazer uma conserva com o peixinho dourado teria feito menos bagunça que isso. Lucy, se você anotasse todas essas coisas, tudo seria muito mais fácil.

— Você não imagina de quantas coisas me lembro num dia; você só se concentra no que eu esqueço.

— Não estamos vivendo em estado de sítio, quando é difícil fazer planos com antecedência porque podemos estar sob ataque a qualquer momento, e nossa comida e o abastecimento de água foram cortados.

— Você não está, mas eu estou — digo. — Eu estou sitiada. É a sensação que tenho.

— Você não está fazendo a mesma coisa entra dia, sai dia? Sei que é um pouco monótono, mas não é simplesmente uma questão de repetir a mesma fórmula todas as manhãs?

— Você não imagina quantas coisas precisam ser feitas num único dia só para manter a cabeça para fora d'água. Sempre sei que não vou conseguir fazer tudo e que a qualquer momento a coisa toda pode desmoronar feito um castelo de cartas.

— De que jeito? — ele pergunta cautelosamente.

— Há as brigas que começam como um incêndio na mata, os transbordamentos, as doenças inexplicáveis, os machucados, as perdas, as eventualidades para as quais a gente nunca consegue estar preparada — explico. — São coisas que nos atrasam meses. Como a catapora. Você se lembra disso? Fiquei sem poder sair de casa durante semanas. Pior ainda, tem uma parte de mim que gosta do inesperado, porque ao menos ele interrompe a rotina e acrescenta um pouco de emoção na minha vida.

Ele parece surpreso.

— Você quer dizer que um elemento de caos latente a atrai? — ele pergunta, esforçando-se para entender o que estou dizendo. — Então não há esperança.

Ele fica me encarando com um olhar esquisito, a boca levemente aberta, como se estivesse se esforçando para não dizer mais nada. Não é algo que aconteça naturalmente com um homem que gosta de ter a última palavra.

Sam entra na cozinha. Está completamente vestido, de uniforme, carregando uma bola de críquete, que atira ao ar e apanha repetidamente. Está com os bolsos cheios de figurinhas de futebol. Preparo uma torrada — com geleia, sem manteiga — e digo-lhe ao menos cinco vezes para parar de jogar a bola enquanto está comendo. Então me pergunto se talvez não seria uma boa ideia estimular um menino a ser multitarefa, na esperança de que ele cresça para se transformar no tipo de homem que é capaz de cozinhar brócolis, trocar uma fralda e falar sobre trabalho, tudo ao mesmo tempo. Depois de duas fatias de torrada, ele gentilmente escreve um textinho para acompanhar cada peça de arte. Leio o primeiro.

"Vincent foi um homem de grande paixão", diz o texto. "Se tivesse seguido o críquete, provavelmente não teria cortado a orelha fora. Não há dúvidas de que Matisse era fã de críquete."

Resolvo ir de carro para a escola para que as pinturas possam secar no aquecedor, e também porque há algum conforto em ficar enclausurada num espaço aconchegante depois do esforço da manhã.

— Mãe, ter terminado isso se qualifica como um pequeno passo para o homem, mas um grande salto para a humanidade? — pergunta Sam no banco traseiro.

— O Sam está falando sobre o major Tom? — pergunta Joe.

— Alguma coisa assim — respondo, referindo-me às duas perguntas.

— Por que você sempre diz "Alguma coisa assim"? As coisas não são ou certas ou erradas?

— A vida é principalmente cinza — digo a ele. — Há poucos momentos de preto e branco.

— A menos que você seja uma zebra — diz Joe. Ele faz uma pausa, mas sei que tem mais alguma coisa a dizer. — Talvez o major Tom tenha chegado à Lua, e lá era tão bonito que ele decidiu ficar.

Percebo que as ruas estão muito silenciosas. Fechada dentro do carro com o aquecedor no máximo, é fácil se sentir à parte do resto do mundo. Quando paro no cruzamento seguinte, vejo um grande número de pais levando os filhos para a escola a pé com expressões artificialmente alegres de cordialidade e coletivismo. De repente me dou conta com um susto de que esqueci que é o Dia de Caminhar para a Escola. Terei de sofrer infames associações com obesidade infantil, aquecedor global e ruas congestionadas. Diminuo o aquecimento e explico a situação aos meninos.

— Indo de carro para a escola, estamos liberando produtos químicos prejudiciais na atmosfera. Hoje, muitas crianças em Londres estão indo a pé para a escola para mostrar que se importam com isso. Como eu me esqueci e estamos atrasados, estamos indo de carro. Mas se vocês se deitarem no chão até eu dizer para saírem, talvez consigamos nos safar.

Visto o boné do Homem-Aranha de Joe e me encolho abaixo do nível do painel para ir até duzentos metros da escola. Então ficamos todos ali sentados, esperando silenciosamente uma brecha na nuvem de pais que flutuam pela calçada.

Vejo a Mãe Alfa caminhando pela rua usando um par de botas pesadas de caminhada e uma mochila. Ela mora a quilômetros de distância. Não pode ter ido a pé até ali, mas, a julgar pela expressão zelosa em seu rosto, foi. Exatamente quando ela chega perto do carro, Fred se levanta e começa a bater na janela.

— Socorro, socorro — ele grita.

Tento puxá-lo, mas ele está esfregando o vidro embaçado com sua mãozinha minúscula. Um nariz aparece encostado no vidro, um daqueles narizes empinados e levemente superiores que nunca têm sardas porque estão sempre protegidos do sol por chapéus de abas largas e protetores solares fator quarenta. Então um par de olhos arregalados e piscando tenta focar o rostinho no interior do carro. A impressão geral é horrorosa, e Fred começa a gritar mais alto. É a Mãe Alfa.

— Alguém deixou uma criança trancada sozinha dentro deste carro — ela grita na rua. É claramente uma mulher que gosta de assumir o controle numa emergência. — Vou informar a escola. Você pode ficar aqui tentando acalmá-lo?

Escuto as botas da Mãe Alfa batendo na calçada até desaparecerem e fecho os olhos, praticando técnicas de respiração profunda que, espero, mantenham o carro com os vidros embaçados. Então ouço outra voz do lado de fora.

— Olhe para aquela bagunça no banco da frente. Há restos de maçãs, pedaços de chocolate derretido, roupas, pratos de plástico, é inacreditável. E o que são aquelas pinturas esquisitas no painel? — É a Mãe Gostosa Nº 1. Outra voz, masculina e, em outras circunstâncias normalmente bem-vinda, se junta à conversa.

— Estou reconhecendo algumas dessas coisas. Não é o carro da Lucy? — pergunta o Pai Sexy Domesticado.

A Mãe Alfa se reúne com o grupo, acompanhada da diretora.

— Sra. Sweeney, você está aí?

Abro a porta do carro e saio com um floreio.

— Estamos ensaiando uma instalação do tipo Tracey Emin para o projeto "Artistas do Mundo". Chama-se "Um Carro Desfeito" — digo, empolgada.

A diretora bate palmas alegremente.

— Que interessante. Precisamos tirar fotos, para que toda a escola possa ver. Muito bem, Sra. Sweeney. Foi muito criativo.

Ela leva os dois mais velhos pela mão em direção à escola. Então Sam volta correndo:

— Mãe, me lembra o que eu não posso dizer — sussurra.

— Não diga à professora que fiz três das suas pinturas e não conte a ninguém que o carro é sempre daquele jeito. Não estou pedindo para você mentir, estou pedindo para ser econômico com a verdade.

— Esta é uma situação cinza? — pergunta.

— É.

Parada de pé na calçada, segurando o capuz do casaco de Fred, fecho os olhos brevemente e torço por um momento de trégua. Ainda não são nem 9 horas. Quando abro os olhos, Fred está com as calças nos tornozelos, fazendo xixi na roda do carro.

— Minha roda — diz ele, orgulhosamente, e o jogo de volta para dentro do Peugeot.

Olho para o Pai Sexy Domesticado sentado sobre sua bicicleta ao lado do carro. Ele está inclinado para trás, com as pernas abertas, os joelhos levemente dobrados, para se equilibrar na calçada. Está com o capacete pendurado no braço quebrado. Veste calças jeans e parece satisfatoriamente desgrenhado e selvagem, com uma camiseta branca sob um casaco verde um pouco pequeno demais. Gostaria de poder dizer que ele não tem consciência do efeito geral, mas acho que há um quê de vaidade ali, porque sempre toma o cuidado de tirar o capacete de ciclismo e passar os dedos pelos cabelos antes de entrar na escola.

Percebo a sugestão de uma barriguinha onde o casaco não cobre e a camiseta se amontoa na cintura.

— É da minha mulher — diz ele, como que se desculpando, quando nota que o estou examinando, e alisa os amassados do casaco. Mas, apesar disso tudo, e apesar de suas obsessões do norte de Londres em relação a feijão borlotti e ciclismo como substitutos de religião, há alguma coisa inevitavelmente nova a seu respeito.

— Você pensa rápido — diz ele, desmontando da bicicleta passando a perna direita por cima do guidão. Não sei exatamente se é um elogio ou um desafio, mas sei que eu devia ir para casa naquele momento, porque mesmo aquele pequeno comentário iria ressoar por muito mais tempo do que deveria até que, ao tocar sem parar, ficasse investido de um significado que ele jamais pretendia ter dado. E então me dou conta de que minha sogra não estava exatamente correta. A imaginação envolvida em amar seu marido é menor que a imaginação envolvida em elaborar uma fantasia sem reciprocidade. Tentando terminar ao invés de começar uma conversa, respondo, num tom que, espero, seja seco e lacônico:

— Anos de prática, Robert.

É uma daquelas manhãs de outono em que está frio o bastante para vermos nossa respiração, e ele está tão perto que, quando falo, nossas respirações se misturam. Não estou usando maquiagem e sinto as bochechas ficando vermelhas no frio.

— Sinto muito ter tido de sair correndo ontem — diz o Pai Sexy Domesticado. — Estou meio que passando por uma crise no trabalho. Não consigo encontrar a estrutura certa para o livro que estou escrevendo, e os americanos querem lançá-lo antes do Festival de Cinema de Sundance do ano que vem.

Podia parecer que ele estava se exibindo, mas não estava. Estava tentando puxar conversa.

— No momento, estou escrevendo sobre Westerns Zapata — diz ele. — São aqueles westerns que se passavam durante a revolução mexicana, como *Quando explode a vingança*, mas, embora fossem inspirados pela história mexicana, não havia muito mais envolvimento latino-americano.

Assinto com a cabeça deliberadamente.

Mas estou explorando essa incomum loquacidade para fazer uma avaliação cuidadosa do antebraço direito dele, que está repentinamente liberto do casaco da mulher, enquanto usa o braço para enfatizar um argumento.

Para mim, não há qualquer outra parte do corpo de um homem que resuma tão perfeitamente a promessa do que há além do que o antebraço. Na verdade, eu poderia até dizer que, se vemos o antebraço de um homem, podemos definir com bastante precisão como é o resto do corpo dele, e ele não faz a menor ideia do quanto pode ser apreciado inclusive do olhar mais breve. É possível avaliar o tom, a textura, o tamanho dos membros, quanto tempo ele passa na academia, se esteve no exterior recentemente. O Pai Sexy Domesticado tem um antebraço quase perfeito, de médio alcance, forte sem ser grande, com pelos suficientes para parecer masculino, mas leve e magro o bastante para garantir as costas sem pelos. Sorrio para ele.

— O que você acha? — ele pergunta.

— Promissor — respondo, enfaticamente. — Adoro Sergio Leone.

— Que bom — diz ele, puxando a manga do casaco para baixo de novo. — Só que não foi isso que eu perguntei. Mudei de assunto quando vi seus olhos se perdendo. Não importa. Acontece o tempo todo, a menos que eu comece a falar sobre o Benicio Del Toro, daí as mulheres normalmente prestam atenção. Eu estava perguntando se você vai se apresentar como representante de classe. Posso ajudá-la, mas não vou conseguir eu mesmo concorrer, por causa dos meus prazos. Quero fazer minha parte para ajudar a escola. — Faz uma pausa. — Você parece surpresa.

Eu não estaria mais espantada se ele tivesse me pedido para lamber seu antebraço.

— Bem, é claro que estou pensando nisso. O meu mais novo acabou de entrar na creche, e seria um bom momento para fazer alguma coisa assim. Mas não quero parecer muito insistente. — Falei com tanta credibilidade que quase acreditei.

— Eu voto em você — diz ele, amigavelmente. — Isobel também. Ela disse que seria muito divertido se você ganhasse.

— Ah, disse, é? — falo, completamente desconfiada das motivações da Mãe Gostosa Nº 1.

— Contei à minha mulher o que aconteceu ontem. Você sabe, ahn, com a calcinha. Ela achou muito engraçado. Simpático. Eu também.

Eu me pergunto em que contexto isso foi discutido, quais adjetivos ele usou, se disse a ela que estávamos sentados tão perto um do outro que eu podia sentir o calor da coxa dele. Foi depois de ele fazer o jantar ou quando os dois estavam na cama? O que eles estavam vestindo na cama?

— Pijama — disse ele. — Contei sobre o pijama também.

Sei que devia me sentir grata por ele ter dividido aquilo com a mulher, porque indica a promessa de amizade. Imagino agradáveis saídas a quatro para jantar, piqueniques familiares em Hampstead Heath, até feriados no exterior. Mas me dou conta de que não quero ninguém estranho invadindo minha fantasia, porque isso poderia diluir seu potencial escapista.

À noite, fico deitada numa ponta do sofá, observando Tom na outra ponta ler a edição da semana passada da *Architects' Journal*. Depois de quase um ano de atraso, o trabalho de construção finalmente está para começar em sua biblioteca em Milão, e ele está de bom humor. Nossos pés estão se tocando. A hora da magia passou. As crianças estão na cama, e uma garrafa de vinho foi consumida *in lieu* de jantar.

Ele estará em Milão durante as próximas duas semanas. Conta-me isso em tom de desculpa, esforçando-se por demonstrar consciência do fardo que isso vai ser para mim. Mas sei que ele está empolgado, porque naquela noite não houve buscas na geladeira por comida com a data de vencimento expirada. Nem um exame especializado dos extratos bancários atrás de provas de multas de estacionamento e outras contravenções. Nenhuma pergunta sobre novos arranhões na lateral do carro.

— Vou deixar um despertador, para você não se atrasar de manhã. Vou deixar 100 libras em dinheiro na cômoda, para o caso de você perder o cartão de crédito. Cuido dos meninos para você quando voltar. Vou comprar minhas próprias meias no aeroporto.

Como quanto menos eu falo mais extravagantes ficam as ofertas dele, permaneço em silêncio.

— Nunca mais vamos acampar de novo. Da próxima vez, alugaremos uma casa. Nunca mais teremos férias tão terríveis. E talvez possamos até ter uma faxineira duas vezes por semana.

Em troca, faço todos os tipos de promessas impensadas:

— Não vou mentir sobre pequenas coisas. Vou deixar os uniformes arrumados de noite. Vou conferir a geladeira antes de ir fazer compras.

Então o telefone começa a tocar. Depois de rápidas negociações, ele atende no quinto toque, como um *quid pro quo* para eu abrir mais uma garrafa de vinho.

— É para você — diz ele. — É um dos pais da escola. — Levanta uma sobrancelha e segura o telefone fora do meu alcance.

— Diga a ele que estou ocupada — sussurro, mas ele empurra o telefone na minha mão.

— Espero não estar interrompendo nada — diz o Pai Sexy Domesticado. — Vocês estão comendo?

Bato no rosto, numa tentativa desesperada de ficar sóbria.

— Não, não, na verdade acabamos de jantar — digo, enrolando as palavras. — Um cozido de legumes que meu marido preparou. Estava uma delícia.

Tom me olha com ar espantando.

— Por que você está mentindo? Diga a ele que você pôs a data errada no pedido do Ocado* e só tem uma cebola e um pote de geleia na geladeira — ele resmunga distraidamente, começando a se aproximar de mim com desejo no olhar. — Adoro quando você tenta ser dissimulada. Faz isso tão mal.

Agora não, agora não, penso, considerando o complexo dilema se desenrolando diante de mim: pôr um fim ao jejum sexual dos últimos dois meses ou me arriscar a alienar o Pai Sexy Domesticado no começo da nossa amizade. Começo a empurrar Tom com o pé.

— O negócio é o seguinte — o Pai Sexy Domesticado continua, distraidamente —, indiquei seu nome para ser representante de classe. — Qualquer ideia de sexo com qualquer um dos dois desvanece rapidamente. — Mas já surgiu uma concorrente, e ela está telefonando para outros pais para alertá-los sobre você. Meio que uma campanha caluniosa. — Esforço-me para digerir a informação. — Basicamente, ela está dizendo que você não tem nenhuma experiência administran-

*Supermercado on-line. (*N. do T.*)

do qualquer coisa e que seus exóticos hábitos domésticos não servem de recomendação.

— É a Mãe Gostosa Nº 1, não é? Eu sabia que ela não era de confiança — digo, com a língua completamente enrolada. — O que ela sabe sobre meus hábitos domésticos?

Tom está tirando a camisa e apontando para o sofá.

— Escute, podemos falar sobre isso outra hora — diz o Pai Sexy Domesticado, claramente perturbado com meu tom. — E, na verdade, não é Isobel. É uma daquelas cujos filhos estão aprendendo mandarim.

Ouço minha própria voz se erguendo num lamento.

— A Mãe Alfa. É isso, acabou a trégua — grito ao telefone.

— Olhe só, não mate o mensageiro — diz rapidamente o Pai Sexy Domesticado. — Só liguei para me oferecer para ser o coordenador da sua campanha.

O telefone fica mudo, e repenso minhas opções. Então a campainha toca. É o homem das compras pela internet, parecendo um pouco preocupado.

— Onde você quer que deixemos todas essas cebolas? — pergunta a Tom. — Pensamos que fôssemos fazer uma entrega em um restaurante italiano. — Leva três sacos grandes para a cozinha.

Tom começa a vasculhar as sacolas.

— Explique como isso é possível — diz ele, desnorteado. — Achei que estava comprando por unidade, não por quilo.

— Mas por que você queria comprar trinta cebolas roxas? Vou para a cama.

5

"A mãe de um problema não é maior que a asa de um inseto"

O inverno está se aproximando, isso eu sei, porque a guerra anual de discussões por causa do aquecimento já começou. Aumento o termostato quando Tom sai de casa, e então às vezes me lembro de diminuí-lo antes de ele voltar. Mas, mesmo nos dias bons, ele descobre qualquer subterfúgio botando uma das mãos sobre o radiador que passa pela entrada da porta da frente.

— Nós fizemos um acordo. E o calor do radiador está exatamente proporcional à quantidade de traição — ele diz numa sexta à noite no final de outubro. No andar de baixo, na cozinha, Emma abriu uma segunda garrafa de vinho e está beliscando relutantemente batatas fritas de saquinho na falta de coisa melhor. Os meninos estão dormindo no andar de cima.

— Sei que falamos em novembro, mas o clima não está sujeito à sua vontade. Este vai ser o inverno mais frio já registrado, mais frio inclusive do que o grande frio de 1963, e acho que vamos ter de suspender as hostilidades até a primavera — digo, falando uma língua que sei que ele vai compreender.

Alguém bate à porta. Quando ele vai abrir, rapidamente aumento o termostato dois graus. Ele se vira, eu fico imóvel, com a mão parada no ar um pouco acima do controle. Estamos jogando uma variação adulta da brincadeira de estátua.

— Tudo bem, Lucy, você está no comando do aquecimento até a primavera — ele consente. Acho que está aliviado por ter a responsabilidade tirada de cima dele, embora jamais vá admitir isso.

Todo casamento tem segredos. Há atos de traição em grande escala, e há também os menores e mais inócuos. Apesar de estarmos casados por quase dez anos, Tom ainda não descobriu o seguinte: 1) eu tenho cinco fontes de dívida de cartão de crédito, 2) o carro foi roubado logo depois de eu ter perdido a chave reserva, 3) eu tenho uma infidelidade não confessada do segundo ano do nosso relacionamento. O último ato pode ser qualificado como um dos grandes, só que eu sei que ele tem um de magnitude semelhante.

Ele abre a porta e fica genuinamente contente por ver Cathy.

— Cathy, que ótima surpresa — diz ele com sinceridade, como se a chegada dela fosse completamente inesperada.

Enquanto alguns homens se ressentem das amigas das mulheres, Tom sempre gostou das minhas e, consequentemente, elas são recíprocas à sua bajulação amadora. Cathy o beija animadamente e desce rapidamente a escada, abraçando-me no caminho. Ela está eternamente em movimento. É uma daquelas pessoas que ocupam muito espaço, mesmo sendo tão pequena, como uma força centrífuga sugando as pessoas para perto de si. Ela chega carregada: bolsas, sacolas de compras e um laptop. Tom é imediatamente puxado pela corrente de atração e a segue escada abaixo.

— Nossa, como está quente aqui dentro — ela grita.

Quando desço, ela já abriu o computador, tirou nosso telefone do gancho e está sentada, digitando sem sequer ter tirado o casaco.

— Você está com alguma crise no trabalho? — pergunta Tom.

— Não, não, não — diz Cathy, agitada. — Preciso mostrar a vocês uma foto do meu próximo encontro marcado pela internet.

Emma está deitada languidamente no sofá.

— Você pode trazer o computador aqui, Cathy, para eu não precisar me levantar?

— Claro — diz ela. — Esta é a beleza da internet, homens entregues no conforto e na privacidade do seu sofá.

— Realmente não consigo imaginar por que você precisa procurar por homens na internet. Você não consegue conhecê-los pelos canais normais? — pergunta Tom, abrindo a porta da geladeira.

— Os homens que encontramos pelos canais normais são fatalmente ruins — diz ela.

— Há um monte de homens solteiros no meu trabalho. Eles parecem bastante normais.

— Então por que você não me apresenta a eles? — questiona Cathy. — Estou saindo com vários ao mesmo tempo.

Inúmeros rostos do tamanho de selos postais aparecem na tela. Ela aponta para um.

— O que vocês acham? — ela pergunta. — Foi uma decisão difícil. São tantas opções.

— É difícil saber. Quero dizer, ele tem todos os traços importantes nos lugares certos, o que é sempre um bom começo — digo, forçando os olhos para a tela.

Então ela começa a ampliá-lo, até que, quadro a quadro, o rosto dele ganha forma e observamos um nariz bem calibrado, ainda que levemente grande, cabelos castanhos curtos, quase espetados, e desafiadores olhos castanhos.

Quando ele atinge o tamanho natural, ficamos sentadas lado a lado olhando em silêncio para o estranho diante de nós. Há algumas rugas na testa e ao redor dos olhos.

— Absolutamente o seu tipo — diz Emma.

— Bem, ele definitivamente já aprontou na vida — digo, depois de um longo silêncio.

— Como você pode dizer isso? — grita Tom, de dentro da geladeira.

— Tem alguma coisa nessas rugas na testa dele. Não são de rir demais ou de ansiedade, são do tipo que aparecem quando a pessoa acorda muitas manhãs sem conseguir lembrar quem é ou com quem está.

Tom resmunga e continua sua expedição pela geladeira.

— Na verdade, Lucy geralmente tem razão sobre essas coisas, Tom — diz Cathy. — Ela estava certa quanto ao meu marido muito antes de as falhas aparecerem. Enfim, ele não é o máximo? Ele é advogado, tem 37 anos, mora em Earl's Court... o que poderia ser mais perfeito? O único ponto negativo até agora é que ele acha que eu deveria cortar meus cabelos bem curtinhos.

— Que decepção — digo. — Ele não parece ser desse tipo.

— Como é um homem que gosta de mulheres de cabelos curtinhos? — pergunta Tom com genuína curiosidade.

— Bem, em termos de estilo, ele nunca deixou os anos 1980. Provavelmente usa calças de cores primárias e mocassins com franja, mesmo quando está de férias na praia — diz Emma.

— No inverno, ele usa aqueles grossos casacões noruegueses com estampas exageradas. Tem um emprego sensato com um bom salário e gosta de jogar golfe nos finais de semana. Nunca cheirou uma carreira de cocaína. Lê o *Telegraph*. E não gosta de falar baixaria na cama, pelo menos não com mulheres.

— É uma generalização pesada — diz Tom.

— Não, não é. É um clichê — explica Emma. — Ele quer que você combine com um labrador?

Tom se aproxima e dá uma olhada.

— Está mais para um cão de aluguel — diz, em tom enigmático. — Escreva a ele e pergunte se o nome Mr. Orange lhe diz alguma coisa, porque o outro ponto negativo é que essa não é a cara dele. Este aí não é um advogado da zona oeste de Londres, é o ator Tim Roth, e ele mora em Los Angeles. O homem que quer sair com você é um impostor.

Cathy faz uma pausa, olha de novo para a foto e então diz:

— Vou sair com um astro de cinema. Estou preparada para me mudar para Hollywood, se tudo der certo.

— E as escolas? — pergunto.

— Vamos morar em Palo Alto, vou parar de trabalhar e darei aula em casa.

— Mas isso seria um pesadelo — digo. — Principalmente se você resolver ter mais um filho.

— Acho que precisamos voltar um pouquinho a história — diz Tom. — Para começar, Tim Roth é casado.

— Não deixe isso impedi-la — diz Emma. — Esses homens de 40 e poucos anos são como animais selvagens quando libertos da solidão do casamento. Querem fazer tudo o que não fizeram nos últimos dez anos em menos de uma semana.

Tom parece interessado.

— Achei que estivéssemos passando dos limites. A camaradagem entre as mulheres e tudo o mais. E quanto a isso? — ele pergunta, batendo na barriga, fazendo um som oco.

— Há outras compensações — diz Emma. — Vocês geralmente estão no auge do sucesso profissional, e dinheiro e poder são um poderoso afrodisíaco. Além disso, vocês são mais coerentes emocionalmente do que os homens de 20 anos. E, na verdade, assim que vocês redescobrem a velha libido, o peso extra simplesmente desaparece.

— Então vou começar a olhar para as jovens solteiras atraentes do meu escritório sob uma perspectiva completamente diferente — diz Tom.

— Que jovens solteiras atraentes? — pergunto.

— Você não as conhece — ele responde. — Mas nenhuma delas conseguiria competir com você em emoção, imprevisibilidade e perfeição em geral — continua, aproximando-se de mim e passando o braço em volta da minha barriga. — Principalmente a perfeição redonda.

— Se ele está anunciando na internet, acho justo dizer que está disponível — afirma Cathy.

— A questão é que Tim Roth não precisa de namoros pela internet. Ele provavelmente tem mulheres se atirando aos pés dele o tempo todo — diz Tom, perdendo a paciência, embora eu seja a única a captar a sutil mudança no tom.

— Mas isso é como dizer que Hugh Grant não precisava pagar por um boquete no Sunset Boulevard — retruca Cathy.

— Olhe, este homem pode ser um advogado da zona oeste de Londres, mas não é esta a aparência dele. Na melhor das hipóteses, você sairá com um mentiroso de 1,50m de altura — diz Tom. — Na pior... bem, você definitivamente deveria levar alguém junto para o caso de a coisa ficar feia. Eu posso ir, se você quiser.

Cathy encolhe os ombros e anuncia:

— De volta à prancheta — de um jeito que indica que o assunto está encerrado. Tim Roth encolhe, clique a clique, até que não passa de apenas mais um rosto na multidão.

— Olhe, ali tem outro — digo, apontando para um selo no canto superior esquerdo. — Ali.

Cathy amplia a imagem e, sem dúvida, é outro homem se passando por Tim Roth, muito embora esteja usando um retrato mais recente, que até mesmo eu reconheço como tendo interpretado um ladrão em *Pulp Fiction*. Desta vez, diz que é um engenheiro civil baseado no norte da Inglaterra. Então Emma encontra David Cameron.

— Como esse homem pode ser tão burro de achar que as mulheres não vão reconhecer o líder do partido tory? — diz Tom. — Além disso, não consigo imaginar muitas mulheres que o achem atraente.

Silêncio.

— Não acredito que todas vocês gostem do David Cameron — protesta Tom, incrédulo. — Às vezes eu realmente acho as mulheres incompreensíveis. Você devia pedir o dinheiro de volta, Cathy. Ou alguns encontros de graça. Ou pelo menos alguns encontros com desconto, se eles chegarem a esse ponto. Não acredito que qualquer homem fosse capaz de ir tão longe para sair com alguém. O que pode haver de errado com eles?

— Na verdade, eles se saem muito bem. O último com quem saí estava dormindo com cinco mulheres diferentes — explica Cathy. — O que você acha, Lucy?

— Acho que você devia investigar os homens do escritório do Tom primeiro. E evitar homens casados, se possível. Embora eu saiba que às vezes é difícil saber ou resistir.

— Queria que você saísse comigo, Lucy, e usasse seu radar para separar o joio do trigo — diz ela.

— Bem, estou devendo umas noites cuidando das crianças. Por que você não a leva junto? — pergunta Tom.

Não menciono o fato de que os homens raramente pagam a dívida de cuidar das crianças e que, com o projeto de Milão de volta nos trilhos, ele estará indo e voltando da Itália na maior parte do futuro próximo. Tom se delicia com a bajulação. Na verdade, acho que ele se exalta com a expectativa de ser bajulado. Não há equilíbrio na pontuação do jogo doméstico. As mulheres sempre começam pela base, com uma altura maior a escalar e de onde cair. Um homem que troca uma fralda dá um salto, enquanto uma mulher que executa a mesma tarefa em metade do tempo, usando três movimentos econômicos e um quarto dos lenços umedecidos, mal registra o progresso. Levemos em conta o fenômeno da glória masculina ao cozinhar jantares, com os convidados se rasgando para encontrar adjetivos que resumam adequadamente a suntuosidade das entradas e a inventividade do cozinheiro. Mas a realidade é que eles aprenderam duas receitas do River Café dez anos atrás e as reciclam sem vergonha alguma quando há uma chance de aplausos, enquanto as refeições das crianças são consideradas abaixo de sua dignidade.

Ninguém se dá ao trabalho de elogiar o tímido espaguete à bolonhesa, as modestas batatas assadas ou as humildes tortas de batatas que as mães levam à mesa duas vezes por dia todos os dias. Elas não encontram sozinhas o caminho da geladeira até a mesa. E há uma harmonia em sua repetição que é tão antiga como aquelas formigas operárias que levam pedaços de folhas de volta para o ninho, teimosamente cumprindo sua função definida geneticamente sem reclamação.

Olho para Tom conversando com minhas amigas e o vejo como elas o veem: um homem tranquilo consigo mesmo, confiantemente negociando como contornar as intimidades compartilhadas desse grupo de mulheres, de um jeito que não é nem intrusivo nem dominador demais. Um homem que gosta do futebol com os amigos no meio da semana e consegue viver dos prazeres de uma vitória esportiva por pelo menos dois meses. Um homem que vai ao pub para tomar umas cervejas e consome só isso. Com ele refletido para mim através de minhas amigas, sei que eu deveria me considerar uma mulher de sorte. Mas ninguém consegue dissecar um casamento além das duas pessoas envolvidas, e mesmo assim é difícil ver em alguns cantos. E sempre há muitos ângulos e pontos de vista. Por exemplo, a leveza de depois que os três filhos foram postos na cama para dormir com sucesso precisa ser comparada com o cansaço exaustivo que chega com o fim do dia. É um bom momento para dizer que você perdeu as chaves de casa de novo? O alívio do silêncio compensa a irritação de, às 21 horas, já parecer ser tarde da noite?

Penso nos impossíveis caprichos dos relacionamentos, nos quais coisas que um dia foram consideradas atraentes se transformam em qualidades negativas ou se tornam obsoletas com o tempo. Por exemplo, eu adorava observar Tom enrolando cigarros. Ele era capaz de fazer isso só com uma das mãos, usando os longos dedos para espalhar habilmente o tabaco na seda, esfarelando pedaços de maconha na mistura com destreza e entregando-o a mim com um sorriso. Daí, aos 30 anos, ele de repente deixou de fumar, virou hipocondríaco e passou a me repreender o tempo todo por minha incapacidade de abandonar esse pequeno hábito desagradável. Então houve a ocasião em que Tom se deu conta pela primeira vez de que, longe de estar sendo uma boa ouvinte, enquanto eu olhava em seus olhos e ouvia seus problemas com um de seus projetos de construção, eu estava, na verdade, num mundo todo meu. Nenhum de nós é o que parece ser.

— Lucy, Lucy, pare de fazer isso, você está aumentando o buraco — diz Tom, interrompendo minha linha de pensamento. Sem perceber, eu estava mexendo no buraco na lateral do sofá e, de repente, o dinheiro que Sam estava guardando lá dentro cai no chão. Tirei o grande prêmio.

Emma boceja alto.

— Estou tão cansada — diz ela.

— Você está com problemas no trabalho? — pergunta Tom, feliz por devolver a conversa a um território seguro e resistindo ao desejo de lhe dizer para tirar as botas de saltos finos para se deitar no sofá. E eu me pergunto: se ele consegue se conter com ela, por que não consegue comigo?

— Não, na verdade fiquei acordada metade da noite fazendo sexo por telefone — ela responde de olhos fechados.

— Não consigo imaginar como alguém que tem mulher e quatro filhos consegue tempo para fazer sexo por telefone — digo.

— Ele só faz isso quando está viajando ou fica trabalhando até tarde, o que é a maior parte do tempo — diz ela.

— Como se faz sexo por telefone? Botando o telefone para vibrar? — pergunto. Risadas debochadas são interrompidas pelo toque do telefone dela.

— Ele é insaciável — diz Emma. — Vou ignorá-lo. Namorados exigem tanto. — Ela abre a mensagem de texto e me joga o telefone.

— Não sei se ele pode ser tecnicamente chamado de namorado sendo casado — observo.

Ela me ignora.

— Posso ir dar uma olhadinha rápida nos meninos, Lucy? — ela pergunta.

— Claro que pode — respondo. Sei melhor do que ninguém os poderes regenerativos desse passatempo.

Ela desaparece escada acima, e penso nos avanços tecnológicos que surgiram desde que Tom e eu começamos a sair. Na época, havia suspense o bastante envolvido na espera de telefonemas. Agora temos BlackBerry, celular, GPS. Pela primeira vez desde Norfolk sinto uma onda de alívio por ser casada e leio a mensagem.

"Quero você no meu escritório, deitada em cima da minha mesa, com a secretária de saia curta prestes a entrar...", deixo o telefone cair, chocada.

— O que aconteceu com as preliminares? — pergunto. Cathy se aproxima e olha. — Espero que ele tenha colocado a foto da família perfeita dele na gaveta antes de começar isso — digo.

Tom anuncia que resolveu ir ao pub assistir ao futebol e que ficará fora o resto da noite.

— Tem um limite do que eu consigo suportar — ele cochicha no meu ouvido, ao sair. — Talvez eu venha a conhecer esse sujeito, um dia.

Sem pensar, tomo o telefone de Cathy e de repente me pego escrevendo uma mensagem de resposta. "Quão curta, exatamente?", escrevo e, antes que dê por mim, algum desejo primitivo me faz enviar a mensagem.

— Por Deus, Lucy — diz Cathy, lendo a mensagem por cima do meu ombro —, desde quando você sabe mandar mensagens de texto?

O telefone apita.

"Tão curta que dá para tocar na bunda dela", diz a mensagem. Já estou completamente além da minha capacidade.

— Por que ele escreve tudo por extenso? — pergunta Cathy. Não é de admirar que eles fiquem acordados a noite toda. Deve levar uma eternidade para acabar. — Antigamente, os homens de meia-idade se entregavam chamando calças de *slacks* e se referindo a todas as mulheres com menos de 60 como "garotas". Agora, basta que escrevam uma mensagem de texto por extenso.

— Você faz sexo por escrito também? — pergunto a Cathy, como se estivesse questionando alguém sobre saquinhos de lavanda serem uma maneira adequada de garantir armários perfumados, enquanto escrevo outra resposta para ele.

— Claro — diz ela. — Embora eu prefira a coisa de verdade.

"Quero que sua mulher sexy entre, não a secretária", escrevo e mando.

— Lucy, que malvada — diz Cathy, no exato instante em que Emma volta para a sala. O telefone apita de novo, e Emma se aproxima para tirá-lo de mim.

"Deixe a minha mulher fora disso", diz a mensagem.

— Lucy, o que está acontecendo? — pergunta Emma, refazendo os passos da conversa virtual. Ela digita outra mensagem agitadamente, mas não recebe nenhuma de volta. —

Não acredito que você tenha feito isso. — Ela me olha irritada. — Pensar na mulher o deixa realmente irritado.

— Exatamente — digo. — É como deve ser. Por que ele deveria ter um relacionamento livre de culpa com você?

— Algumas pessoas fazem massagem para relaxar. Ele tem a mim. A casa não é um retiro sereno do mundo para ele, é um lugar onde as crianças pedem atenção e a mulher faz exigências irracionais sobre férias no Caribe e mesada. O orçamento mensal dela é maior que o meu salário.

— Mas é claro que a casa dele é estressante, ele tem quatro filhos que querem a atenção dele porque não o veem o bastante, pois quando ele não está no trabalho, está com você. A casa nunca mais é um lugar sereno depois de termos filhos. E é claro que ela quer alguma retribuição, é este o trato com os banqueiros. Ela teve quatro filhos, agora está na hora da compensação. De qualquer maneira, você devia parar de falar sobre si mesma como se fosse um tratamento de aromaterapia cuja *raison d'être* é acalmar um homem com um trabalho estressante. Você poderia ter quem quisesse, deve ter um monte de homens disponíveis no seu escritório. Acho que você é viciada em segredo.

— Lucy, na verdade estou muito séria em relação a este homem. Quero ter uma vida doméstica com ele.

— O que isso quer dizer? — pergunto, incrédula.

— Você sabe, lavar a louça usando luvas de borracha amarelas enquanto ele seca, fazer receitas da Nigella Lawson, passar as camisas dele de manhã.

— Você está iludida. Ele é casado e tem quatro filhos. Você é só uma diversão.

— Então por que ele alugou um apartamento para nós em Clerkenwell com um contrato de seis meses?

Cathy e eu começamos a enrolar, porque a discussão seguiu numa direção que não tínhamos imaginado, e Emma se deita de novo no sofá com a satisfação de alguém que ainda consegue tirar coelhos de uma cartola.

Então eu digo:

— Porque fica perto do escritório dele? Na verdade, não consigo imaginar por que ele iria querer alugar um lugar em Clerkenwell quando você já tem seu próprio apartamento.

— Talvez ele tenha uma visão antiquada em relação a ter uma amante? — sugere Cathy.

— Estamos juntos há mais de um ano — diz Emma. — Como ele não gosta de ir a Notting Hill para o caso de cruzar com alguém que conhece, resolvi me mudar para a zona leste e sublocar meu apartamento. Ele vai pagar o aluguel, e já compramos uma cama juntos.

Por algum motivo, é o último detalhe que mais me impressiona. Comprar uma cama juntos é mais que uma simples transação. É um daqueles momentos definidores que acontecem quando menos esperamos. A largura da cama, sempre um ponto de discordância, normalmente envolve um certo grau de especulação sobre se o casal está planejando ter filhos, cachorros que dormem com os dois na cama ou, mais radical, terceiros compartilhando. O preço define o grau do comprometimento. Quanto mais cara a cama, mais longa é a garantia.

— Quanto custou? — pergunto.

— O aluguel? — questiona Emma.

— A cama. Foi cara?

— Nove mil molas, garantia de 25 anos, superking, quatro dígitos começando com um três.

Então eu sei que ele está profundamente envolvido.

— Mas não havia chance de alguém ver vocês numa loja de camas? Achei que banqueiros tivessem aversão a riscos — digo, imaginando os dois pulando em colchões na loja de departamentos John Lewis.

— Ele comprou por telefone — ela diz. Então eu sei que ele comprou exatamente a mesma cama que tem em casa. Aposto que os dois moraram em Clerkenwell antes de se mudarem para a zona oeste de Londres. — Olhem, eu realmente quero que vocês o conheçam, então verão que homem encantador ele é. Ele está preso a esta situação. O casamento já tinha terminado muito antes de ele me conhecer. Não passa de uma formalidade. Eles só fazem sexo duas vezes por mês.

— Duas vezes por mês — cuspo sobre as batatas fritas. — Não é nada mau, considerando os quatro filhos e o emprego.

— Mas é superficial, não resta mais qualquer significado. Ela acaba se lembrando de algo que esqueceu de dizer à governanta e para no meio para escrever "marcar com o palhaço Coco" ou coisa parecida.

Estou prestes a admitir que já fiz isso, mas sobre algumas coisas é melhor manter segredo, até mesmo com as melhores amigas.

— Enfim, Lucy, acho que você está sendo um pouco hipócrita, considerando a confissão que fez da última vez em que saímos juntas.

— É completamente diferente — digo, botando meu copo com um pouco de força demais sobre a mesa ao lado dela. —

Eu estava tentando impressionar, tentando inventar alguma coisa tentadora para acompanhar vocês duas.

Elas olham para mim, confusas.

— Na verdade, estamos nos tornando amigos — insisto.

— Então, em termos de amizade, conte para a gente como é o Pai Sexy Domesticado — diz Cathy. Letargicamente, Emma se levanta e se senta no sofá, recostada em algumas almofadas com ar de expectativa, e decido que, considerando seus esforços, ela merece algo um pouco mais apimentado que a realidade bastante morna até o momento.

— Bem, ele não tem nada do inflado orgulho dos homens, cuja autoestima é definida por seus bônus anuais, não é careca e não se veste como todo mundo — começo.

— Não nos diga o que ele não é, diga-nos o que ele é — insiste Emma.

— Alto, moreno, definitivamente interessante, desde que não fale, porque então ele estraga tudo dizendo algo como "pão integral escuro é infinitamente preferível para a lancheira de uma criança, você não acha?" e, evidentemente, mesmo com muita imaginação, é difícil dar duplo sentido a algo assim.

As duas estão impassíveis.

— Você conversou mais com ele? — pressiona Cathy.

— Ele acha que eu devia ser representante de classe e disse que vai me ajudar — conto.

— Não sei se dá para ler muita coisa por trás disso — diz Cathy. — Embora eu imagine que daria muitas desculpas para passarem mais tempo juntos.

— Ele me convidou para tomar um café no primeiro dia do semestre — digo. Emma faz um esforço para se sentar na beirada do sofá.

— Sozinhos? — pergunta Emma. Assinto com a cabeça, aproveitando as expressões extasiadas no rosto delas.

— Você nunca nos contou isso — ela diz.

— Porque não aconteceu — eu digo, misteriosamente.

— Está querendo dizer que recusou o convite? — pergunta Cathy.

— Não, foi mais complicado que isso — respondo.

— Por Deus, Lucy, não sei como você pode guardar segredo sobre tudo isso — diz Emma, com a mão na boca.

— O que aconteceu, em detalhes, agora — diz Cathy.

— Quando ele viu que eu estava usando pijama embaixo do casaco, retirou o convite. Não indefinidamente, mas temporariamente, e não houve outra menção a respeito desde então.

— Lucy, que horror — ri Cathy. — Ninguém pode usar pijama fora de casa impunemente, a menos que tenha mais de 70 anos ou esteja trancado do lado de fora.

— Bem, ele não deveria estar olhando — digo. — De qualquer maneira, tempos de desespero exigem medidas desesperadas. Vocês não imaginam como é se arrumar para a escola de manhã, entra dia, sai dia. Vocês já tentaram vestir um menino mal-humorado de menos de 3 anos? É como tentar jogar futebol com uma água-viva. É melhor ser sabatinada pelo jornalista John Humphrys, ou ser obrigada a usar um biquíni para ir ao supermercado, ou ter um caso com David Blunkett ou...

— Já entendemos, mas não pode ser tão mau assim — diz Emma, fazendo uma pausa por um instante. — Talvez você deva pensar em botar Fred na cama já vestido.

E eu sorrio, porque isso me faz lembrar de uma noite uma década atrás, quando cheguei tarde do trabalho e encontrei Tom completamente vestido na cama. Apanhado no meio de um sono profundo, ele estava deitado de costas, com a camisa branca e os botões dos jeans completamente abertos. Passei a mão em seu pescoço até abaixo do umbigo, ainda bronzeado do verão, e então para dentro dos jeans dele. Isso foi num tempo em que não havia necessidade de atiçar o fogo da paixão com qualquer coisa além de um olhar mais prolongado. Mesmo dormindo, a qualidade da respiração dele mudou. Tentei entender se ele havia caído no sono com a roupa que usara naquele dia ou se já estava vestido, pronto para pegar um trem para Edimburgo na manhã seguinte bem cedo para visitar uma obra.

Então vi um bilhete sobre o travesseiro do meu lado da cama dizendo que ele havia encontrado meu cartão de crédito dentro da geladeira. Foi um período do nosso relacionamento em que havia uma gratificante harmonia entre minhas perdas e os achados de Tom, como se fosse um sinal de nossa compatibilidade essencial.

Mas eu sabia que havia examinado a geladeira cuidadosamente atrás do cartão de crédito antes de ir para o trabalho de manhã e que ele não estava lá. Momentaneamente me perguntei se ele estava escondendo coisas para que pudesse me agradar ao encontrá-las, e fui para a cozinha investigar. A geladeira estava um pouco mais cheia do que quando eu havia saído naquela manhã, mas, sozinho, numa prateleira da parte de baixo, estava um imenso bolo de chocolate. Parecia artesanal. Tirei o bolo da geladeira e, quando acendi a luz da cozinha, vi que bem no meio havia um anel prateado com quatro pedrinhas de cores diferentes. Ao lado do anel, uma mensagem escrita com cobertura dizia “me acorde se a resposta for sim". Lambi o chocolate do anel, pus no dedo, e serviu perfeitamente.

Tom estava de pé ao lado da porta da cozinha, olhando para mim.

— Precisei de muita força de vontade para resistir a você lá em cima — disse ele.

— Lucy, Lucy, você ficou toda sonhadora de novo — diz Cathy, cutucando Emma. — Ela deve estar pensando no Pai Sexy Domesticado.

— Ah, não, eu estava pensando em quando Tom me pediu em casamento — explico.

— Isso é bom — diz Cathy. — Eu estava lendo outro dia que as linhas que definem a infidelidade se tornaram mais indefinidas e que mesmo ter uma amizade colorida com outro homem constitui traição. Enfim, você e Tom são o casal mais sólido que eu conheço, e esta é a casa mais aconchegante. É como visitar meus pais. Não pode haver nada errado, senão eu teria percebido. O que faríamos se vocês se separassem ou passassem por um período difícil?

Mas isso não seria problema meu?, penso comigo mesma.

— Bem, não houve nenhuma impropriedade — digo, assertivamente. — É só uma coisa inofensiva se passando pela minha cabeça. Uma distração bem-vinda. Ele evidentemente adora a esposa, de qualquer maneira.

— Como você sabe? — pergunta Emma.

— Porque ele contou a ela sobre a história do pijama e a história da calcinha.

— Que história da calcinha?

Então eu conto a versão resumida, e as duas riem tanto que toda a tensão desaparece.

— Vocês dois provavelmente vão acabar se tornando muito bons amigos — diz Cathy.

Ela é interrompida pelo bipe no meu celular. Olho para ele desconfiada, porque receber uma mensagem de texto ainda é novidade para mim. Mas antes que eu consiga abri-la, Cathy pega o telefone e lê a mensagem. É do Pai Sexy Domesticado. Ele deve ter conseguido o número da lista da classe. "Eleição para representante de classe na próxima segunda à noite", diz. Ela digita algumas letras e mostra o aparelho para eu ver, mas antes que eu consiga protestar, aperta o botão de enviar. "E depois?", dizia. Em poucos minutos, o telefone apita de novo. Desta vez, eu o apanho rapidamente. "Que tal beber alguma coisa?", responde o Pai Sexy Domesticado. Desligo o telefone apavorada.

— Cathy, o que foi que você fez? — diz Emma.

6

"Nada é certo na vida, a não ser a morte e os impostos"

Estamos prestes a sair para jantar em Islington com Cathy e um arquiteto do escritório de Tom, que, tendo feito a promessa de marcar algo para ela há menos de uma semana, identificou um solteiro adequado no trabalho e acertou para que nós quatro nos reuníssemos sem sequer nos consultar.

Está tudo estranhamento pacífico porque a babá chegou mais cedo e se ofereceu para botar os meninos na cama, de modo que estou deitada no quarto, observando com admiração Tom fazer a mala, muito embora ainda faltem três dias para ele ir para Milão.

Ele conta cuidadosamente as calças, as meias, as camisas, os pijamas e as cuecas, arrumando tudo em pilhas perfeitas. Por baixo de tudo, alinha uma escova de dentes, creme dental, fio dental, desodorante e uma lâmina de barbear, todos equidistantes. Sei que, quando chegar ao Hotel Central (ele já me passou os detalhes), tudo será tirado da mala e arrumado na prateleira de vidro do banheiro exatamente na mesma ordem.

Não dividimos mais a mesma pasta de dentes, depois de uma briga feia por conta de como exatamente se deve apertar um tubo. Prefiro uma técnica de maior liberdade. Anos atrás, adotei as embalagens de pé para evitar mais discussões, com o assunto, para mim, já tendo sido exaurido. Mas Tom insiste em continuar comprando tubos e em apertá-los a partir da ponta final, enrolando-os cuidadosamente de baixo para cima, a fim de garantir que não haja qualquer desperdício e por vezes se preocupando sobre o que vai fazer quando os tubos finalmente forem declarados obsoletos. Ele assovia alegremente ao recuar um passo, as mãos na cintura, satisfeito com o trabalho realizado. Admiro um especialista trabalhando, desejando ser capaz de encontrar gratificação semelhante em atividades do gênero.

Talvez ocorram grandes mudanças no mundo na segunda-feira de manhã, mas Tom sabe exatamente a cor das calças que estará usando para recebê-las. Ele é, afinal de contas, um homem constante. Até recentemente, eu me considerava amplamente constante em minhas inconsistências. É possível confiar em mim para perder o cartão de crédito em média seis vezes por ano, para deixar migalhas de torrada entre as teclas do computador quando olho meus e-mails e a reduzir o preço de qualquer roupa que compro em um quarto sempre que Tom me pergunta quanto custou. Ultimamente ando mais incerta na minha incerteza, o que, se eu parar para pensar, é ainda pior do que ter certeza a respeito dela.

— Em que você está pensando? — pergunta Tom, olhando para mim com o canto do olho, ainda completamente envolvido no processo de pilhas e filas.

— O que você acha do caso de Emma? — pergunto. — Nunca pensei que ela fosse se envolver com alguém casado.

Ela gosta de ter tudo tão definido e, qualquer que seja o desfecho, essa história vai ser muito complicado.

— Acho que você precisa deixar as pessoas viverem a própria vida, Lucy — diz ele, puxando um porta-terno do guarda-roupa e pegando uma toalha para limpá-lo. — De qualquer maneira, tudo parece muito compulsivo, sexo nervoso no escritório dele, em elevadores, na traseira de carros. Encontros clandestinos são um grande afrodisíaco.

— Como você sabe de tudo isso? — pergunto.

— Ela me contou quando você foi olhar Fred. Ela não consegue parar de falar nisso. Meu Deus, espero que você nunca fale sobre mim tão explicitamente.

Ignoro a observação dele e pergunto:

— Mas e a mulher dele?

— Bem, ela provavelmente está cansada demais. Só se pode fazer esse tipo de coisa com alguém relativamente estranho — diz ele.

— Não foi o que eu quis dizer. Parece tão injusto que ela sequer se dê conta de estar envolvida numa batalha por corações e mentes. Quero dizer, se ela soubesse que há uma rival, talvez pudesse se esforçar um pouco mais — digo.

— De que maneira?

— Não sei. Depilar a virilha, ir à academia, fazer bons jantares, pensar em novas posições sexuais, paparicá-lo quando ele chega do trabalho.

— Então talvez você esteja precisando de uma rival — ele brinca. — Se é esse tipo de coisa que importa, então não é um casamento muito sólido, não é? Talvez ela faça tudo isso e mais e, mesmo assim, não seja suficiente. O que eu realmente não consigo entender é por que ele quer montar um apartamento com Emma. A vida doméstica é a morte anunciada desse tipo de paixão.

— Não se a vida doméstica tem hora marcada. Não consigo ver aonde as coisas estão indo.

— Acho que, na verdade, isso tem mais a ver com você do que com ela, Lucy.

— O que você quer dizer?

— Acho que você está exagerando na empatia com a situação de outras pessoas, e isso a preocupa — diz ele.

Quando a conversa está começando a ficar interessante, Fred entra correndo no quarto e, num impressionante salto, aterrissa no meio da arrumação do pai e fica pulando para cima e para baixo. Um monte de roupas se espalha por todo lado, mangas de camisa abraçam cuecas, meias se separam e o conteúdo que iria para o nécessaire cai no chão. A lâmina de barbear não vai mais para Milão e se une ao movimento embaixo da cama. Crianças pequenas são anarquistas natos.

— Fred, você devia estar dormindo — grita Tom, agarrando-o e levando-o embaixo do braço como uma bola de rúgbi de volta ao quarto, com as perninhas se agitando no ar.

As crianças sempre sentem quando estamos abandonando a linha de frente e deixando um oficial de serviço como encarregado.

Mas Polly, a babá, filha mais jovem de um de nossos vizinhos, agora está muito ocupada escrevendo um ensaio de filosofia para se preocupar com o que está acontecendo no andar de cima. Desço até a cozinha para lhe dar uma lista de números de telefones para o caso de ela precisar nos contatar e olho para a tela de seu computador: *"Sócrates acredita que as pes-*

soas erram não por serem inerentemente más, mas porque não têm clareza sobre o que é melhor para elas." Discuta.

— Você gostaria que eu tentasse arrumar a lavanderia depois que os meninos estiverem dormindo? — pergunta Polly. As cestas transbordando estão no mesmo canto da cozinha em que estavam da última vez que ela veio. As pilhas de roupas limpas e de roupas sujas uniram forças há duas semanas e, em vez de dois montes iguais, há uma pequena montanha com uma espécie de platô de calças e sutiãs por cima. Ela está liberando espaço na mesa da cozinha para espalhar mais livros. Leva canecas plásticas de cores chamativas com leite pela metade, pratos com cascas de torradas e cascas de ovos que estavam na mesa desde a hora do chá e, eficientemente, começa a raspar a comida no lixo e a botar a louça na lavadora.

— Desculpe, é sempre uma correria quando vamos sair — eu digo amigavelmente, enchendo a lavadora de louça junto com ela e torcendo para que Tom não entre, porque ela está empilhando pratos aleatoriamente no compartimento inferior e misturando as facas e os garfos no suporte de talheres. — Eu ia limpar tudo depois de dar banho nos meninos, mas então Fred cortou o lábio no banho e Tom estava fazendo ligações para a Itália. Seria ótimo se você tivesse tempo para a roupa. — Olho para ela, que está de pé ao meu lado. Está usando uma calça jeans Seven que deve ter custado mais de 100 libras e uma blusa com múltiplas camadas que sobe toda vez que ela se abaixa para pôr coisas na máquina, revelando uma barriga lisinha sem esforço algum e um piercing de umbigo. É inimaginável que ela um dia possa se ver debruçada sobre pilhas rebeldes de roupa suja e pneuzinhos na barriga, entre curativos e horários escolares, tendo conversas com o marido sobre a melhor maneira de encher uma máquina de lavar louça. Ainda assim, um dia fui como ela. Imagino o que ela pensa de mim. Vejo que olha para a lista de tarefas na geladeira. Tênis de educação física de Joe. Cabeleireiro. Presentes de Natal, sublinhado três vezes. Chamar o encanador. Xampu para piolhos, porque, mais uma vez, os meninos estão com piolho.

Sei que ela não vai mexer nas roupas agora. Não por ser preguiçosa ou por ter feito uma oferta insincera. Mas porque ela vai concluir que se trabalhar um pouco mais e com mais esforço no ensaio que está fazendo, talvez consiga notas boas o bastante para lhe garantir um futuro mais distante do meu.

Enquanto enchemos a lavadora, pergunto sobre seus planos para o futuro.

— Quero me formar em história — diz ela.

— Ah, foi o que eu estudei em Manchester — respondo, animada. Ela parece levemente perturbada, mas tem a generosidade de corar.

— Então você trabalhou antes de ter filhos? — pergunta hesitantemente, sem de fato querer saber a resposta. E há uma parte de mim que quer mentir, que quer dizer que ela terá escolhas diferentes e que tudo vai ser mais fácil.

— Sim — respondo. — Ainda tentei trabalhar meio período depois de Sam nascer, mas como Tom estava trabalhando demais, precisava de uma babá que pudesse ficar até a meia-noite. Então fiquei grávida de Joe.

— Você estava fazendo trabalhos temporários? — ela pergunta.

— Mais ou menos — respondo, recolhendo pedaços de macarrão da pia.

— O que você fazia? — ela insiste.

— Eu era produtora do *Newsnight* — digo.

— Mas é terrível que você tenha tido de desistir de tudo — ela diz.

— Depois que temos filhos, nunca mais somos verdadeiramente livres — reconheço. — E isso é ao mesmo tempo terrível e maravilhoso. No começo, parecia que tudo para o que eu havia me preparado a vida inteira havia me sido tirado assim que as cortinas se levantaram e eu descobri que, longe de ser a protagonista, era a quarta figurante. Mas era terrível nunca conseguir ver Sam. É curioso, se a ideia de passar o tempo com os filhos nos enche de pavor, é provavelmente um sinal de que os estamos vendo demais, e se acordamos cedo num sábado de manhã e nos levantamos para preparar uma ida ao zoológico, a um museu e fazemos panquecas para o café da manhã, sem dúvida não estamos passando tempo suficiente com eles.

— Mas deve haver um meio-termo satisfatório.

— Bem, um marido muito rico ajuda, porque podemos comprar uma folga das tarefas mais entediantes — brinco. — Mas então nunca o vemos. E há empregos mais compatíveis com a maternidade. Também podemos procurar por um dono de casa.

— Acho que vou tentar ter filhos ainda jovem e construir minha carreira depois disso — diz ela, pensativamente.

— Parece uma ótima ideia — minto, porque não há por que tentar explicar a incompatibilidade da maternidade com tudo o que a precedeu. — De qualquer maneira, você não precisa se preocupar com isso agora, apenas aproveite a vida. O que sua mãe fazia?

— Ela é advogada corporativa — diz Polly. — A gente brinca que ela é vampira, porque nunca a vemos durante o dia. Eu sei que nunca vou querer isso.

Ouço gritos e subo a escada correndo para investigar. Fred está fora da cama de novo, e os dois mais velhos estão no meio de uma das brincadeiras preferidas deles, inspirada num episódio do *ER* que Sam assistiu conosco há alguns meses. A brincadeira envolve realizar cirurgias um no outro, uma mais grotesca e sangrenta que a outra. Agora, é a vez de Fred ser pregado ao chão. Eles pegaram ketchup na cozinha para simular sangue, e o molho de tomate está espalhado por toda a capa do edredom. Isso garante uma bronca, mas a perspectiva é exaustiva demais, de modo que simplesmente recolho o ketchup e dirijo a Sam, que, sendo o mais velho, deveria demonstrar mais responsabilidade, um olhar que, espero, transmita várias emoções, incluindo decepção, raiva e exasperação.

— Estamos fazendo um transplante de cérebro, mãe — diz Sam.

— É para ele lembrar como contar até vinte — diz Joe.

— Você quer um também, mãe? — pergunta Sam.

Vou até o quarto em busca de Tom, vendo de relance uma cortina torta que Fred puxou para baixo durante uma brincadeira de esconde-esconde, revelando uma mancha onde a calha transbordou no ano passado.

A casa inteira precisa ser pintada de novo, penso comigo mesma. Mas assim como o sonho de um armário de brinquedos cheio de caixas de plástico idênticas com nomes pregados do lado para indicar onde as coisas serão encontradas, pintar a casa não é uma prioridade. Então começo a me perguntar exatamente o que é uma prioridade. Encontrar uma nova faxineira, quem sabe? Organizar a festa de aniversário de Sam, certamente? Fazer sexo com Tom, definitivamente? Resolver minha crise atual, absolutamente?

Uma coisa fora de questão é que a incerteza é um criadouro para mais incerteza. Tento visualizar o curso da minha recente perda de esperança. Tom tem razão. As sementes provavelmente foram plantadas há mais de um ano com um telefonema de Cathy logo depois da meia-noite pedindo, com aquela voz fraca com que ficamos depois de passarmos horas chorando, se podia ir nos ver e passar a noite em nossa casa. Disse que nos contaria tudo quando chegasse com Ben, que na época estava com 3 anos, mas nós sabíamos o que havia acontecido. Os problemas estavam claros fazia algum tempo. Tinha havido as sessões com um terapeuta especialista, quando a amargura já estava tão profunda que mesmo o ar ao redor deles era azedo, e a briga feia na festa de 40 anos de meu irmão, quando Cathy se esqueceu de avisar ao ex-marido que precisava trabalhar no final de semana, o que significava que ele teria de cuidar de Ben e cancelar sua sessão de shiatsu.

— Olhe aqui, se eu não trabalhar, não vamos ter dinheiro suficiente — ela gritou.

— Meu terapeuta disse que eu preciso de espaço para pensar e encontrar minha criança interior — ele respondeu.

— Acho que você precisa encontrar seu adulto exterior primeiro — ela retorquiu.

— O mais terrível — disse Cathy, depois de tomarmos várias garrafas de vinho com Ben instalado no andar de cima — é o fato de que ele está tão avançado no processo de tomada de decisão que não há esperança de reconciliação. A gente acha que sabe o que uma pessoa está pensando, e então ela nos diz que não sabe se algum dia nos amou, e começamos a nos questionar sobre nossos próprios sentimentos e a perder a esperança em todos eles.

Concordamos prudentemente. Na ocasião, eu nunca havia questionado a força da nossa fusão emocional. Tom subiu e encontrou um lenço para ela. Quando ele lhe entregou o lenço, ela chorou ainda mais por causa da gentileza.

— Você é tão confiável, Tom. Se ao menos eu tivesse me casado com um homem que arrumasse os temperos em ordem alfabética — ela soluçou.

— Se ao menos eu tivesse me casado com uma mulher que apreciasse essa qualidade — ele brincou.

— Eu achava que, por sermos casados, tentaríamos fazer dar certo, mesmo que parecesse que tudo estivesse contra nós. Tenho certeza de que ele está envolvido com outra pessoa, porque é incapaz de tomar uma decisão como esta sozinho.

Quando fomos para a cama naquela noite, Tom disse:

— Bem, acabaram-se as noites de quarta-feira vendo futebol com ele no pub. — E caiu no sono.

E essa realmente parecia ser a extensão da lamentação dele.

— As coisas mudam, as pessoas, não, a vida continua, Lucy — ele disse na manhã seguinte. — E, na verdade, Cathy provavelmente vai ficar melhor sem ele. Ele nunca vai evoluir.

— Lucy, Lucy, vamos, a gente vai se atrasar — diz Tom, entrando no quarto, vestindo o casaco e o cachecol.

Quando fechamos a porta da casa atrás de nós, tenho aquela sensação de leveza que acompanha o ato de assumir a retaguarda por algumas horas, e Tom, animado por pensamentos semelhantes, estende a mão, e eu a seguro. O tempo que passamos sozinhos é algo precioso, e a ideia de simplesmente ser, em vez de fazer, é uma sensação que ambos saboreamos. Damos alguns passos em harmonia silenciosa, e sinto uma onda de otimismo de que meu perturbado equilíbrio poderia ser restaurado se nós dois simplesmente tivéssemos mais tempo a sós. Talvez por um minuto, eu me reconecto com um tempo anterior às crianças, quando éramos só Tom e eu, quando podíamos ficar na cama nos finais de semana, ler todos os jornais e viajar. Então me dou conta de que o carro desapareceu.

— Ah, meu Deus. Deixei na frente da escola hoje à tarde, porque os meninos quiseram voltar para casa a pé. Sinto muito — digo, tentando antecipar quanto tempo eu teria de pagar por essa infração, um cálculo bruto que envolve julgar até onde a viagem que ele está por fazer compensa sua ausência para fazer as apresentações no restaurante, um detalhe que ele considera importante, mas não crucial. Penso que a biblioteca em Milão me favorece. E tenho razão. O tempo em harmonia é algo cujo valor ele reconhece.

— Não se preocupe, vou correr para pegá-lo. Vá caminhando em direção à escola — diz ele, saindo numa disparada que sei que ele vai considerar insustentável depois de mais ou menos cem metros.

Penso em Polly escrevendo seu trabalho. Pergunto a mim mesma onde foi parar toda a informação que acumulei durante aquele período intenso entre a escola e a universidade. Será que se perdeu para sempre? É certo que o declínio começou com a concepção dos meninos, quando novas áreas inteiras de interesse especializado se abriram. Carrinhos de bebê, por exemplo. Há alguns anos, eu poderia ter escrito um longo ensaio sobre carrinhos de bebê. A escolha do nosso primeiro modelo levou mais tempo que comprar um carro. Foram necessárias mais visitas que para comprar nossa casa.

Lembro-me de uma conversa que tive no trabalho com dois colegas que iam ter filhos na mesma época em que eu estava grávida de Sam. Cansados dos finais de semana passados em lojas de artigos de bebê, confusos e espantados com a absurda variedade de carrinhos de bebês, nos sentamos numa sala de reunião com vários catálogos, esperando que, juntos, tivéssemos comparado e analisado informações suficientes para chegar a algumas conclusões. Mas depois de meia hora ainda estávamos envolvidos num pesado debate sobre questões como peso, modelos que dobravam para a frente contra opções totalmente dobráveis, esportivos ou rústicos. A análise estatística necessária estava além da nossa capacidade.

Então, quando Sam nasceu, a perícia médica foi a nova prioridade. Tornou-se crucial saber exatamente como usar um copo para distinguir entre erupções virais e meningocócicas. Era útil saber que termômetros digitais davam resultados sempre altos demais. E foi impressionante descobrir que os poderes anti-inflamatórios dos repolhos Savoy e das ervilhas congeladas faziam deles muito mais que vegetais. Agora, a especialização havia se ampliado ainda mais. Escolas estão no topo da lista. A profundidade de conhecimento necessário para dominar essa área em particular vale um Ph.D.

De repente vejo Tom correndo em minha direção, acenando os braços.

— Não está lá — ele grita.

— Meu Deus, deve ter sido roubado — digo. Pelo menos desta vez sei que não perdi a chave reserva.

— Tem certeza de que deixou na escola? Vou entrar e perguntar a Sam se ele se lembra — diz ele, assumindo imediatamente o controle da situação e correndo de novo em direção à casa. Em alguns minutos, ele sai correndo novamente. O fato de ele estar correndo de um lado para o outro tem um quê de cômico, como se ele estivesse vivendo a vida em *fast forward*, enquanto eu vagueio no *play* e no *rewind*, e começo a rir.

— Não sei por que você está achando isso engraçado. Estamos 45 minutos atrás do planejado — ele grita, desta vez com raiva, porque seu rosto está tão perto do meu que não há por que levantar a voz. — Sam disse que você deixou o carro na frente do Starbucks. — Só que, quanto mais ele se irrita, mais eu rio.

— É estranho, porque quando eu estava voltando correndo, vi um Peugeot azul na esquina daquela rua, mas é claro que não me dei conta de que você o havia estacionado num lugar completamente diferente.

Então saímos correndo juntos. Passamos pelas mesmas árvores e casas pelas quais passo caminhando todos os dias a caminho da escola, acenando para o homem simpático que passeia com o labrador preto na direção oposta, percebendo que a lâmpada de um dos postes da rua está quebrada, passando pelo novo supermercado Tesco Metro, saltando por cima das pernas do sem-teto que está sempre sentado do lado de fora. Embora nosso ritmo seja o mesmo e estejamos correndo juntos — e para as pessoas por que passamos na calçada deve haver uma simetria física satisfatória em nossos movimentos —, na verdade não poderíamos estar mais distantes um do outro. No entanto, encontramos o carro.

— Que sorte que isso aconteceu esta noite e não num dia de escola — digo.

— Não tem nada a ver com sorte, Lucy, e tudo com mau planejamento — reclama ele.

Eu gostaria de continuar a conversa que estávamos tendo mais cedo, mas sei que agora toda a minha energia precisa ser investida em melhorar o mau humor que está pairando sobre a noite.

Tom dirige em silêncio, agarrando a direção numa fúria muda, com o silêncio sendo a maior punição de todas. Estou grata por não haver lua esta noite. Grata por estarmos percorrendo ruas pouco iluminadas pela área mais vulnerável da zona norte de Londres. Principalmente, estou grata pelo fato de Tom não estar no assento do passageiro. Tudo porque o carro está parecendo uma cama desarrumada, e tenho consciência de que o assento e eu estamos grudados — os botões de chocolate estão derretendo lentamente e colando no meu casaco, e, quando me mexo, mesmo com o mais suave dos movimentos, velhos pacotes de batatas fritas e pedaços de papel estalam embaixo de mim. Recolho dois restos de maçã de debaixo do freio de mão quando viramos à direita na Marylebone Road e os escondo dentro da bolsa.

O trânsito está parado. Tanto que ninguém sequer se dá ao trabalho de buzinar. Tão lento que algumas pessoas desligaram o motor e estão de pé no meio da autoestrada de três pistas, discutindo o que pode ter acontecido. Não há como ir para a frente nem para trás. E nenhum de nós quer ser o primeiro a interromper o silêncio.

Lembro-me de uma viagem de volta para casa no verão anterior à festa de 40 anos de meu irmão. Eu estava dirigindo nessa mesma estrada, e Tom havia caído no sono no banco do passageiro minutos depois de termos deixado a casa de Mark na zona oeste de Londres. Havia um inexplicável engarrafamento à meia-noite, logo depois da Westway, e me vi sozinha para relembrar as conversas que havia tido na festa.

A certa altura da noite, Emma havia me dito que queria me contar uma coisa e me levou pelo braço até um canto quieto ao lado da porta de entrada. Hesitei, porque estava no meio de uma conversa com meu irmão sobre por que a morte de meu sogro dois anos antes poderia ter estimulado a obsessão da mãe de Tom com a limpeza da casa.

— Provavelmente é uma maneira de se despedir — disse Mark. — Toda vez que dá alguma coisa, ela revisa todas as lembranças que cercam aquele objeto e segue em frente. Ou isso, ou ela está se preparando para a própria morte.

— Isso dá margem a muitas interpretações — retruquei.

Então Emma se aproximou. Tinham ficado algumas pendências entre ela e meu irmão anos atrás, eu não queria saber dos detalhes, e houve uma breve porém constrangida troca de palavras antes de ela me levar para longe dali.

— Conheci um homem — disse ela, falando num sussurro. — Mas você não pode contar para ninguém, porque ele é casado.

Quando Tom e eu fomos morar juntos mais ou menos um ano depois de nos conhecermos, uma das primeiras observações que ele fez sobre o funcionamento da minha vida foi sobre a magnitude de confidências que eu inspirava. Alguns homens poderiam achar isso irritante, já que frequentemente envolve longos telefonemas em momentos inconvenientes e garrafas de vinho sobre a mesa da cozinha tarde da noite.

Mas Tom disse que era muito mais interessante que o tipo de conversa que ele tinha com os amigos e imaginava como as superfícies das vidas das pessoas escondiam o que havia por baixo. Vindo de uma família em que honestidade emocional não valia nada e era vista com suspeita, aquele era um mundo novo para ele.

Emma explicou como havia conhecido aquele homem durante um jantar entre executivos de sua empresa de comunicação e um grupo de banqueiros sênior escolhidos a dedo. Ela contou a história lenta e precisamente, como se cada detalhe fosse significativo. Era bem diferente da forma como ela normalmente falava sobre relacionamentos, tentando subestimar sua importância ao despistar qualquer pergunta séria com humor e vendo qualquer tentativa de envolvimento emocional com desconfiança.

— Eu normalmente não tenho nenhum interesse nesses tipos. Na verdade, eles não têm muito sobre o que conversar além de negócios. Trabalham tanto que não resta espaço para mais nada na vida deles, nem mesmo para as famílias. Ele se sentou ao meu lado, e mal nos falamos durante a refeição. Era como se ambos soubéssemos que não era uma boa ideia. Pelo menos foi o que ele me disse depois. Definitivamente, houve uma ligação, não foi só uma coisa de desejo, porque àquela altura eu não o havia observado de perto. Foi mais como uma sensação de estar sendo atraída para alguém.

"Quando trouxeram o café, como meu celular tocou, eu me abaixei para pegar a bolsa. No mesmo instante, ele derrubou uma colher no chão com a mão esquerda e, enquanto tentava apanhá-la, o dedo dele tocou o meu. Na verdade, foi menos que um toque, mais a sensação de alguma coisa roçando contra a outra, mas senti alguma coisa se mexer dentro de mim, e ele também. Ambos soubemos disso no instante em que nos olhamos. Foi rápido e simples assim. Como uma corrente elétrica.

— Parece incrível. Ele já tinha feito isso antes?

Ela me olhou com descrença, porque as pessoas sempre gostam de pensar que suas situações são únicas, de modo que continuei corajosamente.

— Tom tem uma teoria — falei — de que os casos não acontecem porque as pessoas se acham atraentes, porque isso acontece o tempo todo, mas porque as pessoas se permitem se envolver em situações em que podem ter sucesso. E depois que se faz isso uma vez, pode se tornar um hábito difícil de vencer.

— Bem, ele certamente criou a situação, porque na segunda-feira de manhã me ligou e me convidou para almoçar. Ele nem fingiu que iríamos conversar sobre qualquer coisa relacionada a trabalho. Não passamos do primeiro prato, tinha muita tensão no ar. Fomos então para um hotel em Bloomsbury. No elevador, enquanto subíamos, ficamos separados. Acho que nem conversamos. Ele trancou a porta do quarto atrás de nós, e foi a primeira vez que nos tocamos desde que nos conhecemos, no jantar.

— Como você sabia do hotel? — perguntei.

— Lucy, você sempre tem uma linha de questionamento tão inconvencional — reclamou Emma. — Mas, para saciar sua curiosidade, eu já tinha estado lá. Ele não. E, a julgar pela paranoia dele em relação à mulher descobrir, eu realmente acho que é a primeira vez que ele faz uma coisa dessas. Dá para saber o tipo de homem que faz disso um hábito. De qualquer maneira, foi incrível, muito intenso. Temos nos visto todos os dias desde então. E conversamos muito mais.

Enquanto estamos parados no trânsito, penso na perspectiva de uma ida sozinha a um pub com o Pai Sexy Domesticado se aproximando na noite de segunda-feira e me dou conta de que, na verdade, não quero ir. Embora meus mais recentes pensamentos sobre o Pai Sexy Domesticado tenham evoluído para o tipo de sonho acordado que não dividimos com as amigas, envolvendo, como de costume, brigas em becos do Soho, em que fazer sexo no meio da rua é mais comum que no subúrbio, eles continuam sendo uma fantasia. Decido que estou lidando com minha criança interior, tendo um ataque por causa de alguma coisa que não posso ter, e então a rejeitando quando ela me é oferecida de bandeja. Ocorre-me com indiferença que ter uma fantasia não significa necessariamente que se queira que ela se torne realidade. Sei que provavelmente estou adiante de mim mesma a esta altura, porque não há motivo para que eu não saia para beber alguma coisa com um dos pais da escola sem que isso seja algo mais que um simples compromisso social. Uma bebida e talvez mais observações perspicazes sobre o livro dele e sobre como exatamente ele vai me ajudar em meu iminente papel de representante de classe.

Parte da minha petulância no que diz respeito ao Pai Sexy Domesticado se deve ao fato de ter sido eu quem deu o primeiro passo ao mandar a mensagem enigmática. "E depois?" É estranho como a justaposição de duas palavras inócuas pode resultar em algo perto de uma proposta. Da forma como os fatos se apresentam, ele estará esperando que eu administre a situação, já que fui eu quem a criou.

Não há como sair da situação sem fazer com que pareça que estou rejeitando o convite por causa de dúvidas quanto às intenções. Tenho bastante certeza de que a sugestão dele não passa de um gesto amigável. E aí está a dificuldade. Dou-me conta com uma clareza repentina de que, na verdade, não quero ficar amiga do Pai Sexy Domesticado, porque fazer isso vai prejudicar a possibilidade da fantasia.

Sem contar velhos amigos homens, havia anos que eu não fazia alguma coisa sozinha com um estranho. Na verdade, além de dormir, eu provavelmente não passei mais que quatro horas sozinha desde que deixei de trabalhar. Na verdade, eu não deveria poder ficar sozinha de maneira alguma. Com Fred começando na creche e os dois mais velhos na escola durante a maior parte do dia, está se tornando aparente que eu preciso retornar ao mundo adulto e reaprender os códigos sociais básicos.

— Aliás, minha mãe disse que pode cuidar dos meninos na segunda-feira à noite para que você possa ir à reunião na escola. Ela vai passar o dia e dormir — diz Tom, estilhaçando o silêncio. O impasse se rompeu.

— Ótimo — digo. — Obrigada por resolver isso.

— Você não está planejando ficar até muito tarde, está? Sabe como ela tem medo de cair no sono e não ouvir os meninos se eles acordarem.

— Não. Talvez eu saia para beber alguma coisa com algumas das mães depois da reunião. Só para fazer uma social — digo. — Acho que eu devia ligar para Cathy e dizer que vamos nos atrasar.

— Boa ideia — concorda ele.

Com o passar dos anos, eu me tornei especialista em questões domésticas. Isso envolve uma análise rápida e precisa das situações em que é necessário ser econômica em relação à verdade para proteger a harmonia e evitar discussões. De modo que não considero minha resposta uma mentira, mas mais uma verdade parcial. Uma área cinza.

— Ainda não entendi direito por que você quer ser representante de classe, Lucy. Não acho que organização seja um ponto forte seu — diz ele, batucando a direção com as pontas dos dedos.

— Quais você acha que são meus pontos fortes, então? — pergunto.

— Acho você uma mãe maravilhosa, talvez um pouco sem paciência, às vezes, mas sempre presente. E nas raras ocasiões em que estamos ambos acordados ao mesmo tempo e não há crianças em nossa cama, eu ainda gosto muito de fazer sexo com você — ele diz, olhando bem para mim. — E você desenha bem. — Tinha me esquecido dessa.

Então ele resolve botar um CD. Sinto o sangue correndo nas veias, porque sei que os CDs estão todos bagunçados. Ele pega um disco dos Strokes e encontra *Best of the Mr. Men* dentro da caixa.

— Não vou falar nada.

— Quando eu tiro um CD para botar outro, normalmente ponho o que tirei do aparelho na caixa do que acabei de botar para tocar — explico, numa tentativa de desviar de uma crise potencial.

— Por que você não bota na caixa certa? — ele pergunta.

— Bem, porque a caixa certa está com o CD que eu tirei para botar o que eu estava tirando — respondo.

Ele parece confuso.

— "Como o peixe foi parar em cima da árvore" — ele resmunga, citando a fala preferida de Fred no Dr. Seuss.

— O Coldplay deve estar na caixa do *Cálice de Fogo*, porque foi o que o substituiu — digo. E tenho razão.

— Então onde está o *Cálice de Fogo*? — ele pergunta.

— No *Best of Bob Dylan* — respondo, confiante.

— E onde está o *Best of Bob Dylan*? — ele pergunta. — Na verdade, eu não quero saber. Isso está parecendo "A velha a fiar".

— Exatamente — digo. — Tem uma lógica. Basta usar um pouco de psicologia reversa. Diga o que você está procurando, que eu vou encontrar.

— David Gray, *White Ladder* — diz ele. Penso por um instante.

— Está dentro de *O Leão, a Feiticeira e o Guarda-Roupa*. — E está.

Poderia ter sido muito pior. Ele está alinhando as caixas sobre o painel e empilhando os CDs no joelho. Mas é uma boa distração quando se está preso num espaço pequeno, sem poder sair para jantar por causa de um engarrafamento numa sexta-feira à noite. Olho para o relógio. São quase 21h40. Já estamos parados há 45 minutos. E, na verdade, acho que estamos nos comportando bastante bem.

Tom olha pelo para-brisa quando o motorista do carro da frente liga o motor. Então outras pessoas começam a voltar aos seus veículos. Tão misteriosamente como se formou, a complexa rede de carros colados para-choque contra para-choque até onde a vista alcançava se desfaz, e todos começam a seguir lentamente de volta ao drama de suas próprias existências.

— Vamos para casa? — pergunta ele, com a voz cansada. — Quando chegarmos ao restaurante, a cozinha estará fechando.

Então ligo para Cathy de novo para dar uma notícia que, imagino, será ruim. Encontros às escuras costumam ser uma operação difícil nas melhores situações e, se estivéssemos lá, pelo menos poderíamos preencher os silêncios.

— Sinto muito, Cathy, sei que estamos realmente deixando você mal nessa história, mas o trânsito estava terrível. Ficamos parados durante toda a última hora e vamos voltar para casa — digo. — Espero que não tenha sido ruim demais.

— Escute, está tudo bem. Na verdade, está melhor que isso — ela diz. — Na verdade, provavelmente é uma boa que vocês não estejam aqui. Está rolando um clima, e seria meio constrangedor ter testemunhas. Ele está no banheiro, e estamos prestes a ir juntos para a Soho House.

— Que ótimo, menos mal que não fomos, então. E como ele é? — pergunto.

— Ótimo. Do tipo meio santo, meio louco — ela diz.

— Parece bacana, acho.

— Lucy, você precisa sair mais. O que eu quis dizer é que ele gosta de fazer festa, mas fica se sentindo culpado depois. É uma combinação emocionante. Já conheci esse tipo de homem antes. Enfim, ele é maravilhoso, agradeça ao Tom, tá? Ele está voltando, não me ligue muito cedo amanhã de manhã. Mantenho você informada.

— Como estão indo as coisas? — pergunta Tom, parecendo levemente preocupado.

— Bem. Melhor do que bem. Acho que os dois provavelmente vão passar a noite juntos — respondo.

— Eis uma boa ideia — diz ele. — Foi bom passar um tempo só nós dois, de qualquer maneira.

— Não foi o que eu descreveria como tempo de qualidade — comento. — Quero dizer, uma noite nas sombras da Westway não seria minha escolha.

— Não, mas tenho a sensação de que nos reconectamos. Às vezes parece que você está se afastando de mim, Lucy, para um impenetrável mundo todo seu. Aliás, acho que você deveria mandar uma mensagem para Cathy dizendo para ela não dormir com ele no primeiro encontro.

— Isso é meio hipócrita, não? — digo.

7

"O pão sempre cai com o lado da manteiga virado para baixo"

Nunca dou tanto valor a Tom como quando ele está longe. Sem ele, a panela de pressão doméstica está sempre em ebulição. Sinto falta de sua capacidade de servir sucrilhos e leite ao mesmo tempo nas tigelas no café da manhã, da forma como ele arruma três casacos, cada um com uma lancheira pronta em cima, ao lado da porta de casa e de sua inexplicável capacidade de encontrar minhas chaves. Hoje, é desta última habilidade que sinto mais falta.

Tom partiu para Milão hoje de manhã bem cedo e, como orientado, relutantemente deu duas voltas na chave da porta ao sair.

— Não consigo entender como a mesma pessoa que deixou as chaves na porta da frente não uma mas duas vezes esta semana possa ser tão paranoica com assaltos — disse ele, sussurrando em meu ouvido enquanto se inclinava na cama para me dar um beijo de despedida. — Boa sorte com a eleição. Se vencer, pelo menos a escola terá de deixar Fred passar pela porta. — Então reconsiderou: — Claro que, se você for um desastre, o inverso pode se tornar realidade. Eis um belo incentivo.

Às 8h10, dez minutos antes do deadline de sempre, arrumo os meninos diante da porta da frente, sentindo-me muito orgulhosa de mim mesma. Nada mal. Livros da biblioteca. O.K. Sapatos. O.K. Casacos. O.K. Chaves da casa. Em lugar nenhum. No começo, recuso-me a entrar em pânico. Afinal, até então, os prognósticos parecem favoráveis. Procuro nos lugares de sempre: bolsos do casaco, bolsa, gaveta da cozinha. Nada.

— Não se esqueça de olhar na geladeira — grita Joe lá de baixo. — Era onde estavam da última vez, mãe, lembra? — A geladeira está vazia.

— Procura no seu hipocampo — diz Sam. — É onde a memória fica guardada.

— Como se faz isso? — pergunto, impressionada.

— Precisamos abrir seu cérebro — diz ele.

Faço os meninos revirarem os bolsos e questiono mais Fred por ser o réu óbvio. Ele olha para os pés e fica se mexendo com ar culpado. Os meninos me acompanham até a cozinha, e eu viro a lata de lixo no chão para o caso de ele ter jogado as chaves lá. Não seria a primeira vez.

O cheiro é devastador. O fedor de carne rançosa e o enjoativo cheiro adocicado de fruta apodrecendo competem pela supremacia. Os meninos cobrem a boca com as mãos e olham num silêncio chocado enquanto a mãe revira os detritos dos últimos dias, sacudindo uma malcheirosa carcaça de frango para o caso de as chaves estarem presas dentro dela, remexendo entre pedaços de pão mofado e frutas que se desintegram em minhas mãos. Prendo a respiração pelo máximo de tempo possível e então corro até o fogão, exalo, inspiro novamente e volto à batalha. Minhas mãos estão cobertas de folhas úmidas de chá de um saquinho rasgado.

— Vocês sabiam que em países pobres as crianças precisam catar lixo em enormes depósitos, procurando por coisas para vender e comida para comer? — digo, olhando para os três pares de olhos que me observam. — Nós temos muita sorte. — Eles não parecem convencidos.

— Mamãe, posso perguntar uma coisa? — diz Sam. — Quando nós morrermos, podemos ser enterrados num mausoléu, como os egípcios, para podermos ficar sempre juntos?

— É uma ideia muito interessante. Você se importa se conversarmos sobre isso mais tarde? — respondo.

— Então poderemos ter um lugar especial para as chaves — sugere Joe.

Paro de procurar e me sento um pouco nos calcanhares, com pedaços de lixo espalhados ao meu redor como uma espécie de natureza morta. Preciso encarar a realidade. Minhas chaves estão perdidas, e como Tom trancou a porta, estou encarcerada dentro de casa com as crianças. Digo isso várias vezes, em voz alta, como um mantra, segurando a cabeça, esperando pela intervenção divina.

Desesperada, ligo para Cathy em busca de um conselho.

— Saia pela janela da sala — ela diz. — Ligue para a escola e diga que vai se atrasar, porque esqueceu alguma coisa. É crível. O que está acontecendo não é. Não elabore demais, sempre entrega uma mentira.

— O que aconteceu com o arquiteto? — pergunto. — Me dê a versão resumida. — Resisti à vontade de ligar para ela por dois dias.

— Fomos para o apartamento dele, e acabei passando o fim de semana inteiro lá, mas estou me sentindo terrível hoje. Acho que não cheguei a dormir oito horas nas últimas três noites, completamente abastecida quimicamente. Também estou preocupada por ter feito, digamos, sexo exótico num primeiro encontro. — Eis um detalhe que não vou passar para Tom, que passou o final de semana pontificando sobre os benefícios da abstinência durante o primeiro mês. — Dou os detalhes sórdidos mais tarde — diz Cathy.

— Na verdade, acho que já ouvi o bastante — digo, pegando a chave reserva do carro na gaveta da cozinha.

Os meninos ficam emocionados ao receberem ordens para sair pela janela da sala, sendo exatamente este o tipo de brincadeira proibido pelos pais. Espero que ninguém esteja olhando, principalmente ladrões oportunistas, porque terei de deixar a janela aberta até voltar da creche de Fred. O mesmo vale para os vizinhos, que têm filhos na mesma escola, porque esse não é um comportamento adequado para uma altamente organizada mãe em tempo integral que está prestes a ser eleita para desempenhar um importante papel na administração da escola e, por definição, um papel secundário no futuro da educação deste país. Nunca estou mais que um passo atrás da visão geral.

— Isso é melhor que *Missão impossível*, mãe — diz Sam, escorregando pela abertura estreita da parte de baixo da janela até a grama. Os três ficam parados em pé no jardim da frente, de mãos dadas, porque sentem que aquela é uma das raras ocasiões em que a família realmente precisa ficar unida, e ficam me olhando enquanto me esforço para escorregar para o outro lado. Levantei minha camisa e minha camiseta até a altura das costelas para reduzir a área na cintura. Contorço-me em movimentos lentos, parando de vez em quando para encolher a barriga.

— A gente devia ter esfregado manteiga na sua barriga, mamãe — diz Sam, puxando meus braços. — Eu vi fazerem isso no *Blue Peter*.[1]

— Para fazer mamães passarem por janelas? — pergunta Joe.

— Não, para ajudar focas encalhadas na costa da Escócia — respondeu Sam, pensativamente, enquanto me atiro por sobre a floreira.

Sentindo-me exultante com meu discernimento durante uma crise, concordo em tocar *As melhores canções-tema de James Bond* bem alto no carro no curto caminho até a escola. Vamos nos atrasar muito pouco. A mais ou menos cinquenta metros do playground, minha sorte acaba, e o carro para no meio de "The Man with the Golden Gun". Estamos encalhados. O tanque de combustível está vazio. O trânsito começa a desviar na frente e atrás. Tenho então uma daquelas experiências fora do corpo, em que me sinto como se fosse uma observadora assistindo à vida de outra pessoa.

— Mãe, você não pode fingir que isto não está acontecendo — diz Sam, percebendo minha reação. Então ligo para Tom e calmamente explico a situação para ele.

— O que você espera que eu faça? Estou a caminho de Milão — ele berra do outro lado da linha.

— O que você faria no meu lugar? — pergunto.

— Eu não estaria no seu lugar — ele responde.

Motoristas impacientes, incluindo a Mãe Gostosa Nº 1, dois carros atrás, começam a buzinar ritmadamente. Saio do carro, abro o capô do Peugeot e começo a mexer no motor.

---

[1]Programa infantil da BBC. (*N. do T.*)

— Deve estar sem bateria — grito para ninguém em especial. — Alguém aí tem cabos de bateria?

Eu seria boa numa zona de guerra. Seria ótima fazendo intervenções médicas na linha de frente, brilhante lidando com desastres naturais. Só não sou boa nas coisas pequenas, penso comigo mesma, enquanto desconecto alguns plugues do motor e os limpo com uma flanela. Infelizmente, são esses detalhes que agora definem minha vida. Procuro em meus bolsos por alguma coisa que possa ser qualificada como objeto afiado, porque nessa situação em particular furar o motor é uma alternativa que estou levando em consideração. Qualquer coisa para não ter de admitir que fiquei sem combustível.

O Pai Sexy Domesticado aparece, caminhando pela rua, voltando da escola. Seu braço não está mais engessado.

— Algum problema? — ele pergunta, aproximando-se para olhar o motor, caminhando como um caubói, daquele jeito que fazem os homens urbanos quando percebem uma rara oportunidade de exibir qualidades masculinas. Ele está até vestindo uma camisa xadrez. Penso em dizer que estamos no noroeste de Londres, não em Brokeback Mountain. Palavras como calafetagem, vela de ignição e carburador saem de sua boca, mas suas mãos continuam firmemente dentro dos bolsos dos jeans, que são tão largos que consigo avistar um pedaço da cueca cinza saindo por cima. Olhamos embaixo do capô.

A Mãe Gostosa Nº 1 se junta a nós pelo outro lado, inclinando-se por cima do motor e revelando um decote perfeito, firme, mas não apertado demais.

— Isso não é natural — digo, sem pensar.

— O quê? — pergunta o Pai Sexy Domesticado.

— Lucy, vou dizer três palavras — responde a Mãe Gostosa Nº 1, encarando-me por cima do motor. — Rigby & Peller.

— Isso é um escritório de advocacia? — pergunta o Pai Sexy Domesticado, intrigado. Ele parece indiferente à visão. Então finalmente começa a tirar tampas de borracha de partes do motor. Ainda não estou convencida de que ele sabe o que está fazendo, mas pelo menos está oferecendo uma boa proteção. Ele passa alguma coisa cheia de óleo para a Mãe Gostosa Nº 1. Suas mãos de unhas perfeitas ficam sujas de graxa.

— É tipo um daqueles tratamentos com óleo Micheline Arcier — diz ela, olhando para elas de forma duvidosa.

A Mãe Alfa se aproxima. Ela tenta contorcer o rosto numa expressão de falsa simpatia, com as sobrancelhas franzidas e a boca levemente aberta, mas não consegue disfarçar sua presunção fundamental.

— Ah, pobrezinha — diz ela, olhando para a confusão nos dois sentidos da rua. — Você mora tão perto que poderia facilmente vir a pé.

— Mas então não poderia usar salto alto — diz a Mãe Gostosa Nº 1, batendo as botas Christian Louboutin uma na outra, irritada.

— Como você consegue dirigir usando isso? — pergunta a Mãe Alfa.

— Eu não dirijo. Uso um par de mocassins de cashmere e calço as botas quando chego aqui — responde a Mãe Gostosa Nº 1.

A diretora aparece para investigar o barulho e o caos generalizado e começa a mandar os carros darem meia-volta na rua em ambas as direções.

— Olá, Sra. Sweeney — diz ela. — Reconheci seu carro daquele outro dia.

— O que você está fazendo, mãe? — Sam grita, abrindo a janela do carro. Esqueci que as crianças estão lá dentro.

— Encontrei as chaves de casa escondidas atrás do banco. Que bom, né? — grita Joe da outra janela.

— Que maravilha, querido — berro.

A rua se enche com o som de "Nobody Does it Better".

— "Baby, you're the best" — canta Joe, em resposta.

— Que criança útil — diz a Mãe Alfa, secamente. Posso ver que ela está fazendo um inventário mental desses incidentes.

— Abaixe a música, não estamos conseguindo ouvir nossos pensamentos — grito, num tom forçadamente alegre.

— Mas você não precisa pensar, é só pegar uma lata de gasolina no posto — insiste Sam, sendo completamente racional.

Todos ficam paralisados.

— Quer dizer que você ficou sem combustível? — diz o Pai Sexy Domesticado, segurando a cabeça com as mãos cheias de óleo.

— Era exatamente desse tipo de coisa que eu estava falando — diz a Mãe Alfa, com a voz cheia de sarcasmo. — Seria desastroso tê-la como representante de classe. Inseguro.

— Olhe, deixe que eu levo os meninos para a escola — diz o Pai Sexy Domesticado.

— Obrigada — murmuro, enquanto Sam e Joe saem alegremente de dentro do carro.

— E eu levo você até o posto — diz a Mãe Gostosa Nº 1.

— E eu vou organizar um grupo para empurrar o carro até uma vaga de estacionamento — diz a diretora.

— E eu vou planejar meu discurso da vitória para hoje à noite — diz a Mãe Alfa, indo embora, com o nariz empinado, deixando o resto de nós parado no meio da rua.

— Bem, você ainda terá o meu voto — diz a Mãe Gostosa Nº 1, enquanto acomodo Fred numa cadeirinha no banco de trás do carro dela. — A vida escolar certamente seria muito menos entediante com você no comando. — Foi um daqueles elogios de duplo sentido, mas estou muito ocupada absorvendo o complexo de atividades na parte de trás do carro para me importar. Há telas de televisão atrás dos assentos, e uma porção de DVDs, todos guardados nas caixas corretas, num pequeno compartimento atrás do freio de mão. Atrás de cada assento há também um recipiente transparente com bolsos de vários formatos e tamanhos. Um contém canetas. Outro, papel. E livros adequados para cada idade, tudo em linha reta e simétrico. Lindo. — Está mais para Piet Mondrian que Tracey Emin — diz ela, olhando enquanto eu passo para o banco da frente, ao lado dela. — Na verdade, é tudo trabalho da minha babá.

Fecho a porta, e então vem um silêncio. É como entrar em outro universo, até o ar tem um cheiro diferente. Respiro fundo e fecho os olhos. Ainda não são nem 9 horas.

— É uma mistura de alecrim e lavanda — diz ela. — Mando fazer especialmente para combinar com meus humores. Este se chama "Xícara de chá aromático na estrada para Marrakesh". — Rio, mas ela não está brincando.

Então ela me dá um Floral de Bach Rescue que tira do porta-luvas. Se tivesse tirado um vaso de plantas ou balas de goma açucaradas daquela caverna de Aladim, eu não me espantaria.

— Embora eu não acredite que haja algum antídoto conhecido contra aquela mulher — diz ela.

Então vamos até o posto de gasolina, eu compro uma lata de combustível, e ela me leva de volta ao meu carro. Tudo muito simples. Se ao menos eu tivesse alguém para me organizar, a vida seria muito diferente.

Mais tarde, vou até o banheiro para me preparar para a noite que se aproxima. Penso em como o desastre daquela manhã pode impactar os eventos. Por um lado, deu munição à campanha de fofocas da Mãe Alfa; não que houvesse qualquer necessidade para mais provas da minha visível incompetência. Por outro, ele me torna humana, uma qualidade que claramente está em falta nela.

Quando Tom está viajando, é minha vez de aproveitar o banho. Passei muito tempo de molho no óleo de lavanda que a Mãe Gostosa Nº 1 me deu gentilmente dizendo "Você está precisando mais do que eu" que tenho a sensação de que ele impregnou na minha pele e que, se eu transpirasse, meu suor seria doce em vez de salgado. No andar de baixo, minha sogra, Petra, está cuidando dos meninos.

Tom chegou a Milão. Parecia alegre e animado ao telefone quando conversamos enquanto eu preparava o banho. Havia feito uma visita ao local da obra, e os empreiteiros finalmente tinham começado a trabalhar nas fundações da biblioteca. Ele me contou que estava lendo um conto de um escritor argentino que um dos colegas havia lhe dado.

— É muito emocionante, porque é sobre a ideia de uma biblioteca ser um universo feito de hexágonos integrados, exatamente como eu concebi o prédio.

Eu me esforcei para acompanhar aquela análise, em parte porque não via Tom tão entusiasmado em relação a um projeto havia eras, mas principalmente porque aquilo poderia se mostrar útil numa conversa com o Pai Sexy Domesticado.

— Já virou filme? — perguntei, cheia de esperança.

— Não — disse Tom, claramente surpreso pela atenção. — É um conto, e a personagem principal é uma biblioteca. Enfim, boa sorte com tudo hoje à noite, Lucy, se você tem certeza de que é isso o que quer — ele diz.

Fico momentaneamente preocupada, achando que ele está se referindo à saída com o Pai Sexy Domesticado, e fico sem saber o que dizer.

— Tenho certeza de que, o que quer que aconteça, será memorável — diz ele. — Preciso ir, vamos atacar o frigobar antes do jantar.

Toda vez que começo a me preocupar com o que me espera, ligo a torneira de água quente com o pé até o calor se tornar tão insuportável que qualquer preocupação desaparece. Minha pele está enrugada, e as estrias de minha barriga ficam tão vermelhas que pareço uma fatia de queijo Stilton derretida. Reneguei minha barriga há muito tempo, confinando-a a uma existência reclusa, eternamente banida do olhar público. Agora entendo por que as velhinhas costumavam cobrir a si mesmas em roupas de baixo complicadas, com fechos e nós para aprisionar elementos incontroláveis.

Meus seios balançam embaixo d'água com uma agradável elasticidade. Eu os vejo como velhos amigos confiáveis, aliados aos quais posso recorrer em ocasiões especiais para engendrar confiança e sentimentos de juventude, mas que talvez não estejam muito dispostos a aceitar qualquer perda de status com o passar dos anos. O resto do meu corpo vive num estado de rebeldia, sempre ameaçando se desligar de mim. Seriam necessários muitos anos para suprimir esses elementos revolucionários, domá-los e deixá-los sob meu controle. Um cenário mais possível é uma lenta erosão da minha autoridade. Às vezes, eu me esforço para retomar a supremacia e perder alguns quilos, mas exterminar as partes flácidas exigiria um grau de autocontrole que eu simplesmente não tenho.

Quando saio da banheira e olho para o relógio elétrico de Tom, me dou conta de que tenho menos de meia hora para me arrumar e chegar à escola. O relógio parece solitário e abandonado na mesa de cabeceira, sozinho, rejeitado em favor do velho relógio de metal com rosto de coelho e orelhas gastas que Tom levou com ele. Há um reluzente espaço oval em meio a um mar de poeira onde ele normalmente fica, e o imagino instalado de modo incongruente num quarto de hotel minimalista de Milão. Tom nunca pensará em escondê-lo no guarda-roupa quando seus colegas entrarem no quarto. Eles provavelmente concluirão que é engraçadinho um homem de meia-idade viajar com um despertador do filho de 8 anos. Principalmente as jovens solteiras que ele mencionou naquela outra noite.

É um dos grandes mistérios da vida que a equação de homens mais crianças invariavelmente resulte em algo maior que a soma de suas partes, aumentando as qualidades de ambas, enquanto a justaposição de mulheres mais crianças normalmente nos deixe em posição de desvantagem. Na maior parte das vezes velha, nada atraente e bagunçada.

Pode parecer ingênuo, mas nunca me preocupei que Tom pudesse ficar tentado a dar uma escapadela durante uma viagem como essa. Pensar em tais eventualidades parece uma concessão inútil, quando há tantas outras preocupações mais imediatas em que se concentrar. Além disso, ele normalmente fica tão absorvido pelo projeto que qualquer coisa externa é vista como uma distração indesejada. O diabo está nos detalhes, ele sempre diz. Os planos precisam estar bem sintonizados, levando em conta as opiniões de engenheiros estruturais e clientes, cujos desejos com muita frequência são diametralmente opostos. Ele nunca age com mais paixão do que quando está envolvido num grande projeto como esse. Há alguns anos, apartamentos dúplex e conversões de lofts ofereciam satisfação semelhante, mas, para um arquiteto como Tom, o tamanho definitivamente importa, e agora nada menor que uma casa inteira é capaz de atrair sua atenção.

Gostaria que o ritmo diário de minha vida me fornecesse satisfação semelhante. Talvez um pouco de responsabilidade engendre um renovado senso de propósito.

Três minutos se passaram, e preciso chegar a uma conclusão sobre o que vestir. O chão está coberto de roupas, e a blusa preta de mangas compridas e decote em V que foi a primeira que experimentei e agora era minha escolha desapareceu. Eu me arrasto pelo chão de sutiã preto e calcinha até encontrar a blusa embaixo da cama, visto os jeans que estava usando mais cedo e decido me maquiar no caminho para a escola.

Petra me chama:

— Lucy, você vai se atrasar.

Desço os degraus de dois em dois, e a vejo parada com ar reprovador no pé da escada com os três meninos. Ela desaprova que a nora saia à noite sem o marido, mesmo que seja para uma reunião na escola. Fico aliviada por não ter passado maquiagem.

— Você gostaria que eu tentasse dar um jeito naquela roupa suja? — ela pergunta. — Também vou passar algumas daquelas camisas. O que Tom faz se não tem uma camisa pronta de manhã?

— Bem, ou ele mesmo passa, ou, se não dá tempo, costuma comprar uma nova a caminho do trabalho — respondo sem pensar. — E seria ótimo se você pudesse domar a pilha de roupa. Não lembro qual foi a última vez em que vi o fundo do cesto.

— Lucy, acho que você pode descobrir que, se eleger um dia para lavar e outro para passar, todos os seus problemas estarão resolvidos — ela diz. Uma teoria interessante, mas impossível de ser posta em prática imediatamente, penso comigo mesma.

— Ela tem razão, mãe — diz Sam, tentando ser útil.

— Posso ficar amanhã de manhã, se você quiser, e ajudá-la a arrumar tudo — diz ela, abrindo a porta da frente e me empurrando para o ar frio da noite. — Boa sorte. Acho louvável que você vá assumir novas responsabilidades, embora eu esteja um pouco preocupada que você esteja se atrasando.

Resolvo ir de carro, em parte para evitar beber quando sair com o Pai Sexy Domesticado, mas também porque o carro tem um espelho que posso usar para passar um pouco de rímel e batom nos sinais vermelhos.

Atravesso a pesada porta de entrada da escola atrás de outros pais e paro no corredor para olhar alguns autorretratos feitos pelas crianças da turma de Joe e encontro o que ele fez. Chama minha atenção o fato de que, ao contrário das outras crianças, que pintaram cabeças desproporcionalmente grandes em relação aos corpinhos de palito com membros frágeis embaixo, o autorretrato de Joe é pequenininho, provavelmente metade do tamanho dos outros. Os detalhes, no entanto, são impressionantes: o desenho tem sardas, dentes, narinas, centenas de cabelos cacheados na cabeça, lábios rosados e até uma pintinha que ele tem no queixo. Mas a cabeça é minúscula. Pergunto a mim mesma o que isso poderia querer dizer. Deve estar relacionado com seu medo de encolher. Ele não é significativamente menor que as crianças da turma. Preciso conversar com a professora dele e quem sabe ligar para Mark para perguntar o que ele acha. Crianças não são a especialidade dele — ele não tem nenhuma especialidade ainda —, mas meu irmão nunca se reprime antes de dar um pitaco sobre o subconsciente de seus sobrinhos.

Meu telefone apita e eu abro uma mensagem de texto de Emma, pedindo uma conversa urgente sobre um novo imbróglio em sua excessivamente complicada vida amorosa. Ela evidentemente se esqueceu do significado da noite para mim, o que é um pouco irritante, já que ela estava presente quando Cathy acrescentou toda uma nova camada estressante a um momento já difícil.

— Sabe, estou prestes a me tornar um pilar da comunidade — sussurro ao telefone, avisando que uma conversa longa está fora de questão em meu recém-descoberto papel de respeitável mãe de três filhos.

— Sinto muito, Lucy, mas não sei como lidar com isso — ela sussurra de volta. Eu a imagino de pé no canto do escritório de costas para a mesa. Embora tenha sua própria sala, a porta está sempre aberta, e ela tem certeza de que jornalistas naturalmente aptos a ler jornais de cabeça para baixo sobre as mesas dos outros são também imbuídos de uma habilidade inata de ler lábios.

Eu me retiro para o vestiário das crianças por uma porta com uma maçaneta baixa de metal no extremo do corredor de entrada, pronta para falar sobre uma crise. Faz muito frio. As janelas estão semiabertas, mas isso não basta para superar o poderoso cheiro de água sanitária e urina. Concluo que a urina está ganhando. Entro num cubículo com paredes baixas para oferecer meus melhores conselhos e me sento na borda de uma privada minúscula, usando o pé para manter a porta fechada. Do lado de fora, posso ouvir os outros pais entrando na sala de aula para votar.

— Lucy, você se lembra de eu ter dito que Guy tem umas fantasias de transar com duas mulheres? — Emma sussurra.

— Este é o nome do seu banqueiro? — pergunto. Ela nunca havia se referido a ele pelo nome antes. Mais um sinal de que o relacionamento está entrando numa nova fase. Ela ignora a pergunta.

— Ele parou de falar sobre isso durante um tempo e passou ao sexo em lugares públicos, mas de repente voltou a ficar obcecado — diz ela.

— Todo homem tem a fantasia de fazer sexo com duas mulheres — eu me abaixo ainda mais para sussurrar ao telefone. — Principalmente um homem casado, pai de quatro filhos. Mas isso não significa que ele vá realmente levar isso a cabo. Você nunca deveria ter concordado com isso, nem mesmo no calor do momento.

— Eu achei que fosse só isso, uma fantasia, e gostei de brincar junto — diz ela. — Mas ele me ligou para dizer que marcou com uma garota que encontrou num site para esta noite. Ele disse à mulher que está em Paris. Disse que a moça é realmente deslumbrante. O que eu devo fazer? — Ela está absolutamente em pânico. Penso por um instante.

— Diga que você depilou a virilha e está com uma irritação. Isso vai lhe dar algum tempo. Depois, você o decepciona gentilmente num outro dia, a menos, é claro, que resolva reconsiderar a questão — digo. E acrescento, para o caso de estar parecendo lasciva demais: — No mínimo, você deveria conferir a garota. Pode até gostar dela. Ligo para você mais tarde.

Desligo o telefone e fico um tempo sentada para me recompor. Então ouço barulho na pia. Sei imediatamente que há outra pessoa no banheiro. Hesitantemente, me levanto para espiar por cima da porta. Não apenas não estou sozinha, como o Pai Sexy Domesticado está tirando o capacete de ciclismo e a camiseta para revelar toda a glória de uma barriga levemente bronzeada e tonificada a apenas dois metros de mim. Por sorte, a camiseta está sobre sua cabeça quando olho para ele. Suspiro involuntariamente, então cubro a boca com a mão, chocada, e me abaixo atrás da porta de novo.

Resolvo ficar de pé em cima da privada com as pernas dobradas, de modo que ele não possa ver meus pés por baixo das divisórias. Em menos de um minuto, minhas pernas estão doendo tanto que preciso enfiar o punho cerrado na boca e morder os nós dos dedos num esforço de desviar a dor que emana de minhas canelas e coxas. Rezo pedindo por redenção daquele pesadelo liliputiano. Não mereço isso, penso comigo mesma. Tento pensar exatamente quando ele entrou. Se tiver sorte, e a sorte não parece estar ao meu lado, teria sido ao final da minha conversa com Emma.

Olho por cima da porta de novo, com a intenção de me abaixar imediatamente, mas ele está no meio do processo de tirar as calças de ciclismo e vestir os jeans. Na verdade, está ali parado usando a mesma cueca cinza que entrevi naquela manhã. Olho por tempo suficiente para ver que tanto ciclismo lhe deu um bumbum forte e firme.

Abaixo-me de novo, mas o movimento me faz cair no chão em estado de choque. O Pai Sexy Domesticado se aproxima e empurra a porta cautelosamente.

— Lucy, pelo amor de Deus, o que você está fazendo? Você está bem? — ele pergunta, inclinando-se por cima de mim e agarrando meu braço para me ajudar a me levantar. Está usando a outra mão para segurar o jeans e a camisa totalmente desabotoada, e meu rosto resvala em sua barriga quando ele me puxa para fora do minúsculo reservado. É um momento muito íntimo, mas não sinto nada além de medo e vergonha. Está mais para curto-circuito que para corrente ou conexão.

— Eu estava praticando meu discurso da vitória — digo, alisando meus jeans e tentando não olhar fixamente para sua cueca.

— E estava tão bom que derrubou você? — ele pergunta.

Saio rapidamente do vestiário e vou até o playground para tomar um pouco de ar, mais do que necessário.

Quando entro na sala de aula, a reunião já está em andamento, e o único lugar livre é uma cadeira infantil entre a Mãe Gostosa Nº 1 e o Pai Sexy Domesticado. Olhares me acompanham enquanto me sento, mas não consigo ver exatamente o que está acontecendo na mesa da professora na frente da sala.

O Pai Sexy Domesticado olha para mim com um sorriso nervoso.

— Você perdeu, Lucy, ela venceu por um nariz. Você foi nomeada secretária, e eu sou o tesoureiro — diz ele, olhando com ar preocupado para a Mãe Alfa. — Ela é assustadora.

A Mãe Gostosa Nº 1 inclina-se e confirma que votou em mim.

— Só pela diversão.

— Por favor, peço a atenção de todos — diz a Mãe Alfa, olhando para nós. — Lucy, talvez seja bom fazer anotações para a ata — diz ela, me passando uma caneta e um papel.

Então o Pai Sexy Domesticado se inclina em minha direção e sussurra:

— Não dê bola, Lucy, ouvi dizer que aconchegantes *ménages à trois* são uma fantasia masculina comum. Você ainda quer sair para beber? Eu preciso, depois de tudo isso.

8

"Não estenda o braço além do que
sua manga alcança"

Não era este o resultado que eu tinha imaginado. Não era esta a noite que eu tinha imaginado. Na verdade, não era esta a vida que eu tinha imaginado. Quando a reunião termina, o Pai Sexy Domesticado faz questão de ir embora sozinho. Eu não fico preocupada demais, porque sei que ele vai estar esperando por mim em algum lugar na rua, de modo que pego a bolsa com calma, converso com outros pais e saio.

Em algum ponto da Avenida Fitzjohn's, eu o encontro espreitando sob os galhos de um arbusto que havia transbordado de seu canteiro num seguro jardim suburbano para se espalhar em arcos rebeldes por cima da calçada. Só de bem perto a luz do poste da rua ilumina um par de pernas vestindo calças e conhecidos tênis Converse embaixo dos galhos e, internamente, eu o parabenizo por ter encontrado uma moita de sempre-viva tão disposta a participar de nossa conspiração.

Ele sai de debaixo de um galho e diz:

— Lucy Sweeney, suponho — e eu rio com um pouco de entusiasmo demais, parando repentinamente ao me dar conta de que o sobrenome dele me fugiu completamente. Sei que é um tipo de peixe, mas não consigo lembrar qual.

— Robert Cod, Robert Haddock, Robert Hake — sussurro sozinha, experimentando diferentes possibilidades. Sei que é um peixe do mar do Norte.

— Robert Bass* — ele diz. Fico chocada ao perceber que devo ter dito algumas das alternativas em voz alta. Faço uma breve pausa.

— Estou ilustrando um livro infantil — ouço minha voz dizendo.

— Que emocionante.

— São os personagens principais. É uma alegoria sobre o declínio dos estoques de peixes no mar do Norte.

— Tem um malvado?

— Crawford Crayfish** — respondo. — Um importador americano. — Então fico em silêncio. Estou ao mesmo tempo apavorada e impressionada com minha capacidade de mentir *on demand*. Sei que a verdade é subjetiva na maior parte das vezes, mas, mesmo assim, estou adentrando terrenos completamente novos de traição.

Percorremos a pé a curta distância até um pub barulhento por que passamos ao levar as crianças para a escola, falando algumas amenidades no caminho. Noto que ambos estamos encolhidos dentro de nossos casacos e olhamos rapidamente para os pés quando um carro passa. O pub fica numa tranquila rua residencial. Há bancos compridos e mesas na calçada. Dois pacientes cães de pelos longos estão amarrados aos pés de uma mesa com coleiras de couro presas em complicados nós. Eles se levantam para nos saudarem cheios de esperança. Robert

*Cod, Haddock, Hake e Bass, respectivamente: bacalhau, hadoque, abrótea e garoupa, em inglês. (*N. do E.*)
**Craygish: lagostim, em inglês. (*N. do E.*)

Bass abre a porta hesitantemente, e eu sei que ele está fazendo uma rápida varredura do ambiente para conferir se não há outros pais da escola. Parece bem versado nas artes sombrias do subterfúgio.

Trechos de uma centena de conversas e tons nasalados de uma música antiga do Oasis quase nos fazem recuar. A última vez em que entrei naquele pub, há mais ou menos seis anos, era uma mistura sem graça de carpete sujo e paredes bege com uma generosa camada de nicotina amarela por cima. Se você passasse o dedo pelo papel de parede flocado, deixava uma trilha branca atrás. Uma nuvem de fumaça se mantinha permanentemente pairando no teto, e os bancos compridos que acompanhavam a parede eram cobertos por almofadas compridas e ásperas. Tudo o que havia eram salgadinhos, tampos de fórmica e camarões fritos.

Agora, um piso de madeira tomou o lugar do feio carpete marrom com estampas geométricas exageradas. Há bancos duros e cadeiras de madeira de costas retas. O bar serve azeitonas, castanhas e batatas fritas. O ambiente está minimalista e simples, mas muito menos aconchegante. O abandono da mobília acolchoada faz com que o barulho não tenha para onde ir, saltando de uma superfície dura para outra como numa câmara de eco. As pessoas, mesmo as com menos de 30 anos, precisam levar a mão em concha às orelhas para ouvir as conversas.

Vejo um casal saindo de uma mesinha redonda no canto e vou na frente até um banco que poderia ter passado os dois séculos anteriores numa igrejinha do interior da Ânglia Oriental. Está tão deslocado quanto nós. As costas do banco têm imagens de santos entalhadas, com roupas cujas dobras cuidadosamente esculpidas fazem uma dolorosa pressão em nossas cabeças. É raso, estreito e profundamente desconfortável, nos empurrando para uma imediata intimidade física. Nos apoiamos um no outro como duas árvores velhas que, com o passar dos anos, foram obrigadas a manter um relacionamento de indesejado contato físico para se manterem em pé. O único problema é que, depois de assumirmos esta posição, não conseguimos nos mexer. Quando ele cruza as pernas, perco o equilíbrio e me inclino em direção à mesa, e quando me dobro para a frente e afasto o ombro do dele, ele recua para o vácuo.

Robert Bass me diz que quase nunca vai a pubs porque não suporta a fumaça. Concordo, usando o pé para empurrar o maço de John Player bem para o fundo de minha bolsa. Na verdade, evidentemente faz tanto tempo que qualquer um de nós esteve num pub pela última vez que ambos ficamos sentados em silêncio por um tempo, olhando ao redor.

— Imagino que possamos dizer à Mãe Alfa que não vamos nos dedicar — falo, enquanto examino um descanso de copo. — É absurdo demais. Ela é uma daquelas mulheres que nunca deveriam ter deixado de trabalhar. Tem muita energia inquieta.

— Na verdade, a diretora me chamou num canto depois e disse, completamente em off, é claro, que ficaria muito grata se pudéssemos fazer isso para "conter os excessos", em suas palavras — explica Robert Bass, construindo uma complicada estrutura com porta-copos em seu lado da mesa. — Ela disse que seria um exercício de limitação de danos. Ela votou contra a Mãe Alfa. Queria você.

— Então vamos ter de continuar com isso? — digo, tentando não parecer esperançosa demais.

— Sim — diz ele. — Ela convocou uma reunião na casa dela semana que vem para decidir sobre a festa de Natal. Talvez devamos ir juntos. — Ele está sorrindo levemente, um meio sorriso, com o lábio inferior para fora, como se estivesse tentando evitar um acesso de riso. Não ouso olhar para ele, porque há muitos significados ocultos, e se o olhar nos olhos, posso ser tragada por eles. Em vez disso, começo a rasgar os cantos de um descanso de copo.

Sei que ele está me observando e posso sentir o calor de seu rosto queimando o lado da minha bochecha esquerda. Virar para ele exige pouco mais que uma rotação de vinte graus da cabeça. Movimentos silenciosos às vezes são muito mais significativos que grandes gestos, principalmente quando envolvem pessoas casadas. Olho ao redor e cruzo com seu olhar, e ficamos nos encarando sem dizer qualquer coisa por um pouco de tempo demais. Então começamos a falar juntos.

— Acho que se nos inclinarmos para a frente ao mesmo tempo, conseguimos tirar os casacos sem cair — ele diz. Então nos libertamos das camadas de casacos grossos e cachecóis, e eu sei que, quando nos recostarmos, nossos braços vão se tocar, e então tudo poderá acontecer.

— Acho que devíamos pedir uma bebida — digo. Ele diz que precisa ligar para a babá para avisar que vai chegar mais tarde. A esposa ainda está no trabalho. — Ela quase nunca chega em casa antes das 22 horas, e às 7h30 do dia seguinte está saindo de novo. Às vezes passo dias sem vê-la, e nos comunicamos por e-mail e bilhetes deixados na cozinha — diz ele. Não há qualquer sinal de amargura. É afirmação de um fato. Um correto relacionamento virtual pós-moderno.

O porta-copos está esfarrapado sobre a mesinha. Está partido ao meio, rasgado em pedacinhos minúsculos que se agitam até o chão quando as pessoas passam. Lembro-me de outra época, há muito tempo, em que transformar descanso de copo em minúsculos quebra-cabeças se tornou uma útil atividade de distração durante conversas difíceis.

Levanto-me para ir até o bar e decido não ligar para minha sogra. Ela provavelmente já está na cama, porque apesar de todos os protestos de que nunca dorme enquanto não chegamos em casa, nunca a encontramos acordada nas raras ocasiões em que passamos da hora marcada. Além disso, um telefonema para reiterar o que eu já havia dito, mesmo que envolvesse a menor mudança no plano acordado, poderia provocar uma reação desproporcional.

Faço um esforço para atravessar o bar em meio às pessoas e para criar um espaço para mim mesma na frente, então fico esperando, como os cães do lado de fora. Começo a me balançar para cima e para baixo, fico na ponta dos pés, aceno e me apoio no trilho de metal que percorre a parte de baixo do balcão, ganhando mais ou menos quinze centímetros de altura. Mas ainda estou invisível.

Uma menina vem para o meu lado. Parece ter mais ou menos 20 anos e está usando um minivestido prateado e botas na altura dos joelhos, sem meias, embora seja inverno. Seus cabelos longos e escuros formam uma moldura em volta de seu rosto de uma forma que parece casual, mas que provavelmente levou um longo tempo para ser alcançada. O barman se aproxima imediatamente e pega o pedido dela. Ao meu lado, um homem fala ao celular e pede bebidas ao mesmo tempo. Olho para trás, na direção de Robert Bass, e ele olha para mim com uma expressão esquisita. Encolho os ombros e prossigo em minha missão, de pé diante do bar, pensando na última vez em que havia rasgado descansos de copo com tanta paixão num pub.

Como não consigo me lembrar nem o mínimo do que aconteceu ontem, mas ainda assim algo que aconteceu há mais de uma década me volta à mente com tamanha riqueza de detalhes? Foi há exatamente 11 anos. Tom e eu tínhamos acabado de ir morar juntos num apartamento na zona oeste de Londres. Uma noite, no começo dessa nossa nova situação, eu estava voltando do trabalho mais ou menos às 23 horas e levemente bêbada. Na verdade, era mais cedo que o normal. Como eu precisava acordar no dia seguinte para ir a Manchester, meus colegas tinham me empurrado para dentro de um táxi e me dito para ir embora mais cedo. Tom havia me dito que ia sair com amigos, nada específico. Nossas vidas estavam tão movimentadas que desenhávamos o contorno e preenchíamos os detalhes depois.

Quando cheguei à nossa rua, ela estava bloqueada por um carro de polícia. Tinha havido um assalto perto de Uxbridge Road, e o táxi foi direcionado para uma rua paralela. De modo que eu não deveria estar ali de maneira alguma. Enquanto o taxista manobrava lentamente pela rua, vi um casal se beijando. O homem estava sentado num muro baixo do lado de fora de uma pequena casa geminada e havia puxado a mulher para o meio das pernas dele para que seus corpos ficassem pressionados um contra o outro, apoiados contra uma cerca viva que crescia no muro. Antes mesmo de ver o rosto do homem, soube que era Tom. Havia uma conhecida economia de movimentos na forma como uma das mãos dele subia e descia pelo corpo da mulher, com um dedo solto traçando pequenos círculos na nuca e seguindo para a parte da frente da camiseta de decote em V. A mulher se inclinou para trás de prazer, e ele a beijou.

Mandei o taxista parar, porque precisava dar um telefonema. Isso foi nos primórdios da telefonia celular, e o telefone era tão grande que quase escondia meu rosto. Encolhi-me no banco de trás do táxi e liguei para Cathy.

— Sou eu — sussurrei, muito embora não houvesse possibilidade de Tom me escutar.

— Você está bem, Lucy? — ela perguntou, porque eu parei de falar.

— Estou bem, acho. Estou sentada num táxi vendo Tom ter um momento de bastante intimidade com outra mulher, bem íntimo, aliás, se considerarmos que ele está em via pública a menos de cem metros do nosso apartamento...

— Lucy, vá direto ao ponto. Diga-me exatamente o que você está vendo — disse ela.

— Bem, estou vendo ele beijando uma mulher. Pelo menos acho que é uma mulher, a alternativa seria terrível demais, porque acho que as mulheres podem ser bissexuais, mas os homens que gostam dos dois são definitivamente gays, embora haja exceções...

— Lucy, sei que é difícil, mas, por favor, atenha-se aos fatos — ela disse.

— Bem — comecei de novo —, estou vendo Tom beijando uma mulher de cabelos curtos e escuros. Ela está usando uma minissaia jeans com botões na frente, um top curto e chinelos de dedo. Não sobra muita coisa para a imaginação. O lado ruim é que é o tipo de beijo que definitivamente funciona como prelúdio de algo mais íntimo. O lado bom é que só se beija outra pessoa assim quando elas são novas e excitantes, de modo que essa história não deve estar rolando há muito tempo. Os dois estão entrando no jardim da casa, e acho que estão atrás da cerca viva. O resto eu só posso imaginar.

— Você tem certeza de que é ele? Você sabe como é míope — ela observou.

— Claro que tenho certeza. Estou tão perto que se abrisse a janela e me inclinasse para fora, quase poderia tocá-lo.

— Que horror. Que merda, Lucy — diz Cathy.

— A outra coisa é que, afora o fato de que ela é tudo o que eu não sou, acho que a reconheci — eu disse. — Tenho quase certeza de que ela estava na festa de Emma no final de semana. Acho que trabalha com ela.

— Os dois conversaram durante a festa? — ela perguntou.

— Bem, eu o vi conversando com a mesma mulher por um tempo, mas não achei nada demais.

— E então, o que você vai fazer? Quer que eu vá até aí?

— Não, não se preocupe, vou pensar em alguma coisa. Quis contar para você porque ajuda a absorver a situação. Ligo para você amanhã.

Continuei olhando fixamente para a cerca viva durante alguns minutos, sabendo que Tom e a mulher estavam atrás dela. Senti uma tentação impressionante de sair do táxi e ficar parada ao lado do portão do jardim até eles me notarem. Mas eu sabia que se realmente ouvisse o que estava acontecendo, reviveria a cena toda com som incorporado, e não haveria como voltar atrás. Ouvir alguém fazendo sexo é muito pior que ver sem som.

Então foi o que fiz, embora nunca tenha contado a ninguém, porque durante os meses que se seguiram interpretei o papel da namorada ofendida com alguma autoconfiança e senti que poderia manter tudo em ordem desde que tivesse um segredo para me sustentar.

Em vez de ir para casa, disse para o taxista me levar de volta ao trabalho e ficar esperando do lado de fora por vinte minutos. Todos ainda estavam bebendo vinho barato no Salão Verde, um ambiente de eventos barulhento, antiquado e abafado localizado no porão embaixo do estúdio. Acabávamos ali todas as noites depois do final do *Newsnight*, com os convidados do programa, comendo vol-au-vents moles e sanduíches ressecados que haviam ficado ali durante horas. Meus colegas não se surpreenderam por me ver de novo, e eu sabia que um em especial ficaria bastante contente.

Como esse homem é um cineasta relativamente conhecido, parece injusto citá-lo nominalmente. Mas, por incrível que possa parecer agora, na época éramos ambos produtores sênior da BBC com um daqueles relacionamentos profissionais que balançavam entre a competição escancarada e o flerte descarado. Aquela noite havia sido particularmente estressante. Eu havia conseguido entregar com sucesso minha fita sobre imigrantes ilegais encontrados mortos na traseira de um caminhão em Kent às 22h18, dois minutos antes de o programa ir ao ar, vencendo meu rival no bloco de notícias de destaque e ganhando raros e portanto valiosos elogios de Jeremy Paxman.

Voltei ao Salão Verde num humor impulsivo, sentindo-me estranhamente eufórica, embora em retrospecto eu me dê conta de que provavelmente estava em estado de choque. O homem se aproximou de mim e retomamos a conversa que havíamos deixado no ar menos de uma hora antes. Ele iria partir no dia seguinte para passar uma semana em Kosovo.

— Sei que provavelmente é um pouco abusado da minha parte, Lucy, mas você não quer ir comigo para minha casa? — ele perguntou minutos depois de eu reaparecer. Foi simples assim. Não houve qualquer preâmbulo. Nós nos beijamos e nos tocamos o máximo que conseguimos no táxi a caminho da casa dele, cientes de que o taxista estava observando pelo retrovisor, e entramos pé ante pé, para que seus colegas de apartamento não me vissem. Ele tinha uma namorada, com quem acabou se casando, mas os dois não moravam juntos na época.

Transamos várias vezes. Foi um sexo investido de toda a paixão de meses de uma sedução descarada e a consciência de que nunca aconteceria novamente. Então ele me disse que achava que estava apaixonado por mim, e eu respondi que ele amava todas as mulheres e que iria me esquecer rapidamente depois que se adaptasse à tradutora kosovar. Ele pareceu surpreso, porque tinha esquecido que havia me contado aquilo, e resolvi que era um bom momento para chamar outro táxi e ir para casa.

Quando finalmente cheguei ao nosso apartamento, Tom estava na cama fingindo dormir. Sua camisa estava perfeitamente dobrada sobre a cadeira, e quando me inclinei para cheirar o colarinho, inalei o enjoativo cheiro de perfume Opium, o pano de fundo olfativo de tantos relacionamentos dos anos 1990. Ele me cumprimentou efusivamente, e acabamos transando. Nenhum de nós perguntou onde o outro havia estado.

Passei as três semanas seguintes com medo de estar grávida, que Tom pudesse não ser o pai, que alguém descobrisse. Prometi a mim mesma nunca mais me envolver numa situação daquelas, porque, ao contrário de Emma, que estava frequentemente envolvida em casos amorosos com formas complicadas, de triângulos a hexágonos, eu não conseguiria me sair bem com aquilo. Resolvi que a monogamia me servia.

No dia seguinte, vasculhei os bolsos de Tom e encontrei um número de telefone escrito com caligrafia infantil num pedaço de papel. Como tinha o mesmo prefixo do número de Emma, liguei para ela, expliquei a situação, e ela me disse o nome da mulher. Joanna Saunders. Disse que ela trabalhava na editoria de commodities. E foi então que me dei conta de que não é difícil odiar alguém que não conhecemos.

Emma, que já estava destinada ao poder e ocupava alguns degraus acima de Joanna Saunders na escada corporativa, deu um jeito de ela almoçar comigo, dizendo que eu era uma negociante de derivativos que poderia se mostrar uma boa fonte para matérias financeiras.

Entrei no pub com um sorriso decidido, que fui ensaiando diante de um espelho no caminho, e me sentei na frente dela numa pequena mesa redonda. Mesmo antes de ela me cumprimentar e dizer seu nome, pude sentir o perfume. O cheiro me deixou enjoada. Fui direto ao ponto, pois não há muita necessidade de conversas amenas em situações assim.

— Sou a namorada de Tom — eu disse. Nunca vi ninguém parecer mais espantada. O rosto dela se dividiu em pedaços diferentes, registrando tantas emoções em tão curto espaço de tempo que achei que pudesse nunca mais voltar ao normal.

"Não há muito por que mentir, vi vocês dois na outra noite, então me diga o que está acontecendo. Não quero fazer uma cena e tenho certeza de que você também não quer, porque há muitos colegas seus aqui — falei, acenando para Emma do outro lado do salão.

Joanna contou-me que os dois haviam se conhecido na festa de Emma.

— Sinto muito, mas isso não é o suficiente — eu disse.

— Foi quando nos conhecemos — disse Joanna Saunders. Flagrei-me admirando sua pele. Era pálida e britânica, e ela tinha os lábios rosados e carnudos, como se estivesse tomando Coca diet com canudo. Seus cabelos eram cortados curtos, num penteado propositalmente desarrumado, e ela não parava de tirar mechas rebeldes do rosto. Estava vestindo um casaco verde-ervilha com forro cor-de-rosa e precisei de muito autocontrole para não perguntar onde ela o havia comprado.

— Você sabia que ele tinha namorada? — perguntei, segurando minha taça de vinho com tanta força que achei que ela pudesse se quebrar.

— Sim, ele me disse que vocês estavam morando juntos e que provavelmente acabariam se casando — ela disse. Isso foi inesperado.

— Vocês dois dormiram juntos? — perguntei.

— Sim — respondeu ela, sem erguer o olhar. — Ele me ligou alguns dias depois da festa, e saímos para beber alguma coisa num pub perto da minha casa. Ele então voltou comigo e ficou lá até mais ou menos 3 horas. — Tentei lembrar quando poderia ter sido isso e resisti à vontade de pegar minha agenda naquele instante para fazer uma anotação.

— Quantas vezes vocês transaram? — perguntei. Embora isso possa parecer masoquista, havia algo de reconfortante em esclarecer todos os fatos, como se pudesse dar algum sentido a tudo.

— Não lembro bem — ela disse. — Você realmente quer saber tudo isso?

— Vocês transaram na outra noite?

— Do que você está falando?

— Eu vi vocês dois na rua, logo depois da estação de metrô — eu disse.

— Não. A gente queria, mas os proprietários da casa nos interromperam, e Tom disse que precisava ir embora porque você ia chegar — disse Joanna Saunders. Desta vez, seu olhar havia sido tomado por uma expressão mais desafiadora, o tipo de olhar que uma mulher dá para outra quando sabe que está dando algumas das cartas.

Então peguei minha bolsa, tirei o celular e liguei para Tom.

— Tenho alguém aqui que quer falar com você — disse eu, sem denunciar nada pelo tom de voz antes de passar o telefone para Joanna Saunders, que agora estava muito pálida. — Fale com ele.

— Oi, Tom. Eu estou, hum, almoçando com sua namorada — ela disse. — Acho melhor você vir para cá agora porque eu não consigo lidar com isso.

Mais ou menos dez minutos depois, Tom chegou ao pub, vindo do escritório. Emma aproximou-se, deu-lhe um beijo e o levou até a mesa em que eu estava sentada com Joanna Saunders. Servi-lhe uma taça de vinho da garrafa que estava tomando.

— Lucy, acho que a gente devia conversar sobre isso em outro lugar, sozinhos — disse ele, pálido, sabendo que estava encurralado.

— Acho que devíamos conversar sobre isso aqui mesmo, agora mesmo. Todos os personagens principais estão presentes — eu disse. — Além do mais, se ficarem tentados a transar novamente, este momento vai sempre voltar à mente, e acho que isso definitivamente vai prejudicar o apetite de vocês. Finais felizes precisam de bons começos, e isso não se qualificaria como tal.

Joanna Saunders se encolheu na cadeira, e fiquei ali sentada rasgando descansos de copo.

— Lucy, eu sinto muito — disse Tom, parecendo desesperado. — Não significou nada. Foi um momento de loucura. Nunca mais vai acontecer. — Fiquei em silêncio. — Você tem passado tanto tempo filmando fora. Nós andamos nos afastando. Não me diga que você nunca se sentiu tentada.

— Sim, eu me senti, mas nunca fiz nada a respeito. Esta é a grande diferença. Não há zonas cinza na infidelidade. — Acho que foi a maior mentira que já contei, e eu sabia que um dia teria de pagar por ela. Eu só não queria acertar as contas naquela ocasião. Mas o momento certo de fazer a confissão nunca surgiu, e com o tempo passando e tudo voltando ao normal, parecia ridículo balançar o barco. Além disso, eu me acostumei com Tom tentando se redimir. É muito mais fácil fazer o papel de vítima que o de vilão. E se eu não tivesse tido meu momento do Salão Verde, talvez nunca tivesse perdoado Tom.

— O que você quer, minha jovem? Com licença, você quer uma bebida ou é parte da decoração? — perguntou o barman. Então lembrei que a chave para ser atendida num pub de Londres é parecer indiferente, como se não estivesse realmente dando a mínima. Nenhum barulho, apenas alguns gestos sutis com a mão.

— Uma taça de vinho e duas cervejas, por favor — digo, satisfeita com minha eficiência e me perguntando quanto tempo fazia que alguém não me chamava de jovem.

— Que tipo de cerveja? — ele pergunta, não sem razão.

— O que você tem?

— Já que você perguntou, bitter, lager e stout.

— Qual a maioria dos homens pede? — Ele me olha inexpressivamente.

— Aí é uma questão de gosto. Tem Adnams, IPA, Stella, o que você disser a gente tem. O que seu namorado toma normalmente?

— Ele não é meu namorado — respondo, friamente.

— Bem, seu marido, então — diz ele, olhando para a aliança em meu dedo.

— Ele também não é meu marido — digo. Ele levanta uma sobrancelha.

— Ele é um homem do tipo lager? — ele pergunta, pacientemente.

— Não tenho muita certeza de que tipo de homem ele é — respondo, suspirando. — Por favor, me dê duas daquela ali — digo, apontando para a torneira mais próxima.

Então volto para a mesa segurando três bebidas contra o peito, vendo o momento em que iria me sentar e iríamos nos tocar. Pele contra pele. Seria inevitável com o banco sendo tão estreito. A expectativa era semelhante à de olhar para um delicioso prato de comida quando estamos realmente famintos, segurando o máximo de tempo possível para dar a primeira garfada, sabendo que nenhuma outra subsequente terá um sabor tão bom ou será tão satisfatória.

— Obrigado. Foi muito generoso da sua parte — diz Robert Bass.

Deixo as bebidas sobre a mesa, dou a volta até o banco e me sento, cruzo as pernas, pouso o antebraço esquerdo sobre a coxa e me inclino para trás, batendo a cabeça no afiado pé pontudo de uma das imagens entalhadas no espaldar. É Santo Eustáquio, o santo padroeiro das situações difíceis.

Robert Bass está concentrado em arrumar suas duas cervejas. Por um instante, eu me preocupo que ele as esteja alinhando, conferindo a distância entre os dois copos, de uma forma que me lembra Tom. Não porque as manias de Tom me incomodem, mas porque realmente não quero pensar nele agora.

Parece um arranjo acidental. Então me dou conta de que, na verdade, ele as está tirando do caminho para conseguir pegar o copo com a mão esquerda. Posso avaliar olhando para o músculo levemente mais forte do braço direito que ele definitivamente não é canhoto. O que quer dizer que a combinação seguinte de movimentos que deixam o braço direito dele paralelo ao meu é premeditada. Fico maravilhada com a sutileza de tudo isso.

Há uma necessidade visceral de contato a ser feito, como se só pudéssemos relaxar depois de atravessar esse obstáculo. Posso sentir o calor irradiando do braço dele e tenho consciência dos mais leves movimentos. Posso até medir o subir e descer de sua respiração. Espero que ele exale, porque então os pelos de seu braço roçam levemente na pele sensível do meu antebraço, e há uma sensação de perda toda vez que ele inspira e se afasta de mim.

Não deveríamos estar ali. Agora que estou sentada nesta mesa, sei, com absoluta certeza, que não há espaço num casamento que permita saídas para beber tarde da noite com estranhos num lugar que ambos escolheram porque compreendem implicitamente que há pouca probabilidade de encontrarem alguém que algum dos dois conheça. Estou em águas nunca antes navegadas, nadando perigosamente para longe da margem, mas não é uma sensação desagradável.

— E então, como está indo o livro? — pergunto, puxando nervosamente uma grossa mecha de cabelos para cima do meu lábio superior para esfregar a ponta do nariz, um hábito que surgiu anos atrás, estudando para provas. Preciso tentar pensar em outros assuntos, mas pelo menos este garante um grau de loquacidade.

— Nem me pergunte — ele diz, olhando para a cerveja. — Já resolvi a outra crise, mas agora estou enfiado numa nova.

— E que forma tomou essa nova crise? — pergunto.

— Você está realmente interessada? Prometo que não vou me ofender se você não estiver — ele diz, sem esperar que eu responda. — Estou escrevendo um capítulo sobre como os levantes políticos na América Latina informaram o cinema nos anos 1980.

Fico em silêncio porque o braço dele agora está firmemente apoiado no meu, e receio que se eu disser qualquer coisa ele pode tirá-lo dali. Pergunto a mim mesma se ele está tão ciente dessa proximidade quanto eu. No entanto, ele pode estar pensando se o Arsenal ganhou do Charlton esta noite ou nos valores estéticos do bigode característico usado pelos personagens centrais dos westerns Zapata. Pubs abafados e lotados de repente parecem cheios de infinitas possibilidades. Faço um esforço para me concentrar.

— Também houve alguns conhecidos filmes latino-americanos, como *A história oficial*, que chegou a ganhar dois Oscar, que eu evidentemente preciso mencionar. É um filme sobre uma mulher que descobre que o bebê que ela adotou foi tirado de uma mãe levada pelos militares. Tem ainda, é claro, os sucessos de Hollywood, como o *Salvador*, de Oliver Stone, que é especialmente interessante, considerando-se o envolvimento dos Estados Unidos na América Central. Meu dilema é sobre se devo incluir uma análise sobre como cineastas europeus e americanos também foram inspirados pelos mesmos eventos e sobre suas diferentes abordagens culturais e políticas para as mesmas questões.

— Muito interessante — eu digo, distraidamente. O ar fica pesado com o silêncio novamente, e resolvo retomar a dianteira e voltar até o bar para comprar batatas fritas.

Quando volto, percebo que um banquinho apareceu do outro lado da nossa mesa. Já estou me sentindo territorial em relação ao ambiente que demarcamos como nosso e me pergunto de onde aquilo surgiu. Então vejo um conhecido casaco de pele de carneiro em cima dele.

— Não estamos sozinhos — diz Robert Bass.

A Mãe Gostosa Nº 1 aparece e senta no banquinho. Percebo que seu traseiro é tão pequeno que não sobra nada para os lados, e que ela está usando uma camisa branca de botões que acentua seus seios perfeitos.

— Respondendo à sua pergunta, acho que você definitivamente deve incluir as duas coisas. Vai ampliar o público do livro e, considerando-se o que está acontecendo no Iraque, seria uma lembrança oportuna de outros erros absurdos da política de relações internacionais dos Estados Unidos — digo. Que ótima resposta. Sinto orgulho de mim mesma.

— Vou fazer isso, então — diz ele, sorrindo para mim. — Precisava que alguém confirmasse o que eu estava pensando. Obrigado.

— Estou vendo que é um encontro de mentes — diz a Mãe Gostosa Nº 1, olhando fixamente para nossos braços. — Puxa, está divertido isso aqui. Muito aconchegante.

Faço o melhor possível para me afastar de Robert Bass.

— Acho que vou pedir champanhe — ela diz.

— Não sei se servem taças de champanhe em pubs — digo. Embora o pub possa ser um ambiente moderadamente hostil para nós, ao menos somos capazes de nos misturarmos a ele. Para a Mãe Gostosa Nº 1, é completamente estranho.

Ela acena tentando atrair alguém para pedir bebidas e então oferece à menina de vestido prateado uma gorjeta para levar seu casaco até o vestiário. Eu me encolho de vergonha.

— Na verdade, eu estava pensando em pedir uma garrafa — diz ela, animadamente. — Quer dizer, eu sei que, falando estritamente, não há nada para comemorar, mas talvez devamos sofrer com estilo. — Ela se levanta para ir até o bar.

— Segurança coletiva, acho eu — diz Robert Bass.

— Não para as ovelhas — eu digo, apontando para o casaco, e ele ri.

— Ela disse que estava indo para casa quando nos viu entrando no pub e num impulso resolveu se juntar a nós. — Encolhe os ombros. — Ela estava realmente torcendo por você durante a votação. Quando a Mãe Alfa disse que você é o tipo de pessoa que daria uma barra de Snickers a uma criança com alergia a amendoim, ela se levantou e disse que há um monte de outras coisas que poderiam ser ditas sobre você, mas que ninguém jamais poderia acusá-la de ser uma mãe desatenta, e que você havia trocado mais fraldas que ela havia comido pão fatiado — diz ele.

— Bem, isso definitivamente é verdade, porque ela está numa dieta sem trigo há anos — digo. — E o que você disse?

— Na verdade, eu não disse nada — ele responde. Eu devo parecer decepcionada, porque ele acrescenta: — Achei que poderia parecer que eu estava... — Então ele para e eu fico olhando para ele, esperando que continue a falar, porque do contrário vou passar o resto da noite e a semana inteira tentando preencher as lacunas. — Achei que poderia parecer que eu estava...

Mas, como eu, ele está hipnotizado pela Mãe Gostosa Nº 1. Observamos, maravilhados, enquanto as pessoas se afastam discretamente para lhe dar passagem até a frente e um barman se aproxima instantaneamente e pergunta o que ela quer. Todos reconhecem uma criatura exótica a seu meio. Ela volta para a mesa de mãos vazias, e eu demonstro solidariedade.

— Aquele homem gentil está resolvendo tudo — diz ela. E, claro, alguns minutos depois, o barman chega à mesa solicitamente, trazendo uma garrafa de champanhe, que abre pomposamente, e um maço de cigarros.

— Espero que não se importem que eu me junte a vocês. Depois de todo aquele desastre, eu realmente preciso relaxar. Você já ligou de volta para sua amiga em crise? Ela está devendo uma bebida para todos nós. Se você não tivesse desaparecido, teria sido um voto decisivo — ela diz.

Robert Bass se mexe desconfortavelmente no lugar, e um vão se abre entre nossos braços. É impossível avaliar o quanto ele revelou, de modo que opto por uma resposta inocente.

— Ela vai me ligar mais tarde — digo, tentando resistir a qualquer outra elaboração. Embora a Mãe Gostosa Nº 1 seja uma daquelas mulheres que revelam apenas os detalhes mais tangenciais de sua própria vida, ela tem uma capacidade incompreensível de induzir os outros a cometer terríveis indiscrições e então reprovar suas incontinências emocionais.

Ela não é antipática. Na verdade, é bastante educada e atenciosa, embora eu suspeite que nutra pouco interesse sobre a maioria de nós. Ela provavelmente é competitiva, mas eu não sou nem rica, nem sofisticada nem magra o suficiente para me qualificar como uma legítima rival. Nem sou suficientemente versada nas regras de batalha, que incluem conceitos complicados, como vestir a proporção correta de roupas de grandes magazines, designers e vintage. Não posso dizer se ela tem certeza quanto ao chão sob seus pés, porque, na verdade, não sei muito mais sobre as maquinações da vida dela agora do que quando a conheci, um ano atrás. Há alguns sinais de um diálogo interior mais complexo. Talvez sua vida seja simplesmente um roteiro simples. Nenhum momento difícil. Nenhuma dúvida.

Eu costumava me fixar nas poucas migalhas que ela jogava na minha direção, em busca de pistas que pudessem revelar uma crise sombria surgindo. Mas havia um limite de perguntas que se podia fazer para calcular se sua necessidade por reformas mais extravagantes na casa poderiam refletir uma crise interior sobre a qualidade de sua felicidade.

Esta noite, percebo que há um grande curativo na palma de sua mão esquerda. Ela tem as mãos pequenas e ossudas, quase infantis na proporção, e a pele tem uma característica translúcida, de modo que é possível ver a estrutura óssea sob a superfície. Dá vontade de segurá-las e acariciá-las.

— Como você conseguiu isso? — pergunto, na esperança de obter alguma pista que possa indicar um drama escondido.

— É meio constrangedor — ela diz, em tom conspiratório, e eu me inclino em sua direção, porque definitivamente há uma promessa de intimidade.

— Como precisa ir a Bruxelas para passar duas noites — ela diz —, meu marido me levou para jantar no Ivy, e quando eu estava tentando cortar uma articulação particularmente teimosa da minha lagosta, a tesoura escorregou e cortou minha mão.

Ela dá uma gargalhada, e eu tento disfarçar minha decepção.

— Que pena — digo. — Como foi seu dia?

— Ocupado, ocupado, ocupado — ela diz. Já notei que a Mãe Gostosa Nº 1 costuma repetir palavras três vezes, principalmente adjetivos. É uma característica que já discuti com Tom. Embora ele tenha admitido que tal tique pudesse ser uma estratégia para evitar questionamentos, não quis analisar a questão mais a fundo.

— Ela tem uma bunda linda, e isso é tudo o que eu preciso saber sobre aquela mulher — disse ele na ocasião.

— O que exatamente, exatamente, exatamente você fez? — insisto. O Pai Sexy Domesticado reprime um sorriso.

— Passei o dia todo correndo, cumprindo prazos, amarrando pontas soltas, mantendo as bolas no ar — ela responde, e então, quando vê que eu ainda não estou satisfeita, continua: — Fiz uma aula de kickboxing com meu maravilhoso *personal trainer*, almocei com uma amiga e depois fui a um apartamento que compramos como investimento para conferir se a decoração de interiores estava indo bem.

Agora sim. É claro que essa mulher tem uma existência invejável. Talvez a Mãe Gostosa Nº 1 represente a evolução lógica da dona de casa dos anos 1950, penso comigo mesma num momento de lucidez repentina. Ela incorpora todos os símbolos do cuidado com a casa. A casa dela é imaculada; os lençóis estão sempre limpos e passados; e crianças de bochechas rosadas sentam-se ao redor da mesa para comer refeições feitas em casa. Ela simplesmente paga outras pessoas para alcançar esse objetivo e observa tudo acontecer ao seu redor. É uma espectadora da própria vida.

Delegar, simplesmente isso. E a pequena questão de renda suficiente para sustentar o estilo de vida. O dinheiro não pode comprar amor, mas pode comprar tempo e juventude. Idas à academia, ataques à Selfridges, tratamentos de aromaterapia. Eu seria boa nisso. Naturalmente, haveria alguns sacrifícios. Nada mais de chocolate, por exemplo. Mas seria um preço pequeno a pagar.

— E então? Você ligou de volta para sua amiga? — pergunta Robert Bass, virando-se para ficar de frente para mim novamente. — Era uma conversa e tanto a que vocês estavam tendo. Vocês fizeram muitas suposições sobre homens casados. — Afasto rapidamente meu braço do dele, aborrecida por ele dividir detalhes da minha conversa no banheiro com a Mãe Gostosa Nº 1. Em parte porque isso enfatiza uma profundidade de amizade com ela que eu não havia exatamente considerado, mas também porque sei do prazer indireto que ela vai sentir por ter acesso à estrutura ilícita da vida de outra pessoa. Então começo a me perguntar se sua chegada ali não fazia parte de um plano instigado por ele para evitar ficar sozinho comigo.

— Na verdade, é uma situação complicada — digo, tentando levar a conversa de volta a território seguro, porque certamente deve haver um meio-termo entre *ménage à trois* e um dia na vida da Mãe Gostosa Nº 1. Algum lugar seguro entre areia e sacarina. — Ela está tendo um caso com um homem casado — digo.

— Quão casado? — pergunta a Mãe Gostosa Nº 1.

— Casamento é uma questão em preto e branco, não? — digo. — Não deveria haver níveis. — Mas mesmo enquanto digo isso, não estou segura de que concordo com minha própria hipótese. Meu compasso moral está incrivelmente dessincronizado. — Mas, para registro, uma mulher, quatro filhos, mais de uma década de casamento — completo.

— Exatamente como eu — diz ela, sorrindo. — E você. Apesar de ter um filho a menos. A mulher dele sabe?

— Acho que não faz ideia. Na verdade, tenho pena dela, que deve estar tão envolvida com os filhos que precisa deixar o marido em banho-maria para recuperar mais tarde, quando estiver menos cansada — digo. — Às vezes você não tem vontade de ligar para um daqueles números de pessoas desaparecidas e reportar seu próprio desaparecimento? "Socorro, não sei aonde fui parar, eu me casei, tive filhos, desisti do meu trabalho, deixei todo mundo ao meu redor feliz e desapareci. Por favor, mande uma equipe de resgate."

Ela olha para mim com ar de espanto.

— É sempre uma péssima ideia negligenciar o marido. Os homens não suportam ser deixados de lado. Eles escapam. É por isso que passamos duas semanas sozinhos no Caribe todos os anos. Todo mundo deveria fazer isso — ela diz, enfaticamente.

— Talvez — diz Robert Bass, diplomaticamente — nem todo mundo tenha a capacidade financeira ou a equipe para cuidar dos filhos para fazer esse tipo de coisa.

— Quando temos filhos, os maridos caem cada vez mais na hierarquia — digo. — Abaixo mesmo dos bichos de estimação. Até mesmo do peixinho dourado. — Robert Bass está em silêncio. O círculo se completou, voltamos ao começo, falando sobre peixes.

— É claro que a infidelidade pode ser interpretada como um ato de fidelidade a si mesmo — diz Robert Bass, sem erguer o olhar.

— Eis um conceito radical — digo, olhando fixamente para a garrafa de champanhe vazia.

— Vamos embora? Posso dar uma carona para os dois, se quiserem — diz a Mãe Gostosa Nº 1, olhando para nós com ar desconfiado, como se percebesse que há um significado escondido na conversa que não consegue acessar.

9

"Uma consciência pesada não precisa de acusador"

A noviça rebelde está passando no vídeo da sala, e as crianças discutem porque Joe quer voltar até a cena em que os nazistas tentam capturar a família Von Trapp.

— Joe, nada vai mudar — ouço Sam gritando para ele, frustrado. — Vai sempre ser igual, eles vão fugir. Mesmo que você veja cem vezes, tudo vai acontecer exatamente do mesmo jeito.

— Mas a cor dos shorts deles mudou. Eles usavam verde-escuro, e agora os shorts definitivamente estão verde-claros — diz Joe, abraçando defensivamente a televisão para que Sam não a desligue.

— Isso foi porque a mamãe sentou em cima do controle remoto e mudou o ajuste — grita Sam.

— Então as coisas podem mudar. Eu quero ver de novo, só para o caso de os nazistas pegarem eles desta vez — insiste Joe, mascando a manga da camisa do pijama, um hábito adquirido recentemente que já deixou os punhos de todas as suas blusas e casacos de escola esfarrapados.

— Se os nazistas os pegassem, o filme não seria para crianças, e mamãe não nos deixaria ver — diz Sam, tentando acalmar o irmão com lógica, em vez de força bruta. — Ninguém vai trair os Von Trapp.

Fred está escondido atrás do sofá. Ele estava silenciosamente envolvido em uma brincadeira com seus tratores e trailers desde que entrei na sala. Embora eu saiba que uma criança pequena em silêncio é semelhante a uma bomba não detonada, penso que, o que quer que ele esteja fazendo, é melhor correr o risco para poder dar um jeito nas semanas de correspondência não aberta que se acumularam na gaveta. Deixo para lidar com as consequências mais tarde.

Para não deixar Tom irritado, de vez em quando pego os envelopes que se acumulam em cima da mesinha ao lado da porta e os enfio na gaveta, até ela encher. Então cuido do acúmulo. Não é um sistema que Tom aprovaria, mas tem algum mérito, principalmente por permitir que eu censure qualquer coisa que possa causar briga.

Pergunto-me se deveria intervir na disputa em andamento do outro lado da sala. A questão é se devo ceder à neurose de Joe e deixá-lo retroceder o filme ou forçá-lo a capitular. Sei que qualquer atitude para promover a paz exigirá mais do meu tempo. Pedidos para jogar, ler, lutar ou brincar de Shane Warne. Como estou sendo esperada para jantar no novo apartamento de Emma em menos de uma hora, eu os ignoro. Se pudesse desaparecer duas horas por dia, conseguiria fazer muita coisa.

Sento em minha mesa de trabalho do outro lado da sala tentando impor ordem ao caos de contas, extratos e envelopes anônimos fechados antes que Tom volte da Itália. É uma iniciativa nascida do remorso. Desde a noite com Robert Bass no começo da semana, estou sofrendo crises de culpa não resolvida. Não menti para Tom, mas economizei a verdade. Se ele me perguntar o que fiz na segunda-feira à noite, o que vou dizer? Que criei uma situação em que pude ficar tão perto de um homem que acho muito atraente que os pelos do meu braço se arrepiavam quando nossas peles se tocavam? Que vou ver esse mesmo homem de novo outra vez esta semana? Que eu tenho sonhos muito nítidos de esses sentimentos serem recíprocos? Eu havia dispensando Robert Bass como sendo uma fantasia, uma distração bem-vinda, inofensivo como uma planta que oferece cor em meio aos tons cinzentos do inverno em Londres. Mas me dou conta de que compará-lo às nogueiras florescendo em nosso jardim é falso. E também tem os meninos. Minha cabeça ferve, como costuma acontecer quando sou dominada por emoções desagradáveis, e os imagino crescendo e contando aos amigos histórias da traição da mãe e como isso afetou sua capacidade de ter relacionamentos duradouros com o sexo oposto e como isso afetará seus filhos e os filhos de seus filhos ao longo das gerações em seus códigos genéticos.

Incapaz de resolver esse dilema, obrigo-me a me concentrar no que estou fazendo, arrumando três grandes pilhas de papéis. A primeira tem correspondência específica para Tom, a segunda, contas que precisam ser pagas imediatamente, e a terceira é uma pilha confusa, da qual deverei cuidar muito depois, possivelmente nunca. Esta última volta para a gaveta. Sorrio sozinha, imaginando a alegria de Tom ao descobrir sua correspondência organizada numa pilha perfeita. Então me sinto imediatamente culpada de novo, sabendo que uma coisa tão simples vai lhe dar um prazer tão grande. Em muitos aspectos, ele é fácil de agradar. Poderia ter tido um casamento muito melhor com um tipo diferente de mulher. Se tivesse se casado com sua mãe, por exemplo.

Enfio envelopes que definitivamente não quero que Tom veja numa gaveta na parte de baixo da mesa. Eles incluem duas cobranças de pedágio esquecidas, multas de estacionamento em local proibido e contas de cartão de crédito. Agora tenho sete dívidas diferentes de cartão de crédito. Isso não é uma fonte de orgulho. No entanto, eu me descobri surpreendentemente perita na arte de fazer malabarismo com essas contas e vasculhar a internet atrás dos melhores negócios. Zero por cento de juros nos primeiros 12 meses. Letras pequenas para alegrar o seu dia. Quando volto para casa da escola depois de um período particularmente movimentado de intercâmbio de dívidas, eu me vejo passando um boletim para Fred.

— Passar o Amex para o Visa, o Visa para o Mastercard, o Mastercard para o Amex — canto em voz alta, trocando de música, conforme meu humor, sendo Jingle Bells a canção no momento. Eu me sinto como um figurão no centro financeiro, negociando dívidas no mercado internacional. Comprar. Vender. Segurar.

As multas de trânsito permanecem como um ponto cego. No mês passado, um oficial de justiça surgiu na minha porta com uma intimação judicial referente a uma multa que eu havia levado há mais ou menos dois anos. Calhou de Tom estar em casa, trabalhando. O oficial de justiça, um homem alto e forte, vestia um terno cinza mal cortado feito de uma fibra sintética tão barata que quando ele puxou uma caneta do bolso para que eu assinasse o recibo, saíram faíscas.

Não era um homem desagradável. Na verdade, foi surpreendentemente tranquilo, uma característica reforçada por suas pálpebras, que viravam para baixo nas pontas, como um amigável cão de caça. Não havia evidências de que ele tivesse absorvido qualquer agressão ou estresse que devem fazer parte de seu trabalho. Estava com o rosto quase sereno. O meu, por outro lado, estava tenso de preocupação. Não era o medo do processo, mas de Tom descobrir minha trilha de traição financeira.

Daí que quando ouvi Tom subindo da cozinha para ver quem estava na porta, convenci o oficial de justiça a fingir que era Testemunha de Jeová, o que ele topou com surpreendente cortesia. Pareceu completamente à vontade com esse desvio de suas funções.

— Venha, Armagedom — disse ele, em voz alta, olhando para Tom por cima do meu ombro, que ainda estava de pijama. — Apenas os escolhidos serão salvos. Como pecador, você pode se arrepender, mas apenas se tiver resolvido todas as absurdas pendências de estacionamento.

Tom pareceu vagamente confuso e coçou a cabeça, deixando os cabelos escuros arrepiados.

— Certamente há pecados piores — disse ele. — De qualquer maneira, a probabilidade estatística de um dos escolhidos ser um guarda de trânsito é infinitesimal, de forma que ninguém vai perceber.

— É melhor não dar conversa, senão ele nunca vai embora — sussurrei para Tom, empurrando-o de volta para baixo. — Deixe comigo. Volte para o trabalho. — Fui até a porta e assinei as intimações.

— Não é da minha conta — disse o oficial de justiça —, mas eu realmente acho, Sra. Sweeney, que a senhora deveria tentar resolver tudo isso. Deve ser muito estressante ter de esconder esse tipo de coisa de seu marido.

— Ah, não se preocupe, eu faço isso o tempo todo — respondi, com indiferença. — Mulheres são muito boas nesse tipo de malabarismo. Faz parte das multitarefas. — Ele sacudiu a cabeça, abriu uma velha maleta de couro e enfiou meus papéis lá dentro antes de fechá-la e apertar a minha mão.

Sei que um dia eu deveria consultar alguém como Emma, que nunca sequer entra no vermelho, para me aconselhar sobre como resolver isso. Ou pelo menos deveria somar todas as faturas de cartão de crédito e as multas de estacionamento para avaliar exatamente o quanto devo. Mas eu simplesmente não consigo encarar a situação. Faz tanto tempo desde a última vez que calculei o total da dívida que nem lembro quais compras por impulso provocaram essa catastrófica cadeia de eventos. Provavelmente já tinham sido jogadas fora havia anos.

— Mãe, é mesmo verdade que os nazistas nunca vão pegar a Maria? — pergunta Joe ansiosamente do sofá.

— É sim, ela tem um perfume doce demais — grito do outro lado da sala, esperando que isso vá acabar com a disputa.

— Mãe, você acha que um dia eu posso fazer shorts com as cortinas do meu quarto? — ele pergunta.

— É claro, querido — respondo distraidamente, escondendo envelopes atrás da gaveta e cobrindo meu rastro com uma pilha de catálogos.

— Talvez John não deva mais ver este filme — diz minha sogra. Não sabia que ela tinha subido da cozinha. Fecho a gaveta com um pouco de força demais e noto que ela olha para o móvel, desconfiada.

— Ele tem essas mesmas dúvidas independentemente do que esteja vendo. Mesmo que seja algo completamente inocente — eu digo, levantando-me e me afastando da mesa. — É apenas um menino muito sensível.

— Quem é esse major Tom de quem ele não para de falar? É amigo dos seus pais? — ela pergunta.

Ela ainda está olhando fixamente para a gaveta de baixo, com as mãos enfiadas nos bolsos do roupão de Tom, que foi lavado e mudou de cor. Passou de uma espécie de cor de laranja sujo para um amarelo-claro. Seus pés e seu rosto, ainda avermelhados do banho, saltam de dentro dele como salsichas de cachorro-quente.

Petra passou a semana toda em nossa casa, e não há sinal iminente de sua partida. A cada dia ela se torna mais incorporada à rotina. É um padrão familiar. Precisarei esperar Tom voltar para levantar a questão de quando ela poderá ir embora. Sempre que a situação ameaça se tornar intolerável, por exemplo, quando abro o guarda-roupa e descubro que ela organizou as calças dele em pilhas coordenadas por cores, decido pedir que ela vá embora. Ela sabe que ultrapassou o limite e tenta se conter pelo resto do dia, mas sua compulsão por organização domina todo o resto. Ela tenta compensar me perguntando exatamente qual parte da casa se beneficiaria de uma arrumação e se oferece para cuidar das crianças de graça, o que ela sabe que eu nunca vou rejeitar. Na maior parte das vezes, esse suborno vence as ondas de pânico. A montanha de roupa suja agora está do tamanho de uma colina decente, ainda ondulante, mas menos impressionante. As camisas de Tom estão todas passadas. Meias que haviam perdido suas parceiras anos atrás foram reunidas, e as que não tinham par foram condenadas à lata de lixo.

— Lucy, será que podemos almoçar juntas na semana que vem? — ela pergunta, mexendo nervosamente no cordão de pérolas que tem no pescoço enquanto estou tentando sair de casa. Tom deve chegar mais tarde, mas não há sinal de malas sendo feitas.

— Mas, Petra, nós almoçamos juntas quase todos os dias esta semana — digo, sentindo-me levemente em pânico e pegando o casaco para sinalizar minha partida.

— Tem uma coisa importante que preciso falar com você. Precisa ser em algum lugar meio neutro. Quem sabe nos encontramos na John Lewis e emendamos no almoço umas compras de Natal? Preciso comprar alguma coisa para seus pais. — Ela faz uma pausa sem erguer o olhar de sua xícara de café. — Por favor, não comente com Tom que vamos nos encontrar. Sinto que você tenha perdido sua eleição, aliás. Talvez seja para o bem, considerando todo o resto que você tem em mente.

Apesar de eu já ter saído em direção à porta, paro de repente. Minha suposição é de que, de alguma forma, meu tumulto interior atingiu a superfície ao longo da semana e começou a vazar por meus poros, de modo que agora exalo dúvida e incerteza. Minha sogra tem muitos inconvenientes, mas fazer intriga em larga escala não é um deles. Nos 12 anos em que a conheço, esta é a mais significativa abertura que ela demonstra, e sei que deve ser sério, porque ela tem uma aversão natural à honestidade emocional. Ainda assim, pelo menos tenho alguns dias para preparar uma defesa. Mais tarde, instalada no lugar com jeito de catedral que é a nova casa de Emma em Clerkenwell, bebendo vinho caro com ela e Cathy, começo a relaxar. É claro que minha sogra tomou a decisão de interferir porque teme pelo filho. Por outro lado, ela jamais gosta de ouvir a verdade se for desagradável ou perturbadora demais. Imagino camadas de enganos emocionais compactadas umas contra as outras como faixas de sedimentos, em cores que começam a se mesclar umas às outras com o passar dos anos, de forma que é impossível examinar qualquer parte isolada com clareza.

As paredes do loft de Emma são muito brancas, quase clínicas. Umas deslizam para dentro das outras sobre trilhos invisíveis para criar ambientes e espaços novos. O tipo de truque ótico que agrada Tom. Eu, por outro lado, acho tudo aquilo muito desconcertante. Não quero que minha casa seja um móbile. Por isso, quando Emma mostra a Cathy e a mim como a sala de estar pode ser transformada num quarto extra e como o quarto pode dobrar de tamanho, eu me sinto levemente nauseada.

Não tenho muita certeza sobre para quem esse apartamento foi construído. Certamente não para famílias ou para qualquer pessoa que sofra de depressão. Há desníveis traiçoeiros das varandas que dão a volta pela beirada e grandes vasos com folhagens que cortam a pele de quem passa muito perto delas. É, no entanto, um ótimo lugar para festas.

Reconheço alguns pertences da casa de Emma em Notting Hill, incluindo duas gravuras de Patrick Heron e um vaso branco kitsch com flores enormes que lhe dei no aniversário de 30 anos. As flores ficam minúsculas naquele espaço. O elevador chega impressionantemente no meio da sala, mas é necessária a força de duas de nós para abrir as pesadas grades de ferro, e eu me pergunto como Emma consegue entrar e sair sozinha.

Estamos estranhamente silenciosas. Emma está brigando com um balde de mexilhões. Ela os escova irritadamente.

— Tive um dia ruim — ela diz, afinal. — Precisei ligar para os pais de um dos nossos correspondentes no Iraque e contar que o filho deles morreu numa emboscada. Não quero falar sobre isso. Esses mexilhões estão péssimos de limpar, sujos demais.

— Talvez algo maior que uma escova de dentes pudesse tornar o serviço mais fácil — diz Cathy gentilmente.

Os dias ruins de Emma são sempre de larga escala se comparados aos meus, envolvendo, como de costume, eventos importantes do cenário mundial. De tsunamis a guerras civis. Problemas impressionantes. Descobrir que minha sogra organizou as calças de meu marido num esquema de cores sem perguntar sequer se podia entrar em nosso quarto não chega aos pés.

Olho ao redor na cozinha, observando a máquina de café Gaggia, o mixer Kitchen Aid e duas máquinas de lavar louças. Só uma das lava-louças foi usada. Tudo é concebido numa escala tão enorme que Emma parece estar na terra de gigantes Brobdingnag, subindo em degraus para abrir armários além do alcance de meros mortais, olhando dentro de uma imensa geladeira estilo americano, vazia a não ser pelo monte de garrafas de vinho branco, Pulligny Montrachet, segundo os rótulos, e um pacote de queijo. Ela parece ainda menor que o normal e estranhamente doméstica de avental, agarrando uma colher de pau como uma criança segura um garfo pela primeira vez. Não me lembro de algum dia ter comido uma refeição preparada por ela.

— O que vamos comer? — pergunto.

— Mexilhões seguidos de vieiras com *pancetta* — ela diz, franzindo a testa para um livro de receitas de Jamie Oliver e arrumando panelas Le Creuset novinhas em folha sobre o balcão de granito. Por que essa gente que nunca cozinha tem mania de escolher receitas que até um chef profissional acharia desafiadoras? Ela põe tudo dentro do forno e fecha a porta com um pouco de força demais.

— Vamos sentar e beber um pouco. É muito difícil ser uma deusa doméstica. Não sei como você consegue segurar as pontas, Lucy — diz Emma, indo para o outro lado da sala e se atirando num sofá enorme. Suas botas de saltos fazem um barulho desproporcionalmente alto sobre o piso de cimento queimado.

Gastei muitas horas explicando a Emma por que não me qualifico como uma deusa doméstica e finalmente me dei conta há mais ou menos um ano que manter essa ilusão é importante para ela. Enquanto lê notícias na tela do computador em seu escritório, sei que ela me imagina num avental floral Cath Kidston, tirando do forno bolinhos que fiz com os meninos e planejando como decorá-los, uma missão complicada que envolve coberturas de cores diferentes, bolinhas prateadas e chocolate granulado.

Emma gosta de atribuir às amigas traços que guardam poucas semelhanças com a realidade, mas sempre positivos, que é o que torna o hábito tolerável. Assim, na cabeça dela, eu sou uma mulher glamourosa e magra, mãe de três, com um extrato bancário saudável, uma casa arrumada e filhos obedientes. É um quadro pintado em cores primárias, porque a ideia de que qualquer uma de nós possa levar uma vida sem graça é um anátema para ela. É também uma forma de ela evitar o confronto com a fragilidade da vida. E às vezes é mais fácil acreditar no mito, porque faz com que eu me sinta bem.

— E então, como é viver separados juntos? — pergunto, imaginando um relato cheio de observações inteligentes e histórias engraçadas.

— Bem, a cama finalmente chegou, o que é uma glória. Às vezes, acordo à noite com Guy deitado do meu lado e fico tão feliz que não consigo voltar a dormir. Não quero acordá-lo porque não quero que ele vá embora, mas também tenho pânico de que, se eu não o mandar embora, a mulher dele vai descobrir. Outras vezes, sinto-me um pouco como um passarinho preso numa gaiola — ela diz, chutando as botas e abrindo o botão do jeans. — E continuamos indo a hotéis na hora do almoço, porque é um vício difícil de largar. Passo noites demais esperando que ele me ligue, porque não conheço quase ninguém que more por aqui. Evito fazer outros planos para o caso de haver uma chance de ele conseguir fugir do trabalho e inventar uma desculpa para a mulher. Então, assim que ele chega, esqueço como estava me sentindo e faço receitas complicadas de um desses livros, bebemos um monte de vinho e fazemos um sexo fantástico.

— Parece maravilhoso — digo, muito porque realmente parece e também porque é o que Emma quer ouvir. Ela não quer que fiquemos com a imagem do passarinho. Mas há um tom de incerteza em sua voz. Ela parece vulnerável.

— Mas eu não consigo deixar de pensar que é um relacionamento condenado desde o princípio. Um relacionamento menor, que nunca vai evoluir para nada — ela continua. — Nós só existimos nos limites deste apartamento. Os raros momentos que passamos juntos fora daqui, não podemos sequer nos tocar. Embora isso torne as vezes em que podemos ficar juntos mais emocionantes. Vamos comer. Já deve estar pronto. Não aguento mais ouvir o som da minha própria voz.

Passamos para a mesa da cozinha para comer a refeição que Emma preparou. Ela arrumou cada lugar com um complexo arranjo de facas, garfos e colheres e duas taças, uma para água e outra para vinho. No meio, uma cesta de pão cortado em fatias delicadas, já meio dormido. Esse esforço tem um quê de pungente, como se ela estivesse tentando marcar um novo território que não pertence realmente a ela. Tudo é emprestado da vida de outra pessoa.

Os mexilhões ainda estão com um pouco de areia e pedaços de barba, e as vieiras estão secas e borrachentas porque Emma as botou no forno em vez de fritá-las em fogo alto por pouco tempo. Assim, durante alguns minutos, ficamos sentadas em silêncio amigável. Mastigo uma vieira na bochecha direita até os músculos implorarem por perdão e troco de lado. Quando descobrimos que elas são resistentes a qualquer tentativa de deixá-las com uma consistência mais aceitável, nós as engolimos com goles de vinho tinto como se estivéssemos engolindo um suplemento vitamínico. Ainda assim, elogiamos Emma por suas promissoras conquistas culinárias.

— Vocês não precisam fingir, eu sei que sou péssima cozinheira — ela diz, rindo, como se estivesse aliviada porque um de seus atributos naturais não havia mudado. — Na verdade, é Guy quem cozinha. Em casa, a mulher não deixa ele chegar perto da cozinha.

A mesa tem 14 lugares, possivelmente 16. É tão nova que eu me vejo desejando as imperfeições da minha mesa com suas manchas de tinta e minúsculas trincheiras feitas pelas crianças com colherinhas e garfos. Pode ser meio malconservada, mas pelo menos tem história.

Estamos reunidas num canto da mesa, e a situação parece um pouco solitária. Não consigo imaginar Emma comendo sozinha, embora ela deva tomar café da manhã todos os dias. Dá para ver toda Londres quando se está sentada do lado que fica de costas para o fogão. Isso deve compensar.

— Que lugar incrível para dar uma festa — diz Cathy.

— É para o que foi projetado, mas nunca vamos dar uma festa — diz Emma, largando o garfo e a faca. — Não vamos nem mesmo receber amigos em comum para jantar nem vamos ficar relaxados, de pijama, num sábado de manhã, embora eu tenha esperanças de que, durante as férias de Natal, quando a mulher dele vai para a casa de campo com as crianças, consigamos um fim de semana juntos. Uma segunda casa é uma coisa ótima. Tivemos um verão muito bom quando a mulher dele estava em Dorset.

Mordo a língua e me lembro do conselho de Tom sobre deixar as pessoas viverem a própria vida.

— Vocês podem receber pessoas para jantar. Vocês podem nos convidar, e eu posso trazer meu novo namorado — diz Cathy, entusiasmada. — Estou louca para que vocês o conheçam.

— Isso seria legal. Quem sabe consigo convencer Guy — diz Emma. — Acontece que a vida dele é muito compartimentalizada. Ele gosta de me ter só para ele. Não quer me dividir. Sair com amigos é algo que ele associa com a esposa, não comigo. Eu não sou a maior parte da vida dele. Sou só uma fração.

— Mas não se consegue medir a profundidade das frações, só a largura — eu digo, tentando parecer animadora. Ela parece estranhamente desalentada. — Talvez ele deixe a esposa — continuo, querendo oferecer um pouco de esperança.

— Ele não vai deixar a mulher, porque é do tipo que não se arrisca. A última coisa que quer é uma mulher com uma carreira. Foi ele quem convenceu a esposa a abandonar o trabalho assim que engravidou. Eu apenas aumento a variedade do portfólio dele — diz ela, passando as unhas na nuca para cima e para baixo, coçando furiosamente.

— Bem, ele está conseguindo exatamente o que quer — digo, vendo a conversa como uma espécie de progresso. É a primeira vez, desde que começou este relacionamento, há mais de um ano, que Emma demonstra sinal de falta de confiança. Sua certeza era anormal e um pouco perturbadora.

— Acho que o que eu realmente quero é alguma prova de que ele quer evolução emocional. Ele parece muito satisfeito com o status quo, e isso parece traição — ela diz.

A traição assume muitas formas, penso comigo mesma. Ela pode avançar sobre nós lentamente, um acúmulo de autoengano e mentirinhas inofensivas, ou descer de repente como uma névoa. A traição do banqueiro de Emma não está no que ele diz. Ele não prometeu nada além do que pode oferecer. Está no que ele não diz. Está nos gestos vazios, na forma como ele faz a secretária mandar flores no aniversário da esposa, no jeito como ele meticulosamente apaga as mensagens de texto de Emma todas as noites nos degraus da entrada de casa e depois beija os filhos com o cheiro da amante ainda fresco no hálito.

Então faço uma comparação com o meu caso. Minha saída com Robert Bass pode parecer bobagem em comparação com a situação entre Emma e Guy, mas é traição mesmo assim. O tempo que passei pensando nele, arquitetando fantasias em minha mente, já enfraqueceu meu relacionamento com Tom. Como um navio se aproximando da costa depois de um longo período em alto-mar, eu me vejo me sentindo mais feliz sempre que se aproxima nosso próximo encontro. É claro que, ao contrário de Emma e Guy, meu flerte com Robert Bass nunca será consumado. Mas o que começou como uma distração inofensiva de minhas outras preocupações agora sequestrou um espaço em minha mente que estaria muito mais bem ocupado com passatempos adequados a uma mãe. Como, por exemplo, montando a sapateira da Ikea que está depositada ao lado da porta junto com uma confusão de sapatos há dois anos, ou aprendendo a lidar com a máquina de café expresso que ganhamos de Petra no último Natal ou fazendo depilação, algo adequado a uma mulher de 30 e tantos anos.

— Lucy, Lucy, você está ouvindo? — diz Emma. — O que você acha? — Percebo que perdi partes cruciais do momento de hesitação de Emma e começo a me sentir culpada.

— Você nunca se sente culpada por causa da mulher dele? — deixo escapar, e Cathy me encara, parecendo levemente chocada, embora não fique claro se é pela pergunta ser inadequada em relação ao que a precedeu ou se é por ser simplesmente inadequada. Se eu estivesse mais segura em relação aos meus próprios sentimentos, diria a Emma que é menos uma questão de julgamento e mais de autorreferência. A pergunta paira no ar por um tempo, e Emma coça a cabeça pensativamente.

— No mês passado, ele estava comigo numa noite de sexta e esqueceu que deveria sair para jantar com a mulher e uns amigos, porque havia desligado o celular. Ela não conseguiu falar com ele até mais ou menos 1 hora da madrugada, quando ele finalmente saiu da cama e ligou o telefone para descobrir que tinha várias mensagens dela. Ela havia ido ao jantar sozinha, mentindo aos amigos que ele tinha precisado viajar para o exterior de repente. Ele ficou péssimo, e eu me senti mal por causa disso. Mas acho que, como eu não tenho filhos nem vida familiar, minha capacidade de sentir culpa é limitada — diz Emma, num raro momento de brutal honestidade consigo mesma. — Ele me diz que fica com ela porque tem a mim, mas eu sei que não é verdade. Por mais profundo que seja o meu autoengano, sei que não estou salvando o casamento deles. Em boa parte do tempo sinto desprezo em relação a ela por não ser capaz de se dar conta do que está acontecendo.

Ela ergue o olhar quando diz isso, sabendo que as coisas não vão terminar facilmente.

— Nada vai mudar. É isso — continua ela, agitando a mão no ar. — Ele nunca vai deixar a mulher e os filhos, e eu não tenho certeza se quero que ele faça isso. Relacionamentos que começam assim não têm muitas chances de terminar bem. Têm problemas demais desde o começo. A mulher dele investiria toda a sua energia para garantir que nunca desse certo, e os filhos me odiariam eternamente. Enfim, eu nunca iria querer a responsabilidade de acabar com o casamento dele.

— Não existe bom divórcio, isso é certo — diz Cathy, que ainda está percorrendo a trilha do próprio divórcio, brigando por questões financeiras, pelo acesso a Ben e sobre como dividir a mobília. Uma fórmula universal para a infelicidade mútua. O arsenal do casamento fracassado pode não ter armas muito sofisticadas, mas isso não torna as batalhas menos sangrentas.

— Dois finais de semana por mês sem os filhos me parece muito bom — eu digo superficialmente, esperando melhorar o clima que se instalou na conversa.

— Isso é porque você não trabalha fora — diz Cathy. — Entregar Ben um fim de semana sim, outro não, quando não o vejo direito durante a semana, me deixa fisicamente doente. A nova namorada do pai dele está se esforçando tanto para agradá-lo que tenho vontade de gritar. Eu não quero nem que ela toque no Ben.

— E como está o arquiteto? — Emma pergunta a Cathy, sinalizando o final da autoanálise.

— Ele é incrível. A luz no fim do túnel. De todas as formas. Quase. É inteligente, divertido, fazemos um ótimo sexo, um sexo incrível. Devo muito a Tom por este. O único ponto negativo é o cara com quem ele divide a casa, que também vem a ser o melhor amigo dele — ela diz.

— Você já quer morar junto? Não acha que é um pouco precipitado?

— Lucy, eu nunca mais vou morar com outra pessoa. Nunca mais vou me expor dessa maneira. Estou com a vida organizada agora, ganhando bem, o Ben está adaptado à escola. Nunca mais quero contar financeiramente com um homem.

— Isso é um pouco extremo — digo. — Embora seja verdade que a maioria dos arquitetos viva num constante estado de incerteza econômica.

— O que eu quero dizer é que este cara com quem ele mora parece ter ciúme de mim — diz ela.

— Você acha que tem alguma tensão sexual oculta entre eles? — Emma grita numa voz abafada de dentro do refrigerador, onde está pegando outra garrafa de vinho branco. Conto as garrafas sobre a mesa da cozinha e me dou conta de que já bebemos quase uma cada.

— Não conversei com ele sobre isso, porque, embora pareça bem evidente para mim, ele parece não perceber, mas até agora não houve nada que sugerisse homossexualidade latente — diz Cathy. — Exceto talvez um gosto por sexo anal.

— Então como você sabe que ele tem ciúme? — pergunto, intrigada.

— Primeiro foram coisas pequenas. Se eu ligo para ele em casa, por exemplo, o amigo nunca dá os recados, e umas duas vezes ele disse que Pete não estava quando eu tinha certeza de que estava. Eu não me importei, mas, daí, nas poucas vezes em que estive com o cara, ele se comportou de um jeito muito estranho. Da primeira vez que jantei com os dois, o que já é em si meio esquisito, Pete ficou na cozinha cozinhando, e ele ficou sentado na sala me contando que Pete era um clássico comprometimento fóbico que jamais conseguiria se ligar permanentemente a qualquer pessoa. Disse que Pete era como um corvo, sempre cobiçando as amigas das namoradas, constantemente insatisfeito com a própria, deixando um rastro de tristeza atrás de si.

— Talvez isso seja verdade, e ele estivesse tentando alertá-la para não se envolver demais, porque sabe que você já teve uma experiência ruim — diz Emma.

— Não me importei de lhe dar o benefício da dúvida por isso também — diz Cathy. — Então, numa outra noite, achei que estava fazendo sexo pelo celular com Pete quando descobri que era outra pessoa.

— Mas como você pode saber? — pergunto.

— Armei uma armadilha — diz ela, sorrindo maliciosamente. — Falei numa coisa que Pete e eu nunca fizemos juntos como se fosse algo que realmente tivesse acontecido, e ele mordeu a isca.

— E o que era? — pergunto.

— Fingi que Pete e eu tínhamos estado numa festa onde fizemos sexo com outra mulher no banheiro. O tempo todo fingi que realmente havíamos feito isso e, no final, ele disse que foi a melhor experiência erótica da vida dele e que queria muito fazer aquilo de novo. Tenho certeza de que era o amigo dele. Quem mais teria acesso ao telefone de Pete naquela noite?

— Qual é o problema dos homens com *ménage à trois*? — reclamo.

— Não é exatamente com *ménage à trois*, né? — diz Cathy. — Tem a ver com fazer sexo com duas mulheres, e não com duas mulheres fazendo sexo uma com a outra. Tem a ver com o homem ter duas mulheres em cima dele. Não há nada de democrático nisso.

— O que você fez quanto ao plano de Guy? — pergunto a Emma.

— Aceitei seu conselho sobre dizer que estava com alergia por causa da depilação, fiz uma depilação, para confirmar a mentira, o que foi a experiência mais dolorosa da minha vida até hoje, e fiquei com alergia. Ele agora trocou de fantasia e não para de falar em fazer sexo no escritório, o que é muito menos complicado de se querer e, na verdade, bastante excitante, porque existe um risco de sermos apanhados. Eu a culpo por isso, Lucy, depois daquelas mensagens que você mandou para ele.

— E então, o que mais o colega de apartamento atrevido tem aprontado? — pergunto, virando-me de novo para Cathy.

— Numa outra noite, cheguei antes de Pete, e ele começou a dar em cima de mim de um jeito bem evidente — ela diz.

— O que ele fez? — pergunto, porque desde minha saída com Robert Bass, aprender esses tipos de sinais de repente parece muito importante. Mas não há nada de sutil no que ela conta a seguir.

— Ele chegou por trás de mim quando eu estava abrindo uma garrafa de vinho na cozinha e passou o dedo pela minha coluna de cima a baixo — ela diz. — Foi quase imperceptível. Ele começou por cima e lentamente serpenteou para baixo pelas costas da minha camiseta, parou quando alcançou a pele abaixo e então tirou o dedo.

Emma e eu prendemos a respiração.

— O terrível é que, embora eu devesse ter achado isso nojento e posto logo um ponto final na história, eu o deixei seguir em frente porque, na verdade, me senti muito tentada. Ele também é muito atraente, de um jeito levemente metrossexual — diz ela.

— Talvez eles gostem de dividir namoradas — sugiro.

— Quem sabe — diz ela. — Não quero dizer nada ao Pete, porque pode prejudicar a amizade deles, e provavelmente vamos terminar antes do Natal de qualquer maneira. Vou só ver aonde isso vai me levar. A outra coisa é que Pete sempre quer levá-lo conosco. É como se os dois fossem casados. Eles moram juntos há oito anos.

— Que estranho. Vou ter de perguntar a Tom se ele sabe de alguma coisa — digo. Parece incrível que ele passe todos os dias com esse homem e mesmo assim nunca tenha mencionado nada disso a respeito dele.

— Ele definitivamente é sexualmente aberto a todo tipo de coisa — diz Cathy. — É muito desinibido, me leva a lugares onde me esqueço de quem sou.

— Isso parece bom — digo, tentando despertá-la de sua introspecção.

— Já tive bastante sexo bom para saber que não é o mesmo que amor — diz Emma baixinho. — E, na verdade, acho que preciso me lembrar de quem sou. A melhor coisa que eu poderia fazer seria terminar tudo agora. O problema é que o desejo é orgânico. Nunca ficamos satisfeitos. E a cada dia que passa, perco mais o controle. Nunca estou no ponto em que tudo se torna rotineiro e doméstico, estou num estado de luxúria perpétua.

— Não parece uma dificuldade tão grande — digo. — Sabe, se o Pai Sexy Domesticado tivesse feito meio movimento na outra noite, não sei como eu teria resistido. A sensação do braço dele contra minha pele era perfeita. Às vezes acho que não posso viver sem essa sensação apenas mais uma vez antes de morrer.

— Ah — faz Emma, parecendo levemente chocada. — Então vocês saíram sozinhos? Que intenso.

— Foi Cathy que organizou tudo, se vocês se lembram — digo, na defensiva. — E nós não ficamos sozinhos por muito tempo, porque outra mãe apareceu.

— Eu não achava que realmente fosse acontecer — disse Cathy. — Eu jamais gostaria de ser responsável por fazer qualquer coisa que pudesse prejudicar seu relacionamento com Tom. Se vocês fracassarem, que esperança vai restar para o resto de nós?

— Talvez não haja esperança para nenhuma de nós — digo.

— Você não pode voltar ao começo do seu relacionamento com Tom e regenerar parte da paixão? — ela pergunta, curiosa.

— É como tentar reacender uma lareira depois de ter apagado o fogo. O problema é que, embora o sexo faça os filhos, os filhos matam o sexo — explico. — Nunca temos tempo e estamos constantemente exaustos. E os nossos relógios sexuais não estão sincronizados. — Elas parecem confusas. — Mulheres gostam de fazer sexo à noite, mas o desejo sexual do homem atinge o pico às 8 horas da manhã. É o contraceptivo da natureza.

— Nós nunca fomos longe o bastante em nossos casamentos para chegar a este ponto. Acho que você deveria considerar isso uma realização — diz Cathy.

— Além disso, nós nunca estamos sozinhos na cama — continuo. — Às vezes é como uma dança das cadeiras. Acordamos de manhã e nenhum de nós está na mesma cama em que foi dormir.

— Vocês não podem botá-los de volta nas camas deles? — pergunta Emma.

— Podemos, sim, mas normalmente estamos exaustos demais para nos levantarmos. E, além disso, eles são espertos, sobem na cama escondidos e se deitam nos nossos pés, como cachorros, para não percebermos.

— E que tal tentar alguma coisa diferente, como sexo tântrico? — diz Emma.

— Demora muito. O que quer que a gente faça, não pode levar mais que vinte minutos — digo. — Mas está no topo da minha lista de coisas a fazer no longo prazo.

— O quê? — pergunta Cathy.

— Fazer sexo com Tom — respondo.

— O que mais tem nessa lista? — pergunta Cathy, com ar incrédulo.

— Bem, tem a questão da minha dívida do cartão de crédito — digo. — Encontrar uma faxineira que realmente saiba lavar e passar. Arrumar um trabalho de meio período. E espalhar as cinzas da minha avó na terra natal dela. Esqueci de fazer isso quando fomos a Norfolk.

— E onde elas estão agora? — pergunta Emma.

— No armário — digo. — Pareceu um bom lugar para guardá-las. Aconchegante e seguro. Como ela.

— Mas todas parecem prioridades — diz Emma, momentaneamente distraída dos próprios problemas. — Morte, dívida, roupa suja, falta de sexo. Não é de espantar que você esteja intimidada pela própria existência. E, na verdade, são coisas muito fáceis de resolver.

— Mas se eu resolver todas, o que vai restar? — pergunto. Elas olham para mim genuinamente confusas.

— O que quero dizer é que se todas essas coisas forem resolvidas, talvez eu descubra que, na verdade, elas são a cola que mantém tudo junto, e então tudo vai se desintegrar — digo. — Estou tentando ser contraintuitiva.

— Isso é tão irracional, Lucy — diz Cathy. — Talvez você se sentisse mais no controle se resolvesse essas coisas.

— Talvez eu queira ficar fora de controle — digo, sem pensar. Mas quando vejo as expressões preocupadas delas, recuo. — Ou apenas fora de controle por um período de tempo definido, para me lembrar da sensação.

— Que tipo de coisa está na sua lista de curto prazo? — pergunta Cathy. Entrego a elas minha agenda e aponto para páginas rabiscadas atrás. Elas estão gastas, sem os cantos, e a tinta vazou para o outro lado. Parecem hieróglifos com palavras estranhas escritas com canetas de cores diferentes.

— Isso é algum tipo de código? — pergunta Emma. Começo a ler a página da direita.

— Xampu para piolho, aniversário do Sam, escova de dentes do Fred, vacina tríplice, Papanicolau, depilação...

Emma está coçando a cabeça de novo.

— É por causa do xampu para piolho. Para quem tem uma personalidade sugestionável, simplesmente ouvir essas palavras pode dar coceira — digo.

— Por que você precisa de uma depilação no meio do inverno? — pergunta Emma.

— Isso está na lista desde maio — respondo.

— Não tente me distrair. Conheço suas táticas para evitar uma conversa — diz Emma, contando o número de itens na lista. Ela para quando chega a 22. — Não entendo como pode ser tudo tão complicado. É claro que se você conseguisse fazer uma dessas coisas por dia, em um mês estaria tudo resolvido, e você poderia se concentrar na lista de longo prazo — ela diz.

— Todos os dias há coisas novas para acrescentar à lista — digo. — Tem mais uma lista na geladeira com outras coisas, mais urgentes. E você não está incluindo as coisas que precisam ser feitas rotineiramente, como aprontar as lancheiras, preparar quantidades industriais de molho à bolonhesa, fazer lição de casa, lavar... — Estou prestes a mencionar a bagunça que deixei para trás na sala quando vejo que ela está começando a parecer entediada.

Pouco antes de sair, descobri que paguei muito caro por aqueles dez minutos que passei separando a correspondência, porque Fred tinha pego todos os quebra-cabeças e jogos do armário de brinquedos e os estava usando para carregar sua coleção de trailers. Seus caminhões estavam cheios de peças de uma combinação de Banco Imobiliário, Palavras Cruzadas e Detetive. Centenas, talvez milhares de peças que precisariam ser separadas. Horas, talvez dias, de trabalho que sequer chegarão a uma lista. Devastação em grande escala gerada em menos de dez minutos. Será que isso se qualifica como dois passos para a frente e um para trás ou me deixa com saldo negativo, eu me perguntei enquanto empurrava tudo para baixo do sofá antes de sair pela porta. Por isso sempre vou estar um passo atrás.

Às vezes, durante minha insônia de começo de manhã, faço listas mentais sobre As Coisas Perdidas. A atual inclui um martelo de plástico do kit de ferramentas de Fred, a tampa das pilhas de um carro de controle remoto, um dado extragrande do Jogo da Vida e uma torre do tabuleiro de xadrez.

Imagino a mim mesma como uma investigadora, cobrindo cada centímetro do piso da casa, procurando nos encostos das cadeiras, embaixo de armários, dentro de sapatos, mesmo sob os tabuões, para localizar todas essas coisas e restaurar a ordem. E nunca vai acontecer, porque sei que dentro de poucos dias o caos anterior estará reinando novamente.

Um dos aparelhos de telefone também desapareceu, assim como a chave da porta que leva ao jardim, mas ainda não falei sobre isso com Tom, sabendo que ele vai me responsabilizar. Ele não passa tempo suficiente em casa para se dar conta de que as crianças são como formigas sem método, constantemente em movimento, levando coisas de um ambiente a outro e escondendo-as em lugares invisíveis aos olhos adultos.

Se Petra não estivesse em casa, eu teria lançado mão de um daqueles ataques de dar dor de garganta que me purgam da minha raiva e fazem Sam se referir aos anúncios da Sociedade para Prevenção de Crueldade Contra Crianças que dizem que gritar é equivalente a abuso infantil. Quem quer que tenha criado aqueles anúncios devia ser mandado para limpar a carnificina.

Fred veio se aninhar em meu colo, esperando conseguir clemência, e meus olhos arderam com o esforço de neutralizar minha raiva. Porque Fred já tinha feito isso antes, menos de duas semanas atrás. Imaginei as veias no meu cérebro, salientes com a pressão do sangue percorrendo minha cabeça, esforçando-se para não estourar como minúsculos riachos durante uma forte tempestade. Bastaria um pequeno ponto de fraqueza para meu cérebro inundar como o delta de Okavango na estação chuvosa, deixando meus filhos órfãos de mãe.

Fechei os olhos e senti o cheiro da pele macia da nuca de Fred, com a parte mais macia embaixo dos longos cachos atrás da cabeça dele que não tenho coragem de cortar porque representam os últimos vestígios de sua vida como bebê. Ele riu, porque sentiu cócegas, mas me permitiu meu momento de carinho. Ele recendia a uma doce mistura de pijama limpo, sabonete e a imaculada pureza de bebê recém-saído do banho, e eu me senti derretendo. Ondas de nostalgia pelo bebê que ele nunca vai voltar a ser tomaram conta de mim e, por um instante, achei que fosse chorar. Às vezes é uma questão de atravessar os dias, mas daí, do nada, vem um daqueles momentos que queremos preservar para sempre.

— Eu acho, Lucy, que talvez você tenha perdido a noção do valor da certeza na sua existência — diz Cathy. — A gente pode afrouxar nas pontas, mas elas não são tudo o que são feitas para ser. Não nos damos conta do privilégio que é ter certeza das coisas.

— Minha babá de 18 anos me disse outro dia que estamos muito fixadas na ideia de felicidade como um fim em si mesma — digo, lembrando-me de repente de uma conversa que tive com Polly. Olho atentamente para minha agenda, esforçando-me para decifrar minhas próprias listas. — Ela disse que nossa insatisfação está baseada na crença de que temos um direito fundamental de sermos felizes e que se pudéssemos aceitar que qualquer coisa além de vagamente terrível seja um bônus, seríamos todos mais satisfeitos. Então, talvez eu precise reconhecer que um relacionamento não pode ter tudo.

— Deus, espero que você a pague bem — diz Emma.

— Talvez o segredo seja abraçar as áreas cinza e ver os extremos com suspeita — diz Cathy.

— Desconfio de qualquer um que acredite demais em qualquer coisa — diz Emma. — É por isso que vou a um funeral na semana que vem. Tony Blair e sua divina crença de estar com a razão. Estamos todos pagando por isso. É uma dívida de longo prazo.

Ela levanta da mesa e caminha na direção dos três enormes sofás no outro lado da enorme sala. Nós a seguimos e então ficamos todas sentadas juntas num único sofá com outra garrafa de vinho e, meio altas, começamos a fazer um jogo que inventamos anos atrás, que envolve segurar páginas com sapatos de revistas de moda e ver quem consegue identificar um par de Jimmy Choos de mais ou menos três metros de distância. Embora eu nunca tenha tido um par de Jimmy Choos — mesmo quando trabalhava em tempo integral, eu era do tipo que usava tênis —, sempre consegui vencê-las nesse jogo em particular, e hoje não foi uma exceção.

Estamos no terceiro round, e abri uma vantagem significativa, muito embora não tenha visão periférica porque estou mais uma vez usando meus leais óculos do Serviço Nacional de Saúde.

— Lucy, esta é particularmente difícil — diz Emma, segurando uma página da edição de estação de festas da *Vogue*. — Não vou dizer nada além disso.

Cathy está procurando por mais uma garrafa de vinho na geladeira.

— É o par da direita na última linha — digo, empurrando os óculos para cima e olhando com atenção para os nove pares de sapatos. E tem outro par, no meio da linha de cima — grito triunfante.

— Como você faz isso? — pergunta Cathy, impressionada, como sempre.

— É uma habilidade matemática. Existe uma relação precisa entre o salto e a sola, uma proporção indefinível, que os faz verdadeiramente elegantes. Só consigo fazer isso com o Jimmy Choo — digo, recostando-me no sofá novo, equilibrando precariamente uma taça cheia de vinho na mão e me perguntando como minha autoestima havia se tornado dependente de um esforço tão inútil. — Infelizmente, isso não vai me deixar rica.

— Só por curiosidade, Lucy, o que o Pai Sexy Domesticado tem que Tom não tem? — pergunta Cathy.

— Acho que ele é desconhecido, então sobra muito para a imaginação — respondo. — E acho que ele provavelmente é meio maluco. Irresponsável. — E então me sinto desleal por dizer isso.

10

"A esperança é um bom café da manhã,
mas um péssimo jantar"

Quando finalmente chego em casa, já são quase 2 horas. Estou contando arrependida quantos dias vou levar para me recuperar dos excessos da noite, uma equação que envolve somar as taças de vinho consumidas e subtrair o número de horas consecutivas de sono que conseguirei ter a partir de então.

Para minha surpresa, Tom está sentado à mesa da cozinha, olhando fixamente para o retrato da mãe. O rádio está ligado. Ele está ouvindo um programa no Serviço Internacional sobre um arquiteto mexicano chamado Luis Barragán e não me ouve descer a escada.

Uma maquete da biblioteca de Milão está sobre a mesa, e ele mantém um braço possessivo ao seu redor, como um homem com a mão na cintura de uma nova namorada. Ele usa um pijama azul listrado que deve ter comprado em Milão. É tão duro que permanece estático mesmo quando ele se mexe. O colarinho está tão engomado que ele parece estar de gargantilha. A aparência de cortesão elisabetano é exacerbada pelo fato de que ele não se preocupou em se barbear durante a última semana, e agora está com uma barba escura relativamente farta, dificultando a avaliação da expressão em seu rosto.

Olho para o retrato do último degrau da escada e tento imaginar o que ele pode estar pensando. Num esforço para me equilibrar, concentro-me especificamente nos cabelos de Petra. Houve uma evolução em seu penteado desde que a conheci. Na verdade, sua aparência geral mudou pouco. A paleta de cores de seu uniforme de twin-sets impecáveis e sensatos sapatos baixos Russell & Bromley pode ter se tornado menos discreta, mas o bom gosto permanece o mesmo.

Seus cabelos receberam permanentes à exaustão da mesma maneira todas as semanas por tantos anos que já não têm mais movimento, mesmo quando ela se abaixa. Nunca os toquei, mas imagino que tenham a mesma textura de palha de aço. Mesmo sob vento forte, seus cabelos permanecem parados como uma plantação de cabeças de alcachofras numa manhã fria, imutável desde o dia em que se casou com o pai de Tom.

Ainda assim, neste quadro, pintado menos de um ano antes de ela se casar, seu rosto está emoldurado por longos cabelos castanhos que caem em ondas preguiçosas como um par de cortinas em cada lado de seus belos e límpidos olhos azuis. Sua expressão é suave, com todos os minúsculos músculos faciais relaxados. Ela parece lânguida, com ar sentimental. Então, num momento de lucidez inebriada, me ocorre. Ela está saciada.

— Qual é o problema, Lucy? Você está me encarando como se tivesse visto um fantasma — diz Tom, interrompendo meus pensamentos. — Eu só fiquei fora por cinco dias.

— É este retrato da sua mãe — digo. — Você conheceu o homem que o pintou?

— Era um artista profissional. Ela posou para ele muito antes de eu nascer, você sabe disso — diz ele, levantando-se para me dar um beijo levemente ressentido na bochecha. A barba faz cócegas, e eu esfrego o lugar em que os pelos rasparam meu rosto e então espirro. Talvez eu esteja me tornando alérgica ao meu marido.

— Mas então por que ele daria o quadro a ela? — pergunto, esfregando o nariz, esforçando-me para parecer sóbria.

— Não faço ideia. Ele ficou no sótão durante anos. A primeira vez que o vi foi quando ela apareceu aqui com ele. Por que você está fazendo todas essas perguntas? Achei que talvez você fosse se interessar na minha biblioteca — diz ele, parecendo um pouco magoado. — Na verdade, eu achei que você fosse estar em casa quando eu chegasse.

Houve um tempo em que ficávamos sentados em silêncio e, quando falávamos, dizíamos a mesma coisa. Estávamos sincronizados. É claro que relógios velhos nunca dão a hora certa. Talvez eu devesse me contentar com o fato de que nós concordamos mais do que discordamos, embora fosse melhor se houvesse menos para discutir. Mas, talvez, se concordamos com tudo, qualquer discrepância pareça mais insuperável.

— Fui conhecer o novo loft de Emma. Sua mãe se ofereceu para cuidar dos meninos, e eu precisava ficar longe dela — digo. — Desculpe, não achei que você fosse me esperar acordado.

— Ela vai embora amanhã de manhã — diz ele. — Ela está agindo de um jeito estranho. Não parou de dizer que não sabia quando ia voltar. Espero que vocês não tenham brigado.

— Não, eu fui bastante contida — digo, esperando evitar uma discussão a respeito de Petra.

— Está tudo muito arrumado — ele diz. — Com exceção disto. — Ele aponta ameaçadoramente para as cortinas amassadas do quarto de Joe que estão inexplicavelmente sobre o peitoril da janela. Mesmo do outro lado da cozinha, posso ver que há buracos cortados grosseiramente no meio de cada cortina.

"Minha mãe encontrou Joe tentando fazer um short com as cortinas. Ele disse que você tinha dado permissão. Estava sozinho no quarto com uma tesoura imensa — diz ele, erguendo uma sobrancelha intrigada. — Na verdade, ele fez um belo trabalho. Foi dormir com o short. — Ele vai até a janela e levanta as duas cortinas com buracos em forma de short. Tiras estreitas de tecido caem sobre a mesa. — Aquelas são as faixas para os suspensórios — diz ele. Rimos. Eu, levemente embriagada, me encosto no corrimão para me apoiar. — De qualquer maneira, com o dinheiro que vou ganhar com esta biblioteca, acho que vamos conseguir comprar cortinas novas — diz ele. — Vamos para a cama. Sinto pela sua eleição, aliás. Talvez seja melhor assim.

Penso na próxima quarta-feira e na perspectiva de mais uma noite na companhia de Robert Bass. Eu deveria simplesmente cancelar o encontro com a justificativa de que melhora o meu humor.

Quando entramos no quarto, Tom abre o guarda-roupa e vê suas cuecas. Perfeitas pilhas de cuecas cinza, brancas e pretas. Todas estão passadas e dobradas ao meio. As camisas estão penduradas numa combinação de tons semelhante a um catálogo de cores Dulux.

— Você está com lágrimas nos olhos — digo, em tom acusador.

— Eu não me casei com você porque achava que você fosse dobrar minhas cuecas — disse ele.

— Foi por isso que eu me casei com você — rio.

Então ele me agarra e nós caímos na cama, nos beijando ousadamente. Ele me prende com as mãos e me beija no pescoço, logo abaixo da orelha. Com a barba e o colarinho engomado, ele parece tão diferente do homem que viajou há uma semana que de repente imagino estar no quarto com um estranho. E isso é excitante. A mão dele já está dentro das minhas calças, e minha camisa está totalmente desabotoada. Os dedos dele podem ser grandes e pesados, mas quando a mesma leveza de toque que o faz desenhar tão bem é aplicada ao meu corpo, eu me sinto derretendo. Será que todos os arquitetos têm a mesma habilidade? Preciso me lembrar de perguntar para Cathy. Fecho os olhos e paro de pensar no dilema de Robert Bass.

— Senti saudade — ele sussurra ofegante no meu ouvido, antes de desviar a atenção para meu seio esquerdo.

Mas no instante em que começa a parecer que a escassez sexual está para acabar, Joe entra no quarto, esfregando os olhos de sono. Está segurando dois pedaços de tecido claramente identificáveis como um short.

— Papai, o que você está fazendo com a mamãe? — ele pergunta, desconfiado. Tom sai de cima de mim e deita na cama, ofegante.

— Estamos brincando de luta — diz ele.

— Espero que vocês não estejam sendo muito brutos — diz Joe, soando exatamente como eu. — Mamãe, posso fazer shorts para Sam e Fred também? — pergunta ele. — Para ficarmos parecidos com a família Von Trapp. — Ele está meio dormindo. Eu o pego no colo e o levo de volta ao quarto, onde ele acaba dormindo de novo agarrado aos pedaços de tecido como se alguém pudesse roubá-los no meio da noite. Quando finalmente volto ao quarto, Tom está num sono profundo. Mais uma oportunidade perdida. Se pais pudessem terminar conversas, a vida seria muito diferente.

Então percebo que, num eco do filho do meio, ele está agarrado a uma caixinha cor de creme com uma fita verde-escura. Solto seu punho, que já está firme por causa do sono, e abro a caixa. Dentro tem um cartãozinho. "Para Lucy. De Tom. Por serviços prestados." É um colar de prata com pedras e amuletos pendurados. É tão bonito que tenho que morder o lábio para não chorar. Tento acordá-lo para agradecer, mas ele está em algum lugar inalcançável. Guardo o colar de novo na caixinha para que ele possa me dar uma outra hora e eu possa fingir surpresa. Mas o colar não reaparece em semanas.

Dezembro começa.

— Sra. Sweeney — diz a professora de Joe na quarta de manhã, quando o levo para a aula. — Posso falar rapidamente com a senhora? — Quando se trata de crianças, a linguagem do medo é universal. E esta é uma daquelas frases criadas para incutir pavor no coração de pais ao redor do mundo. Ela atravessa todas as barreiras culturais e religiosas. Um aperto na garganta, um palpitar no coração, boca seca, músculos alerta, eu me esforço para caminhar em vez de correr na direção da mesa dela.

Há muita rotina e repetição no dia de uma mãe comum, mas todas sabemos que o fio que mantém tudo isso junto é frágil como uma teia de aranha. Ao nosso redor estão histórias de desastres aleatórios: os filhos que entraram numa secadora de roupas e sufocaram, a menina que se afogou numa piscina de plástico com dois dedos de água da chuva. Vida e morte em nossos próprios quintais. Toda vez que leio uma dessas histórias no jornal, prometo ser uma mãe mais tolerante.

Ontem de manhã, acordei e resolvi encarar o campo minado dos desastres do começo da manhã com tranquilidade. Quando me dei conta de que não tinha queijo para os sanduíches da lancheira, improvisei com geleia. Quando descobri que Fred tinha desenrolado e enfiado um rolo inteiro de papel higiênico dentro do vaso, enfiei as luvas de borracha e desentupi o cano. Mesmo nas horas de louca intolerância antes das 6 horas da manhã, quando descobri que os três meninos tinham acordado cedo e tirado todos os travesseiros e edredons das camas para construir uma arca na escada, com o equivalente a oito anos de animais de pelúcia a bordo e marcas de chocolate de biscoitos roubados da cozinha deixadas nas paredes, prometi que não limparia nada, para que eles pudessem continuar brincando quando voltassem da escola.

Então esqueci de dizer a Tom que a arca ainda estava lá. Ele chegou em casa depois da meia-noite, bêbado e cansado da happy hour do trabalho, tropeçou no enorme panda que estava no primeiro degrau e caiu de tal modo que cortou o lábio. Eu o encontrei deitado no chão, cara a cara com o panda, com sangue escorrendo da boca, resmungando alguma coisa sobre armadilhas. É difícil cuidar de todo mundo o tempo todo.

Vejo a professora arrumando a mesa e abro e fecho a boca, como um peixinho dourado, num esforço para obrigar meu rosto a parecer relaxado, um truque que aprendi com apresentadores de televisão antes de irem ao ar. Pelo canto do olho, vejo Fred tirando vantagem dessa inesperada distração e indo para o canto da sala. Em questão de segundos, suas calças e a cueca do Bob, o Construtor, estão abaixadas até as canelas, e ele está fazendo xixi num cestinho de lixo no canto. Ele olha para trás e sorri, tranquilo por saber que eu não posso criar caso. Meus níveis de tolerância começam a afundar perigosamente. Alterno minha rota para caminhar sem ser percebida até o outro lado da sala, boto o cestinho ofensivo dentro da minha imensa bolsa e então sigo minha trajetória com indiferença, segurando o braço de Fred um pouco apertado demais. Posso sentir Robert Bass me observando e, para variar, a atenção não é bem-vinda.

Aproximo-me da mesa da professora. Ela se inclina para a frente, e eu faço o mesmo, quase até nossas testas se tocarem. Não deve ser coisa boa. Repasso alguns cenários mentalmente. Joe bateu em alguém. Alguém bateu em Joe. A escola fez um diagnóstico oficial de transtorno obsessivo-compulsivo. E culpam a mim. Foi o meu caos que criou suas fixações. Eles descobriram um escândalo de pedofilia. Perceberam meu flerte com Robert Bass, que agora está do outro lado da sala de aula, ajudando o filho a tirar os livros da mochila e olhando para mim.

— Não é adequado que pais tenham conversas cheias de flerte — eu a imagino dizendo. — Nós lidamos com as consequências desse tipo de busca de prazer a curto prazo entre pais diariamente. Quatro suspensões, Sra. Sweeney.

Resolvo que estou me tornando excessivamente obsessiva comigo mesma, colocando-me no centro do meu mundo, quando, na verdade, deveria aceitar o status periférico. É claro que isso não tem nada a ver comigo. Eu também me agarro ao fato de que a professora de Joe provavelmente é dez anos mais nova que eu. No entanto, considero impossível deixar de voltar a ser uma estrepitosa adolescente e fico parada com as mãos na cintura, na clássica pose de jovem desafiadora.

— Devo ligar para o meu marido? — pergunto, preocupada.

— Não há motivo para isso. É uma questão de pouca importância, Sra. Sweeney. Encontramos isto no bolso lateral da mochila de Joe — diz ela com um sorriso, entregando-me o maço de cigarros pela metade. Eu devo tê-lo escondido ali quando cheguei da casa de Emma na última sexta-feira à noite.

— Meu marido deve tê-lo deixado aí — respondo.

— A senhora tem mais de 16 anos. Não precisa se esconder atrás das cabanas de bicicletas — ela brinca, e dou um sorriso amarelo.

Abro a bolsa para botar os cigarros lá dentro e a vejo examinar seu conteúdo.

— É meu cesto de lixo que a senhora tem aí? — ela pergunta desconfiada.

— Não, é um penico portátil — eu me ouço dizer.

— Parece muito com um dos meus cestos de lixo — diz ela. Dou-me conta de que ela não é uma daquelas pessoas capazes de passar por cima de uma coisa dessas. Ela quer toda a verdade, nada mais que a verdade.

— Eu o encontrei no playground quando estava entrando — digo, esquecendo-me do conselho de Cathy de nunca encher uma mentira de detalhes. — Acho que alguém urinou dentro dele, a julgar pela cor e o aroma. Quer dizer, uma pessoinha, não um adulto. O volume de urina sugere uma pessoa pequena. — Ela parece realmente confusa. — Então eu ia levá-lo até o banheiro para limpá-lo e depois o colocar de volta no playground.

Olho para o outro lado da sala, para o buraco deixado onde o cesto costumava ficar, e vejo Robert Bass ir até lá e abrir o casaco para revelar um cesto idêntico roubado de outra sala de aula. Ele acena para mim e bota o cesto no lugar.

— Olhe, o seu cesto está lá — digo.

A professora se vira e vê o cesto *in situ.*

— Sinto muito. Nunca tinha visto um desses, hum, penicos portáteis antes, parece muito com um cesto de lixo — ela diz.

— É uma atitude muito cívica de sua parte, Sra. Sweeney. Precisamos de pais como a senhora na escola.

Saio da sala com Robert Bass, que me segue até o corredor e me abana com um pacote de lenços umedecidos.

— Obrigada — digo, agarrando a mão de Fred. — Você me livrou de uma saia justa.

— Não foi nada. Eu queria saber se você pode me dar uma carona para a reunião desta noite — diz ele.

— É o mínimo que eu posso fazer — pego-me respondendo, decidida a evitar que ele recue diante dessa abertura. Foi a primeira vez que Robert Bass deu início a uma combinação comigo. Justifico minha fraqueza argumentando que seria indelicado negar o favor e que, de qualquer maneira, não envolve nada mais perigoso que lhe dar uma carona até uma reunião na casa da Mãe Alfa para discutir a organização da festa de Natal da escola. Há algo de irresponsavelmente adolescente nas possibilidades de proximidade forçada que os carros oferecem. Uma imagem de manobras desajeitadas, com o freio de mão apertando a barriga de Robert Bass quando ele se inclina para me beijar e me puxa para o seu colo, vem à minha mente com impressionante clareza. Mesmo com o banco completamente abaixado, minha cabeça bateria no teto. Então penso na bagunça do carro. Nas maçãs mofadas no chão do assento do carona, da maçaneta grudenta do porta-luvas e do chocolate compactado no banco de trás. Decido não limpá-lo, porque isso vai conter a tentação.

— Seria ótimo, Lucy — diz ele. — Até lá, cuidado com as pessoinhas. — Então joga a cabeça para trás e dá uma risada tão alta que as pessoas param para olhar.

Depois de deixar Fred na creche, saio para o almoço com minha sogra. É um daqueles dias frios de inverno em que o céu está muito azul e o sol é muito bem-vindo depois de semanas de ausência. Sento num ônibus a caminho da John Lewis na Oxford Street, encosto o rosto no vidro gelado e fecho os olhos com o brilho do sol, sentindo algo parecido com satisfação, apesar da difícil conversa que me espera. Estou no meio da manhã, não há ninguém sentado ao meu lado e o motorista faz as curvas muito devagar, de modo que eu não bato a cabeça contra a janela do ônibus. Estar sozinha é para mim tão luxuoso quanto uma sessão no spa Micheline Arcier para a Mãe Gostosa Nº 1.

Minha sogra acredita na John Lewis como algumas pessoas acreditam em Deus. Ela diz que não há nada que valha a pena ter que não possa ser comprado entre suas sólidas paredes. Quando a Selfridges se reinventou, isso mal serviu para reforçar sua crença na inalienável estabilidade da John Lewis. Embora vagamente desdenhosa das tentativas de modernizar o departamento de móveis e da introdução de novas marcas de roupas, seu longo caso de amor com a loja de departamentos tem sido normalmente leal e descomplicado, apesar de uma breve ligação com a Fenwicks lodo depois que Tom e eu nos conhecemos.

Entro na loja e percorro o setor de aviamento. Há algo de estranhamente reconfortante nas fileiras de linhas e fios de diferentes cores. Há caixas de tapeçaria com desenhos kitsch de gatinhos e cachorros penduradas na parede de trás. Imagino a mim mesma à noite, sentada ao lado de Tom no sofá, fazendo tapeçaria e bebendo chocolate quente, com todos os pensamentos a respeito de Robert Bass banidos em favor de uma absoluta devoção à família.

Tricotar e bordar foram reabilitados como passatempos aceitáveis para mães modernas, de modo que talvez eu também possa botar a tapeçaria de volta no mapa. Eu poderia me arrepender dos meus pecados e fazer alguns trabalhos para a igreja local. Sento numa cadeira na frente das máquinas de bordar, fecho os olhos e respiro profundamente. Sinto-me completamente relaxada.

— Lucy, Lucy — ouço alguém dizer. Olho para cima, e minha sogra está sacudindo gentilmente meu ombro. — Você estava dormindo? — pergunta Petra.

— Eu só estava pensando — digo. Ela está usando o que descreve como seu melhor casaco, uma peça de lã azul-marinho com botões dourados e grandes ombreiras que lhe dão um ar de anos 1980. Tem um broche dourado no colarinho, uma barrinha comprida e estreita com um laço em cada ponta. Ela cheira a sabonete e a perfume Anaïs Anaïs.

Subimos a escada rolante. Fico no degrau atrás dela, que se segura altiva, com os calcanhares juntos e os pés separados, como um granadeiro. No restaurante self-service, ambas pedimos salada de camarão com fatias de abacate em pão integral. Enquanto nos encaminhamos para uma mesa perto da janela, com vista para o Marble Arch, penso comigo mesma que se trata da evolução natural do coquetel de camarão. Olhamos para a praça abaixo de nós e mexemos nossos cappuccinos com um pouco mais de força. A introdução do que ela chama de "café exótico" é uma das mudanças que ela considera bem-vindas.

— Você provavelmente está se perguntando do que se trata tudo isso — ela começa de repente. Ainda está de casaco, com o botão de cima fechado, e isso me lembra tanto Tom que preciso resistir à vontade de rir. Deve haver um gene de abotoamento.

— Acho que sei — esperando desequilibrá-la com minha abordagem proativa. Ela olha para mim um pouco surpresa.
— Notei você me observando — digo.

— Eu sei. Há muito tempo quero contar uma coisa — diz ela, olhando para mim apreensivamente. — Mas tenho deixado para depois, e agora as coisas chegaram a um ponto que se eu não fizer algo, acho que vai causar ainda mais danos.

— Nem sempre é fácil estar casada — digo, resolvendo lidar com a situação de frente. Não há tempo para se alongar nisso, porque em menos de duas horas preciso pegar Fred na creche. — Passamos por fases diferentes, a compatibilidade completa não existe, na verdade.

— É verdade — diz ela. — Muitas vezes, as mesmas coisas que nos atraem em alguém acabam sendo aquelas com as quais consideramos mais difícil de conviver. A compatibilidade é algo que devemos procurar. — Ela está com a boca cheia de cappuccino e leva um tempo irritantemente longo para engolir. Quando ergue o olhar, há uma pequena linha de espuma acima de seu lábio superior.

— Verdade verdadeira — assinto com a cabeça. — Nem sempre é fácil ser tolerante.

— Você é muito intuitiva, Lucy — ela diz. — E honesta. O casamento é de fato uma série de concessões, e as mulheres são camaleões melhores que os homens. Podemos considerar isso o fardo de ser mulher, mas, na verdade, é algo libertador em vez de restritivo, porque dá a possibilidade de amar muitas pessoas diferentes.

— Isso não torna nada mais fácil — digo. Dez minutos antes, pareceria inconcebível ter uma conversa dessas com minha sogra, e estou me esforçando para absorver esta inesperada mudança nos parâmetros do nosso relacionamento. Ela, por outro lado, ajustou-se com aparente tranquilidade.

— Mas eu acho que se você pode fazer concessões para uma pessoa, pode fazer o mesmo com outra — diz Petra. — A ideia de que as pessoas vagam pelo mundo em busca do par perfeito sempre me pareceu absurda. Acho que somos capazes de encontrar muitas pessoas atraentes diferentes e, se tivermos a chance, devemos explorar isso.

Ela se recosta na cadeira, parecendo levemente aliviada, como se viesse procurando por essas palavras havia meses, ensaiando a conversa mentalmente tarde da noite. Eu, por outro lado, estou espantada com sua sinceridade e perdida quanto ao que dizer. Não era o que eu estava esperando. Tento desesperadamente relembrar momentos dos últimos seis meses em que tenha permitido esse acesso inadequado às maquinações da minha mente. Embora saiba que ela vem me desaprovando, talvez com alguma profundidade, ao longo da última década, fico surpresa que queira se desfazer de mim com tanta facilidade. É como se estivesse me dando carta branca para ter um caso. Na verdade, eu me sinto um pouco magoada por ela considerar que meu casamento com Tom tenha tão pouco valor.

— Sempre achei que você acreditasse na monogamia, Petra — digo, estupefata. O choque da conversa me fez levantar o tom de voz, e olho ao redor para encontrar dezenas de pares de olhos nos observando. Não é o cenário ideal para esse tipo de discussão. Nem o público correto. Não são fãs de reality shows. São do tipo que veem o programa sobre jardinagem na BBC, que esperam conversas tranquilas sobre o melhor tipo de cortador de grama.

Parece que ela tirou o chão de baixo de mim. Quaisquer suposições que eu tenha feito sobre minha sogra agora estão abertas para discussão. Ela deve estar familiarizada com o conceito de suingue, mas saber que os pais de Tom podem ter tido um casamento aberto é demais.

— É claro que eu acredito na monogamia — ela diz, parecendo um pouco chocada com a virada na conversa.

— Mas você está falando em amar pessoas diferentes — insisto. — Você está se referindo a um amor platônico, sem sexo envolvido?

— Bem, eu acho que o sexo pode estar envolvido — diz ela, parecendo muito desconfortável. — Embora o desejo sexual diminua com a idade. — Ela abre o último botão do casaco e começa a usar o cardápio para abanar o rosto vermelho. — Acho que não estou me fazendo entender muito bem — ela diz.

— Eu acho que você está sendo incomumente explícita — digo. As pessoas estão olhando para seus cardápios e enfiando comida na boca decididamente, mas sei que todos os seus esforços estão concentrados em acompanhar nossa conversa, porque pararam de conversar, e suas bochechas estão cheias, como bochechas de hamsters.

— Lucy. O que eu estou tentando dizer, em resumo, é que encontrei um homem a quem amei há muitos anos e que estou me mudando para Marrakesh para viver com ele.

Tento entender se a repentina compreensão de que esta conversa estava sendo sobre ela e não sobre mim se iguala ao choque de minha sogra me dizer que se apaixonou por outra pessoa e está se mudando para o exterior. Fico ali sentada encarando-a por um tempo desconfortavelmente longo.

— É o homem que pintou o seu retrato? — pergunto, num instante de inspiração.

— É — ela responde, com ar envergonhado. — Não sei como vou contar isso a Tom. Conheço esse homem há anos. Durante todo o tempo em que fui casada com o pai de Tom, nunca nos vimos. Às vezes, ele mandava cartas, mas eu nunca escrevi de volta. Fui absolutamente fiel. Então, há uns dois anos, ele veio a Londres, me ligou, e nós saímos para jantar. Ele é mais ou menos 12 anos mais velho que eu. Eu tinha apenas 20 anos quando tivemos nosso caso. É só que eu recebi essa chance de felicidade que rejeitei há quarenta anos e não quero fazer isso de novo.

— Mas por que você não se casou com ele na época? — pergunto.

— Porque ele não era confiável. Bebia demais. Jamais teria sido fiel, e nós teríamos vivido na penúria — ela diz. — Vivemos uma grande paixão. Nunca contei ao pai de Tom. Não teria sido correto na época, mas agora é.

— Mas você não ficava pensando em como poderia ter sido? — pergunto, imaginando a força de vontade que ela deve ter invocado para desligar a corrente com seu artista e ligá-la quando conheceu o pai de Tom.

— É claro que eu pensava nele, e houve partes do relacionamento que eu nunca consegui desligar, mas que adaptei a outra pessoa — ela diz. — O que eu estava tentando dizer antes era que é possível amar muitas pessoas. Eu amei o pai de Tom, que, na verdade, era mais amável, e ele me amou. Ele me deu o tipo de estabilidade que eu desejava. Jack teria me causado tristeza e dor, e isso teria destruído qualquer coisa boa.

— Ele chegou a se casar? — pergunto.

— Ele teve duas mulheres e seis filhos, um de uma mulher com quem nunca se casou. Ele diz que, se eu tivesse ficado com ele, isso nunca teria acontecido, mas eu sabia que não havia uma única pessoa que tivesse tudo o que era necessário para mantê-lo. Ele gostava de mulheres inteligentes, e eu nunca fui inteligente daquela forma culta e intelectual. Ele se sentia atraído por mulheres perigosas. Gostava de pessoas feridas, porque eram excitantes. Eu era comum demais. Claro que bebia e fazia festa, mas nada parecido com ele. O único apetite que compartilhávamos era o sexual.

Um arquejo varre o restaurante, e eu fico aliviada. Porque embora essa Perestroica no nosso relacionamento seja bem-vinda, este é um assunto em que eu, na verdade, não quero pensar com profundidade.

— Eu gostaria que você contasse ao Tom, se não se importar, Lucy — diz ela. — Eu não posso fazer isso.

— Eu acho que você deveria fazer isso — digo. — Ele não vai se importar tanto quanto você imagina. Ele compreende a necessidade de se sentir amado e o medo de estar sozinho. Todos compreendemos isso. Por que você não passa lá em casa esta noite? Vou sair para uma reunião de pais representantes de classe.

— Se você tem certeza de que é o melhor a fazer — diz ela.

— Tenho — digo, reclinando-me e pensando no quão pouco sabemos sobre as pessoas mais próximas de nós. — Vamos sentir muito a sua falta.

— Da limpeza e dos cuidados com as crianças de graça? — ela sorri. — Sem falar nas interferências. Também vou sentir saudade disso. Vocês precisam ir a Marrakesh, é uma cidade muito excitante, acho que os meninos vão gostar de lá.

— Você vão se casar? — pergunto.

— Não — diz ela. — Vamos viver juntos em pecado. Vou viajar no Ano-Novo para poder passar o Natal com vocês. Se ainda estiver tudo certo com seus pais.

— Claro. Eles vão adorar — minto.

— Vamos fazer compras? Vou comprar alguma coisa para você. Agora que vou vender a casa, estou me sentindo muito empolgada. Vamos tirar esses jeans e comprar alguma coisa bonita.

— Na verdade, eu já tenho problemas demais para usar meus jeans. E não funciono muito bem com coisa bonita. Mas obrigada, mesmo assim. Por que não procuramos por presentes para os meninos, em vez disso?

Seguimos na direção do departamento de brinquedos. A combinação de lâmpadas fluorescentes, pedaços de plástico em cores chamativas e o número de presentes de Natal ainda impressionante me deixa nauseada. Queria poder sentar sozinha e digerir tudo o que ela havia me dito, condenar a conversa à lembrança, porque embora eu saiba que aquilo tenha marcado algo significativo, naquele momento eu não tenho muita certeza sobre o que isso pode ser. Mas Petra está iluminada com o alívio do desabafo e quer passar para questões mais prosaicas.

Naquela mesma noite, deixo minha sogra e Tom jantando juntos e me vejo dirigindo para pegar Robert Bass com um exemplar úmido da *Economist* casualmente largado no banco da frente. Tenho a esperança de devolver alguma base intelectual ao nosso relacionamento e decidi, depois de uma rápida folheada na revista na banheira, que a conversa durante nosso curto trajeto até a casa da Mãe Alfa deveria tratar de questões mundiais e outros assuntos seguros. Pode parecer um pouco artificial, mas resolvi assumir o controle dos fatos em vez de permitir que eles simplesmente aconteçam ao meu redor.

Por outro lado, o fato de que a revista esteja tão úmida que as páginas estejam coladas umas às outras pode sugerir a ele que eu a tenha lido na banheira. E, portanto, nua, o que pode levá-lo a pensar em coisas de um tipo diferente. Os homens são muito sugestionáveis. Basta dizer alguma coisa como "manteiga", e eles logo pensam em *O último tango em Paris*

Embora seja a primeira vez que eu esteja dirigindo até a casa dele, o caminho está preso na memória. Algumas semanas antes, passei uns minutos diante do computador numa noite tentando traçar seu itinerário mais lógico até a escola usando um site de mapas e rotas. Estou com o mapa, ampliado ao máximo, sobre os joelhos.

Fico esperando por ele dentro do carro. É uma clássica casa vitoriana de fachada branca de estuque com uma porta recém-pintada de azul. Dá para ver a cozinha do porão por cima de um muro baixo branco. Alguém está lavando louça: uma mulher de cabelos bem curtos lava panelas vagarosamente. Elas não podem estar limpas, penso comigo mesma enquanto ela as empilha precariamente ao lado da pia. Vejo Robert Bass se aproximar e pôr uma das mãos em seu ombro ossudo. Ela se vira para beijá-lo na boca. Está usando jeans justos e botas Ugg. Deve ser a esposa. Atrás deles, posso ver a sombra de uma criança pequena brincando com trens no chão. Atiro-me para trás no banco, apoiando-me no encosto de cabeça, chocada. Nunca tinha visto a mulher dele antes. Imaginava alguém muito diferente de mim, um tipo mulher durona da City, completamente maquiada e usando um terno Armani. Uma mulher com um sorriso duro e cabelos cuidadosamente penteados. Em vez disso, sou apresentada a essa imagem de perfeição. É claro que de perto haverá os inevitáveis pés de galinha incipientes, uma ponta de flacidez ao redor da barriga e talvez uma sombra em seus olhos sinalizando que nem tudo é perfeito, mas, a distância, ela tem uma silhueta invejável. Estou olhando tão fixamente para ela que não noto Robert Bass sair da casa. Ele abre a porta do carro e senta em cima da revista.

— Lucy, muito obrigado pela carona — diz ele. Seguimos em frente e, toda vez que ele se mexe, percebo um pouco mais da *The Economist* saindo debaixo dele, até que finalmente a revista cai no chão. Ele se inclina como se fosse apanhá-la, mas resolve ignorá-la, pegando os papéis que estão sobre o tapete para examinar outra coisa.

— O que houve? — pergunto, tentando me concentrar na direção.

— É uma embalagem de manteiga — diz ele, olhando para mim com ar confuso. Dou um salto e gaguejo, e ele diz rapidamente que nunca conheceu alguém que tivesse fobia a manteiga.

Sei que ele está pensando em Marlon Brando e gostaria de ganhar o crédito pelo meu insight a respeito da psique masculina, mas este claramente não é o momento.

— Seu carro é uma fonte de espanto para mim, Lucy — diz ele.

— Algumas pessoas têm uma segunda casa, eu tenho o meu carro. Você se importa se eu parar para abastecer? — pergunto.

— Acho que é aconselhável, considerando-se o recente imprevisto, não? — diz ele com ironia. Está vasculhando as caixas de CD no porta-luvas. — Por que estão todos misturados? Na verdade, não vou dizer mais nada.

— Em resposta à sua outra pergunta, há muitas coisas piores do que ficar sem combustível na chegada à escola — digo.

— Algumas, mas não muitas — responde ele. Quando saio do carro para pagar o combustível, fico irritada, em parte porque suas críticas me atingem, mas principalmente por causa de sua bela mulher.

Espero pacientemente na fila, ainda distraída pela imagem da mulher no porão, vasculhando meu casaco atrás do cartão. Tem um buraco em um dos bolsos, e no fim eu acabo encontrando o cartão no fundo do forro. As pessoas atrás de mim começam a se remexer impacientemente. Tudo parece estar indo bem até a mulher no caixa falar em um "pequeno problema" naquele tom que as pessoas usam quando querem dizer exatamente o contrário. Ela diz, inclinando-se por cima da registradora para que todos comecem a olhar para nós, que precisa chamar o gerente e diz para os outros entrarem na outra fila.

— Infelizmente, recebemos a solicitação de reter este cartão — diz o gerente, com o peito inchado de orgulho, deixando o crachá que diz "gerente" aparecer ainda mais. — Ele foi cancelado por roubo.

— Olhe, eu posso explicar tudo — digo, percebendo imediatamente o meu erro. — Sabe, eu achei que tivesse perdido este cartão, então informei que ele havia sido roubado, e agora o encontrei dentro do forro do casaco. Eu sou a pessoa do cartão. Sou Sweeney, Lucy Sweeney. Simples. — Sorrio, na tentativa de engendrar sentimentos de confiança. Ele parece desconfiado. — Deixe-me ir até o carro pegar outro que vai funcionar — digo calmamente.

— Temos procedimentos a seguir — diz ele. — Além disso, você pode tentar fugir. Conhecemos o seu tipo.

— Qual é o meu tipo? Há muitas de nós em fuga? — pego-me perguntando. — Você realmente acha que existe um movimento de mães, distraídas à loucura por uma combinação de privação de sono, preocupações financeiras e cestos de roupa suja transbordando, que encontram um escape para suas frustrações ao se envolverem em fraudes de cartão de crédito em pequena escala? É claro que, se existe, nós seremos punidas, porque mães são um alvo muito fácil.

Paro no meio do ataque de raiva, porque todo mundo está olhando para mim, e posso ver Robert Bass observando pelo para-brisa.

— Além disso, estamos esperando pela chegada da polícia — prossegue o gerente, me olhando preocupado. Mau, mau,

mau e ficando pior. Robert Bass entra na loja, parecendo exasperado, passando as mãos nervosamente pelos cabelos.

— Vamos nos atrasar — ele diz.

— Este é o seu cúmplice? — pergunta o gerente, olhando para ele de cima a baixo.

— Algo assim — diz Robert Bass, irritado. — O que está acontecendo, Lucy? — Explico a ele.

Fazem com que nos sentemos atrás do balcão, num banco de madeira.

— É um pouco mais confortável que o banco em que nos sentamos naquela outra noite — digo, tentando injetar um pouco de leveza nos acontecimentos. Mas ele fica sentado ao meu lado segurando a cabeça, desarrumando nervosamente os cabelos. — Juro que vai ficar tudo bem — digo, com a mão pairando no ar perto do ombro dele.

— Não falem e mantenham as mãos no colo, por favor — diz o gerente. — Vocês podem estar armados.

Meia hora depois, chega um policial. Ele está usando um colete à prova de balas, claro que não por nossa causa. Diz ao gerente para não perder tempo e ligar para o meu banco. O banco diz a ele que eu perdi 11 cartões de crédito até agora neste ano fiscal e o aconselha a cortar este cartão e nos deixar ir embora.

Voltamos ao carro em silêncio.

— Não sei como seu marido lida com tudo isso — Robert Bass diz baixinho, depois inclina o banco e fecha os olhos. Uma cena que imaginei muitas vezes naquele dia, mas não sob essas circunstâncias. — Na superfície, sua vida parece muito rotineira. Mas, na verdade, por baixo, ela é borbulhante e explosiva como um anárquico país da América Central. Nada é previsível — diz ele, ainda de olhos fechados. — Não consigo imaginar como ele suporta.

— Bem, eu não conto a ele a maioria das coisas — digo.

— Então você é boa em guardar segredos. — E ele não fala mais até chegarmos à casa da Mãe Alfa. — Você inventa uma desculpa, é a sua especialidade. Eu não tenho energia para isso — diz ele, suspirando enquanto eu desligo o motor.

A Mãe Alfa abre a porta, mostrando um visual casual elegante, um estilo que sempre me desconcerta.

— Vocês estão bem atrasados — diz ela. — Imagino que fosse de se esperar. Ainda assim, imprimi uma pauta, de modo que não deve demorar muito.

— Sinto muito — digo. — Aconteceu um imprevisto.

Ela nos leva até a cozinha e pergunta se queremos beber alguma coisa. Faço que sim com a cabeça e estou prestes a pedir uma taça de vinho branco quando ela me leva até uma gaveta cheia de chás para todas as ocasiões. Vai ser uma noite longa.

— O que você quer? — pergunto a Robert Bass. — “Bons Sonhos”, “Revigorante” ou “Sem Tensão”?

— Este último parece bom — diz ele, baixinho.

Uma estante de manuais sobre criação de filhos me chama a atenção. *Os 7 hábitos de famílias altamente eficazes; Paternidade positiva de A a Z; Na escola: como ajudar seu filho a ter sucesso.*

— Em qual filosofia de criação de filhos você acredita, Lucy? — ela pergunta.

— Slow-maternidade — respondo, inventando enquanto falo. — Faz parte do movimento de slow-town, slow-food, visando à criação de crianças livres.

— Ah — diz ela, tentando disfarçar sua surpresa. — Nunca ouvi falar nesta.

Na parede ao lado da geladeira está um mural da minha altura com as atividades semanais. Enquanto a chaleira ferve, vou inspecioná-lo. Matemática Kumon, violino Suzuki, xadrez, yoga para crianças.

— Deve ser difícil manter-se em dia com tudo isso — digo, apontando para o mural.

— É a palavra com O, Lucy — diz ela, sorrindo intencionalmente. — Tudo flui a partir dela.

— Oh... — faço, tentando entender.

— O de organização — ela conclui severamente, convocando em seguida o início da reunião.

— Vamos começar com a nossa missão — diz ela, olhando para nós dois. É isso que acontece com mulheres profissionais de sucesso que param de trabalhar e não têm o bastante para fazer. São Mães McKinsey: muito tempo, muita energia, muito pouco instinto, penso comigo mesma, tentando manter uma expressão congelada de entusiasmado interesse.

— Quero que meu mandato seja lembrado pelo rigor intelectual introduzido nos eventos escolares — ela diz. Robert Bass parece surpreso. — Assim, na festa de Natal, antes de o Papai Noel e seus pequenos ajudantes entregarem os presentes, proponho um pequeno concerto de Antigas Canções Natalinas Inglesas. — Ela nos entrega cópias de três que escolheu de um livro com o mesmo título.

— Você não acha que a festa deve ter a ver com diversão? — diz Robert Bass lendo por alto as letras de: 1) "Alegrem-se os céus e a terra", 2) "Eu tive um sonho sonhei a paz", 3) "Eis dos anjos, a harmonia". — As crianças vão ficar muito empolgadas com a chegada do Papai Noel. Além disso, têm apenas 5 anos, é irreal pensar que podem aprender essas músicas — ele protesta.

— Exatamente — diz a Mãe Alfa —, e é por isso que *nós* vamos cantá-las. — Ele se engasga com o chá.

— Mas eu não sei cantar — ele diz, baixinho.

— Isso não tem importância, porque ninguém vai reconhecer você. Vocês dois estarão fantasiados. — Olhamos para ela inexpressivamente. — Papai Noel e sua ajudante — ela diz, apontando teatralmente para cada um de nós.

— Não — geme Robert Bass.

— Eu esperava alguma resistência de Lucy em relação a isso, mas não de você — diz a Mãe Alfa friamente.

Mas eu estou hipnotizada pela visão de Robert Bass abrindo os botões do punho da camisa e dobrando as mangas. O que é isso com os antebraços dele? A Mãe Alfa parece impassível.

— Parece maravilhoso — eu digo, calmamente.

— Traidora — ele balbucia do outro lado da mesa.

Fico um pouco surpresa. Mas é só quando ofereço a ele uma carona para casa, no fim da reunião uma hora depois, que me dou conta do preço pago pela noite.

— Não, obrigado, Lucy. Acho que é mais seguro assim.

Num mundo diferente, ele poderia estar se referindo ao perigo de nossa ardente atração sair do controle. Infelizmente, a verdade é mais sem graça: eu provoco nele muita ansiedade do tipo não sexual.

De modo que é com alguma surpresa que, mais ou menos duas semanas depois, chego à escola para a festa de Natal para encontrar Robert Bass acenando animadamente para mim com uma garrafa da porta do banheiro das crianças, vestido de Papai Noel.

Desde o fracasso da noite na Mãe Alfa, meus sentimentos libidinosos em relação a ele haviam começado a murchar como uma bola furada, principalmente depois que ele rejeitou minha oferta de uma carona para casa. Eu não podia mais me entregar à fantasia de que eu era secretamente irresistível para ele e, como essa realidade ganhou vulto, minha paixonite começou a parecer ridícula. A razão começou a retornar.

— Rápido, consegui fugir dela — diz ele teatralmente, referindo-se à Mãe Alfa. — Coragem, mulher. Eu fiz sozinho. É completamente orgânico. — Ele olha ao redor para ver se tem alguém nos vendo antes de me puxar pelo braço para dentro do banheiro e se encostar contra a porta. Ele abaixa a barba até o pescoço e toma um gole de gim aromatizado.

— Você não acha que devia maneirar? — digo. Ele parece estar mais estranho que o normal.

— É o único jeito com que eu consigo lidar com aquela mulher. Ela está vestida de Fada Rainha. Está coberta de luzes piscantes, como a Oxford Street — diz ele, oferecendo-me um gole; eu bebo para mostrar solidariedade e imediatamente começo a superaquecer.

— Por que você não tira o casaco, Lucy? — diz ele, tomando outro gole. — Não pode estar tão ruim assim aí embaixo.

Mas está. Embaixo do casaco sete oitavos que Tom me emprestou, estou usando uma fantasia de duende feita apressadamente para a ocasião pela Mãe Alfa. Embora ela tenha me dito orgulhosamente que a roupa havia sido inspirada num uniforme de patinação no gelo, suspeito que tenha o objetivo de provocar o máximo de humilhação. A roupa inclui um vestido curto de feltro verde, ajustado na cintura, com uma saia pregueada desenhada para maximizar o tamanho da minha bunda.

— O que você acha? — pergunto, nervosa.

— Ho, ho, ho. Acho que isso pode me fazer chegar ao fim do dia. Você está parecendo uma maravilhosa fruta madura, como uma ameixa — ele diz, dando um passo para trás e caindo sobre a pia. — Esta história tem que ter um lado positivo. — Eu nunca o havia visto desse jeito antes. Quando fomos ao pub juntos, seus hábitos alcoólicos foram notavelmente reprimidos. Aproximo-me para ajudá-lo a se levantar.

— Desculpe, eu não comi nada — disse ele.

— Como está indo o livro? — pergunto, num esforço para restaurar alguma aparência de normalidade.

— Pessimamente — diz ele. — Estou travado. É uma droga. E já perdi dois prazos.

Alguém começa a bater na porta.

— Papai Noel, é a Fada Rainha, e eu ordeno que você saia. Você está aí dentro com o duende?

— Não — ele grita. — Estou indo. Estou só me arrumando. — Puxa a barba para cima de novo. A abertura onde a boca deveria estar está ao redor da orelha direita.

— Por que você mentiu? — ralho com ele. — Agora vai parecer que estávamos fazendo alguma coisa errada se sairmos juntos.

— Saia pela janela — diz ele, respirando vapores de gim aromatizado por cima de mim. A abertura é minúscula, e eu saio de cabeça. É a segunda vez em menos de dois meses que me pego fazendo isso, e não aprendi nada da experiência anterior.

Tudo vai bem, até minha bunda ficar presa. A saia do vestido está nos meus ombros, e sei que a única coisa que está separando meu traseiro de Robert Bass é a meia-calça de lã. Eu me contorço e balanço, e Robert Bass me empurra. Em circunstâncias diferentes, aquilo poderia contar como prazer. Levanto o olhar e vejo a Mãe Gostosa Nº 1 se aproximando pela rua.

— Não vou perguntar — diz ela, enquanto estendo os braços ao redor dela, que começa a me puxar para fora. — Precisamos fazê-la girar um pouco para o lado — grita ela para Robert Bass, claramente gostando do desafio. — Esta rolha vai saltar — ela grita alegremente.

Robert Bass me empurra para a posição e eu escorrego até a calçada, com a dignidade esfarrapada.

— Só estamos ensaiando — explico. — A janela tem o mesmo tamanho da chaminé.

Mais tarde naquela noite, pensei no incidente. Uma certa familiaridade entrou na equação, mais para O Gordo e o Magro do que para *Love Story*, e por algum tempo a ideia de que poderíamos nos tornar amigos, como Cathy havia sugerido meses atrás, assumiu o controle. Eu me senti aliviada. Agora poderia aceitar o colar de Tom, quando ele reaparecesse, de boa-fé.

11

"É bom conhecer muito bem um homem antes de atiçá-lo"

Percebo que o Natal vai ser um estudo de diplomacia quando meu pai abre a porta na véspera de Natal usando um chapéu de lã. É uma daquelas coisas supercoloridas com coberturas para as orelhas. Poderia ser uma afetação para provocar Petra, que franze o cenho para esse tipo de rebeldia de estilo. Muito provavelmente ele está usando o chapéu porque está muito frio na casa de campo na beira dos Mendips. Dou-lhe um abraço apertado, genuinamente afetuoso, mas também para calcular quantas camadas de roupa ele está usando. É um prognóstico mais apurado do que nos espera pela frente em termos de temperatura do que qualquer termômetro.

— Não pense que eu não sei o que você está fazendo, Lucy — ele sussurra no meu ouvido. — A resposta é três, sem contar o colete. — A questão do aquecimento na casa dos meus pais é mais velha que eu. O consenso é que a casa tem isolamento ruim, radiadores insuficientes e esquadrias lamentavelmente inadequadas porque foi comprada muito em conta de alguém que fazia vendas por telefone na década de 1970. Meus pais são conhecidos pelo gosto por uma boa pechincha.

As amplas lareiras, que prometem muito calor com seus assentos de pedra de cada lado do fogo, sopram ar frio e sugam o calor impiedosamente. Muitas vezes ao longo dos anos, vi convidados chegarem e entrarem na sala de estar, tirarem os casacos e blusões ao verem a lenha crepitando na lareira só para passar o resto da visita recolocando as camadas disfarçadamente para não ofender meus pais. Eles aprenderam a gostar do espetáculo e costumavam apostar sobre quem iria ceder primeiro.

É uma traição cruel, o calor e o conforto de uma lareira sem calor, como a de um casamento sem amor. Ao menos a distância é possível manter a ilusão do conforto. Se chegamos perto demais, a percepção de que não há esperança de ficar mais quente de alguma maneira faz com que sintamos ainda mais frio. Assim, aprendemos há muito tempo a ficar amontoados juntos nos dois sofás da sala. São duas coisas imensas e úmidas com estampas geométricas que datam da nossa infância. Num clássico caso de improvisação, minha mãe pôs dois travesseiros embaixo das almofadas principais para compensar as molas gastas. Mesmo quem tem o traseiro grande acaba recuando se senta com muita força.

A verdade por trás do que Tom apelidou de Guerra Fria é que meus pais têm uma visão presbiteriana do conforto derivada da experiência que tiveram durante a Segunda Guerra Mundial e nunca chegaram realmente a abandonar a ideia de racionamento. Muito embora meu pai jure que não desliga o aquecimento à noite, durante todo o inverno, depois do noticiário das 22 horas, o aquecimento é misteriosamente sugado dos radiadores em meio ao borbulhar e às batidas, e qualquer visita noturna ao banheiro é uma experiência de bater o queixo.

Faz quase seis meses desde que fomos visitá-los pela última vez, e a distância quer dizer que vejo meus pais com rara objetividade. Percebo que meu pai parece um pouco mais velho e cansado. Minha mãe cortou o cabelo dele, que cai em cachos em torno do colarinho puído. Quando ele levanta um braço para me abraçar, percebo um enorme buraco no blusão dele. Pelos escuros e compridos saem de suas orelhas e narinas como moitas não aparadas.

Ele pôs uma gravata para agradar Petra, que acredita que um homem só está vestido quando está de gravata. Junto com o chapéu, no entanto, ela de alguma forma parece apenas outra tentativa de irritá-la. É claro que depois que eu contar que ela está fugindo para Marrakesh para morar com um ex-amante ele não vai sentir necessidade de tirar sarro dela. É o tipo de ação que ele aprova, mas na qual jamais se envolveria. Como eu, ele gosta de viver por tabela.

Tom se prepara para um dos firmes apertos de mão de meu pai. Manteve as luvas de couro por precaução. Ele é meia cabeça mais alto que papai e põe a mão esquerda no ombro dele, num esforço para enfraquecer sua garra.

Minha mãe espreita de longe. Por motivos que considero impossíveis de compreender, ela se envolve em todos os tipos de disputas domésticas com Petra. Percebo que o piso de madeira no hall de entrada está encerado, mas quando mexo num prato de porcelana em cima do peitoril de pedra para dar espaço para a chave do carro, um raio de sol chama a atenção para camadas de poeira. Mamãe deve ter trocado os lençóis no quarto de hóspedes, mas esquecido de limpar o banheiro. A despensa estará em sua costumeira bagunça de jornais velhos, potes plásticos que ela resiste em jogar fora e pilhas de roupa suja dentro de sacos plásticos pretos que estarão exatamente no mesmo lugar em que estavam em nossa última visita.

Como conheceu meu pai quando dava aulas na Universidade de Bristol e continua com um emprego de meio período no departamento de inglês, ela tem uma desculpa para a anarquia. Eu, por outro lado, tendo escolhido um caminho diferente, não tenho um acordo semelhante.

O fato de ter deixado de trabalhar pouco depois de Joe nascer foi uma fonte de descontentamento para minha mãe, que não pôde acreditar que eu tivesse deixado um emprego que eu adorava para ficar em casa com meus filhos.

— Você vai ser tornar uma dona de casa — ela disse com um horror mal disfarçado , fechando a porta da despensa para que Tom não pudesse nos escutar. O abajur não tinha quebra-luz, e a corrente de vento que entrou por baixo da porta da cozinha fez a lâmpada balançar levemente. Sombras dançaram pelas paredes, deixando-me tonta.

— O termo mais politicamente correto é mãe em tempo integral — retorqui. Sabia que seria uma conversa difícil. Porque embora minha mãe professasse suas credenciais de mãe liberal em qualquer oportunidade, ela, na verdade, era bastante determinada quanto a como meu irmão e eu devíamos viver a vida.

— É Tom, não é? — ela disse. — Ele quer a comida pronta e na mesa quando chegar em casa. Quer transformar você na mãe dele, aprisioná-la em twin-sets.

Como ela estava usando um blusão de lã de gola polo sob um vestido comprido e largo com uma estampa espalhafatosa que alguém cruel poderia chamar de cafetã, ignorei seu comentário a respeito do guarda-roupa de Petra.

— Na verdade nós não cozinhamos muito à noite, a menos que ele cozinhe — eu disse. — Comparado com muitos homens, ele é muito prestativo e sabe que sou geneticamente deficiente no front doméstico.

— Você está criticando a forma como eu administro minha casa? — ela perguntou. Não pude deixar de rir. Apesar de todo o seu estrondoso desdém por qualquer coisa que cheirasse a domesticidade, ela estava sempre na defensiva diante de qualquer sugestão de deficiência nessa área.

Acho que ela levou o comentário para o lado pessoal, como um desprezo em relação à sua própria decisão de continuar trabalhando. Não importa quantas vezes eu tenha lhe dito que turnos de 13 horas até as 11h30 da noite eram menos compatíveis com criar filhos do que suas breves ausências para dar palestras sobre D. H. Lawrence, ela ainda retoma o assunto com uma frequência comovente.

Voltar à casa em que crescemos com o marido, os filhos e a sogra a tiracolo é uma coisa desconcertante, na melhor das hipóteses. Por um lado, há uma reconfortante familiaridade nos arredores e a repetição de um ritual. Ter consciência, por exemplo, de que é preciso levar um clipe para o banheiro quando se quer tomar banho para tirar a tampa do ralo da banheira. Ser acordada às 6 horas pelo barulho de meu pai fazendo chá na chaleira elétrica do quarto. Saber o exato nível de força necessário para fazer a descarga do banheiro do andar de baixo funcionar. Por outro lado, as lembranças trombam conosco sem aviso, disputando atenção, obrigando-nos a voltar no tempo. Ainda que quase sempre benigno, há um sentimento de perda de controle quanto à capacidade que elas têm de sequestrarem nossos pensamentos a qualquer momento. Nada disso tem qualquer ressonância emocional para Tom, os meninos ou Petra, que provavelmente verão tudo com um olhar crítico.

Nesta visita em especial, no entanto, minhas lembranças da infância estão colidindo com algo que aconteceu muito mais recentemente, durante a tão esperada visita ao aquário na última semana do semestre. Nesse curto espaço de tempo, tanta coisa mudou que parece que o que veio antes aconteceu anos atrás. Desde então, a insônia das 5 horas da manhã evoluiu para algo muito mais opressivo. Em vez de me dar tempo para me entregar à liberdade mental de médio prazo — aonde ir nas férias, por exemplo, ou como convencer Emma a desistir de Guy —, eu agora fico cheia de uma ansiedade terrível, que se insinua para cada músculo, nervo e tendão. A única repercussão positiva é que tenho explorado essa energia nervosa para me levantar às 6 horas para limpar, arrumar e organizar a casa à perfeição. Tom está ficando desconfiado. Parece incrível que a vida possa mudar tanto num espaço de tempo tão curto.

Ouve-se uma batida alta no teto do hall, e meu pai se encolhe. Digo ao grupo que vou cuidar dos meninos, que subiram correndo a estreita escada de madeira quase no mesmo instante em que passaram pela porta da frente, seguindo para o quarto que costumava ser de meu irmão Mark. Mas no topo da escada, em vez de virar para a direita para ir até o quarto das crianças, viro para o outro lado e arrasto os pés até meu velho quarto. Preciso ficar sozinha para digerir os acontecimentos da última semana do semestre, nem que seja por dez minutos. E preciso formular uma estratégia para os futuros encontros com Robert Bass.

O quarto continua sendo um santuário a Laura Ashley, com suas cortinas combinando e o papel de parede com familiares estampas florais. A única indicação do meu status de mulher casada é uma pequena cama dupla que costumava ficar no quarto de hóspedes. Deito-me, sabendo antes mesmo de a minha cabeça descansar no travesseiro que o colchão é tão macio que meus pés vão ficar mais altos que a cabeça e que vamos acordar todas as manhãs com dores de cabeça terríveis e que Tom vai começar a achar que está com um tumor no cérebro. Se eu sobreviver à semana, ao menos saberei que as veias da minha cabeça são feitas de material resistente.

Entro para o meio de dois lençóis frios, puxo os três cobertores de lã, com uma colcha de um estampado Laura Ashley diferente por cima. Eles parecem reconfortantemente pesados, e lentamente meu corpo para de resistir ao peso dos cobertores. Pela primeira vez desde a ida ao aquário, o catalisador desta ansiedade, sinto a tensão abandonar meu corpo. Embaixo de mim sinto mais um cobertor de lã áspera. Mas dormir sobre aniagem durante uma semana pode aliviar parte da minha culpa.

Eu deveria estar usando esses preciosos momentos sozinha para me concentrar no Natal, para embrulhar os presentes que comprei para Tom durante um surto de compras alimentado pela culpa, organizar as meias dos meninos ou ajudar minha mãe a ter o controle sobre a ceia de Natal, um desafio que ela normalmente não consegue vencer. Em vez disso, fico ali deitada, repassando as coisas incansavelmente, procurando por pistas que poderiam ter me alertado previamente sobre o que aconteceu.

A excursão para o Aquário de Londres começou mal, quando vi a Mãe Alfa embarcar no ônibus com um *Guia da vida aquática*, de Dorling Kindersley. A professora de Joe pareceu desconfiada. Ela tem um desempenho muito bom em olhares sutis que conseguem transmitir diversas emoções num único gesto. Desanimada, desinteressada e levemente impaciente é sua mistura favorita quando se trata da Mãe Alfa.

— Fiz um pequeno questionário para as crianças não ficarem entediadas no caminho — disse a Mãe Alfa, de pé na frente do ônibus, ao lado do motorista, acenando folhas de papel. — E pensei que talvez devêssemos registrar todos os que têm alergias, para o caso de os lanches se misturarem em trânsito. Além disso, trouxe um abrangente kit de primeiros-socorros, incluindo adrenalina.

Ela então deu uns dois passos pelo corredor e se sentou ao meu lado. Joe foi para o fundo do ônibus para se sentar com os amigos. Percebi que, apesar das neuroses, ele parecia ser bastante popular, e me mostrou os amigos com orgulho. Por favor, não deixe que ela comece a falar sobre como está preocupada com o fato de que seu bebê talvez não consiga entrar na creche certa e acabe perdendo uma promoção precoce no banco de investimentos Goldman Sachs. Ainda que eu tenha agido incorretamente, não mereço isso, pensei comigo mesma.

Robert Bass entrou logo atrás dela. Encolheu os ombros quando viu que o banco ao meu lado estava ocupado. Senti uma ponta de alívio em sua expressão, mas, como ficou aparente depois, foi uma interpretação errada. Se a Mãe Alfa não tivesse ocupado o lugar, eu teria podido avaliar seu humor mais precisamente analisando se ele escolhesse a proximidade ou a distância, e isso poderia ter alterado o curso dos eventos que se seguiram. Fazia alguns dias desde o nosso último encontro, o que marcara o que eu imaginei como sendo uma intimidade renovada no nosso relacionamento.

A Mãe Alfa abriu a bolsa, enfiou os papéis numa pasta e alisou a frente das calças impecáveis e bem-talhadas.

— Estou preocupada com as creches — ela disse. À nossa frente, sentou-se uma horda de Mães Gostosas, incluindo a Mãe Gostosa Nº 1, que estava discutindo exatamente quantos funcionários levar para o Caribe no Natal e se o melhor era uma cozinheira em tempo integral ou meio período. Não fui considerada digna de participar dessa discussão em particular, embora fosse me pronunciar fortemente a favor de uma cozinheira em tempo integral.

Preocupações são muito subjetivas. As minhas incluíam o receio de não haver uma garrafa de vinho esperando por mim quando eu chegasse em casa, a preocupação de que Tom descobrisse os cigarros escondidos no guarda-roupa e o susto pelo fato de eu estar com as duas chaves do carro comigo. Se ao menos essa ainda fosse a extensão das minhas preocupações.

E ainda faltava uma hora para chegarmos ao aquário.

— A creche em que conseguimos vaga não tem interesse no estímulo à empunhadura de lápis — disse a Mãe Alfa. — Eu não amamentei por um ano, abandonei o trabalho e cozinhei refeições orgânicas todos os dias para meu filho para ele acabar numa creche de segunda.

Devo ter parecido confusa, porque então ela disse:

— Amamentar aumenta o QI numa média de seis pontos.

— Talvez você precise relaxar um pouco — sugeri. — Divirta-se, recupere a perspectiva das coisas. É fácil perder a nós mesmas de vista com tudo isso.

— Eu me recuso a deixar meus filhos saírem derrotados — disse ela.

— Acontece que — eu disse à Mãe Alfa — não faz sentido se preocupar com coisas que estão simplesmente fora do nosso controle. — Ela olhou intensamente para mim.

— Acontece que, Lucy, o que a gente investe, a gente colhe — ela disse.

— Por que você iria querer quatro crianças bem-sucedidas e neuróticas competindo umas com as outras e exibindo traços de personalidade servil? — observei. — Esta é uma receita de felicidade ou de autorrealização? — E, para variar, ela ficou em silêncio.

Então meu telefone apitou. Robert Bass estava me mandando mensagem de duas fileiras atrás. Ousado.

"Acontece que, Lucy, tem um lugar ao meu lado", dizia a mensagem. Olhei para trás, e ele acenou.

Eu devia ter ficado mais alerta a esta abertura, mas estivera distraída demais nas semanas anteriores pelas repercussões da decisão de Petra de se mudar para Marrakesh. Apesar de sua aceitação calma inicial, Tom havia se convencido de que o artista era um preguiçoso que iria viver dos lucros da venda da casa dela. Eu estava tentando convencê-lo de que deveria dar uma chance ao homem antes de julgá-lo. Curiosamente, conforme meus sentimentos em relação a Robert Bass arrefeciam, aumentava minha preocupação de que Petra estivesse julgando erradamente sua situação.

Assim, quando chegou a única parte interativa da visita ao aquário, minha mente estava longe de Robert Bass.

— Quem quer fazer carinho nas arraias? — gritou a professora.

— Eu — gritei, entusiasmada.

— Acho que é melhor deixar as crianças irem primeiro, Sra. Sweeney — disse a professora, olhando desconfiadamente para mim. — E depois vamos levá-los para almoçar para dar uma folga aos pais.

Então, quando as crianças se fundiram ao ambiente para consumirem seus lanches, fiquei parada no degrau que cercava o tanque de arraias e pus a mão esquerda na água, que estava inesperadamente gelada, e minha manga ficou imediatamente molhada. Meus dedos doeram de frio, mas tocar um daqueles estranhos peixes achatados havia se tornado imperativo. Agitei os dedos lentamente para mantê-los aquecidos e para tentar atrair uma arraia, porque foi o que vi outras pessoas fazendo. Toda vez elas chegavam tentadoramente perto, mas então se viravam justamente quando eu estava prestes a tocar nelas, exibindo suas reluzentes barrigas brancas e abrindo e fechando silenciosamente suas bocas em forma de cabide A essa altura, minha manga estava molhada até o cotovelo, mas eu não me importava. Na minha cabeça, ter contato físico com uma arraia havia se tornado inevitavelmente ligado ao meu estado de espírito. Se eu conseguisse tocar numa delas uma vez, calculei, tudo ficaria bem. Para sempre. Uma bomba fazia a água girar dentro do enorme tanque, de modo que, quando eu olhava para minha mão, os dedos ondulavam involuntariamente. Era impossível mantê-los completamente parados. Concentrei-me em outra arraia que parecia estar nadando do meu lado do tanque, sem deixá-la sair de vista, querendo que ela se aproximasse. Era a maior dali, a chefe, e as bordas das suas barbatanas estavam gastas pela idade. Ela se moveu na minha direção com seu longo nariz saindo arrogantemente para fora d'água, feito um golfinho fazendo truques, e então se virou de frente, expondo as costas e parando dentro d'água bem na minha frente. Era fria e macia, e passei os dedos em suas costas de cima a baixo. Ela agitou as barbatanas demonstrando aparente prazer e se esforçou por ficar parada, nadando contra a pressão da água. Então, enquanto continuava olhando fixamente para a arraia, me dei conta de outra mão se aproximando da minha embaixo d'água. Por um instante, fiquei irritada. Eu havia esperado pacientemente para me comunicar com aquela velha criatura do mar, e agora alguém estava tentando se insinuar no meu momento.

Essa mão, no entanto, não estava tentando tocar o peixe. Embora através da água a perspectiva estivesse destorcida, ela era claramente muito maior que a minha, e eu fiquei olhando de um jeito distante enquanto ela deslizava lentamente para onde minha própria mão estava acariciando a arraia e então, por um breve instante, agarrou a parte de trás da minha mão, e uma voz disse:

— Acontece que, Lucy, eu acho que estou fora de controle.

Olhei para cima. Claro que sabia que era Robert Bass. Ele acariciou as costas da minha mão embaixo d'água pelo que pareceu uma eternidade, mas que provavelmente não passou de alguns segundos, e eu fiquei incomodada por sentir uma conhecida agitação por dentro. Eu estava tão perto do rosto dele que pude examinar cuidadosamente suas cicatrizes de acne, que de repente lhe deram uma aparência envelhecida muito atraente. Ele me encarou e, por um instante, achei que ele ia me beijar. Então simplesmente tirou o braço e se afastou. Fiquei ali parada sem propósito, tentando absorver o que tinha acabado de acontecer. Então notei a Mãe Alfa me observando de um banco num canto escuro do outro lado do ambiente. Estava com as mangas enroladas nos pulsos e tinha os braços cruzados com ar de reprovação. Ela não pôde ver o que havia acontecido embaixo d'água, mas não havia dúvidas na intensidade do nosso olhar nem na nossa proximidade física.

Agora, quando não estou me sentindo ansiosa, me sinto culpada. Tento racionalizar pensando que nada aconteceu de verdade. Eu não comecei aquela cena nem correspondi de qualquer maneira evidente. Ainda assim, precisava aceitar que desempenhei um papel nos eventos que levaram àquela situação. Eu havia planejado encontros à noite com Robert Bass e me afundei em devaneios e flertes inadequadamente libidinosos.

Agora estou com medo do que possa ter causado. Nunca havia imaginado, nem nas minhas fantasias mais loucas, que meus sentimentos poderiam ter reciprocidade ou que haveria qualquer tentação real a que corresponder. O que deixei de avaliar a respeito de Robert Bass foi o fato de que nossos sentimentos não estavam sincronizados, e que o meu sutil afastamento do nosso flerte depois da noite constrangedora na casa da Mãe Alfa apenas serviu para alimentar o interesse dele. Resumindo, eu tinha esquecido como os homens respondem bem a uma ducha de água fria. Eu havia descoberto tarde demais que não há nada mais inocente ou divertido que desejo não correspondido. Eu queria a fantasia de Robert Bass, não a realidade.

Fiquei aborrecida porque o incidente do aquário aconteceu exatamente quando eu havia encontrado uma tranquilidade renovada, embora é claro que isso tenha acabado no instante em que ele me tocou. Fiquei aborrecida principalmente porque, de repente, os riscos estão maiores. Meus sonhos ganharam uma realidade aumentada de hotéis em Bloomsbury que é mais perturbadora que agradavelmente divertida. A cama está desfeita, garrafas vazias estão espalhadas pelo chão e o quarto cheira a cigarro. As cores são fracas.

— É assim que os casos acontecem — Cathy diz firmemente quando telefono atrás de conselhos, ainda escondida embaixo da colcha Laura Ashley com o celular, para o caso de alguém estar ouvindo. — Se você sentir qualquer necessidade de corresponder, fique bem longe. Mesmo que ele só esteja brincando, é uma distração repleta de riscos.

— Vou tentar evitá-lo — digo.

Conto sobre um recente pesadelo horroroso, no qual minha barriga era a personagem principal.

— O Pai Sexy Domesticado estava deitado na cama nu, e eu não conseguia tirar os jeans sem esforço — eu disse. — Daí, quando ele viu minha barriga, começou a gritar. Acho que pensou que minha barriga tinha se separado do resto do corpo.

— Bem, guarde esta imagem na memória para o caso de algum dia se sentir tentada — ela diz. — Pelo menos você pode abrir mão de uma dieta de ano-novo para salvar seu casamento.

— Mas e se Tom se sentir da mesma maneira sobre minha barriga? — pergunto.

— Ele teve tempo para se acostumar com ela — diz Cathy.

Ouço passos do lado de fora do quarto. Minha mãe está mostrando a Petra o quarto em que ela vai ficar. Aproveito a oportunidade para sair da cama e ir dar uma olhada nos meninos. Ainda consigo ouvi-los saltando da cama no chão. Não me importo, porque isso pelo menos vai mantê-los aquecidos. Eu lhes dei banho e coloquei seus pijamas antes de sairmos de Londres, porque sabia que não haveria água quente suficiente para todos. Dividir água de banheira seria um retorno inquestionável à minha infância.

Abro a porta do quarto de meu irmão. As paredes são púrpura, pintadas por Mark durante o primeiro semestre da faculdade, depois que ele leu em algum lugar que o vermelho incita paixão e resolveu que pintar as paredes daquela cor daria um bom ambiente para praticar suas técnicas de sedução com as meninas da escola, principalmente amigas minhas. No canto, está uma pia cor de abacate com um armário de portas de madeira também pintadas de púrpura.

Vou até o armário dele e abro. Um vidro de Old Spice caiu de lado e manchou a prateleira. Tem tubos de xampu pela metade, uma escova de dentes com as cerdas gastas, um pote de gel Brylcreem pela metade, dois exemplares velhos da *Playboy* dos anos 1970, que tiro dali e boto em cima do guarda-roupa, e, estranhamente, meus velhos exemplares da revista *Jackie,* que meu irmão deve ter roubado em seus esforços para entrar em contato com a pisque feminina.

Um pôster de Bo Derek desbotou, e a parte da foto em que um dia seus mamilos se destacavam tão orgulhosamente havia sido raspada para o esquecimento. Ainda assim, Sam fica impressionado.

— Peitos — diz ele, apontando para a parede.

Então ele aponta para outro pôster atrás da porta. Eles penduraram suas meias de Natal logo abaixo de um pôster de uma mulher fotografada por trás vestindo uma saia de tênis muito curta. Ela está casualmente levantando uma lateral da saia para revelar que não está usando calcinha, com a cabeça virada para trás por cima do ombro para olhar diretamente para a câmera.

Olhando para as meias penduradas logo abaixo da nádega esquerda da tenista, não consigo deixar de sorrir ao lembrar claramente de uma discussão entre Mark e minha mãe por causa desse pôster. Deve ter sido no verão de 1984, na época da greve dos mineiros. Estávamos na sala de estar, assistindo ao noticiário, quando imagens extraordinárias de uma batalha entre a polícia e os mineiros em algum lugar no sul de Yorkshire apareceram na tela.

— Por que você pendura todos aqueles pôsteres de mulheres seminuas no seu quarto? — perguntou minha mãe, enquanto a polícia corria na direção dos mineiros segurando seus escudos de plástico.

— O que você gostaria de ver no meu quarto, mãe? — disse Mark, que sempre foi muito melhor que eu para defender sua posição numa discussão. Eu sempre tendi a entender o ponto de vista do outro rapidamente demais.

— Que tal a Nicarágua, o movimento antiapartheid, alguma coisa mais ideológica? — disse minha mãe. Todos nos encolhemos quando um policial atingiu um mineiro na cabeça com o cassetete.

— Arthur Scargill* não me emociona, mãe — respondeu Mark.

— Acho que você devia tirar aquele pôster. Ele demonstra falta de respeito em relação àquela mulher — ela insistiu.

— O que eu mais tenho é respeito em relação a ela — argumentou Mark.

— Você não tem nenhum interesse em relação ao que está acontecendo na cabeça dela, você está obcecado com o corpo — ela insistiu.

— Mas é claro — disse meu pai, desviando o olhar do jornal. — Ele é um adolescente. — Todos o encaramos, porque meu pai, uma pessoa mais quieta e mais pensativa que minha mãe, tinha aprendido logo no começo do casamento que era mais estratégico ocultar sua própria opinião quando ela demonstrava alguma convicção súbita numa nova causa.

— Achei que você acreditasse em liberdade de expressão, mãe — disse Mark, sentindo que estava perto da vitória. Minha mãe não disse nada e foi para a cozinha.

A porta do quarto se abre, e a mulher do bumbum desaparece momentaneamente, até que Tom a fecha firmemente atrás de si. Ele está adotando uma atitude positiva em relação ao problema do aquecimento, usando toda oportunidade que surge para atrair atenção para o frio, o que é um pouco cansativo, mas encarando o desafio com gosto, como Scott na Antártica. Ainda está usando chapéu e luvas. Essa empolgação vai se transformar em ressentimento com o passar dos dias, e ele não poderá mais resistir à vontade de criticar.

*Político trabalhista. (*N. da T.*)

É o dezembro mais frio desde 1963. Há neve no chão, e a sensação térmica provocada pelo vento tem sido notícia há mais de uma semana. É um ótimo período para quem gosta de números, como Joe, que vem registrando a elevação e a queda da temperatura num gráfico diariamente, tendo os esforços aplaudidos pelo pai.

— Quero conferir os dedos dos pés para descartar sinais de congelamento — brinca Tom, fazendo os meninos se enfileirarem para serem inspecionados.

— Este aqui está um pouco escuro, Joe — ele diz, levantando o pé de Joe até a altura do olho. Então, quando vê o olhar preocupado no rosto dele, tenta recuar, mas é tarde demais.

— Meu dedo vai cair de noite — diz Joe.

— Se o dedo dele cair, podemos dissecar, mamãe? — pergunta Sam.

— Papai só está brincando. Precisa estar abaixo de gelado para ter congelamento — eu digo, calmamente.

— O termômetro do hall diz que está fazendo 11 graus dentro da casa — diz Tom.

— Acho que vou botar isso no meu gráfico do clima — diz Joe, distraído pela conversa sobre números.

— Bumbum, papai — diz Fred, puxando o braço de Tom e apontando emocionadamente para o pôster. — Sem calça. Que nem eu.

— Pai, você descreveria o bumbum dela como sexy? — pergunta Sam pensativamente. Ele tem ouvido Christina Aguilera demais.

— O que quer dizer sexy, Sam? — Tom pergunta de volta, numa clássica tentativa de diversionismo. Ele usa a mesma tática em discussões comigo.

— Não sei exatamente — Sam responde. — Acho que tem a ver com fruta. Se um bumbum parece um pêssego, acho que é sexy.

Os meninos sempre ficam neste quarto, e isso nunca deixa de ser emocionante para eles. Embora haja uma cama de solteiro, os três preferem deitar no chão enroscados uns nos outros como filhotes de cachorro numa cesta, e como geralmente está frio, encorajo esse hábito. Fred, que normalmente precisa ouvir histórias até cair no sono, fica sempre preso no meio.

— Dá para ver minha respiração, mamãe — ele diz, orgulhoso.

— Você está fumando — diz Sam. — Como a mamãe.

— Eu não fumo — protesto.

— Então por que você guarda aqueles cigarros na sua bota? — pergunta Sam.

— Eles são para ocasiões especiais. E o que você está fazendo olhando no meu guarda-roupa, afinal? — pergunto.

— Eu não olhei — ele responde. — A vovó me contou.

— Não acredito que você seja tão sem-vergonha, Lucy — diz Tom.

— Nisso está metade da diversão — digo. — Você deveria ficar feliz de eu ainda manter algum mistério.

— O Papai Noel vai saber que nós estamos aqui? — pergunta Joe, sentindo uma discussão se formando. — Porque está tão frio que ele pode achar que não tem ninguém morando aqui. Vocês acham que ele tem aqueles óculos que encontram fontes de calor?

Sam está arrastando o toca-discos de Mark do guarda-roupa e procurando pelos compactos e long-plays dele. Pega um

David Bowie da pilha e o bota para tocar. Deito na antiga cama de Mark com Tom, puxo o edredom até o nariz e fico ouvindo *Scary Monsters*. Quando Joe começa a morder as mangas durante o refrão, peço que Sam levante a agulha com cuidado e passe para outra faixa e digo a todos que voltarei em vinte minutos para apagar a luz. Decido contar a Tom tudo o que aconteceu. Mas quando volto, todos estão dormindo, inclusive ele.

12

"Um pouco de conhecimento é algo perigoso"

Ao longo dos dias seguintes, pactos são feitos e quebrados com uma frequência assustadora. Não há nenhuma declaração de guerra, apenas uma tensão silenciosa que culmina em ataques periódicos de disputas verbais. Meu irmão Mark, que chegou tarde na noite anterior, sem a namorada, diz que é grato pelos encontros familiares de fim de ano porque eles lhe fornecem um bom volume de pacientes em janeiro.

Quando desço para a cozinha no dia de Natal, sinto no ar uma frieza que não está relacionada ao clima. Petra está de pé diante da grande mesa de pinho no meio da cozinha, esforçando-se para mexer numa tigela a cobertura para um bolo de Natal sem nada por cima. Eu sei que esse bolo começou o dia vestido pelas linhas suaves e limpas de uma cobertura de confeitaria industrial e tento entender exatamente o que está acontecendo.

Tom está do outro lado da cozinha, ocupado tomando uma grande dose de analgésico vendido com receita que meu irmão lhe deu para a dor de cabeça provocada pela cama.

— Não beba demais depois de tomar isso — diz Mark.

— Só repasse os sintomas clássicos de um tumor cerebral — diz Tom, entre um gole de água e outro.

— Dores de cabeça, normalmente piores pela manhã, tontura, náusea — diz Mark, sem erguer o olhar do jornal do dia anterior.

— Você acha que eu preciso ir a um especialista? — insiste Tom.

— Não — responde Mark. — É a cama. É sempre a cama. Você sempre acha que está com um tumor cerebral quando fica hospedado aqui. Por que você não vai fazer alguma coisa útil, como organizar os temperos? É uma bela atividade de distração. O tipo de terapia ocupacional que receito diariamente.

— Se os sintomas continuarem, você consegue marcar uma tomografia para mim? — pergunta Tom.

— Posso recomendar um neurologista, mas nós dois sabemos que as dores de cabeça vão desaparecer assim que você parar de dormir naquela cama. Só evite qualquer atividade que possa provocar um fluxo repentino de sangue para a cabeça — diz Mark, rindo alto. Pergunto-me se ele é mais tranquilizador quando trata dos pacientes. Como acabou de ser promovido a chefe do departamento de psicologia de um grande hospital escola de Londres, deve estar fazendo alguma coisa certa.

Petra olha para eles com ar de desaprovação, porque é o que Mark espera dela, mas ela sempre é surpreendentemente benevolente em relação ao meu irmão. Quando fala com ele, usa um tom de voz agudo e feminino que beira o flerte.

— Então me conte sobre sua aventura africana, Petra diz Mark pacientemente. — Quando vamos conhecer seu amante? — Ele diz a palavra "amante" lentamente, com ênfase na segunda sílaba·

Petra está usando o mesmo twin-set de dupla camada de cashmere que estava vestindo no dia anterior. Cor-de-rosa pálido sobre creme, como um marshmallow. Ela ignora a pergunta dele e fica corada. Olho preocupada para Tom, que ainda está tendo dificuldade para aceitar o fato de que a mãe tem um namorado.

Fred está deitado embaixo da cama, dentro do cesto do cachorro, lambendo alegremente uma colher de pau. Minha mãe diz a Petra que fez o bolo há algumas semanas. Sei que é mentira, porque encontrei a embalagem na despensa na noite anterior. Ela deve ter tirado a cobertura original no começo da manhã para dar origem a essa situação.

— Acho que você vai ver que se acrescentar uma colher de chá de suco de limão à mistura, fica mais fácil aplicar a cobertura — Petra diz num tom de voz seco.

— Sempre fiz minhas coberturas com água e açúcar de confeiteiro — minha mãe responde confiantemente da outra ponta da mesa. — Apenas continue batendo até amolecer.

— Acho que você vai ver que quanto mais se bate, mais dura ela fica — diz Petra com firmeza, mas sem largar a colher.

Ela está fazendo algum esforço para mexer a cobertura endurecida na tigela e tira uma das camadas exteriores do twin-set. Percebo que ela junta os saltos dos sapatos firmemente e vira os dedos dos pés naquele gesto de desafio que apenas quem a conhece há muitos anos é capaz de reconhecer.

— E então, Petra. Onde você vai morar? — pergunta Mark. Tom e eu passamos semanas tentando reunir coragem para fazer essas perguntas, e admiro a calma da linha direta de inquérito de Mark. Desde o infame almoço na John Lewis, uma frieza voltou a se instalar entre nós duas. Porque embora tenha conseguido falar sobre seus planos para Tom, ela optou pelos detalhes mais básicos, e nenhum dos dois tocou no assunto desde então, a não ser para lidar com as questões práticas relacionadas à venda da casa dela.

É como se a única forma que ela tem de tornar a culpa tolerável seja evitar qualquer discussão que não seja superficial. Talvez ela tema que qualquer profundidade de comunicação possa fazê-la mudar de ideia.

— John tem uma casa em Medina — ela responde. — Mas ele também comprou uma propriedade nas montanhas Atlas, e nós vamos passar parte do ano lá, quando ficar muito quente em Marrakesh. Ele gosta de pintar lá. Também tem uma casa em Santa Fé. Ele é americano, sabe, e é muito conhecido nos Estados Unidos. — Tom e eu nos entreolhamos porque não sabíamos disso. Ela para de mexer a cobertura por um instante e olha com melancolia pela janela da cozinha para a paisagem congelada. Cada coisa tem um tom diferente de palidez. Um rebanho de ovelhas olha do campo que marca o final do jardim. De vez em quando, elas começam a balir, como se estivessem fofocando sobre o que estão testemunhando. Nada como uma plateia para conter os piores excessos familiares, penso comigo mesma, feliz pelas ovelhas estarem aproveitando seu próprio especial de Natal.

Esforço-me para avaliar se essa repentina torrente de revelações torna a situação melhor ou pior. É difícil interpretar a expressão de Tom. Ele está de pé num degrau na frente do fogão, ignorando cuidadosamente a trégua entre nossas mães. Em vez disso, seguiu o conselho de Mark e está organizando os temperos da minha mãe em ordem alfabética.

— Você acha que eu boto a pimenta branca no P ou no B? — ele pergunta a Petra.

— Acho que você vai ver que é melhor botar no P, seguida pela pimenta preta e pelas pimentas secas — ela diz. Esse tipo de troca representa uma profunda comunhão entre eles.

Às vezes acho que é esta teimosa crença na rotina doméstica que ajudou Petra a lidar com a morte do pai de Tom. Os padrões nunca puderam decair, mesmo nos terríveis primeiros dias quando ele a deixou sozinha depois de um violento ataque cardíaco fatal. Lembro-me de que, umas duas semanas depois que ele morreu, Petra nos pediu para ir até a casa em que eles haviam morado juntos durante os quarenta anos anteriores para ajudá-la a organizar as roupas e os pertences dele. O gesto pareceu-me um pouco prematuro. Mas desde o instante daquele terrível telefonema nas primeiras horas do domingo Petra vinha sendo irritantemente digna na abordagem que fez da perda do marido. Não houve histeria. Não houve autopiedade. Nenhuma explosão emocional.

— Ela não vai chorar na nossa frente — disse Tom. — Não faz o estilo dela. Ela vai guardar tudo para quando estiver sozinha.

Assim, quando desci até a cozinha numa manhã durante uma crise de insônia e a encontrei chorando silenciosamente enquanto passava cuecas do pai de Tom que evidentemente havia lavado na noite anterior depois que fomos para a cama, fiquei quase aliviada. Ela sacudia os ombros, e grandes poças de lágrimas se formavam sobre suas calças e blusas brancas. Eu me perguntava por que as roupas brancas dela nunca ficavam encardidas. Como ela era capaz de chorar com tanto silêncio e graça? Pensei em minhas próprias crises emocionais, uma mistura salgada de água, coriza e saliva que me deixava com o rosto inchado e vermelho. Eu precisava do lenço de um homem para limpar tudo. Petra, por outro lado, secou levemente os cantos dos olhos com um lencinho de renda com rosinhas bordadas.

No canto, havia três grandes cestos pretos, um deles cheio de camisas listradas que o marido usava para trabalhar. Ele era um homem que se considerava ousado por usar meias coloridas com seus ternos e gravatas sóbrios. Contadores devem ser tradicionais, ele sempre dizia. Ninguém quer um contador excêntrico. Havia casacos de uma época em que o estilo casual elegante envolvia decisões precárias sobre se os outros convidados optariam por um blazer com grandes botões de metal, jaquetas esportivas mais descontraídas ou mesmo um traje sem colete. Um par de botas pretas Wellington estava caído no chão.

— Você está bem? — perguntei, segurando seu cotovelo até ela soltar o ferro de passar.

— Não é fácil, Lucy — ela disse, fungando delicadamente.

— Por que você está passando essas roupas? — perguntei gentilmente.

— Eu não poderia mandá-las para doação amarrotadas — ela disse, olhando para mim com uma expressão de choque no rosto. — Se fizesse isso, tudo se desmancharia.

Petra continuou lavando os lençóis uma vez por semana durante aquele período sombrio. Suas roupas de baixo estavam sempre passadas. E o freezer permaneceu abastecido com comida feita em casa, ainda que em pequenas e tristes porções em embalagens de alumínio para uma pessoa em vez de duas. Refeições que raramente eram consumidas.

Eu me prendo a essa imagem para produzir sentimentos de simpatia em relação a ela que foram seriamente comprometidos quando abri meu presente de Natal no final da noite passada. Ela havia comprado para mim e para minha mãe exemplares de *Esquadrão da moda*, de Trinny e Susannah, e os deu com muita empolgação.

— Achei que devia dar isto para vocês agora, para o caso de eles serem úteis durante as festas — ela disse. Minha mãe olhou para o livro inexpressivamente. Exceto pelo noticiário, ela não assiste muito à TV desde o começo dos anos 1980. Trinny e Susannah não foram registrados em seu radar.

Minha mãe se aproxima da geladeira. Ela claramente ainda não havia examinado o livro, porque sua roupa de Natal consiste numa curiosa combinação envolvendo uma saia com uma bainha desfeita que fica pendurada atrás e uma anágua que fica visível tanto sob o colarinho da camisa desabotoada quanto sob a barra irregular. A camisa, uma listrada que me lembro de ela usar quando eu ainda morava ali, está abotoada errado. Tudo está torto.

Mais cavalo de carga que puro-sangue, penso comigo mesma, comparando-a negativamente com Petra. Minha mãe está até maquiada. Mas perdeu a prática e provavelmente está usando produtos comprados há mais de uma década. A base está grossa, oleosa e se acumula nas rugas da testa e ao redor dos olhos, de forma que quando ela sorri, um sulco se destaca. Seus lábios estão pintados de um tom forte de laranja, e as bochechas estão vermelhas de ruge.

A atitude despreocupada de minha mãe em relação à aparência pessoal costumava ser uma excentricidade encantadora. Agora ela só parece desgrenhada e velha. Sinto uma súbita necessidade de protegê-la de olhos implacáveis. É um sentimento novo para mim e, pela primeira vez, me dou conta de que o equilíbrio do nosso relacionamento está mudando e que serei chamada a assumir cada vez mais responsabilidades. Começo a sentir falta de ar com o peso do que está à frente.

Meus sentimentos em relação à minha mãe são bastante sinceros, porque ela é normalmente descomplicada. Não há chantagem emocional. Não há comportamento passivo-agressivo. Não há crítica das técnicas que uso para criar meus filhos, além da inevitável descrença de que a filha escolheu abandonar a carreira. Seu sistema de crenças evoluiu muito pouco desde que eu era criança, e com o passar dos anos suas opiniões fortes se tornaram reconfortantes em sua previsibilidade. A maioria delas pertence a uma época diferente. Seu feminismo é saído do molde de Betty Friedan. Sua lealdade ao Partido Trabalhista é mais Neil Kinnock que Tony Blair. Sei que ela esperava que eu crescesse com a bússola voltada para as mesmas direções, mas nada nunca pareceu certo para mim. Eu ainda acho muito fácil entender o ponto de vista do outro. Acreditar demais em qualquer coisa parece quase impulsivo. Seu temor de que ter filhos pudesse algemá-la à cozinha e prejudicar suas liberdades conquistadas com dificuldade fez com que ela passasse a maior parte da nossa infância fugindo de nós. Como se tudo fosse ficar bem, desde que ela se mantivesse em movimento. Ela temia ceder aos impulsos maternais, caso eles se mostrassem irresistíveis. Ela com frequência estava fisicamente por perto, só que sua mente estava em outro lugar, normalmente num livro ou outro. Meu irmão imputa sua incapacidade de formar relacionamentos longos a essa distância emocional.

— Você está se comportando como alguém fazendo terapia, culpando seus pais por suas próprias inadequações, em vez de assumir a responsabilidade por seu próprio destino — eu disse a ele durante nossa mais recente discussão sobre isso, logo depois de ele terminar um relacionamento de dois anos.

— Se eu estou me comportando como alguém fazendo terapia, talvez seja porque eu *esteja* fazendo terapia — ele disse, porque os psicólogos precisam aprender a passar por terapia tanto quanto a oferecer terapia. — Você apenas não atingiu o nível de consciência necessário para se dar conta de que nossa infância foi destruída.

— Todos os pais têm defeitos — eu disse a ele. — Não existem pais perfeitos. Os pais deveriam se concentrar em ser bons o bastante.

— Você anda lendo Winnicott — disse ele, acusadoramente.

— Não sei do que você está falando — eu disse.

— Esta é a teoria de Winnicott — ele continuou. — A mãe boa o bastante... começa com uma quase completa adaptação às necessidades do bebê e, conforme o tempo passa, ela se adapta cada vez menos, gradualmente, de acordo com a capacidade crescente do bebê de lidar com o fracasso dela.

— Bem, parabéns a Winnicott, então — eu disse. — São pessoas como você que questionaram as próprias mães. Vocês criaram uma corrente de comando com especialistas no topo e pais na base. Por isso aquelas pobres mulheres foram parar na cadeira, falsamente acusadas de matar seus bebês, com base em provas falhas de um cientista que nunca conheceram. É a abordagem das mães à Guantánamo: culpada até que se prove o contrário.

Agora, não estou negando que minha mãe tenha falhas. Mas não havia nada, nem mesmo na adolescência, que eu não pudesse ter discutido com ela se eu optasse por isso. Ela era prática e não era crítica. Ao contrário da família de Tom, na qual eu me esforçava para decifrar conversas e interpretar olhares como alguém num intercâmbio na França, finalmente me dando conta depois de muitos anos de que as coisas que eram ditas frequentemente queriam dizer o oposto do que significavam, havia pouca coisa escondida em nossa família. Havia longas e barulhentas discussões tarde da noite e garrafas de vinho pela metade que eram jogadas no lixo na manhã seguinte. A maioria das brigas era inconclusiva, e havia muita incontinência verbal, a maioria da parte de minha mãe, porque meu pai tinha uma abordagem mais baseada em provas e menos instintiva do debate, mas pelo menos todo mundo estava disposto a discutir. Não havia nada reprimido. Meu irmão é menos complacente a respeito da nossa infância, mas acho que é porque eu compreendo o que as mulheres precisam enfrentar.

— Quem sabe você queira tentar? — de repente ouço Petra dizer friamente. Está estendendo a colher de pau para minha mãe, agitando-a na frente do rosto dela como uma espada. A cobertura na colher está tão dura quanto a expressão no rosto de Petra. Ela fecha o último botão do casaco. As linhas de batalha estão traçadas.

Minha mãe, que nunca foi de desistir de um desafio, se esforça para mexer a massa branca, usando sua considerável força. A cobertura se mexe levemente, e nesse movimento sutil ela encontra defesa, mas se trata de uma grande massa em forma de tigela, com a consistência e o formato de um capacete viking.

Se a força de vontade da minha mãe não consegue mexer a cobertura, nada além de um quebrador de gelo vai conseguir.

— Vou cortá-la ao meio e botar a parte de baixo em cima do bolo — minha mãe diz desafiadoramente, apontando para a gaveta das facas. Abro a gaveta. Quero que ela vença essa batalha, porque as probabilidades estão contra ela. A gaveta das facas é dura e difícil de abrir, e quando finalmente consigo puxá-la para fora, há várias coisas dentro dela, exceto uma faca afiada.

— Não temos uma dessas desde o começo dos anos 1980 — diz meu pai, sem ajudar, olhando para mim e então de novo para o jornal, alegremente inconsciente do drama que se desenvolve na mesa da cozinha. Petra se inclina por cima do meu ombro e espia dentro da gaveta. Posso vê-la dissecando seu conteúdo. Notas velhas, cartas de baralho avulsas, rolhas, tampas de plástico, um obituário cortado do *Guardian*, bicos de confeiteiro enferrujados de vários tamanhos, pedaços de barbante de diversas cores, grãos de arroz, mingau de aveia e outros restos não identificáveis que encontraram seu caminho com o passar dos anos. Do lado de fora, as ovelhas balem alto, como se discutissem o espetáculo. Elas sentem o crescer da tensão dramática.

— Você gostaria que eu arrumasse isso? — Petra pergunta avidamente. Sem esperar por uma resposta, ela tira a gaveta do lugar e imediatamente dá início ao processo de arrumação. — Como os meninos vão fazer a rena e o Papai Noel ficarem de pé na cobertura? Está dura como concreto, ninguém vai conseguir mordê-la — diz ela, eficientemente organizando objetos em categorias inteligíveis. — Por que você não me deixa começar do zero?

— Porque foi sempre assim que eu fiz — minha mãe diz ferozmente.

Duvido que ela tenha feito cobertura antes, e é impressionante como ela se envolve nessa farsa. Simplesmente não é sua especialidade, e as duas ficariam mais felizes se Petra assumisse todas as tarefas relacionadas com as comidas de Natal.

— Devo cuidar das batatas assadas? — pergunta Petra, que, no momento, está com a superioridade diplomática. — Acho que você vai ver que se polvilhá-las com semolina em vez de farinha de trigo antes de botá-las no forno, elas ficarão mais crocantes.

Ela está indo na direção da fruteira, e antes que chegue ao seu destino, sei que não conseguirá deixar de jogar fora a maçã mofada que vi em cima de tudo.

Minha mãe vai até a despensa que fica atrás da cozinha, e eu sigo logo atrás.

— C de cretinos — Ela diz, agitada, e eu fecho a porta para ter uma daquelas conversas do tipo aguente-firme.

— Esta é uma época difícil para eles — explico. — Quanto mais ansiosos ficam, mais arrumação fazem. Simplesmente tente aproveitar. Não leve para o lado pessoal. Petra se orgulha de suas habilidades domésticas, que são essenciais ao seu senso de personalidade. Você tem muitas outras coisas na sua vida; então, seja generosa.

— Está sendo difícil para mim ter os dois aqui ao mesmo tempo — ela diz, sentando-se num banquinho e acidentalmente detonando uma ratoeira com o bico do sapato. — Achei que a decisão de se mudar para o Marrocos poderia tê-la suavizado. Não acredito que ela consiga estar envolvida em algo tão impetuoso e ficar obsessiva quanto à consistência de uma cobertura ao mesmo tempo.

— Ela tira conforto da repetição desses rituais, assim como você tira da palestra introdutória sobre D. H. Lawrence aos calouros todos os anos ao ver a expressão no rosto deles quando diz "boceta" — digo. — Acho que é porque ela está se mudando para o Marrocos que você quer que ela fique irritada com a cobertura. Para que fique de acordo com suas expectativas. Acho que você se ressente desse tardio florescer de liberdade na vida da Petra, então está tentando encurralá-la. De qualquer maneira, ela tem razão em relação à cobertura.

— Por que eu teria inveja? — ela pergunta. Sou surpreendida pelo uso do substantivo, porque eu não havia realmente considerado que minha mãe pudesse ter inveja da existência de Petra.

— Porque pela primeira vez desde que você a conheceu, ela está fazendo alguma coisa mais emocionante que você — respondo. — Você não está acostumada com ela assumindo o centro do palco.

Esta explicação parece satisfazê-la, e a sinto passando para outro território.

— E então, Lucy, quando você vai conseguir um bom trabalho? — ela pergunta.

— Eu tenho um bom trabalho — digo. — Cuidar dos filhos é um bom trabalho.

— É trabalho duro e gratuito — ela diz.

— Eu não poderia concordar mais com você — retruco. — Mas eu poderia jurar que, tendo em vista as suas inclinações políticas, você seria a última pessoa a julgar o valor de uma pessoa baseada no tamanho de seu salário. O fato de eu não ganhar dinheiro não quer dizer que o que eu faço não tenha valor.

— Eu não acredito que uma filha minha tenha escolhido ser dona de casa — ela diz, com a boca se contorcendo, como se a palavra tivesse um gosto amargo.

— Na verdade, mãe, parte do problema está em feministas como você, porque, ao enfatizar em excesso a importância de uma mulher trabalhar, vocês desvalorizaram completamente a vida doméstica — digo. — Na verdade, vocês são indiretamente responsáveis pela corrente discórdia entre mães trabalhadoras e mães não trabalhadoras.

Ela parece surpresa.

— Fred está na creche agora, você deve estar com mais tempo disponível — ela insiste.

— Mas então tem as férias — digo. — Você sabe quanto eu teria de ganhar para pagar uma babá? — Ela ignora o argumento.

— O que eu quero dizer é: quando você vai fazer alguma coisa que envolva usar seu cérebro? — ela continua.

— Bem, esta é uma questão diferente. Eu uso o meu cérebro, só que de uma forma lateral, menos óbvia. De qualquer maneira, não fui eu que deixei meu trabalho, foi meu trabalho que me deixou. Se conseguisse encontrar algum emprego de meio período que fosse compatível com a maternidade, eu aceitaria.

— É um desperdício tão grande — ela diz, abordando o assunto com seu entusiasmo característico.

— Você sabia que mães que estão fora do mercado de trabalho há mais de cinco anos são menos empregáveis que imigrantes do leste europeu que não falam inglês? — digo. —

Você não viu isso no jornal na semana passada? Ninguém quer nos dar empregos, ao menos não do tipo que eu gostaria de ter. Eis um dilema para você e suas companheiras feministas discutirem no pub.

— Mas você se sente realizada, Lucy? — ela insiste. — É satisfatório?

Uma das características mais encantadoras de minha mãe é sua infinita curiosidade em relação ao que motiva as pessoas, principalmente se suas escolhas contrariam as dela. Sua persistente linha de inquérito pode parecer crítica, especialmente por ela ser uma mulher de opiniões fortes, mas há uma inocência infantil em sua abordagem, um desejo insaciável de realmente compreender de onde alguém realmente vem.

— No fim do dia, eu frequentemente me sinto como se não tivesse conquistado nada — digo a ela. — Um dia bem-sucedido consiste em manter o status quo. Eu consegui levar três crianças à escola e à creche e buscá-las sem qualquer contratempo significativo. Preparei três refeições, dei banho em três meninos e li histórias para fazer todos dormirem. Quando comparo isso com o que estava fazendo antes, parece absurdo, particularmente porque não pareço estar melhorando nem um pouco.

— Mas você fica à vontade com seus filhos. Não acho que algum dia tenha me sentido assim — ela suspira.

Alguma coisa em meu bolso começa a apitar.

— O que é isso? — pergunta minha mãe, desconfiada.

— É o Tamagotchi do Joe — respondo, pegando o bichinho de estimação eletrônico de meu filho e apertando alguns botões. — Precisa ser alimentado. Prometi que cuidaria dele enquanto ele assiste à *Noviça rebelde.*

No canto da despensa, vejo uma forma grande coberta com papel-alumínio.

— O que é aquilo? — pergunto.

— Ah, meu Deus, é o peru. Estou tão distraída com aquela mulher que me esqueci de botá-lo no forno — diz ela, tirando o papel-alumínio para revelar a imensa ave careca que há embaixo. A cor e a textura do peru combinam com os braços dela. — Ela venceu de novo.

— Por que você fica tão competitiva com Petra? — pergunto, espantada. — Seus desastres culinários normalmente são festejados. Não é como se alguém tivesse expectativa de alguma outra coisa.

— É difícil de explicar — ela diz. — Acho que me comparo com ela e me vejo sem talento como dona de casa. Daí me pergunto se fiz a coisa certa em relação aos meus filhos.

— Claro que fez — digo. — Não somos mais estragados que a média. Na verdade, somos um pouco menos estragados que a média. É um bom resultado. A média é boa. Evita os extremos.

A porta se abre, e Mark entra. Ele está comendo um pacote de batatas fritas.

— Estou prevendo um almoço tardio — diz ele.

— Mais críticas — diz minha mãe, saindo bruscamente da despensa, levando o peru.

Mark senta-se no lugar que minha mãe deixou vago e imediatamente pisa em outra ratoeira.

— Merda. Doeu — diz ele, esfregando o dedão do pé. Está usando um par de meias grossas de lã que Petra tricotou para ele. A ratoeira está pendurada frouxamente na ponta do dedo. — Como você está, Lucy? Mal tive tempo de conversar com você direito. Você está parecendo um pouco preocupada — diz ele, tirando a meia para esfregar o dedão.

— Esta é a sua avaliação profissional? — pergunto. — Ou está simplesmente tentando desviar a atenção para evitar quaisquer perguntas complicadas sobre o paradeiro de sua namorada e a inexistência de presentes de Natal da sua parte?

— Esqueci em Londres — ele diz, parecendo culpado.

— Os presentes ou a namorada? — pergunto.

— As duas coisas — ele responde. — Mas não no mesmo lugar. E isso é significativo. Trouxe algumas coisas sem valor para os meninos do posto de gasolina. Enfim, não vamos falar sobre mim.

— Mas tenho certeza de que suas histórias são mais interessantes que as minhas — digo.

— Você quer que eu diga o que acho de Joe? — ele pergunta de repente. — Juro que não estou tentando evitar assuntos constrangedores. Só achei que talvez fosse o que estivesse preocupando você.

— Esta é uma de um monte de coisas que estão na minha mente — digo, suavizando o tom. Mark tem sido um tio impecavelmente bom e leal para meus filhos. — Diga o que você acha.

— Acho que embora ele esteja demonstrando algumas tendências neuróticas, há pouco da repetição e do ritual que são a manifestação clássica do Transtorno Obsessivo-Compulsivo — diz Mark.

— Mas e toda a preocupação dele durante a *Noviça rebelde* e o medo de encolher? — pergunto.

— A preocupação é sintoma de ansiedade, de um desejo profundo de que as coisas continuem iguais, já que previsibilidade e rotina são a vida dele — diz Mark. Ele se levanta da cadeira e começa a andar pela despensa, levantando as tampas de várias caixas e espiando dentro para ver o que se esconde em cada uma delas. — O medo de encolher é mais complicado. Acho que tem algo a ver com um desejo de se retirar do mundo para um lugar onde tudo é seguro e faz sentido. Ele é uma criança extraordinariamente sensível. Provavelmente vai acabar fazendo alguma coisa criativa.

— Você não acha que é culpa minha? Que meu caos o deixou neurótico? — pergunto.

— Não. É melhor tender para o caos que ser controladora demais — diz ele. — Atrás de uma criança ansiosa normalmente se esconde um pai neurótico. Ser uma boa mãe depende de definir a dose certa de devoção. Muito pouca, e a criança definha; demais, e ela é sufocada.

— Então você não acha que eu preciso procurar ajuda? — pergunto.

— Basicamente, acho que você precisa aceitar que ele é filho do pai dele — ele diz.

Mark está ocupado jogando fora um pote de arroz infestado de vermes que encontrou numa prateleira. Alguma coisa apita em meu bolso de novo, e eu pego o Tamagotchi. Mas o bichinho está dormindo. Então pego meu celular do bolso de trás da calça para checar as mensagens e fico chocada ao perceber que há três recados de Robert Bass, todas enviadas bem cedo naquela manhã. "Quero sexo. Onde está vc?", dizem todas.

Esta dificilmente é uma extensão lógica da abordagem feita no aquário. Solto o telefone espantada, e ele desliza pelo chão gorduroso na direção de meu irmão.

— Menos mal que mamãe não serviu este arroz para Petra — ele diz, abaixando-se para pegar o telefone. Aproximo-me correndo, mas ele é rápido demais. Não consegue resistir à curiosidade de espiar a tela e segura o aparelho no ar, explorando a altura em seu favor. Privacidade é um conceito estranho para Mark. Quando adolescente, eu precisava esconder meu diário embaixo das tábuas do chão do quarto para evitar que ele o lesse.

A expressão no rosto dele fica imediatamente sombria. Ele olha para a mensagem, lendo-a de novo para ter certeza de que não entendeu errado. Então mexe nas teclas para olhar a identidade do remetente.

— Que porra é esse PSD? — ele pergunta.

— Não sei — respondo baixinho.

— Ele está na sua lista de contatos. Senão, o nome dele não apareceria — diz Mark, olhando para mim desconfiado.

— Se você quer saber, é a sigla para "Pai Sexy Domesticado" — respondo, na defensiva.

— Ele é de um daqueles serviços de limpeza em que os homens vão limpar sua casa nus? — Mark pergunta.

A ideia é tão absurda que eu começo a rir.

— É isso que está afastando você da vida de casado no subúrbio? — pergunto a ele, rindo tanto que preciso cruzar as pernas.

E então, como estou muito nervosa por causa da mensagem e da descoberta do meu irmão, tenho dificuldade para parar e, toda vez que tento começar uma explicação séria do que está acontecendo, rio ainda mais. De repente, eu me sinto como a irmãzinha mais nova dele de novo, um sentimento que não acontecia com muita frequência no nosso relacionamento desde que passei a ter marido e filhos e ele se tornou um namorador em série, incapaz de decidir sobre com qual namorada deveria se casar.

Então o telefone toca, e Mark o deixa cair no chão. Nós dois olhamos fixamente para ele, e o pego para atender à ligação.

— Lucy, sou eu — diz Robert Bass. — Olhe, eu sinto muito. Eu queria mandar aquelas mensagens para minha mulher, mas devo ter digitado seu número por engano. Espero que você não tenha pensado, hum, que, hum... — gagueja.

Tentando não parecer aliviada demais, digo:

— Para ser sincera, prefiro uma abordagem mais sutil. — Mais gagueira.

— Você deve estar na minha cabeça. — Ele ri baixinho. E tem razão. Não posso deixar de me sentir um pouco lisonjeada. Então a ligação fica muda.

— Alô, alô, você está aí? — pergunto.

— Com quem você está falando? — ouço a mulher dele perguntar. — Quem está na sua cabeça? É melhor você me dizer, porque tudo o que eu preciso fazer é olhar no seu telefone. — A ligação fica muda. Tenho pouco tempo para pensar nas implicações dessa interrupção, porque meu irmão está de pé com as mãos na cintura.

— Você está tendo um caso? — ele pergunta.

Quando éramos mais jovens, a atitude de meu irmão em relação aos meus namorados ia de desprezível, quando a paquera não era correspondida, a secretamente protetor, quando eu embarcava num novo relacionamento. Ele basicamente operava com a hipótese de que todos os homens eram indiscriminadamente promíscuos como ele.

— É porque minha mãe é feminista, e nós tivemos muitas babás com quem dormir. Estou dedicado a uma espécie de vingança edipiana — ele costumava dizer. — Apenas lembre, Lucy, que os homens não fazem necessariamente o que dizem que deve ser feito.

E então, contrariando todas as possibilidades, eu me vejo abrindo espaço no peitoril, afastando potes vazios de café e velhas garrafas de leite para me sentar e contar a Mark em detalhes a saga de Robert Bass. O inocente flerte que acabou naquele tipo de cantada sendo feita numa excursão da escola. Percebo o quanto tudo aquilo parece ridículo ao contar a história do começo ao fim. Ele não interrompe e me olha atentamente.

— Não é realmente uma grande coisa — digo. — Não aconteceu nada.

— Você o acha atraente? — ele pergunta.

— Sim, abstratamente — admito, cautelosamente.

— Então é uma grande coisa, porque ele evidentemente gosta de você.

— Você acha mesmo?

— Não seja tão ingênua, Lucy. Acreditar no contrário é embarcar num autoengano em grande escala. Você está iludindo a si mesma ao permitir o desenrolar de uma situação em que um caso pode florescer. Sinceramente, estou muito surpreso.

— Você acha que eu estou tendo uma crise de meia-idade? — pergunto. — Eu achava que essa era uma prerrogativa masculina.

— Não — ele ri. — Você se desligou de Tom e, em vez de consertar esse curto-circuito, está procurando por uma nova ligação com outra pessoa. Mas as respostas não vão ser encontradas com esse homem. Elas estão dentro de você.

— Você não acha que eu poderia simplesmente ter um casinho e depois deixar tudo para trás? — pergunto.

— As mulheres não funcionam assim — ele diz. — E eu não quero dizer que isso seja uma característica negativa. A incapacidade das mulheres de separar a emoção do sexo não é uma fraqueza, mas uma força. Ela estimula relações e compreensão mútuas. Nunca entendi por que as mulheres veem casos de uma noite só e a capacidade de beber muito como sinal de progresso social. Por que é positivo adotar traços mais comumente associados aos homens? Os homens se sairiam melhor se ficassem mais parecidos com as mulheres. Estou falando como alguém que acha isso especialmente evasivo.

— Então o que eu devo fazer? — pergunto.

— Conte ao Tom — ele diz. — Ao permitir a entrada de outras pessoas na fantasia, você vai minimizar a possibilidade de torná-la realidade. E se você não contar a ele, eu vou contar. Vocês podem ser como água e vinho, mas, em grande parte, têm um relacionamento que funciona, e a vida é muito mais que uma busca de prazer em curto prazo, principalmente agora que vocês têm filhos. É por isso que somos todos tão infelizes. Somos obcecados pelo prazer rápido, duas carreiras de coca para melhorar uma festa, uma trepada lasciva com uma mulher casada. Mas isso nos separa de quem somos. Destrói o nosso espírito, em vez de elevá-lo. Sabe qual é a área de maior crescimento na minha profissão? Lidar com meninos adolescentes que passaram tanto tempo navegando em pornografia na internet que são completamente incapazes de se relacionar com mulheres sexual ou emocionalmente. Se você achava que os homens da sua geração eram ferrados, é melhor dar uma olhada nesses meninos. Ser criado com revistas *Playboy* foi uma era de inocência.

— Não entendo muito bem como isso diz respeito a mim — digo, hesitante. Estou chocada com a explosão de Mark, não por causa do conteúdo, mas mais porque ele normalmente tenta ficar um passo além de qualquer coisa que possa ser interpretado como um sistema de crença por medo de parecer minha mãe. — Olhe, eu vou tentar evitá-lo.

— O que eu estou tentando dizer é que você precisa ser a autora do seu próprio destino, Lucy. É uma das suas piores características, permitir que as coisas aconteçam ao seu redor como se você não tivesse qualquer envolvimento em seus resultados.

— É por isso que estou comendo tanto — digo. — Quanto mais eu comer, mais gorda vou ficar, e então será impossível ter um caso com qualquer pessoa.

— Não foi exatamente o que eu quis dizer — diz ele. — Mas poderia ser interpretado como um pequeno passo na direção certa.

Meu telefone toca de novo. Ele olha para o aparelho com renovada desconfiança, mas desta vez é uma mensagem de Emma, convidando Tom e eu para jantarmos com ela e Guy em sua nova casa. Ela diz que Guy finalmente concordou porque se sentiu muito culpado por não poder passar nenhum tempo com ela durante o Natal.

— É Emma — digo. — Ela quer que a gente vá conhecer o namorado dela. — Mark parece interessado.

— Um relacionamento sério? — ele pergunta, desconfiado. — Eu achava que a especialidade de Emma era manter todas as emoções a distância.

— Os dois estão morando juntos — digo, na defensiva.

— Mas então por que vocês não o conheceram antes? — ele pergunta. Então sorri ironicamente. — Ele é casado, não é? Esse sempre seria o destino dela, encontrar alguém que não poderia ter.

— Acho que, na verdade, ele gosta muito dela — digo, então mudo de assunto, porque Emma e meu irmão são uma questão esquisita. — Mamãe acha que eu deveria voltar a trabalhar.

— Isso não é uma panaceia para a condição do homem — diz ele. — Que bem faria à sua família você ir para o Iraque atrás de uma reportagem?

— Ou eu ficar presa em Londres, observando com inveja a capacidade dos meus colegas de viajar para o exterior de uma hora para outra. Mas talvez eu ficasse mais envolvida com o todo.

— A existência humana é a soma dos nossos relacionamentos. Todos queremos nos ligar com as pessoas — ele diz. — E nunca paramos de gostar de outras pessoas. Pense em Petra. Ela vai fazer mais sexo que todos nós, e é uma sexagenária, ou "sexygenária", como dizemos na era do Viagra.

— Não comece com isso — peço.

A porta se abre. Tom espia hesitantemente para dentro.

— É uma pena vir até aqui para passar todo o tempo na despensa — diz ele. — Estou atrás de dois frangos. Decidimos abortar o peru e comê-lo amanhã. — Pego o celular do peitoril fazendo uma anotação mental para apagar aquelas mensagens assim que tiver tempo.

Mais tarde naquela noite, deito ao lado de Tom, cheia de boas intenções para lhe contar o que havia dito a Mark mais cedo. Estamos sentados lendo os livros que nos demos de presente de Natal. Para ele: arquitetura de Alain de Botton. Para ela: uma biografia da Sra. Beeton, de Kathryn Hughes. E, adivinhe só: acontece que a Sra. Beeton era uma fraude doméstica tão grande como eu. Gostaria de ter dado o livro a Petra.

Está tão frio que abotoei meu pijama de flanela até em cima. Estamos os dois vestidos em pijamas grossos de flanela, e Tom está usando meias tricotadas à mão pela mãe dele. Inteligentemente, levantou as pernas da cama em pilhas de livros tirados da minha estante. Pela primeira vez, estamos olhando para baixo em vez de para os nossos pés.

Os meninos estão no quarto deles, dormindo no ninho de edredons no meio do quarto, com os presentes preferidos espalhados ao redor. Joe está abraçado ao seu kit de pintura a dedo. Viro-me para Tom e respiro fundo, mas ele levanta uma das mãos para indicar que quer dizer alguma coisa primeiro. Marca cuidadosamente a página que está lendo com um marcador e pousa o livro no meio da mesa de cabeceira, mexendo um pouco até se certificar de que está exatamente no centro. Pouso o meu de cabeça para baixo sobre os joelhos, fazendo-o se encolher.

— Você vai estragar a lombada do livro — diz ele gentilmente, tirando a Sra. Beeton de mim e pondo cuidadosamente a orelha da capa marcando o final do segundo capítulo. — Sei o que você vai dizer — diz ele. — E eu culpo a mim mesmo. Tenho estado completamente preocupado com minha biblioteca. Obcecado até. Esqueço que cuidar dos meninos é um trabalho ainda mais difícil porque você não pode se dar ao luxo de se concentrar em um único assunto. Também sei que minha compulsão por arrumação e limpeza é irritante, mas quando estou perto da minha mãe, sei que não há esperanças de que eu possa mudar. É meu destino genético. Seu irmão disse que não há distinção entre a personalidade dos meus edifícios e o interior da minha mente. Pense bem, seria pior estar casada com John Pawson.*

— Mas você sempre foi igual. Mesmo durante seu período de reformas de lofts, sempre esteve absorvido pelo que estava fazendo. Você é o mesmo homem com quem eu me casei, o problema deve estar em mim — digo.

— Nós só precisamos de mais tempo juntos — ele diz. — É difícil não ficar possuído por essa biblioteca. É o projeto de maior prestígio com o qual já estive envolvido, e ele tomou conta da minha vida. Tenho sido cruel com qualquer coisa que me distraia dele.

Então me dou conta de que ele, na verdade, não sabe de nada. Tom acha que tudo está relacionado a ele, um sentimento nobre, no sentido de que ele não está tentando se esquivar de qualquer responsabilidade pela situação. Também não está tentando culpar a mim. Mas ele não está procurando por respostas fora dele, e eu me pego me ressentindo disso. Ele está apenas tocando a superfície, aliviando o problema superficialmente, quando eu preciso de alguém que aplaque profundamente minhas emoções, que arranque todas as camadas, até que o cerne esteja exposto.

Antes que eu tenha uma chance de explicar que ele está errado, que eu perdi meu equilíbrio, que posso ver de onde vim, mas não consigo enxergar para onde estou indo, e que preciso que ele me ajude a recuperar meu centro, ele enfia a mão embaixo do travesseiro, tira um embrulho e o entrega a mim,

*Designer britânico minimalista. (*N. do T.*)

sorrindo. Adoto o que espero que seja uma expressão de surpresa absoluta e abro a caixa, esperando ver o colar. Em vez disso, vejo uma calça de lycra. Eu a desdobro. Tem a cor e a textura de uma pele de salsicha e, provavelmente, exerce função semelhante. Há um grande buraco no gancho para ir ao banheiro.

— Comprei em Milão — ele diz com orgulho. — As mulheres da loja dizem que até a Gwyneth Paltrow usa isso. Esconde todas as imperfeições.

Dou um gemido alto e mergulho para baixo do edredom.

— Comprei outra coisa também — diz ele, olhando para baixo do edredom para me dar uma conhecida caixa cor de creme. — Eu estava procurando pelo momento certo para dar a você. Mandei fazer quando estava em Milão.

Abro a caixa e o abraço rapidamente, porque é difícil fingir que nunca vi aquele colar antes. Estamos embaixo de tantas camadas de coberta que nos agarramos um no outro, abraçando apenas camadas de flanela entre os dedos. A força deste movimento faz com que a cama caia de cima dos livros, e nós caímos no chão com um barulhão. Seria bom fazer sexo. Mas às vezes está simplesmente frio demais. Amanhã vamos comer peru. Amanhã vou usar meu colar novo. Amanhã vou contar a Tom sobre Robert Bass.

13

"De boas intenções o inferno está cheio"

De volta a Londres, o novo ano começa e segue seu rumo. É como estar à deriva. Percebo que nesta época nunca há muito a que se agarrar e faço algumas resoluções para dar um pouco de estrutura ao mar de incertezas que me espera. Não entendo por que as pessoas gostam de celebrar o começo de um novo ano. Como podem ter tanta certeza de que o que vem pela frente será melhor que o que passou? Depois dos 30 anos, é necessário uma boa dose de audácia para supor que o futuro será mais promissor que o passado. Afinal, não há mais coisas para dar errado que para dar certo? No final do ano, haverá mais aquecimento global. Maiores chances de ocorrer uma pandemia de gripe aviária. Mais mortos no Iraque. Maior probabilidade de eu ter um caso com Robert Bass, o que acabaria por causar, indiscutivelmente, danos ao meu casamento, dando a meus filhos uma existência inteira de culpa, sem falar nas despesas com terapia que eu teria de carregar nas costas.

Para evitar tudo isso, decidi que este tem de ser o ano em que eu finalmente vou inspirar dignidade. Isso me ajudará a dominar os sentimentos que tomam conta de mim e a colocar minha vida em ordem. No final deste ano, dívidas de cartão de crédito, mofo no carro e qualquer outra coisa que evoque desleixo doméstico será uma lembrança distante.

Quando acordei esta manhã às 5 horas, apesar de todas as minhas boas intenções, me senti inebriada com a expectativa de ver Robert Bass novamente, depois do hiato de três semanas durante os feriados de Natal. Percorri as roupas que poderia usar para levar os meninos à escola, um desfile envolvendo calças jeans com blusas de variados tons, sabendo que inevitavelmente acabaria vestindo a mesma roupa que havia usado ontem, porque não posso me dar ao luxo de ter uma crise de vestuário numa manhã de aula.

Entreguei-me a algumas das minhas fantasias prediletas, que em sua maioria envolviam amassos de roupa, encostados em paredes de ruas escuras em algum lugar perto da Greek Street, prometendo a mim mesma que esta seria a última vez que deixaria minha mente ir tão longe e justificando minha intemperança com a ideia de que logo o dia estaria claro demais para que qualquer coisa desse tipo pudesse acontecer. Com foco na dignidade, também me obriguei a pensar em temas de conversa neutros, caso houvesse necessidade, começando pelo desaparecimento do reservatório de gelo na Groenlândia e terminando com as vantagens relativas das babás polonesas em relação às de outras nacionalidades. Não que tenhamos espaço para uma babá, mas é um bom assunto a ser discutido.

Então, quando Tom acordou, ele se ofereceu para levar as crianças à escola. Foi difícil esconder minha frustração.

— Achei que você fosse ficar feliz com isso — ele disse.

— É ótimo, ajuda muito — menti, sem convicção.

— Francamente, às vezes as mulheres são incompreensíveis — ele reclama, levantando-se da cama, olhando com desconfiança para as pilhas de roupas no chão. — Se arrumando para levar os meninos à escola? — ele pergunta enfaticamente. — Você está virando uma Mãe Gostosa? Ou está querendo impressionar alguém?

— Estou virando uma mãe com dignidade — respondi.

— Por favor, não vá ficar neurótica — ele suplicou.

Ainda não confessei a Tom sobre meu flerte, embora tenha dito a Mark que sim, o que me faz sentir quase como se o tivesse feito. Não gosto de pensar que estou mentindo para meu irmão, mas que a verdade ainda não o alcançou, como se ele vivesse num fuso horário distinto, algumas horas à frente do meu. Afinal, ele nunca me conta um problema dele a menos que tenha colhido previamente todos os seus prazeres. Decido contar a Tom mais para o final da semana.

Pergunto-me se a Mãe Alfa se permitiria a indulgência de tão feroz abandono. Ela sem dúvida teria o autocontrole necessário para reprimir a fantasia, para enfiá-la numa caixa e trancá-la resolutamente numa daquelas impecáveis gavetas da cozinha, ao lado de uma marcada como "cartões para todas as ocasiões". É fácil imaginar algumas mulheres transando com muitas pessoas. Veja a Mãe Gostosa Nº 1, por exemplo. Ainda que eu não conheça seu marido, posso imaginá-la nos braços do *personal trainer*, lançando-se ao desafio de posições sexuais que exigem o preparo físico de alguém de 22 anos de idade com dedicado entusiasmo. Posso até imaginá-la nos braços de sua babá ou mesmo nos de Tom. A Mãe Alfa é um caso mais difícil de compreender. Obsessão por germes, limpeza e organização são preocupações menos vulgares.

Fiz um esforço para me concentrar nas minhas resoluções de Ano-Novo: 1) tornar-me umas dessas mães a quem se pede conselhos sobre questões educacionais (escolas especializadas do norte de Londres), 2) nunca mais esquecer detalhes como buscar meus filhos na escola e 3) me depilar regularmente, dando especial atenção a fazer e tingir as sobrancelhas.

Tom acolheu as duas primeiras resoluções quando revelei minha estratégia ontem à noite, mas não se mostrou tão convicto em relação à última.

— Não vejo que diferença isso possa fazer — ele disse. Mostrei a ele uma fotografia de Fiona Bruce arrancada de uma revista para explicar melhor.

— Sobrancelhas são tudo — eu disse a ele. — Se eu tivesse esse visual, as pessoas me levariam a sério de verdade. E eu me levaria mais a sério.

Ele não parecia convencido. Mantive em segredo a resolução número 4: não ter mais pensamentos impróprios com Robert Bass (já quebrada) e evitar ficar a sós com ele.

Decido me concentrar inicialmente na terceira resolução e comprar um kit básico para tingir as sobrancelhas numa farmácia, depois de deixar Fred na creche.

— Alguma coisa pode dar errado? — pergunto à garota atrás do balcão.

— Não se você seguir as instruções — diz ela, indolente, fechando a revista para me olhar. *Minha mãe dormiu com meu namorado*, *Descobri que meu irmão era meu pai*, *Meu pai fugiu com minha irmã*, diziam as manchetes na capa. Casos extraconjugais tradicionais são tão démodés.

— Você gosta de ler esse tipo de coisa? — pergunto com curiosidade.

— Só leio por alto — ela diz, mexendo no piercing que tem no umbigo. Seu abdome não é uma qualidade evidente, e me pergunto por que ela resolveu realçar seu poder de amplitude desta forma. — A menos que seja algo realmente fora do comum.

Seguro a mim mesma para não pedir que me defina "realmente fora do comum".

— Você já leu algo sobre pessoas que sofreram danos usando kits caseiros baratos para tingir as sobrancelhas? — pergunto.

— Nunca — diz ela, enfaticamente.

Então, quando Fred adormece no carrinho na volta da creche, depois do almoço, e eu tenho uma hora livre antes de ter de buscar os outros dois meninos na escola, resolvo levar adiante a experiência com a sobrancelha. Subo correndo as escadas para pegar um espelho no banheiro. É o espelho que Tom usa para fazer a barba, um desses de aumento. Examino meu rosto com atenção, como alguém que acabou de sair de uma cirurgia de catarata e está se vendo claramente pela primeira vez em anos.

Cada falha está acentuada. Os pés de galinha ao redor dos meus olhos se tornaram mais profundos, formando sulcos que suponho que um dia serão capazes de escoar as lágrimas para os lados do meu rosto. Novos canais se abriram, alguns em curiosos desenhos de linhas cruzadas com quedas verticais. Ensaio algumas caretas para descobrir exatamente qual expressão facial pode tê-los causado. Finalmente deparo com um improvável arranjo que envolve minha boca bem aberta e meus olhos tão apertados que parecem nada mais que pequenas fendas. Sem dúvida é impossível que eu esteja fazendo essa cara involuntária e frequentemente, a menos que seja durante o sono.

Meu nariz parece mais adunco e mais pontudo. Não para de crescer, penso, tentando imaginar como estará daqui a vinte anos. A pele do meu pescoço está levemente ressecada. Ainda vai demorar um pouco para eu me transformar em um lagarto. Ou na minha mãe. Tenho uma pequena espinha no queixo. Por que diabos as mulheres subitamente, depois dos 30, desenvolvem essas espinhas de adolescente? Que poção de hormônios é responsável por essa traição? No entanto, um belo par de sobrancelhas vai compensar tudo isso e desviar a atenção dos meus defeitos, como uma adorável lareira numa sala com a pintura descascada. Então descubro que perdi as instruções.

Para não me deixar demover, decido seguir em frente. Tudo parece muito simples. Mulheres em todo o mundo fazem esse tipo de coisa todos os dias. Misturo a tintura com a água oxigenada com a satisfação de quem faz uma experiência de química na escola. Esse simples gesto me faz me sentir como se eu já estivesse recuperando o controle sobre minha vida. Passo a tintura nas sobrancelhas e aguardo que a alquimia cosmética aconteça. Quando depois de cinco minutos nada acontece, decido reaplicar a tintura nas duas sobrancelhas.

Então começo a vasculhar a casa atrás de uma pinça, pronta para a segunda parte do processo. Deito no chão do quarto para olhar embaixo da cama, chutando para longe pares de calças abandonadas naquela manhã, convencida de que a pinça está ali. Assim como os dados do Jogo da Vida. E um cartão de crédito. Essas coisas são indícios que apontam para uma mudança positiva no meu destino, penso. Então avisto o relógio coelho de Tom. Já passa das 3 horas, e para que haja alguma esperança de eu chegar à escola no horário, vou precisar correr.

Sigo em ritmo acelerado, empurrando Fred, perguntando-me como as resoluções de Ano-Novo podem tão rapidamente conspirar umas contra as outras para impedir o caminho da justiça natural. Estamos quase chegando à escola quando Fred acorda. Ele me olha de relance, volta a se encolher em seu carrinho, com uma expressão de pavor, e começa a berrar ruidosamente. Paro de correr por um instante para pegar um pacote de sementes de girassol no bolso do casaco. Lanches saudáveis para as crianças fazem parte da minha grande mudança. Minhas mãos estão escorregadias por causa do suor, e é difícil abrir o pacote. Afinal, rasgo-o com os dentes, e as sementes se espalham sobre a calçada. Emito o que acredito serem sons tranquilizadores, para evitar um daqueles maus humores que podem tomar conta de quase toda criança de 3 anos depois de uma pequena sesta, quando a única coisa que se tem para alegrá-la é um pacote pela metade de sementes de girassol.

Ele atira as sementes no chão com fúria. Pais que já pegaram seus filhos na escola passam e nos encaram enquanto me ajoelho na frente de Fred, tentando consolá-lo. As expressões deles variam de sorrisos compreensivos a um desprezo mal disfarçado, de acordo com a experiência que tiveram com os próprios filhos, as mães com maior número de auxiliares enquadrando-se na segunda categoria.

— Monstros peludos — ele grita, e suponho que tenha tido um pesadelo com a música de David Bowie que fez com que Joe ficasse tão assustado no Natal.

— Não tem monstro nenhum — digo a ele repetidamente, mas ele segue apontando para o meu rosto. Sinto um leve toque em meu ombro e sei, antes de me virar para trás, que será Robert Bass, pois ainda que Fred esteja no meio de um chilique, sinto um arrepio percorrer meu corpo e se alojar junto à minha virilha.

Tento lembrar o que Mark me disse sobre o rato da pradaria. Ele é monógamo e escolhe um par para a vida inteira. Ratos do campo, por sua vez, são promíscuos. Parceiros acasalam e seguem seus caminhos. Mas a única real diferença entre eles é hormonal.

— Você é um rato da pradaria, Lucy — Mark disse. — Eu sou um rato do campo.

— Mas consigo me identificar com a posição do rato do campo — argumentei.

— Isso não significa que você precise fazer alguma coisa a respeito — ele disse. — Você pode achar que está tendo apenas uma conversa casual com esse Pai Sexy Domesticado, mas, na realidade, há um complexo processo químico ocorrendo em seu corpo, e se você sente que há uma ligação, então é provável que haja. Está provado cientificamente que nos sentimos atraídos por pessoas com uma determinada configuração genética, essencialmente através do olfato. Pares com genes diferentes geram descendentes mais saudáveis. Isso é o que se chama de química sexual. Você está tomando pílula?

— Hum, não — respondi, incerta sobre aonde tudo aquilo iria parar.

— Isso é bom, porque mulheres que tomam pílula têm uma inversão em seus instintos e escolhem pares que não são geneticamente adequados — ele disse. — Mas isso é outra coisa. O que estou realmente tentando dizer é que, se vocês se sentem atraídos um pelo outro, é porque provavelmente existe uma atração. Durante uma conversa íntima, você libera hormônios, que criam um sentimento de ligação com a outra pessoa. Na verdade, há provas empíricas que atestam que quanto mais você olha nos olhos de alguém, mais atraente uma pessoa se torna para você. Então, antes de qualquer coisa, você não deve ficar de papinho com esse cara, para evitar que a bioquímica do amor tome conta de tudo. E se você não puder fazer isso, lembre-se de usar seu lado racional, que você tem força de vontade suficiente para não cruzar essa linha.

— Qual linha? — perguntei a ele.

— Você saberá quando chegar a hora de decidir se vai ou não cruzá-la. Mas meu conselho é que você recue agora, antes que a ultrapasse sem perceber.

— Feliz Ano-Novo, Lucy, como foi seu Natal? — pergunta Robert Bass, bem-humorado. Sinto meu coração bater rápido.

— Sou um rato da pradaria, sou um rato da pradaria — sussurro para mim mesma, entre os gritos de Fred. É um dilema complexo. Se eu libertá-lo do carrinho, é provável que ele vá se jogar na calçada e se transformar em um peso morto, uma estratégia secreta usada por crianças pequenas quando sentem que vão perder uma discussão. Decido usar minha própria estratégia secreta e tiro um pacote de ursos de chocolate do bolso. Os gritos cessam imediatamente.

— Você acabou de dizer que era um rato da pradaria, Lucy? — pergunta Robert Bass, olhando, com desagrado, para os ursos de chocolate. Ele definitivamente é um cara que faz mais o estilo semente de girassol. O que provavelmente faz dele um rato do campo, já que girassóis não nascem em pradarias.

— Isso ajuda a acalmá-lo — explico.

Então me viro para falar com ele, ainda tentando evitar contato visual. Não estou quebrando a resolução número 4, pois Fred está comigo, mas me sinto de imediato culpada por meu filho mais novo estar, sem saber, servindo de regulador da moral e dos bons costumes.

— Sim, escolhendo escolas para Sam, tocando a vida. O mesmo de sempre — digo com convicção. Não é tão difícil.

— Meu Deus — diz ele, ignorando o que acabei de dizer. — De onde elas fugiram? — Seu rosto chega tão perto de mim que posso sentir seu hálito quente contra minha face, uma mistura nada desagradável de café e balas de hortelã. Pergunto-me fugazmente, apesar da presença de inúmeros pais da escola e de Fred, se este é O Momento. Longe de empregar meu lado racional, pareço haver acessado regiões ainda mais obscuras do meu subconsciente. É isso que acontece quando você passa muito tempo falando com psicólogos.

Das profundezas mais sombrias da minha memória, um incidente de paixão desmedida, anotado cuidadosamente anos atrás, abre caminho às cotoveladas para o palco principal com assombrosa riqueza de detalhes. No entanto, não são os detalhes do que aconteceu, mas sim o sentimento de culpa engendrado pelo ocorrido, que primeiro ataca meu estômago. Então sinto ainda mais arrependimento, pois esse último momento de paixão desmedida foi realmente pernicioso, tendo envolvido, como envolveu, um homem casado, e pensei que o havia relegado a uma parte do meu cérebro que jamais voltaria a ser visitada.

Pouco antes de me casar com Tom, a certa altura do inverno de 1995, antes do fim da Guerra dos Bálcãs, o mesmo colega que, sem saber, me havia propiciado consolo na época em que Tom me traiu estava esperando um táxi na mesma hora que eu, de madrugada, depois de uma longa jornada no *Newsnight*. Nós nunca havíamos mencionado nosso casinho do ano anterior e, embora continuássemos a nos rondar com aquele entusiasmo dos que flertam, era menos intencional que antes, porque sabíamos que aquilo não deveria se repetir para que não se tornasse um hábito. Além do mais, agora que ele havia acabado de se casar e eu estava para me casar em alguns meses, nossos colegas encaravam esses lapsos com menos indulgência.

Eu havia retornado depois de duas semanas filmando em Sarajevo. Sabia que ele havia sentido minha falta, pois sempre que telefonava era ele que queria discutir detalhes sobre a que horas eu havia mandado minhas informações via satélite, quem havia entrevistado, se tinha me lembrado de usar meu colete à prova de balas e meu capacete da BBC, o que não fiz, porque o colete disponível era projetado para proteger a anatomia masculina, o que me dava a desenvoltura desconfortável de um pinguim.

Naquela noite, todos ficamos mais bêbados que de costume depois que terminou o programa. Havia ocorrido uma falha em uma transmissão dos Estados Unidos, e o apresentador teve de improvisar por cerca de trinta segundos até conseguirmos estabelecer a conexão. Iain Duncan Smith estava no estúdio respondendo perguntas sobre Srebrenica e ele sempre gostava de ficar até tarde depois do programa, bebendo no Salão Verde até de madrugada. E eu estava aliviada por estar de volta a Londres porque ia me casar em quatro meses e precisava encontrar algo para vestir.

— Posso dividir o táxi com você? — ele perguntou. Devo ter hesitado, pois ele acrescentou: — Posso ir no banco da frente se você não puder resistir. — Eu sorri. De certa maneira, essa reafirmação do que havia acontecido me tranquilizou. Ele fez a perspectiva soar absurda. Então entrou no banco de trás.

Seguimos pelas ruas secundárias de Shepherd's Bush, em direção ao meu apartamento. Antes de chegarmos à Uxbridge Road, a mão dele havia se movido lentamente em direção à minha, e logo ele a estava acariciando suavemente com o dedo médio. Eu sabia que devia me afastar dele, mas cada terminação nervosa no dorso de minha mão ansiava por mais atenção, e minha força de vontade desvanecia, até que senti que todo aquele momento girava em torno desse pequeno movimento.

— Vamos para o meu apartamento, Lucy — ele se inclinou para sussurrar em meu ouvido.

— E sua mulher? — me ouvi perguntar.

— Está viajando — ele disse. Então começamos a nos beijar, nos bolinando no banco de trás do táxi como dois adolescentes, o joelho dele espremido entre minhas pernas, sua mão penetrando cada vez mais fundo em minhas calças. Tentei afastá-lo quando vi o motorista do táxi (eles eram todos bósnios ou sérvios naquela companhia à época) aproveitando indiretamente a situação pelo espelho retrovisor. Mas era impossível resistir, e resolvi curtir o momento.

— Vamos para outro endereço? — perguntou o motorista, num sotaque pesado.

— Sim — eu disse, recitando o endereço dele de cor. E então passamos a noite juntos. Pouco tempo depois, ele escreveu seu primeiro roteiro para um filme e deixou o *Newsnight*. Fiquei aliviada. Ele prometeu manter contato, mas eu sabia que ele não o faria, e não voltei a vê-lo por anos. O problema da lembrança de um bom sexo é que, como acontece com um restaurante favorito, há sempre a tentação de voltar e provar o mesmo prato novamente, para ver se ainda é possível melhorar. Se Mark soubesse disso, talvez questionasse meu status de rato da pradaria.

Então, quando Robert Bass estende a mão e toca minha sobrancelha, me pergunto o que pode acontecer a seguir. Felizmente, sobrancelhas são uma zona pouco erógena e, além do mais, ele está olhando para o meu rosto com atenção demais. É aí que a teoria de Mark sobre contato visual cai por terra, penso, aliviada.

— Esqueça Lucy Sweeney, é Denis Healy — ele diz com espanto. Inclino-me para olhar no espelho lateral de um carro próximo. Minhas sobrancelhas não são mais claras e pálidas. Elas se reinventaram como lagartas pretas cerradas. Há listras salgadas de tintura misturada com suor escorrendo pelo meu rosto. Como isso vai reagir com a água oxigenada? Eu vou ficar para sempre com essas listras? Imagino a mulher na farmácia lendo avidamente uma matéria sobre mim cuja chamada seria *Experimento com tintura caseira me deixou parecendo um tigre*. Esfrego minhas sobrancelhas freneticamente, e elas parecem ainda mais selvagens e rebeldes. A tintura preta sai na minha mão.

— Definitivamente mais ao sul do Equador. Talvez florestas do Bornéu — diz Robert Bass, achando graça.

A Mãe Gostosa Nº 1 atravessa a rua para nos cumprimentar, mas quando se aproxima, fica imóvel, com as mãos paralisadas no ar.

— Vou ter de descolori-las — digo desesperadamente.

— Eu não faria isso — diz Robert Bass. — Aí você vai ficar parecendo um leopardo. Ou um leão albino. Ou...

— Já entendi — digo.

— Chega de soluções caseiras, Lucy — diz a Mãe Gostosa Nº 1, assumindo o controle da situação. — Pense anos 1930. Pense saia lápis. Pense Roland Mouret. Scarlett Johansson. Pense elegância é a nova boemia. — Robert Bass ouve com interesse. — Pense Marlene Dietrich e sobrancelhas finas e arqueadas feitas pela minha discreta depiladora que atende em casa. Fiona Bruce é cliente dela. Venha à minha casa semana que vem.

Robert Bass e a Mãe Gostosa Nº 1 me seguem de modo protetor, um de cada lado, a caminho da escola, com seus respectivos rebentos alguns passos atrás, como a Guarda Pretoriana. Respondem aos olhares estupefatos com sorrisos complacentes. Precisarei rever meu conceito sobre a Mãe Gostosa Nº 1. Apesar de sua propensão natural a se acasalar com membros da mesma espécie, ela demonstra os instintos corretos em momentos de crise.

Quando alcançamos a fila de pais esperando para apanhar as crianças do primeiro ano, há uma onda de excitação no ar que, com a graça de Deus, não diz respeito às minhas sobrancelhas. Normalmente, os pais já teriam deixado a escola há muito tempo.

— O que está acontecendo? — sussurro para a Mãe Gostosa Nº 1. — Está todo mundo atrasado?

— Você não está sabendo? — ela diz em tom conspiratório. — Um Pai Celebridade juntou-se ao nosso grupo. Foi por isso que ficamos felizes por ter uma desculpa para voltar ao playground.

Com janeiro parecendo gélido e cinzento, o Pai Celebridade havia ingressado na turma de Joe. Ou melhor, seu filho. Não posso revelar a verdadeira identidade do Pai Celebridade por receio de incitar os paparazzi a espreitar do lado de fora dos portões da escola. Mas basta dizer que ele é um ator americano, moreno e melancólico, o tipo de homem sexo-no-elevador, e, se você acredita nos tabloides, um notório dom-juan, a despeito da presença da esposa número 3.

— Antevejo festas infantis envolvendo cinema em casa, piscinas internas e externas, a oportunidade de desfilar entre os ricos e famosos usando um despojado vestido Issa — diz a Mãe Gostosa Nº 1. Sinto uma compaixão automática pelo Filho Celebridade, porque ele sempre viverá na sombra de seus pais e, mesmo que consiga superar este revés, nunca sentirá que foi por seu próprio esforço.

Feromônios pairam sobre o playground. Noto que a Mãe Gostosa Nº 1 está carregando uma bolsa branca Chloe Paddington e vestindo um casado de pele sintética, fazendo o estilo roqueira.

Preciso admitir que não reconheci o Pai Celebridade à primeira vista, porque ele é bem diferente das fotos que vi nas revistas. Além disso, só estou usando uma lente de contato, e tudo o que vejo é uma imagem borrada.

— Mãe, mãe, o Fred vai fazer xixi no pé daquele homem — diz Sam, enquanto esperamos por Joe do lado de fora. Fred descobriu que esta é uma maneira inigualável de roubar a atenção dos pais aos irmãos mais velhos. Antes que eu possa intervir, suas calças estão na altura dos tornozelos, e Fred urina no pé do homem.

O Pai Celebridade se abaixa para examinar um tênis de corrida de aspecto luxuoso. Lanço-me em sua direção e começo a enxugar seu pé com o *Times*, porque não sou o tipo de mãe que anda por aí com lenços para qualquer eventualidade.

— Fred, isso é muito feio — digo, repreendendo meu filho mais novo. — Peça desculpas.

— Desculpa — diz Fred, sorrindo orgulhosamente.

— Não se preocupe — diz o Pai Celebridade, querendo mostrar-se tranquilo, mas parecendo muito apreensivo. — Na verdade, acho que vai manchar. — Tarde demais, está manchado o tênis de corrida edição limitada. Sei que é limitada porque a Mãe Gostosa Nº 1, que está assistindo a tudo isso, me diz mais tarde em voz baixa: "É o tênis equivalente a Chloe Paddington. Essas coisas não têm preço."

Robert Bass aproxima-se e lhe oferece lenços, porque é o tipo de pai que sempre anda por aí com lenços de papel. Ele fica ali em volta, mas em seguida sai de perto, pois não há nenhum pretexto para ficar ali parado.

— Sinto muitíssimo — digo ao Pai Celebridade.

— Realmente não tem importância — ele insiste. — Na verdade, estou feliz que alguém tenha falado comigo. Todos me ignoraram, salvo aquela mulher ali. Imagino que seja coisa de britânicos. — Ele aponta para Mãe Alfa. — Ela me convidou para participar de um comitê para organizar uma festa para os pais.

— Mas não vamos fazer nenhuma festa — digo.

— Mas eu aceitei o convite — ele diz com uma expressão confusa.

— Talvez seja só para vocês dois, então — digo zombeteiramente.

— O que aconteceu com suas sobrancelhas? — ele pergunta.

— Desastre de tingimento caseiro — respondo. De perto, mesmo com a visão comprometida, posso apreciar o efeito pleno de sua beleza. O Pai Celebridade pega o filho e sai andando. As mães correm até mim.

— Sobre o que vocês falaram? — pergunta a Mãe Gostosa Nº 1.

— Sobre seus problemas matrimoniais, se ele deve ou não trocar de agente, por que não tem uma babá, os bastidores — digo a elas desinteressadamente.

— Ele está em um dos filmes sobre os quais estou escrevendo — diz Robert Bass. Mas ninguém está prestando atenção nele. Seu posto de macho dominante foi usurpado. Ele olha para mim com uma expressão incomum no rosto, uma expressão com a qual não me deparava há muitos anos. Ciúme.

Decido que a conversa com Tom pode esperar algumas semanas. A perda de controle de Robert Bass é ainda mais profunda que a minha, e isso me coloca numa posição de poder neste momento. O semestre começou bastante promissor. Pode ser que eu não consiga escapar da linha, mas ao menos não serei eu a cruzá-la. E esta parece uma boa posição para se estar.

Mais tarde naquela semana, comunico a Tom que vou me recolher no escritório para mandar um e-mail. Assunto: Noite de Confraternização de Pais e Mestres, que a Mãe Alfa, na qualidade de representante de classe, acaba de me pedir, na qualidade de secretária, para ajudar a organizar.

— Não consigo entender por que você se mete nessas coisas — diz Tom com a voz abafada. — Isso está condenado a acabar em desastre.

Mesmo antes de olhar, sei que ele está no meio da sua auditoria quinzenal da geladeira.

— Olhe — diz ele, segurando triunfalmente dois potes de molho pesto pela metade. — Como isso aconteceu? — Ele está consultando uma lista datilografada fixada à porta. Foi o legado deixado por Petra em seu último final de semana na Inglaterra.

— Você verá que é muito mais fácil organizar as compras se marcar cada item que acabar da lista — ela dissera. Concordei amavelmente, porque sabia que ela não voltaria a nos visitar por algum tempo.

Procuro ser paciente com Tom, pois a partida da mãe o deixou desorientado.

— Não há registro de que o segundo pote de pesto tenha deixado a geladeira — ele diz.

— Talvez ele esteja tendo um caso proibido com o espaguete — digo. Ele resmunga alguma coisa a respeito de organização, e eu fecho resolutamente a porta da cozinha e subo ao andar de cima para começar a redigir um e-mail destinado aos pais na lista da classe.

Mal tendo começado, porém, me sinto entediada. Decido primeiro mandar um e-mail para Cathy, que sei que ainda está em seu escritório, com detalhes de um evento ainda mais importante, que ocorreu sob nosso teto esta semana.

"O jejum acabou", conto a ela. "A trégua sexual se encerrou. Viva!"

Explico, com algum detalhe, que, noite passada, dei de cara com Tom no quarto de Fred por volta das 3 da madrugada.

— O que você está fazendo aqui? — perguntei a ele.

— Procurando pelo tigre — ele respondeu, com a voz cansada.

— Que coincidência — eu disse. — Estou fazendo a mesma coisa. Mas onde está Fred?

— Está dormindo na nossa cama — ele explicou.

Então, perguntei por que nós dois estávamos acordados àquela hora procurando um tigre. É incomum, mas, enfim, são tempos difíceis, digo a Cathy. Assim os meses de escassez terminaram, e então passamos o resto da noite na cama de solteiro de Fred sob um edredom dos Thunderbirds, com Tom explorando um de seus temas pós-coito favoritos.

— Se você tivesse uma arma apontada para sua cabeça e fosse obrigada a transar com qualquer um dos pais da classe de Joe, homem ou mulher, qual escolheria? — ele perguntou.

— Por que da turma de Joe? — perguntei.

— Os pais são mais bonitos — ele disse, me olhando atentamente.

Aleguei cansaço, e então ele disse:

— Aquela mãe com a bunda perfeita me agrada bastante.

Ele estava se referindo à Mãe Gostosa Nº 1, conto a Cathy.

— Mas ela é tão vazia — protestei.

— Nada mais vazio que o Pai Raso Profundo — ele replicou a meia-voz. — Todo aquele desgrenhamento é muito forçado. Aposto que debaixo daquilo tudo ele deve aparar os pelos pubianos com uma tesourinha de unha. E aquele papel de escritor atormentado é ridículo.

— Por Deus, de quem você está falando? — perguntei, já sabendo a resposta.

Clico no botão enviar e fico ali à toa por alguns instantes, postergando a escrita do e-mail da escola. Poucos minutos depois, meu coração dispara quando vejo que recebi um e-mail de Robert Bass. Pela primeira vez na vida. Como isso não infringe nenhuma das regras, sinto-me silenciosamente orgulhosa.

"Muito contente em ler notícias tão boas," diz o e-mail, "mas sem entender por que você deseja compartilhar isso com a CLASSE, a menos que esteja considerando fazer uma festa com um tema anos 1970 envolvendo chaves de carro. Suponho que eu seja o Pai Raso Profundo. Isso não é muito bom para minha autoestima". Olho fixamente para a tela em estado de choque, mas não há tempo para reflexões, pois chega uma mensagem da Mãe Gostosa Nº 1 quase imediatamente. "Cara Lucy, informação demais para o meu gosto. Suponho que eu seja a mulher com o derrière perfeito. Ciao, ciao."

Então a Mãe Alfa escreve. "Não posso mais tolerar suas tentativas vulgares de sabotar meu papel de representante de classe e gostaria que você revisse sua posição."

Estou em maus lençóis. O e-mail foi enviado a todos os endereços na lista da classe. Saio da sala me sentindo um pouco insegura. Tom já foi para a cama. Assisto ao *Newsnight* até o final e concluo que nada que já me aconteceu no trabalho é tão assustador quanto o que acabara de ocorrer.

A insônia do início da manhã regride para uma noite inteira virando de um lado para o outro na cama. A escuridão tem um jeito terrível de amplificar os medos. Meu estômago se revira de nervosismo. Às 2h30, penso ouvir barulhos e desço cautelosamente as escadas, empunhando um sabre de luz do *guerra nas estrelas.*

— Que a força esteja comigo — digo a mim mesma.

Chegando à sala de estar, decido atacar o estoque secreto de doces de Sam, prometendo repor tudo o que comer no dia seguinte. Levo um ovo de chocolate recheado comigo para o quarto e me obrigo a comê-lo devagar. Primeiro lambo com se fosse pirulito, até começar a derreter. Quando o creme branco se torna visível, me permito mordiscar as beiradas, contando vinte segundos entre cada pedacinho. Então mando a prudência às favas e enfio o resto do ovo na boca e mastigo ruidosamente com a boca aberta. Isso é bem mais reconfortante, mas meu nervosismo não foi amenizado. A vontade de desabafar com Tom é irresistível. Cutuco-o nas costelas. Ele solta um gemido.

— Não tem nenhum assaltante, e eu não vou levantar para olhar — ele resmunga. — O cachorro vai se encarregar deles.

— Mas nós não temos um cachorro — digo, com a boca cheia de chocolate.

— Imagine um cachorro, e então ficará menos assustada.

— É pior que isso, Tom.

— O boiler explodiu de novo? — ele pergunta cheio de sono e volta a dormir instantaneamente. Acordo-o, passando as unhas do meu pé esquerdo em sua panturrilha.

— Lucy, tenha dó — ele diz, fechando novamente os olhos.

— Tom, mandei um e-mail para todos os pais da classe de Joe contando-lhes tudo o que aconteceu ontem à noite — digo. Agora que estou narrando o problema em voz alta, parece ainda pior.

— O que aconteceu ontem à noite? — ele resmunga.

— A gente transou e debateu sobre qual dos pais dava mais vontade de levar para a cama, e você disse que preferia a Mãe Gostosa Nº 1 porque ela tem uma bunda perfeita — digo.

— Você está tentando me seduzir? — ele pergunta, virando sonolentamente de lado com uma expressão esperançosa nos olhos. — Meu Deus, o que é isso na sua boca?

— Um ovo de chocolate. Estou tentando contar a você que fiz uma coisa horrível — digo, lambendo os lábios.

— Pessoas como você não fazem coisas horríveis, Lucy. Volte a dormir.

— Fazem sim — digo, implorando-lhe para me ouvir. — Não intencionalmente. Por acidente. Não que eu esteja tentando me eximir da responsabilidade pelas minhas ações, porque sei que este é um dos meus piores defeitos.

— O que você fez exatamente? — ele pergunta, suspirando e fechando outra vez os olhos.

— Pensei que estava mandando um e-mail para Cathy contando sobre a retomada da nossa vida sexual, mas em vez disso enviei o e-mail para toda a lista da classe — digo.

Ele se senta rígido. Finalmente entendeu.

— Sua estúpida — ele diz lentamente, segurando a cabeça entre as mãos e sacudindo-a de um lado para o outro. — Fiz de tudo para manter relações amigáveis com esses pais durante todo o ano, uma estratégia cuidadosamente estruturada, buscando não ser nem cordial demais nem distante demais, e agora você revelou os mecanismos internos da nossa vida sexual. É provável que eu me torne impotente de agora em diante, porque pelo resto da vida vou associar sexo com medo.

— Sinto muitíssimo — digo. — Acho que a Mãe Gostosa Nº 1 ficou de fato bastante lisonjeada. Ela não vê muito o marido, deve ter sido bom para o ego dela. — Ele suspira. — Acho que o Pai em Tempo Integral ficou um pouco mais ofendido.

— Você falou que eu o chamo de Pai Raso Profundo? — ele pergunta com hesitação.

— Sim — respondo.

— Na verdade, acho que ele é um sujeito bem bonito. Só estava tentando provocar você porque acho que se sentem atraídos um pelo outro — ele diz. — Por que você estava contando essas coisas para Cathy, afinal?

— Porque ela sabia que não transávamos há séculos — digo com receio, ignorando seu primeiro comentário.

— Você realmente precisa compartilhar esse tipo de detalhe com suas amigas? Vou ter que sentar ao lado dela no jantar em breve.

— Eu sei. Mas pense pelo lado positivo, isso é uma coisa a menos para você se preocupar, porque ela não recebeu o e-mail — digo.

— Você é tão Poliana. Nunca mais vou levar os meninos à escola. A propósito, você disse que nós transamos duas vezes?

— Não — digo.

— Mas esse é o detalhe mais impressionante — ele lamenta e então mergulha, mais uma vez, em um sono profundo.

Eu costumava achar a capacidade de Tom de dormir durante uma crise reconfortante. Diminuía a magnitude das minhas angústias, reduzindo-as a pó. Ao longo dos anos, isso começou a me irritar, já que era sempre eu a ficar cambaleando pela casa, lidando, num estado de cansaço enlouquecedor, com o que quer que a escuridão decidisse lançar sobre mim. Eu era o vigia noturno para bebês aos prantos e também para crianças com febres que sempre subiam à noite. Vi a noite dar vida a pequenos aborrecimentos banais, transformando-os em problemas extravagantes. Tom, por outro lado, dormia alheio a tudo isso ao meu lado, imune ao flutuar da vida inundando nosso quarto, eventualmente reclamando se eu o perturbasse quando finalmente voltava para a cama, exausta, mas sem muita esperança de voltar a dormir.

Na manhã seguinte, tonta de cansaço, volto da escola sozinha. Decido parar para tomar um café e organizar meus pensamentos.

— Olá, Lucy, gostaria de me acompanhar? — diz Robert Bass de repente atrás de mim na fila. — Não tenho nenhum compromisso esta manhã e prometo que não vou falar do meu livro. — Estremeço.

Dado o e-mail, me parece indelicado recusar, ainda que eu saiba que estou quebrando várias resoluções ao mesmo tempo. Olho resolutamente para o chão. Evitar contato visual não é difícil numa manhã como esta.

— Vou querer um frappuccino duplo com leite desnatado — digo esbaforida no balcão.

— Isso não existe — diz a garçonete.

— Você quer que eu faça o pedido para você? — pergunta o Pai Sexy Domesticado. — Por que você não se senta ali? — Ele aponta para uma pequena mesa de dois lugares no canto mais reservado do café.

Chega trazendo duas canecas de café e senta de frente para mim.

— Como estão as sobrancelhas? — ele pergunta, como se estivesse indagando sobre um animal de estimação. — Não responderam ao chamado da natureza selvagem?

— Estão bem — digo, rangendo os dentes e esfregando minha testa, um tanto distraída. — Só estou um pouco cansada.

— Não me surpreende, depois de toda aquela, hum, atividade.

Ficamos ali sentados por alguns instantes em silêncio amigável, tomando goles de nossos cafés e olhando pela janela.

— Peço desculpas pela minha mensagem no Natal. A tecnologia definitivamente não nos ajuda — ele diz. — Ficaria agradecido se você não mencionasse isso a ninguém. Não que eu pense que você seja indiscreta de um modo intencional, é só que depois daquele e-mail de ontem à noite, fiquei com receio de que você revelasse inadvertidamente ao mundo minha própria atitude inadequada.

— Não direi nada a ninguém — digo, tentando me lembrar para quem eu já havia contado. — Aprendi minha lição com este erro.

— Na verdade, isso tranquilizou bastante minha mulher — ele diz. — Depois do meu, hum, deslize no Natal, ela ficou muito desconfiada de você. Disse que existem linhas nos relacionamentos que não devem ser cruzadas. Quando mostrei a ela a mensagem ontem à noite, ela percebeu que você está bem com seu marido, se é que você me entende.

— Entendo — digo, concordando de modo tão veemente que chego a derramar café da minha xícara.

— Se você sabe que existe uma linha, então é mais difícil cruzá-la — ele diz lentamente, como se estivesse buscando as palavras certas.

Não sei exatamente do que ele está falando e levanto os olhos. Ele estende a mão e agarra a parte macia do meu braço logo abaixo do cotovelo. Prevejo sensações de prazer, mas ele segura com tanta força que posso sentir o sangue latejar em meus dedos. Ele olha para o outro lado do café e sigo seu foco de visão.

Com o canto do olho, percebo que a Mãe Alfa e a maioria das outras mães da classe estão sentadas ao redor de uma mesa no canto oposto. Um silêncio mortal recai sobre o café quando o grupo todo se vira para nos olhar.

Com grande clareza, subitamente me lembro que hoje era o dia do nosso café da manhã de mães. Até Robert Bass empalidece.

— Chegamos antes de vocês — aceno alegremente, derrubando meu café em cima dele. — Não estávamos esperando tanta gente. Vocês querem sentar conosco ou é melhor sentarmos com vocês? — grito, limpando o café quente do colo dele com minha echarpe. Ele estremece.

— Sem dor não há ganhos, suponho — ele sussurra em tom conspiratório, recuperando a compostura. Levanto-me e avanço com determinação em direção à mesa e me sento ao lado da Mãe Gostosa Nº 1. Robert Bass senta-se do meu outro lado. Admiro sua atitude.

— Nunca se desculpe, nunca se explique, esse é o meu lema, Lucy — sussurra a Mãe Gostosa Nº 1. Não está claro a que aspecto da minha vida ela está se referindo. — Seja o que for, tenho uma coisa muito mais importante para perguntar a você. Posso contar com sua discrição? Não quero nenhum e-mail para a lista da classe sobre isso.

Fico intrigada, mas um pouco precavida, sabendo que sua revelação levará inevitavelmente a uma desilusão.

— Meu marido está com piolho — ela sussurra com nojo. — Não apenas com lêndeas. Piolhos criados.

— Ele pegou das crianças? — pergunto.

— Não. Mandei a babá verificar. Nenhum sinal de lêndeas. Ele disse que a secretária dele pegou dos filhos e passou para ele. Seja como for, eu estava pensando, já que seus filhos os trouxeram para a escola, se você poderia recomendar o melhor método de extermínio.

A Mãe Alfa pigarreia, mostrando desaprovação. Ela está vestindo um terno de executiva dos seus tempos de McKinsey e traz consigo um laptop, que ela liga.

— Acho que quanto menos se falar sobre o e-mail enviado por Lucy ontem à noite, melhor. Ela passou dos limites e está reavaliando sua posição — ela diz, com um ar sério.

— Parece que Lucy está avaliando uma série de posições — diz o Pai Celebridade, que acaba de chegar atrasado. Ele pede a Robert Bass para chegar para o lado para que possa se sentar ao meu lado, a despeito da cadeira vaga ao lado da Mãe Alfa. Os cafés da manhã ficaram subitamente muito mais interessantes.

— Onde está o tigre? — ele sussurra no meu ouvido. Fico ali parada, com um sorriso estático.

— Se alguém estiver interessado em substituir Lucy, me diga. Esse negócio de representante de classe está virando um trabalho de turno integral — ela diz, rindo muito. Todos sorrimos com menos empolgação.

— Nunca tinha ido a um café da manhã de mães antes — me diz o Pai Celebridade, pronunciando "mãe" com sotaque britânico. — Belo e-mail, diga-se de passagem. As escolas nos Estados Unidos nunca foram divertidas assim. Seguramente me dá uma noção das coisas. E fico muito grato por isso. Então certamente irei à festa. Espero que corresponda às expectativas.

— Alguém tem algum assunto que queira debater? — pergunta a Mãe Alfa, tentando atrair a atenção do grupo de volta para si e claramente esperando que não haja nenhum assunto.

A Mãe Gostosa Nº 1 levanta a mão.

— Estou realmente preocupada com a quantidade de náilon nos agasalhos da escola. Eles não deixam os corpos das crianças respirarem. — A Mãe Alfa registra prontamente a preocupação da outra numa planilha.

— Tenho algumas ideias novas que quero discutir — diz a Mãe Alfa. Estremeço por dentro e posso sentir que o mesmo acontece com Robert Bass. — Precisamos pensar fora da caixa — ela diz, e sugere que comecemos a planejar o festival de verão. — Talvez ajudasse se vocês dissessem o que faziam antes de ter filhos, para que eu possa avaliar seus pontos fortes e pontos fracos como grupo — ela diz, olhando fixamente para mim ao dizer pontos fracos. — O que você costumava fazer AF, Lucy, ou você sempre foi mãe em tempo integral?

— Na verdade, eu era produtora do *Newsnight* — digo. Silêncio estupefato.

— Dando continuidade aos assuntos, a diretora da escola pediu que os pais parem de estacionar em fila dupla quando chegarem atrasados de manhã e lembrem-se de que há uma criança muito alérgica a nozes na classe. Um pai, que deve permanecer anônimo, mandou seu filho para a escola com um chocolate com nozes — ela disse, encarando-me.

— Você fez isso? — diz Robert Bass, elevando a voz.

— Eu disse que ela era perigosa — diz o Pai Celebridade.

— Olhe, eu não sou o que você está pensando — começo a dizer a ele.

A Mãe Alfa aperta vigorosamente outro botão em seu computador.

— Lista dos pais para a festa — ela diz presunçosamente. Mas, em vez disso, uma sensual morena nua junto com uma loira numa pose muito comprometedora aparecem na tela.

— Game, set e match, Lucy Sweeney — diz a Mãe Gostosa Nº 1.

14

"Entre o cálice e a boca, muita coisa acontece"

Subindo até o apartamento de Emma, algumas semanas depois, Tom e eu permanecemos em silêncio. Estamos em lados opostos do amplo elevador, os corpos tensos, diante de espelhos de corpo inteiro, de modo que posso vê-lo ao mesmo tempo de frente e de costas. Ele coça a orelha com uma das mãos e a outra entra e sai do bolso traseiro de sua calça, um gesto que ele adota quando está nervoso. Seus lábios parecem menores e mais pálidos, porque estão cerrados de modo tenso. Sinto uma súbita onda de afeição por ele. É provável que eu seja a única pessoa no mundo que entenda cada elemento de sua linguagem oculta. São necessários anos para adquirir uma compreensão tão extensa do comportamento de outra pessoa. Posso calcular exatamente seu grau de nervosismo, fúria, curiosidade e cansaço. Sei o quanto é normal e o quanto é devido ao jantar de hoje à noite. Dou alguns passos para a frente, estendo a mão e acaricio a lateral de seu rosto, e ele se recosta em mim e fecha os olhos.

— Foi você que me disse para ser tolerante — digo suavemente. Não é para ser uma recriminação.

— Tolerar uma traição não é o mesmo que enfrentar a realidade do ato — ele diz. — Não me importo que Emma fale incessantemente sobre esse homem, embora não com a riqueza de detalhes de que você gosta, mas não quero conhecê-lo. Não é um julgamento moral, é que a situação me deixa muito desconfortável, e esta não é minha ideia de um programa divertido com minha mulher.

— Mas você entende por que temos que ir? — Ele ignora a pergunta.

— Acho que o lado bom disso tudo é que me faz ficar profundamente grato por levarmos uma vida tão simples — ele diz, bocejando. — Não consigo me imaginar numa situação como esta, dando uma festa junto com uma mulher que não é a minha, conhecendo todos os seus amigos, sabendo que minha família está dormindo em casa. É muita piração.

— Nem eu — digo. E não consigo mesmo. Pergunto a mim mesma se o fato de eu não conseguir alimentar essa fantasia reflete a superficialidade dos meus sentimentos em relação a Robert Bass. Se tudo não passa de uma relação que não irá além de um encontro. Ou se esse aconchegante cenário doméstico é simplesmente a antítese do que estou buscando. — Sei que será um pouco como um teste de tolerância. Se quiser ir embora, basta dizer — completo.

— O código é "raso profundo" — ele diz, provocador. — Você se encontrou com ele de novo?

— Sim, umas duas vezes — digo com sinceridade.

— Ele fez questão de ignorar você? — ele pergunta.

— Não, na verdade, foi bastante atencioso — digo, e ele levanta uma das sobrancelhas. — Na verdade, a mulher dele tem aparecido bem mais. O Pai Celebridade é um grande chamariz. Empresta um pouco de glamour às nossas vidas.

— Como Joe está indo na escola? — ele pergunta.

— Tirando o fato de que ele vai para a cama com o uniforme para o caso de acordarmos muito tarde, acho que está tudo bem. Sabia que ele assistiu a *A noviça rebelde* inteiro sem voltar para a parte dos nazistas nenhuma vez? Ele também tem uma namorada, mas diz que ainda não discutiram a palavra que começa com C.

— Mas ele sabe que nós temos dois despertadores. Nunca vamos acordar tarde. O que é a palavra que começa com C?

— Casamento — digo. — Ele leva essas coisas muito a sério.

— Você ligou para o empreiteiro sobre o vazamento no quarto?

— Sim.

— Renovou o seguro da casa?

— Sim.

— Meu Deus, Lucy, você está estranhamente organizada. Se não a conhecesse, diria que está com a consciência pesada.

— Você me conhece bem demais, então — digo, mas o elevador parou, e ele não escuta.

As portas se abrem, e empurramos com dificuldade as grades de ferro. Esse tipo de porta favorece os que já estão do lado de dentro. Abrindo para a ampla sala de estar, é projetado para desarmar os recém-chegados, que saem da escuridão para a luz, apertando os olhos para adaptá-los à claridade. As grades fazem tanto barulho que é impossível entrar sem ser notado. Pares de olhos nervosos nos olham conforme fazemos nossa entrada, mas somos despojados de qualquer oportunidade de avaliar o aspecto dos personagens espalhados em volta do ambiente ou de demarcar um território que possamos ocupar. Estamos envolvidos demais na tentativa de escapar da gaiola.

O banqueiro de Emma, percebendo nosso desconforto, dá um passo à frente e estende o braço para nos cumprimentar, arrastando Emma consigo. Seu outro braço está firmemente enroscado ao redor dela. Olho atentamente para esse braço, acompanhando-o do ombro até onde repousa, logo acima da nádega esquerda, as pontas dos dedos enfiadas na parte de trás da calça jeans de cintura baixa.

A bunda de Emma é um de seus pontos fortes. Isso foi decidido há anos. E ele está claramente de acordo. Eles estão entrelaçados de uma maneira que sugere que separá-los em lados opostos da mesa durante o jantar será difícil.

— Oi — ela diz, inclinando-se para nos beijar e em seguida apoiando a cabeça no ombro de Guy antes de nos encarar sem qualquer expressão, esperando que um de nós diga alguma coisa. Ela tem aquele olhar sonhador e distante que as mulheres assumem quando estão grávidas ou acabaram de fazer sexo. Ele tem aquele ar levemente presunçoso de homens de meia-idade que recentemente descobriram que seu toque ainda é capaz de reduzir uma mulher a nada.

— Sou Guy — diz o banqueiro, confiante. Sinto Tom se retrair ao meu lado. Estou aliviada por Emma que Guy tenha decidido fazer um papel proativo dando essa festa e aproveitando a ocasião ao lado dela. Ao menos esta situação ela não vai precisar enfrentar sozinha. Fico irritada com ele e, em menor grau, com ela. Então me sinto culpada, pois até onde consigo lembrar, esta é a primeira festa dada por Emma. Eles querem que compartilhemos da felicidade deles, mas obviamente estou achando mais difícil que eles esquecer o fato de que Guy tem uma esposa. Não sei o que eu estava esperando, mas achei que eles poderiam estar um pouco reticentes, ou um pouco tímidos, ou ao menos sensíveis o suficiente para perceber que outras pessoas poderiam achar aquilo tudo desconcertante. Tudo parecia tão artificial.

Como sou imediatamente chamada a preencher o desconfortável silêncio que se ergue entre nós, mal tenho oportunidade para qualquer coisa além de uma avaliação apressada do homem parado à nossa frente. Ele está vestido numa bela interpretação de casual elegante que imagino que Emma tenha composto para ele. Um par de jeans True Religion, camisa listrada Paul Smith e um par de tênis tão lustroso e novo que desconfio que jamais tenha saído daquele prédio. Pergunto-me o que ele veste em casa, mas isso depende se sua mulher usa Boden ou Marc Jacobs. Maridos sempre acabam ficando parecidos com suas esposas.

Ele é menor que o esperado. Não é baixinho, mas é pequeno o suficiente para que Emma esteja usando um par de sapatilhas baixas douradas. Atraente, embora de um modo menos óbvio que eu havia imaginado, e aparentando menos que seus 43 anos, pois, a julgar pelo abdome firme por baixo da camisa listrada um pouco justa demais, é um homem que frequenta a academia. Pergunto a mim mesma como ele arruma tempo para isso. Ter dois de tudo é uma perspectiva exaustiva. Duas mulheres; duas camas superking-size; dois guarda-roupas, um cheio de peças escolhidas pela esposa, outro cheio de roupas escolhidas por Emma, e ele precisa se lembrar exatamente quem lhe comprou o quê. Pelo menos não tem dois times de filhos. Ainda.

— É um prazer finalmente conhecê-lo — digo.

— Espero que sim. Sei que não é uma ocasião convencional, sei bem disso.

Quando ele sorri, consigo entender o que fez com que ela se sentisse atraída por ele, pois, apesar da evidente confiança, há uma franqueza em seu rosto que sugere que ele está menos certo da sorte que atraiu na vida do que deveria estar. Posso entender isso. Ele me olha por mais tempo do que seria esperado, e eu não me incomodo que ele me avalie da mesma forma que acabei de avaliá-lo. Considerando que não nos conhecemos, ambos sabemos muito mais sobre o outro do que deveríamos saber. Pergunto-me exatamente o que Emma disse a ele sobre mim e se somos assim tão diferentes. Ele pode ter cruzado a linha, mas eu não estou tão longe dela. Estou perto o suficiente para vê-lo do outro lado.

Avisto Cathy sentada no sofá entre dois homens, e não reconheço nenhum deles. Ela me olha como a pedir desculpas e encolhe os ombros para indicar que trouxe o colega de apartamento com ela. Mas do meu ponto de vista, do lado oposto da sala, não fica imediatamente claro qual dos homens é seu namorado. Ela está sentada no sofá, de pés descalços, com as pernas encolhidas, uma sobre a outra, para um dos lados, de modo que seus joelhos se acomodem contra o homem à sua esquerda. Mas ele parece ser o metrossexual, penso, um pouco confusa. Seu cabelo, curto e arrepiado, exigindo ao menos uma visita por mês ao cabeleireiro, tem, por certo, algum produto aplicado. Ele está rindo alto. O homem à direita está mexendo no cabelo dela, tirando alguns fios caídos sobre seu rosto. É como uma pintura antiga, em que você precisa se esforçar para calcular todas as relações entre as pessoas retratadas, procurando pistas no simbolismo dos objetos embaralhados no fundo, só que neste apartamento quase tudo é novo, o que faz as coisas ficarem mais confusas.

Tom me arrasta pela mão como se estivesse conduzindo um pônei teimoso.

— Belo apartamento. De um modo geral — ele diz. — Não estou certo quanto ao mecanismo das portas de correr, me parece um pouco barato. Vamos pegar outra bebida. — Ele vai em direção a uma garrafa que está na ponta do balcão da cozinha. Fico chocada ao reparar que ele já terminou uma taça de champanhe.

— Qual deles é o namorado de Cathy? — sussurro enquanto ele enche meu copo.

— O que está do lado direito — ele diz com orgulho. — Achei que eles poderiam formar um bom par. Pete parece ser um sujeito decente, nunca foi casado, não tem filhos até onde sei, e o acho bem atraente, embora, é claro, seja difícil para mim dizer isso. Sei que ele arrasa corações no escritório.

— Como você sabe disso? — pergunto, olhando de soslaio para ele do outro lado da sala.

— Fiz uma pesquisa de opinião com algumas das minhas colegas — ele diz.

— O problema com alcovitar é que não é uma coisa sistemática. É mais uma coisa química. — Mas à medida que nos aproximamos, fica claro que Tom estava certo. O homem é lindo. Ainda que esteja usando o uniforme de arquiteto, que consiste em uma camisa preta, calças jeans pretas e jaqueta. Ele também está beirando os 40 e é solteiro, e sempre há perguntas a serem feitas sobre isso.

— A propósito, esqueci de dizer que você está muito bonita. Adoro esse vestido — diz Tom.

— Ah, obrigada — digo, lisonjeada. É um vestido transpassado com uma longa faixa que costumava amarrar do lado, mas, à medida que vou engordando, tenho de amarrá-la cada vez mais para cima na minha cintura.

O colega de Tom nos acena, chamando para sentar com eles. Ele parece aliviado ao nos ver e se desenrosca do sofá para se levantar e se apresentar, estendendo um braço incrivelmente grande para nos cumprimentar. Ele é alto e esbelto e se inclina sobre nós dois.

— Este é Pete — diz Cathy animadamente. — E este é o colega de apartamento dele, James.

— É um prazer conhecê-la, Lucy. Claro que a reconheço da foto que Tom tem sobre a escrivaninha, de você com as crianças — diz Pete. Isso me desarma um pouco, pois não fazia ideia de que Tom havia levado uma foto nossa para o trabalho. Parece ser um gesto amável, uma demonstração de orgulho em relação à família. Afinal, a certa distância, a vida familiar parece ser tão tranquila e correta. Mas eu normalmente exigiria que a foto fosse aprovada antes de estar exposta assim à apreciação pública.

— Que foto é essa? — pergunto a Tom.

— É aquela em que você está com Sam e Joe no colo, quando estava grávida de Fred — diz Tom, olhando para baixo porque sabe que isso é uma enorme gafe. Por algum motivo ele sempre amou aquela foto. Talvez porque ela saliente sua virilidade. Mas estou horrorizada, e ele sabe disso. Estou com aquela expressão esquisita, comum em mulheres no final da gravidez, e meus traços estão esparramados nas dobras moles do meu rosto e pescoço. Pareço uma cadela com uma ninhada de filhotes pendurada em mim. Precisarei resolver isso mais tarde, embora seja tarde demais, porque essa é a imagem que ficará na cabeça das pessoas.

— Você está linda na foto, parece um portentoso símbolo asteca de fertilidade — diz Pete. Estou sem fala. Não é o visual que estou almejando. Tenho certeza de que a Mãe Gostosa Nº 1 nunca é comparada a antigos símbolos de fertilidade. Sua última gravidez, do quarto filho, passou despercebida nos primeiros seis meses, e mesmo então houve um debate se ela não estava simplesmente ganhando peso.

Fico aliviada ao constatar que Emma não foi entregue à própria sorte na cozinha. Guy parece estar no comando, apontando pratos para indicar a exata quantidade de rúcula que deve ser posta em cada um, e em que ordem o prosciutto, o queijo feta e as nozes devem ser acondicionados. O processo todo leva algum tempo, porque, de quando em quando, eles param para se beijar.

— Se continuarem nesse ritmo, não vão chegar até o fim do jantar — diz Pete, olhando indulgentemente para Cathy e se inclinando para beijá-la na boca. — Talvez nós também não cheguemos.

— Se eu achasse que esta poderia ser a primeira e última festa que eu daria com o homem que amo, poderia agir dessa forma — diz Cathy. Pete coloca o braço em torno dela, como para demarcar propriedade.

— Podemos dar quantas festas você quiser — ele diz.

— Eu ajudo a cozinhar — diz James.

— Ele é um ótimo cozinheiro — diz Pete. — Não é, Cathy?

— Muito bom — diz Cathy, olhando para mim e revirando os olhos. — Vou ali fora fumar um cigarro. Você quer vir comigo, Lucy? Só para me fazer companhia.

— Sei tudo sobre o lado fumante dela — Tom diz num tom desinteressado. — Os meninos me contaram.

Abrimos as portas para a sacada do lado de fora. Está mais quente que o esperado, e nos sentamos numa mesa redonda com cadeiras, cercada por pequenos bulbos saindo de vasos. Do lado de dentro, posso ver Tom e Guy conversando animadamente. Acendo um cigarro do maço de Marlboro Lights de Cathy. Tentei fazer o meu durar, porque, contanto que eu não compre cigarros, sinto como se aquilo não fosse um hábito de verdade. Cheguei a fumar meio cigarro, apagá-lo no jardim e terminar de fumá-lo alguns dias depois. Sinto que se eu puder manter isso sob controle, então, de alguma forma, serei capaz de manter todo o resto em ordem.

Tento explicar isso para Cathy, mas ela parece não estar convencida.

— Lucy, embora você tente ponderar as coisas em sua cabeça, sei que você está em rota de colisão — ela diz. — Seu irmão tem razão. Você tem que ficar longe daquele homem, especialmente agora que sabe que seus sentimentos são correspondidos.

— Só porque você pensa em uma coisa não quer dizer que ela vai acontecer — digo. — Além do mais, ele está ajudando a levantar meu astral, estou me divertindo muito.

— Se vocês dois estão pensando na mesma coisa, é mais provável que aconteça. Sobretudo porque você não demonstra desejo algum de se livrar disso.

Gostaria de continuar aquela discussão, mas então James aparece, e tudo fica um pouco confuso, porque ele coloca seu braço ao redor de Cathy de uma maneira que sugere que muito mais já se passou entre eles do que entre Robert Bass e eu. Ele olha nos meus olhos, enquanto seus dedos passeiam para cima e para baixo pela lateral do corpo de Cathy. Ela tenta se afastar dele, menos porque quer que ele pare e mais porque pode ler meus pensamentos. Por que, estou pensando, ela está tão preocupada com minha integridade moral, quando obviamente está dormindo com esses dois homens? A segunda pergunta que quero que ela responda é se Pete sabe, mas mal há tempo para que isso cresça em minha mente antes que ele chegue à sacada, e quando Cathy e James não fazem nenhum esforço em se desembaraçar, percebo que a coisa é mais complicada do que eu esperava.

— O jantar está pronto — diz Pete, e os dois homens entram devagar.

— O que está acontecendo? — pergunto a ela firmemente.

— Não tenho certeza — ela sussurra. — Sei que é um pouco estranho. Não é um lance gay entre eles. Acho que eles brigaram pela mesma mulher tantas vezes que por fim resolveram compartilhar. Então nenhum dos dois se sente pressionado para assumir um compromisso. É estranho, eu sei, mas é muito bom para o meu ego.

O que me impressiona é que todas as pessoas próximas a mim, e isso inclui minha sogra, estão no meio de uma grande aventura. Isso faz o flerte com Robert Bass parecer insignificante. Sou realista o suficiente para saber que meu corpo vai me trair de modo ainda mais definitivo durante a próxima década, e de repente parece razoável, até aconselhável, aproveitar a oportunidade de uma última escapada. Estou diante da última oportunidade. Olhe o caso de Madonna. Quatro horas de exercício por dia. Rigorosa dieta macrobiótica. Lutar contra o efeito devastador do tempo depois dos 50 anos é um trabalho em tempo integral. Tom, por outro lado, tem mais vinte anos de vantagem sobre mim para atrair mulheres jovens. Se Robert Bass e eu dormíssemos juntos uma vez e fizéssemos um pacto para não deixar que isso acontecesse de novo, poderíamos controlar as repercussões. O mais importante é não deixar as coisas irem além disso. Como com o cigarro. Desta forma posso controlar os efeitos. É uma decisão tomada sem pensar, talvez, mas decido que, embora eu não vá fazer nada para ir atrás desse relacionamento, também não vou tomar nenhuma medida para evitar que ele ocorra.

Pela primeira vez em seis meses, eu enxergava as coisas com serenidade.

— Você desaprova minha situação, Lucy? — pergunta Cathy. — Você parece perturbada.

— Não — respondo. — Só me pergunto se tem futuro.

— É claro que não. Não há um lobby do *ménage à trois* que tenha tornado este um formato aceitável de relacionamento.

— Mas, se rolasse, você pensaria no caso? — pergunto.

— Se eu não tivesse um filho, talvez, mas seria difícil fazer Ben entender o conceito de três pais, eu acho — ela ri. — Sério, é só um jeito de me distanciar um pouco de todo o horror do divórcio, para transpor o ódio.

— Pensei que as coisas estivessem um pouco mais fáceis, não? — pergunto.

— Acho que teria sido mais fácil se um de nós tivesse morrido. Ao menos poderíamos ter ficado com algumas lembranças boas. Agora eu me pergunto por que me casei com ele, e isso me faz desconfiar do meu julgamento em todos os outros relacionamentos. Com exceção das amizades, é claro. Você e Emma sempre estiveram ao meu lado.

Nós nos levantamos para entrar. Eu me levanto tão rápido que raspo minha perna num vaso de planta. Passo o dedo sobre o arranhão e dou uma olhada. Está saindo sangue. Guy acena me chamando para ir para a mesa.

— Queria sentar ao seu lado, Lucy — ele diz, puxando uma cadeira para mim. — Você me parece muito familiar. — Você não imagina o quanto, penso comigo mesma, lutando para afastar a imagem deles transando no escritório dele. — Há quanto tempo você e Cathy conhecem Emma? — ele pergunta.

— Nós éramos um trio muito antes de eu me casar — digo. Sinto meu rosto corar. Ele tem os olhos fixos em sua salada, avaliando criticamente a proporção entre a noz e o figo, e não consigo ver a expressão em seu rosto. — Nós nos conhecemos na faculdade. Moramos juntas durante o último ano e fizemos muitas festas juntas. Nós três. Como um trio. — Acabo de dizer trio duas vezes no espaço de um minuto.

— O que mais você poderia ter querido dizer? — ele pergunta, confusamente. Raso profundo, raso profundo, quero gritar para Tom do outro lado da mesa.

Uma etiqueta que diz 110 libras se projeta da manga de sua camisa, e aponto para ela. Ele tem a gentileza de parecer envergonhado e me pede para removê-la, desabotoando e arregaçando a manga para mostrar seu antebraço. Olho-o. É magro, de aparência frágil, quase feminino. Os pelos são felpudos e tão claros que você pode ver as sardas por baixo deles. Seu pulso é tão fino que se eu fizesse um círculo com meu dedo médio e polegar poderia quase envolvê-lo entre os dedos. Observo a singela aliança dourada em seu dedo anular.

— Emma se empenha para me dar a aparência correta — ele sorri. Estou lutando para quebrar o pequeno pedaço de plástico que une a etiqueta à camisa. Quando o plástico finalmente se rompe, minha mão se afasta tão rápido que derrubo minha taça de vinho em cima dele. Ele tenta se afastar da mesa, mas é tarde demais, a camisa está encharcada.

— Meu Deus, me desculpe — digo. Posso ver Tom me encarando surpreso da outra ponta da mesa.

— Isso é algum tipo de teste? — Guy pergunta, mas está sorrindo com benevolência. — Não se preocupe. Tenho outra camisa na minha pasta. Minha secretária sempre deixa uma camisa extra para mim. Não sei o que será de mim quando ela se aposentar.

— Mas ela não é muito jovem para se aposentar? — pergunto sem pensar. Pergunto-me se não desenvolvi uma espécie de síndrome de Tourette, que implica rechear qualquer diálogo de insinuações sexuais oriundas de meu conhecimento sobre o relacionamento deles.

— Como você sabe a idade da minha secretária? — ele pergunta, desconfiado, secando-se com um pano de prato que Emma lhe dera. Ela ouve a pergunta e me olha franzindo o cenho.

Enquanto ele troca de camisa, me dou cinco minutos para estabelecer um assunto ameno, mas não é fácil. Respiro fundo para me recompor. É uma tarefa difícil. Falar de mulheres, filhos, escolas ou qualquer assunto doméstico está completamente fora de cogitação. Tento me lembrar do último filme a que assisti.

A lula e a baleia. Tudo sobre o fim de um casamento. Ao que mais assisti? *Syriana*. Mas eu não poderia falar sobre isso, pois não consegui acompanhar a trama nem quando estava no cinema. Se passava em Dubai ou no Qatar? Então me ocorre a solução: Iraque. Temos de falar sobre o Iraque, há muitas opiniões que podem ser levantadas. Não há espaço para falar sobre casos, trios ou secretárias.

Além do mais, diz muito sobre uma pessoa saber qual era sua posição em relação ao Iraque antes da guerra, embora obviamente todo mundo agora negue que tenha apoiado. Ele diz que era a favor da intervenção, mas só com a aprovação da ONU. Pergunto-lhe se há algum componente político em seu trabalho, e ele diz que não. Então pergunto exatamente o que ele faz.

— Crio mecanismos para trocar dívidas estrangeiras no mercado internacional, basicamente — Fico boiando. — Não se preocupe. Até pessoas no meu banco não entendem o que eu faço. Emma entende, porém. — Ele olha orgulhosamente para Emma no outro lado da mesa, que responde com um sorriso.

Então ele me conta sobre um jantar organizado recentemente por proeminentes membros do mundo dos negócios e Gordon Brown, e como Gordon Brown não sabia contar piadas e isso fez com que as pessoas ficassem desconfiadas em relação a ele.

— Você sente falta de estar no meio disso tudo? — ele pergunta. — Sei tudo sobre o seu passado. — Isso é dito de uma maneira que indica que ele não está se referindo meramente ao meu trabalho.

— Às vezes sinto falta daqueles picos de adrenalina, pois esse tipo de trabalho consome todas as nossas energias, e eu realmente sinto falta dos meus colegas — digo, tentando trazer a conversa de volta para o território convencional. — Mas me sinto satisfeita que quando acontecem desastres eu não tenha mais que conter aquela onda de excitação e possa me relacionar com eles com verdadeira empatia. Revelar que você é mãe em tempo integral não causa o mesmo efeito nas pessoas do que dizer que você trabalha no *Newsnight*, embora na maioria das vezes as pessoas queiram saber como era Jeremy Paxman.

— E como ele era? — ele pergunta. Esforço-me para não suspirar.

Essa é sempre a primeira pergunta que as pessoas fazem quando descobrem que trabalhei no *Newsnight* durante sete anos. Alguns dão voltas em torno do assunto com perguntas cuidadosamente escolhidas que acham que vão me impressionar com seu sério interesse quanto ao processo de produção de um noticiário e, portanto, trazer à tona algum insight inédito a respeito de James Paxman. Mas eu percebo de cara que eles querem perguntar sobre ele.

— Ele é um cara muito legal. Muito inteligente. Todo mundo o adora — digo, esperando que isso seja o suficiente para satisfazê-lo. — Embora, na maior parte do tempo, eu tenha dificuldade para lembrar como era a vida antes de ter filhos. — Ele ri.

— Bem, todos enfrentamos isso.

— Você gosta do seu trabalho? — pergunto.

— Eu costumava gostar. Quando tinha 20 e poucos anos, tinha coisas a provar para certas pessoas e trabalhava feito um cão. Quando tinha 30 e poucos anos, me tornei gerente administrativo do banco e ainda trabalhava feito um cão. Ganhei mais dinheiro do que poderia gastar nesta vida. Quando cheguei aos 40, comecei a perder o interesse. Não quero parecer arrogante, mas não havia mais desafios, posso fazer o trabalho de olhos fechados, e ganhar dinheiro já não é uma motivação forte o suficiente.

— Só alguém que não tem nenhuma preocupação financeira pode dizer uma coisa dessas — Alguns dias antes eu havia sentado em minha escrivaninha, tirado todas as contas de cartão de crédito de seu esconderijo, calculado o valor total das minhas multas de trânsito atrasadas e chegado a um número que me deixou ofegante. Doze mil setecentos e sessenta libras e vinte e dois centavos. A dívida inicial provavelmente era a metade disso, o resto foi se acumulando à medida que as contas não foram sendo pagas e os juros começaram a se multiplicar.

— Além disso, comecei a me preocupar com minha própria mortalidade. Pergunto-me se quando eu sair desse ritmo vou olhar para trás e considerar que aproveitei minha vida — ele diz. — Seu marido é um homem de sorte.

— Por ser casado comigo? — digo, encantada com o elogio.

— Eu não poderia emitir juízo a respeito disso. Quero dizer que ele trabalha com algo pelo qual sente genuína paixão. A única coisa por que sinto real paixão é Emma, ela preencheu um vazio, me deu um novo sopro de vida. Faz muito tempo que estou infeliz no meu casamento.

— Mas você não acha que isso é apenas um argumento para justificar sua infidelidade? Talvez você tenha apenas que aprender a lidar com a crise de meia-idade — digo, inclinando-me em sua direção. — Você não pode simplesmente usar Emma como um antídoto a curto prazo.

— Pode ser que ela seja um antídoto a longo prazo — ele diz, inclinando-se para mim.

— Pessoas que têm casos sempre gostam de pensar que sua situação é diferente, como se seus sentimentos fossem de alguma forma mais fortes que os de qualquer outra pessoa que já viveu uma experiência semelhante. Mas, na verdade, isso é um clichê. Você é apenas um dos milhares de homens de meia-idade que passam por isso — digo, sabendo, antes de terminar minha diatribe, que deveria ter parado depois da primeira frase. — Meu irmão, que é psicólogo, diz que os homens são movidos pelo sexo, que não são feitos para ser monógamos, que são projetados para espalhar suas sementes, e que aqueles que evitam esse tipo de situação estão num patamar superior da escala evolutiva. E quanto à sua esposa? Ela faz alguma ideia do que está acontecendo? Ela não merece ter uma chance de entender o que está se passando pela sua cabeça? E se ela não merecer, então você não deve aos seus filhos ao menos tentar?

Guy parece inteiramente chocado. Por um instante, fica em silêncio. Lembro-me de Emma dizendo que ele não gosta de ser lembrado de sua esposa e percebo que está irritado comigo. Ele pousa sua taça de vinho sobre a mesa de forma um pouco pesada e passa o dedo em volta da borda a fim de produzir um zunido bastante alto.

— Não preciso justificar meu comportamento para você em absoluto, mas, em benefício da amizade, quero que você saiba que tentei conversar com minha esposa sobre como me sinto, mas ela faz pouco-caso da minha crise. Eu disse a ela que quero diminuir os gastos e mudar a forma como vivemos. Disse que estou farto de jantares com outros banqueiros e suas esposas, nos quais as conversas giram em torno de escolas, filhos e empregos, com uma forte competição subliminar dominando tudo. Ela diz que não podemos nos dar ao luxo de que eu ganhe menos dinheiro, mas o que ela realmente quer dizer é que não quer baixar seu padrão de vida. Às vezes penso que foi isso que o dinheiro me proporcionou, uma mulher, quatro filhos lindos, uma casa em Notting Hill e uma ótima namorada que alimenta meu ego e aqueles outros espaços que ninguém mais consegue alcançar.

— Mas e quanto a Emma? Ela não merece mais que o status de amante? — digo. — E se ela quiser ter filhos?

— Emma não quer ter filhos. E se quiser, não vejo por que isso seria um obstáculo.

Estou chocada.

— E quanto a você, Lucy, seu marido sabe o que está se passando na sua cabeça? — ele diz, ainda acariciando a taça de vinho. — Todo casal sabe exatamente o que está se passando na cabeça um do outro? Você sabe o que está se passando em sua própria cabeça?

— Mas certamente teria sido melhor você lidar com sua crise existencial antes de começar a ter um caso. O desejo tem um grande poder de distração.

— Ouvi dizer — ele diz, levantando uma sobrancelha. — É isso que você está fazendo?

— Como? — pergunto, pensando se não o havia compreendido.

— Emma me contou que você também está enfrentando uma crise — ele diz. — Não somos tão diferentes, na verdade. O fato, Lucy, é que somos compatíveis com muitas pessoas diferentes, e isso é uma coisa maravilhosa e terrível ao mesmo tempo.

Deixo cair minha faca no chão, e todos se viram e olham para nós. Então meu telefone toca. É a babá.

— Fred vomitou na casa toda, Lucy. Ele está inconsolável. Sinto muito, mas você se importaria de vir para casa? Ele disse que tomou um pacote de comprimidos que achou no quarto de vocês — diz Polly, com a voz trêmula, tomada de pânico.

— Que tipo de comprimidos? — pergunto, meu estômago se apertando de ansiedade.

— Diz Ômega 3 no rótulo.

— Óleo de peixe — digo, um pouco aliviada. — Estamos indo agora mesmo.

A noite termina na Emergência do hospital onde Mark trabalha.

— O que você acha? — pergunto ao médico.

— Ele está parecendo um pouco doente — diz ele, sorrindo. — Desculpe, piadinha inconveniente. Estou trabalhando desde 9 horas.

— Haverá algum efeito colateral permanente? — Tom pergunta.

— Bem, se começarem a crescer barbatanas, tragam-no de volta, e nós o examinaremos — diz o médico.

Carrego Fred em meus braços, como um bebê, sussurrando canções em seu ouvido, e ele cai no sono rapidamente, exausto de tanto chorar e vomitar. São os mesmos versos que mães vêm cantando para seus filhos há séculos, um fio que atravessa gerações.

Há quase exatamente três anos saímos desse mesmo hospital levando Fred para casa. Sinto o tempo passar como areia escorregando por entre meus dedos. Talvez seja bom que nos lembremos apenas de fragmentos da infância deles à medida que envelhecemos. Caso contrário, a perda seria grande demais para suportar.

Vamos para casa, mas é impossível dormir. O medo é uma coisa difícil de controlar, uma vez que se infiltra em nossa corrente sanguínea. Tom, que normalmente adormece assim que se coloca em qualquer posição horizontal, fica acordado, olhan do para o teto.

— Então, que você achou? — ele pergunta.

— Achei que deveria ter posto os comprimidos no armário de remédios — digo.

— Não sobre isso. Quero dizer, o que você achou de Guy?

— Não sei ao certo. Não acho que ele seja confiável, mas havia certa fragilidade nele que eu não estava esperando.

Tom suspira.

— Acho que você quer dizer disponibilidade — ele diz. — Conheço o tipo.

— Qual tipo? — pergunto.

— O tipo de homem que pula a cerca e tenta justificar isso fazendo as pessoas ficarem com pena dele por ser um incompreendido — ele diz. — É uma ótima estratégia para adotar depois dos 40. Pode até ajudar a passar por essa fase. A única coisa que me surpreendeu nele é que me pareceu familiar. Acho que o conheço de algum lugar.

15

"Melhor viver um dia como leão que cem anos como ovelha"

Quando a vida perde seu fio condutor, várias pistas essenciais passam batidas, enquanto outras se tornam objeto de escrutínio excessivo. Foi assim que rapidamente me esqueci da sensação de *déjà-vu* de Tom acerca de Guy. Em vez disso, fiquei preocupada com um assunto que me afetava mais diretamente, pois no início de fevereiro, uma época do ano em que todas as mulheres merecem uma dose diária de alegria, Robert Bass sumiu do mapa sem qualquer explicação.

Toda segunda-feira eu começava a fazer o caminho da escola a passos rápidos, esperando que aquele fosse ser o dia em que ele ressurgiria de seu esconderijo. No final da semana, meus passos se arrastavam e meus ombros começavam a se encolher, à medida que outro fim de semana se anunciava com expectativas frustradas. Eu checava as ligações perdidas no meu celular mais vezes do que seria aceitável e escrevia e-mails para ele que nunca foram enviados, porque não conseguia encontrar o tom apropriado e tinha medo de mandá-los por descuido para a pessoa errada. Em vez dele, sua mulher e a babá apareciam na escola com as crianças. Tentei ignorá-las, pois não queria que elas passassem por cima dos meus devaneios.

As semanas se arrastavam sem uma aparição sequer. O Pai Celebridade viajou para Los Angeles por um mês para promover seu mais recente filme. Tom ficava em Milão por longos períodos durante a semana. Cathy estava ocupada com dois homens que a mantinham nas alturas. E Emma ainda estava tentando transformar seu loft num lar, pegando móveis e marido emprestados de outras pessoas.

Na verdade, ela me ligava com menos frequência, e quando o fazia não falava muito em Guy. Houve menção a uma viagem a Paris, uma nova promoção no trabalho, e uma vez ela se referiu a um carro novo, mas só para salientar o fato de que eu tinha esquecido seu aniversário. Atribuo isso à soma da minha transgressão no jantar com o fato de que ela havia entrado numa fase mais estável de seu relacionamento. Então deixei a situação como estava. Amizades, como jardins, às vezes voltam a florescer quando deixados quietos por um tempo, pensei. Isso se mostrou mais um assunto não tratado.

Até a Mãe Gostosa Nº 1 havia sumido, encarregando sua empregada de levar as crianças à escola. Tendo minha própria rota de fuga sido fechada, eu invejava a todos eles por terem outro lugar para ir, sem levar em consideração que o lugar para onde você vai não é necessariamente mais agradável que o lugar de onde você saiu.

Restou-me a Mãe Alfa, que havia começado a estudar latim para poder ajudar o filho mais velho com o dever de casa.

— *Errare humanum est. Ego te absolvo* — ela disse certa manhã. — Você pode manter seu cargo.

Respondi com a única frase em Latim que consegui lembrar.

— *Non sum pisces* — eu disse, o que significa "não sou um peixe". Ela ficou surpresa.

— Jamais imaginaria que você fosse uma conhecedora de latim, Lucy.

Parei de me preocupar com que roupa usar de manhã e punha um casaco enorme de Tom por cima de roupas apressadamente escolhidas, para que ninguém notasse que eu estava sumindo dentro de mim mesma. Comecei a pensar que talvez jamais visse Robert Bass novamente, e então ficava irritada por permitir que ele afetasse meu humor dessa maneira, especialmente num momento em que eu estava no controle da situação. Por outro lado, como ele havia sumido, não havia mais nenhuma obrigação de contar a Tom sobre ele. Robert Bass havia se tornado uma figura histórica. Minha confiança murchou, e me convenci de que ele estava tentando me evitar porque o foco de seu afeto estava em outro lugar.

Havia dias em que eu tinha de me esforçar para lembrar exatamente do rosto de Robert Bass, embora não conseguisse esquecer o que ele me fizera sentir. Conseguia visualizar cada feição individualmente, mas tinha dificuldade em juntá-las num conjunto coeso. Conseguia me lembrar de seus olhos verdes, mas então seu nariz saía de foco; ou evocar o contorno exato de seu queixo, mas logo ficava incerta quanto à forma dos lábios. Ele se tornou uma mixórdia de traços fugidios, que não se uniam adequadamente. Olhei as fotografias de escola de sua filha na tentativa de encontrar seu rosto, mas rapidamente concluí que ela era muito mais parecida com a mãe, cujo andar empertigado e traços de menino haviam a essa altura se tornado mais familiares que os de seu marido.

O clima de fevereiro salientava o que era impossível, em vez do que seria possível.

Choveu pouco, apenas intermináveis dias de umidade e garoa. Apesar de todos os prognósticos, não foi o inverno mais frio desde 1963, apenas o mais cinzento. Meu triunfo sobre o aquecimento perdeu a importância. A repetição do ritual diário proporcionava algum conforto: embrulhar sanduíches de queijo em papel-alumínio; empurrar Fred no balanço em parques vazios; parar para observar os garis usando máquinas que parecem secadores de cabelo gigantes para soprar e agrupar as folhas em montes, para depois observar o vento espalhá-las pela rua antes que eles pudessem apanhá-las. As crianças faziam as mesmas perguntas todas as manhãs, e porque as respostas eram bem ensaiadas, eu podia falar e pensar ao mesmo tempo.

— Isso é dar dois passos para a frente e um para trás? — perguntava Sam, apontando para o homem que soprava as folhas.

— Sim — eu dizia. — Não se preocupe, a primavera está chegando.

— E depois o que vem, mamãe, o verão? — perguntava Joe. As crianças sempre querem que o tempo avance, e nesta época do ano, isso é algo bom.

Ao fundo, Fred repassava seu inventário diário de faixas de trânsito.

— Uma linha amarela — ele disse, esticando-se em seu carrinho para examinar a calçada. Então, alguns minutos depois: — Duas linhas amarelas.

Cada marca no caminho merecia um comentário.

— Linha pontilhada! — ele gritava triunfalmente, porque essas são menos comuns.

Sam coletava tiras vermelhas de borracha que os carteiros deixam no chão. Pensei em todas as coisas em que não reparava antes de ter filhos: que as pessoas são mais gentis com crianças e mães na maioria dos outros países europeus; que ir ao banheiro não é uma atividade solitária; que não se pode ter tudo.

— Não entendo por que as folhas são recolhidas e as tiras de borracha são jogadas no chão — disse Sam.

Então, numa manhã de quarta-feira no início de março, me vejo sacudindo indiferentemente um pandeiro no Grupo Musical Munchkin, insistindo para que Fred manuseasse seus maracas de modo menos selvagem, pois ele está incomodando a garotinha ao seu lado. Estou considerando que, em vinte anos, é mais provável que meus filhos trabalhem ao lado de pessoas chamadas Tiger e Calypso do que Peter e Jane.

Embora houvesse cadeiras surradas forradas de couro falso no salão da igreja, por razões que nunca pude entender somos todos ordenados a sentar no chão em tapetes de espuma, nossos filhos empoleirados entre nossas pernas, em deferência à mulher que coordena o grupo e tem o direito de nos olhar de cima de sua cadeira. É frio e desconfortável, e ao final de uma hora minhas coxas e nádegas estão dormentes, transformando o ato de se levantar numa experiência dolorosa. Mas a sensação de sacrifício pessoal e sofrimento em benefício de Fred me imbuem de sentimentos de compaixão que geralmente duram o resto do dia, embora talvez a tontura se deva mais ao fato de inalar a combinação de água sanitária e desinfetante durante uma hora. Porque além de ser um ponto de encontro para mães, o salão da igreja também funciona como um centro para desabrigados, ambos os grupos a formar um bando de marginalizados.

Hoje estou duplamente azarada, pois me sento ao lado da mulher a quem as mães de meninos chamam de Mãe Metida de Meninas, ou MMM, para abreviar. Numa semana boa, ela se limita a suspiros profundos e comentários presunçosos.

— Minhas meninas são muito comportadas, passam o dia inteiro desenhando — ela diz, assistindo aos meninos correrem loucamente pelo salão, seguidos por suas mães. Num dia ruim, ela resmunga sobre hiperatividade e sobre colocar Ritalina no abastecimento nacional de água. No final da sessão a cada semana, posso jurar que seu peito está tão estufado quanto o de um peru. — Este menino malcriado está incomodando você? — pergunta ela à filha, encarando Fred. Fico furiosa e mordo a língua. — Sabe que eu não quis engravidar pela terceira vez por medo de que viesse um menino? — ela continua.

— É uma pena, porque talvez isso a tivesse deixado menos chata — digo, chocada comigo mesma enquanto as palavras saem da minha boca. Ela me olha, perplexa, e se desloca para o lado, abrindo o maior espaço possível entre nós, considerando que estamos dividindo um pequeno tapete de espuma. A porta do salão da igreja se abre, e um familiar emaranhado de cabelo, um pouco mais longo e irregular que da última vez que o vi, e decididamente sujo, vai surgindo conforme Robert Bass entra com seu caçula. Meu ânimo cresce e sacudo o pandeiro com renovado vigor. Ele parece um tanto espantado ao ver Fred e eu, pois é um encontro fora de contexto.

Ele está atrasado, uma infração que normalmente seria recebida no mínimo com um olhar fulminante da parte da fervorosa coordenadora do grupo musical infantil. Mas quando ele lança um de seus sorrisos encantadores na direção dela, percebo que ela enrubesce e insiste para que ele se junte ao grupo, apontando resoluta para um espaço ao seu lado. É incrível como mulheres da minha idade se derretem ao receber um pouco de atenção. Sabemos que anos de invisibilidade nos aguardam.

Apesar de seus imensos esforços, Robert Bass rejeita a oferta da líder do Grupo Musical Munchkin e opta por se sentar ao meu lado e de Fred, algo pelo que sei que terei de pagar em algum momento. Sua benevolência geralmente não se estende às mães.

Conforme abro espaço para ele em meu tapete de espuma, avalio o fato de que em toda a história do nosso flerte, nunca estivemos tão próximos fisicamente. Esqueça pubs e cafés, se você quer realmente chegar perto de um homem: grupos musicais infantis são o melhor lugar. Grande parte do lado direito do meu corpo está tocando no dele, embora o prazer seja reduzido, pois não sinto mais minhas coxas. A ideia de sentar lado a lado durante uma hora de intermináveis refrões de cantigas de roda ganha toda uma nova perspectiva. Como a iniciativa foi dele, e estamos cercados por outras pessoas, decido que posso aproveitar o momento com total satisfação, a bonança depois do período de penúria que a precedeu.

Agora tudo isso é passado, e me sinto repleta de renovado entusiasmo, tremulando o pandeiro com Fred empoleirado entre minhas pernas.

— Para, mamãe, para — ele diz, batendo na minha camisa com as mãos grudentas.

— Sshh, Fred — digo a ele, sacudindo energicamente o instrumento para compensar sua falta de presteza.

— Sra. Sweeney, Sra. Sweeney — diz a mulher que coordena o Grupo Musical Munchkin. — Não há mais garrafas verdes penduradas na parede. A senhora pode parar agora. — Olho em volta e percebo que todos estão me encarando, inclusive Robert Bass, que me olha preocupado.

— Você parece estar muito animada, Lucy — sussurrar ele em meu ouvido, inclinando-se sobre mim.

— Às vezes me deixo levar pelo clima — sussurro em resposta, apreciando a sensação de seu hálito em meu pescoço. Estou tão perto que posso sentir seu cheiro. Fecho os olhos e inalo uma mistura mais forte que de costume de suor, café e pasta de dente. Pergunto-me se ele está fazendo o mesmo e lamento ter esquecido de passar desodorante. Todavia, é assim que vamos descobrir se nossa composição genética é compatível.

— E como faz a ovelha? — grita a líder do Grupo Musical Munchkin, interrompendo meu devaneio.

— Mééé — ouço-me gritar arrebatadamente. Faz-se um silêncio sepulcral.

— Essa era para as crianças, Sra. Sweeney — ela diz friamente.

— Onde você esteve esse tempo todo? — sussurro para Robert Bass.

— Minha mulher tirou dois meses de licença para eu terminar meu livro — ele sussurra de volta. — Eu ia ligar pra você, mas achei que seria muita, hum, distração.

Fico tão surpresa com esse comentário que aperto a caixa de suco de maçã que tenho nas mãos com mais força do que deveria, e parte do líquido irrompe pelo canudo, jorrando diretamente no olho dele.

— Golpe certeiro — ele diz, enxugando o olho e a jaqueta cáqui esverdeada que lhe cai tão bem. Tom tem razão. Esse cuidado com os detalhes não é inconsciente. Se é por minha causa ou para as mulheres em geral não sei dizer. Percebo que, mais uma vez, todos os olhares estão sobre nós.

— Sempre esqueço a mistura de prazer e dor que sua presença proporciona — ele diz. — A agonia e o êxtase. — Sinto meu corpo esquentar.

— Vocês dois podem deixar a conversa para depois da aula, por favor? — diz a líder do Grupo Musical Munchkin com severidade.

Abro minha bolsa e começo a procurar cegamente por lenços, mas Fred está aborrecido comigo e se contorce entre minhas pernas. Ele está recolhendo migalhas de biscoito de chocolate que caíram pelo chão do salão da igreja e levando-as à boca. Seu rosto e suas mãos estão cobertos por uma fina camada de chocolate. Seguro suas mãos para evitar que ele se suje ainda mais. A Mãe Metida de Meninas olha com censura.

Robert Bass se oferece para ajudar a procurar e, seguindo o espírito dessa nova intimidade, deixo-o remexer em minha bolsa enquanto contenho meu menino imundo. Puxo Fred para bem perto de mim, deliciando-me com a macia fofurice de suas coxas e traseiro, fazendo cócegas em sua nuca, e ele me retribui com beijos babados com sabor de chocolate. É um dos poucos prazeres que jamais perdem a graça, não importa quantas vezes seja repetido.

Robert Bass retira da bolsa, não necessariamente nesta ordem, um resto de maçã, um par de cuecas do Bob, o Construtor (limpas), alguns palitos de pirulito, e então, o *tour de force*, um sanduíche de queijo embrulhado em papel-alumínio, totalmente mofado.

— Sua bolsa está viva — ele diz. — Estou surpreso por ela não estar tocando um pandeiro.

— Tente o bolso lateral — peço a ele, sacudindo minhas maracas vigorosamente. Ele tira uma camisinha e a gira em sua mão como se nunca tivesse visto uma antes. Oh, Deus. Como isso foi parar ali? Será que ele pode encarar isso como uma oferta?

A música para, e a líder do Grupo Musical Munchkin nos lança um olhar fulminante. O ambiente havia se tornado silencioso, a não ser pela algazarra das crianças.

— Mantenho uma na bolsa para o caso de as crianças ficarem aborrecidas em viagens de carro — ouço-me dizer ao grupo de mães e a Robert Bass. — Se você encher, parece um balão.

— Sra. Sweeney — diz a líder do Grupo Musical Munchkin —, a senhora passou dos limites. Terei que pedir à senhora e ao seu amigo que se retirem.

Robert Bass recolhe nossos meninos e batemos em retirada, envergonhados. Tínhamos sido expulsos do grupo musical infantil. A Mãe Metida de Meninas está tão cheia de si que chego a temer uma explosão.

— Bem, foi rápido — ele diz quando chegamos à calçada. Havia começado a chuviscar de novo. Decido lhe oferecer uma carona até sua casa, tentando entender a extensão exata da confusão.

— Você quer que eu o deixe em casa? — pergunto hesitante, já que ele recusou da última vez que ofereci.

— Seria ótimo — ele diz. — Desde que não paremos em nenhum posto de gasolina.

Acomodamos nossos filhos no banco de trás, e noto que ele prende a respiração ao se curvar para apertar o cinto de segurança e então expira quando volta novamente à calçada.

— Não está tão ruim no banco da frente — digo.

— Nunca sei o que posso encontrar aqui. — Ele ri nervosamente. — É sempre um pouco mais arriscado que o esperado. Então, para onde vamos? — ele pergunta.

— Que tal uma caminhada no Heath? — sugiro audaciosa. — Ou você precisa trabalhar?

— Acho que mereço um pequeno intervalo — ele diz.

Ele vasculha o chão do carro e me pergunta se tem alguma coisa para beber. Estou tentando fazer uma curva difícil em uma rua de trânsito pesado e irrefletidamente mando-o procurar no banco de trás. Antes que eu possa dizer "carburador", vejo Robert Bass apanhar uma garrafa plástica contendo um líquido amarelo e dar um bom gole.

A seguir ele emite um som em que se pode ouvir perfeitamente equalizados o sofrimento e o nojo e cospe fora a bebida em cima de mim.

— O que você está fazendo? — ouço-me gritar. — Estou ensopada.

— Meu Deus, o que é isso? É tão rançoso, tem gosto de mijo — ele diz, os olhos lacrimejando.

Todos os dedos de sua mão estão enfiados na boca, numa tentativa desesperada de remover os vestígios do misterioso líquido.

Constato imediatamente que ele pegou o que nós chamamos de "a garrafa do xixi". Logo no início da experiência da maternidade, percebi que nunca chegaríamos a lugar nenhum a tempo se parássemos sempre que um dos meninos precisasse ir ao banheiro. Então as três crianças foram ensinadas desde pequenas a usar uma garrafa plástica.

Hesitantemente, ele cheira o líquido que restou na garrafa.

— Isso é xixi, não é, Lucy? — ele grita.

— Você não achou a cor estranha? — rebato.

— Achei que era Gatorade ou um desses energéticos. Você acha que preciso ir ao médico?

— Não — digo resolutamente. — Não seja ridículo. Algumas pessoas bebem urina com fins medicinais. Tito, Lady Di...,

— Mas urina fresca. Tem meio litro de mijo nessa garrafa. Há quanto tempo isso está aqui, Lucy? — exige saber.

— Escute, você vai ficar bem — digo de modo tranquilizador, perguntando-me se ele é o tipo de homem que pede para a mulher tomar banho antes de transar.

— Apenas leve a gente para casa, por favor, preciso escovar os dentes — ele suplica.

Em retrospectiva, julgo que este foi, em grande parte, um encontro positivo.

Tom chega em casa tarde na sexta-feira à noite. Já estou na cama, tão cansada que não sei ao certo se estou dormindo ou acordada quando ele entra no quarto com a mala. Acende a luz, e eu fecho os olhos para me proteger da claridade, enquanto ele tira sua roupa e veste outro pijama novo. Está muito bem-humorado. Sei disso porque deixa todos os botões do pijama abertos, exceto o do meio.

As obras para a construção da biblioteca começaram, ele me conta animadamente. Enormes blocos de concreto, tão grandes que caminhões normalmente usados por madeireiros foram recrutados para transportar a carga num lento comboio através de Milão, parando o trânsito por um dia.

Saiu uma reportagem elogiosa sobre ele no jornal local, e ele deposita o *Corriere della Sera* em minhas mãos com a manchete *Il genio inglese*. E uma foto dele logo abaixo, com os braços ao redor de uma mulher morena, que não olhava para a câmera, mas sim para ele.

— Quem é essa? — pergunto.

— É Kate. É uma das arquitetas júnior que estão trabalhando no projeto.

— Ela é muito bonita.

— É um dos casos antigos de Pete — ele diz com indiferença.

— Ela vai junto em todas as suas viagens?

— Sim. E antes que você me pergunte, a resposta é não.

O antigo ódio pela burocracia italiana, em função de o projeto ter sido protelado por quase dois anos, foi substituído pelo amor aos queijos da região da Lombardia. Ele tira um pedaço de gorgonzola, um naco de grana padano e um salame milanês da mala. Trouxe até uma trufa enrolada num guardanapo de cozinha, que planeja ralar sobre os ovos mexidos todas as manhãs. Abana a trufa em volta do meu nariz e emite gratos sons de prazer. Desembrulha os queijos, alinha-os sobre a cômoda e fecha os olhos para cheirá-los com uma expressão de êxtase no rosto.

— Eles estavam dormindo — ele diz.

— Eu também estava — digo, tentando não soar mal-humorada.

— Eles precisam respirar — ele diz, apontando para o queijo desembrulhado.

— Nós também — digo, levantando relutantemente da cama para levá-los à cozinha.

O que se revela uma boa decisão, pois sobre a mesa da cozinha encontro uma carta que chegou esta manhã, com meu nome, enviada por Petra. É um bilhete curto e formal, bem pontuado, em sua familiar e hábil caligrafia. Passo os olhos outra vez pelo papel para me certificar de que havia interpretado corretamente o que estava escrito.

Cara Lucy,

Por favor, leia isto quando Tom não estiver por perto e depois destrua o bilhete, porque sei que, caso contrário, você o deixará sobre a mesa da cozinha. Quando estive com vocês em Londres, pouco antes de partir para o Marrocos, organizei sua escrivaninha uma manhã e me deparei com uma grande quantidade de contas e notificações de cobrança, que revelam que você deve uma grande quantia de dinheiro a diversas pessoas. Espero que você não ache que eu estivesse sendo intrometida. O dinheiro da venda da minha casa finalmente saiu, e estou mandando um cheque em anexo, que contribuirá para resolver esta situação. Estou me preparando para a vida em Marrakesh.

Com amor e afeto, Petra.

P.S.: Leia o livro sobre a Sra. Beeton. Ninguém é o que parece, mas eu ainda recomendaria que você designasse um dia específico para lavar as roupas.

No caminho de volta para o quarto, enfio a carta e o cheque no valor de 10 mil libras na primeira gaveta da minha escrivaninha, sentindo uma rara leveza. Isso significa um alívio.

Já comecei a fazer uma lista das pessoas que quero pagar primeiro, com o gentil oficial de justiça no topo.

A felicidade de Tom é contagiante; assim, quando retorno, concluo que é um bom momento para lhe perguntar se ele se importaria de tomar conta das crianças na semana que vem para que eu possa sair para comemorar a mais recente promoção de Emma. Sei que até a metade da semana seguinte alguma nova catástrofe terá se abatido sobre seu projeto e seu bom humor já terá ido por água abaixo.

— Não tem problema — ele diz. — Uma pessoa virá me entrevistar para uma matéria para o *Architects Journal* nesta noite. Já contei a você que um dos arquitetos italianos nos convidou para passar duas semanas na casa dele na Toscana?'

— Que maravilha — digo, verdadeiramente entusiasmada. — Nada de barracas?

— Nada de barracas — ele diz. — Nada menos que um palazzo com um vinhedo. Embora eu não ache que o acampamento justifique totalmente o fiasco em Norfolk.

— Então o que justifica? — pergunto.

Ele não tem chance de responder, porque o telefone sobre sua mesa de cabeceira começa a tocar. Olhamos para o aparelho com desconfiança, pois telefonemas tarde da noite geralmente são sinal de más notícias. Estico-me sobre ele para atender, mas Tom apoia a mão firmemente sobre aparelho, esperando que toque exatamente cinco vezes.

— Alô — ele diz hesitante. — Ah, Emma, você quer falar com Lucy? Vou passar para ela.

— A voz dela está um pouco estranha — ele sussurra, com a mão cobrindo a extremidade errada do aparelho. A benevolência de Tom em relação às minhas amigas não é suficiente para lidar com suas crises sentimentais.

— Lucy, sou eu — diz Emma. Ela não está chorando, mas sua voz soa nervosa e aflita.

— Ela está doente? — pergunta Tom, puxando meu braço. — Talvez seja uma dessas mulheres poderosas que têm doenças que costumavam ser mais associadas aos homens, como ataque cardíaco ou derrame. Li sobre isso na internet.

— Onde você está? — pergunto a ela, ignorando Tom, porque mesmo quando ele fala sobre enfermidades alheias, continua falando sobre si mesmo.

— Estou em frente a sua casa — ela diz. — Você pode descer? — Vou até a janela, abro a cortina e a vejo acenando para mim do banco do motorista de uma antiga Mercedes conversível azul-clara que eu nunca vira antes. Deve ter sido presente de Guy.

Penso no último presente de aniversário que ganhei de Tom, uma vela aromatizante de uma loja de rua que exalou um cheiro de açúcar queimado e produtos químicos baratos quando a acendi. O feito representou uma relativa melhora em relação ao ano anterior, em que ele havia me dado um kit de manicure. Pensando melhor, concluo que se esse é o preço que você tem de pagar para não compartilhar seu marido, acho um valor justo. Então me lembro de como a qualidade de seus últimos presentes tem melhorado.

— Você não prefere entrar? — pergunto.

— Não, eu fiz uma coisa horrível e preciso resolver isso agora — ela diz, lenta e claramente, para salientar a gravidade da situação. — Por favor, diga que vai me ajudar.

— O que quer que você tenha feito, Em, não pode ser tão ruim assim.

— Aonde você vai? — pergunta Tom.

— Ela está no meio de uma crise — sussurro para ele.

— Você pode colocar uma roupa escura? — Emma diz. — Estou vendo que está de pijama. Vou explicar tudo quando você descer. Sinto muito.

Emma não é de se desculpar. Para falar a verdade, acho que é a primeira vez que ela me pede desculpas. Não que ela não se dê conta quando pisa na bola. Ela apenas não gosta de admitir que possa estar errada em relação a qualquer coisa. É uma mulher de convicção.

Abro a porta e saio para a noite. Tremendo, vítima de uma mistura de frio e cansaço, sento no banco do carona, inalando o reconfortante cheiro dos estofados de couro antigo e admirando o painel de madeira com seus sinalizadores e acabamentos em nogueira. Eu adoraria ter um carro desses. Por um instante, penso no cheque de Petra guardado na minha gaveta.

— Você está tendo um momento Thelma e Louise? — pergunto assim que começamos a descer a Fitzjohn's e então rumamos diretamente para o oeste em direção a Maida Vale, seguindo as instruções do GPS instalado sobre o painel. — Nós não vamos para a parte sul do rio, vamos? — pergunto, pois já ouvi falar de pessoas que caíram direto nos rios por seguirem seus aparelhos de GPS.

— Não. Vamos para Notting Hill — ela diz.

Emma sempre dirige mais rápido que eu. Ela mantém o dedo o tempo todo no câmbio automático, subindo e descendo as marchas para mudar a velocidade mais do que para frear. De fato, desde que nos conhecemos em Manchester, no final dos anos 1980, ela sempre fez tudo mais rápido que todo mundo. Posso imaginá-la quando criança, suspirando entediada enquanto suas amigas de 4 anos queriam brincar de boneca em vez de fazer experimentos com maquiagem. Depois, cada vez mais frustrada na adolescência, quando suas amigas passavam horas aplicando produtos baratos da Avon, enquanto ela já havia partido para um visual mais natural, que não envolvia base em tons de bronzeado americano.

Vi fotografias dela quando pequena, e mesmo naquela época ela parecia de alguma forma mais elegante que as outras crianças. Uma londrina aplicada, ela começou a faculdade com todas as aparentes vantagens que uma vida na cidade grande oferece. Enquanto eu comprava roupas em brechós por necessidade, desenvolvendo um estilo que pode ser mais bem descrito como desleixado, com ênfase em cardigãs de tricô e casacos folgados, ela já misturava peças baratas da estação com itens da Miss Selfridge. Ela sabia cheirar cocaína sem espirrar e estragar a diversão dos outros. Ela cantava numa banda. Até o divórcio dos seus pais pareceu excitante, com todas as brigas com pratos quebrados. Emma nos fazia sentir como se não tivéssemos nenhuma experiência de vida. Naquela época, sua prudência e seu cinismo a faziam parecer mais descolada que irritadiça. Aos 19 anos, ela já estava cansada da vida. Além disso, era a única pessoa que eu conhecia que sabia exatamente o que queria fazer quando terminasse a faculdade. Em nossos dois últimos anos em Manchester, ela trabalhava todos os finais de semana num jornal local. Ela sabia para onde estava indo, enquanto o resto de nós mal havia aberto o mapa.

Em nosso último ano, ela foi passar um final de semana na casa dos meus pais com Cathy. Foi esse final de semana que cristalizou minha percepção sobre ela. Mark tinha vindo passar alguns dias para se recuperar do rompimento com sua última namorada. Ele queria discutir a questão comigo. Mas assim que Emma entrou na sala, a tristeza que ele nutria por sua incapacidade de ser fiel evaporou.

— Como posso ficar preso a uma única mulher, quando há tantas garotas maravilhosas por aí? — ele disse.

— Mas não há uma que pareça mais maravilhosa que todas as outras? — perguntei, com um toque de exasperação em minha voz.

— São todas fantásticas, de formas distintas — ele disse.

— Não dá para ter uma namorada para cada estado de espírito — insisti.

— Dá sim, esse é o problema — ele disse. Mesmo quando eu estava tendo conversas sérias com ele sobre a necessidade de se preservar um pouco antes de se jogar em outro relacionamento, suas respostas se perdiam em intensos olhares para Emma.

Ao final da primeira noite, Mark e Emma estavam dando desculpas esfarrapadas para ficarem a sós. Não era a primeira vez que ele se apaixonava por uma amiga minha, e eu tinha quase certeza de que não seria a última. Mas foi a primeira vez que alguém deixou de ligar para ele. Alguns meses depois, Mark estava encarando o gosto amargo da rejeição. Isso nunca me foi dito, nem por ele nem por Emma, mas o orgulho de Mark foi ferido de forma permanente.

Àquela altura, Cathy e eu estávamos acostumadas a Emma ser o centro das atenções. Eu estava satisfeita com meu status de espectadora. A vida, não girava ao meu redor. Eu girava ao redor da vida, e isso era cômodo.

No caminho para Notting Hill, tenho a mesma sensação de ser uma espectadora da vida de Emma, mas quando ela desliga o motor numa rua escura, logo depois de Colvile Terrace, percebo que desta vez ela precisa de mais da minha parte.

— Lucy, você sabe que normalmente sou uma pessoa racional, que raramente perde o controle — ela começa, se mexendo no banco para ficar de frente para mim. Concordo. Mas não acredito mais nisso. — Bem, desde o mês passado minha vida está de cabeça para baixo — ela diz. — Há mais ou menos quatro semanas, Guy me disse que tinha decidido deixar a mulher e vir morar comigo. — Ela faz uma pausa dramática e aquiesço condescendentemente, com alguns adjetivos adequados. De repente tenho a sensação de que é muito tarde e que meu corpo deseja dormir.

— Isso é maravilhoso — digo sonolenta, perguntando-me por que ela tinha que vir até Notting Hill para me contar isso.

— Seria, só que ele não fez isso. No início dessa semana, olhei o BlackBerry dele e descobri que eles marcaram duas semanas de férias na Sicília em agosto. Quando o confrontei, ele disse que achava melhor tirar férias com a família pela última vez antes de contar tudo a ela. Então, neste fim de semana, nós deveríamos ir para Paris juntos, e na última hora ele deu para trás porque queria esquiar na França com eles. Foi quando percebi que ele sempre teria uma desculpa pronta para deixar de contar a ela, e que os anos passariam sem que isso acontecesse, que eu ficaria velha e amargurada, esperando que ele fizesse isso, algo que ele pode simplesmente nunca fazer. Então decidi assumir o controle da situação.

Eu me sento e estico o corpo, cansada demais para imaginar o que viria a seguir.

— Então, mais cedo esta noite, tomei uma atitude radical. Sabia que eles estavam viajando, então telefonei para a casa dele e deixei um recado que deve ter estourado a memória da secretária eletrônica, fazendo um relatório detalhado do nosso romance e de tudo o que aconteceu.

Olho para ela, incrédula.

— Mas ele jamais ficará com você depois de uma coisa dessas — digo. — A mulher dele vai ficar arrasada.

— Exatamente — ela diz, a cabeça apoiada no volante. — E é por isso que estamos aqui. Temos que entrar na casa deles e apagar a mensagem. — Ela se senta bem ereta, abre a porta do carro e sai, coloca um par de luvas de cozinha amarelas e me entrega um par semelhante. — Não podemos deixar impressões digitais. Alcance-me aquela bolsa, por favor, Lucy — diz ela, aproximando-se para abrir a porta do passageiro e apontando para meus pés.

É sua Chloe Paddington preta favorita. Está tão pesada que preciso usar as duas mãos para apanhá-la.

— Vou fazer isso, com ou sem você — ela diz, com ferrenha determinação. Abro a bolsa e olho o interior. Está cheia de ferramentas. Algumas chaves de fenda, uma furadeira e um martelo pesado. Fecho-a imediatamente e me agarro a ela. Emma tenta arrancá-la das minhas mãos.

— Você está louca — digo a ela. — Vou ligar para Tom agora mesmo.

— Eu não tenho escolha — ela diz. — Cometi um erro, e se fizer isso posso mudar o rumo da história. Eu prometo, Lucy, que se você me ajudar vou terminar tudo com Guy. Vou mesmo.

— Mas você disse que está fazendo isso para evitar que ele a deixe.

— Lucy, não é tão ruim quanto parece — ela diz, ignorando meu comentário. — Peguei as chaves da casa com a secretária dele e sei como desativar o alarme. Só estou me precavendo, caso a secretária eletrônica esteja num ambiente trancado. O plano está armado. Esqueça as ferramentas. De todo modo, deve haver algumas na casa.

Ela começa a se afastar do carro. Abro a porta e a sigo, movendo-me com grande esforço por causa da bolsa Chloe. É perigoso andar por aí sozinha a essa hora da noite, embora em nossas roupas pretas e luvas de borracha, nós sejamos quem deva ser evitado. Ela começa uma corrida curta, cobrindo o rosto com um chapéu.

— Para o caso de ter circuito interno de televisão — ela diz, como se fosse uma situação familiar.

Esforço-me para acompanhar o ritmo e, por fim, consigo manter um trote lento ao lado dela conforme cruzamos a Powis Square, com a barriga balançando para cima e para baixo desconfortavelmente. Estou tão esbaforida que não consigo nem falar. Estabelecemos certa cadência e seguimos numa corrida leve, com meu peito doendo pelo esforço de acompanhá-la.

De repente tenho uma epifania. Sei com absoluta convicção que no final desta rua Emma dobrará à esquerda e pararemos diante de uma enorme casa do período vitoriano na St. Luke's Road. Nunca estive nessa casa antes, mas sei quem mora ali.

Pois numa dessas estranhas coincidências que compõem a vida, constato, com absoluta certeza, que Emma está tendo um caso com o marido da Mãe Gostosa Nº 1. Houve muitos indícios, mas eu estava tão absorta em meus próprios dilemas que ignorei o óbvio.

— Conheço as pessoas que moram aqui — digo a Emma ao subirmos os degraus em frente à casa. Estou curvada, ofegante, segurando minhas pernas.

— É claro, essa é a casa de Guy — diz ela, olhando-me por sob a aba do chapéu. — Você está bem, Lucy?

— O que estou dizendo é que conheço a mulher dele. E os filhos dele — continuo. — Estamos na mesma escola. Ela está entre ser uma conhecida e uma amiga. Na verdade, estamos convidados para uma festa da escola aqui na semana que vem.

— Droga, isso só atrapalha — ela diz, mas não para de experimentar as chaves nas fechaduras da porta da frente. A cada instante, olha nervosamente para os dois lados da rua para ver se alguém está nos observando. Este é o drama de Emma, e ela não quer dividi-lo comigo.

— Desculpe-me por envolver você nisso, mas eu sabia que você teria a criatividade necessária para me a ajudar a resolver a situação. Você é tão calma.

A porta da frente se abre, e nos vemos no hall de entrada da casa da Mãe Gostosa Nº 1.

— Você acha? — digo, um pouco surpresa, fechando a porta atrás de mim, esquecendo que Emma sempre faz uso de elogios para conseguir o que quer. Ela tira do bolso um pequeno pedaço de papel e começa a apertar os números no alarme.

— Acho que é porque você está acostumada a lidar com situações imprevisíveis em ambientes hostis — ela sussurra. — Mães são boas nessas coisas.

— Você me faz sentir como um membro das forças especiais — digo, olhando em volta. Não sabia o que esperar, pois não havia tido o luxo da expectativa. Acendo a luz e avisto um lindo lustre com cristais multicoloridos que lança feixes de diversas cores contra as paredes de cor creme. Há uma mesa e um ramalhete de flores junto a um grande espelho, e no reflexo posso ver um retrato de família, preto e branco, pendurado na base da escadaria.

A Mãe Gostosa Nº 1 está deitada sobre grama alta com Guy. Ao fundo há uma casa que imagino que seja seu retiro de Dorset. Ela está rindo, com a cabeça jogada para trás. Guy olha para ela com deleite. Estão cercados pelos quatro filhos. A fotografia deve ter sido tirada no verão, pois as crianças vestem roupas de banho e a Mãe Gostosa Nº 1 veste um par de shorts jeans que revela suas longas pernas à perfeição. Emma se aproxima para olhar a fotografia e suspira.

— Como fui me meter nessa? — ela diz, exausta.

— Fotografias nunca mostram a história toda — digo, tentando confortá-la. — São uma projeção de como as pessoas querem ser vistas.

Um grande vaso de lilases e crisântemos está sobre a mesa.

— É exatamente igual ao buquê que ele me mandou no meu aniversário — ela diz com amargura. Ele deve ter comprado um lote na Paula Pryke. Venha, vamos procurar essa secretária eletrônica.

Pé ante pé, entramos numa imensa sala de estar dupla que começa no hall de entrada e ambas tiramos os sapatos. Venezianas de madeira cobrem as janelas que vão de cima a baixo. Acendo uma pequena lamparina sobre uma mesa no canto da sala que dá para a rua. A secretária eletrônica está ali, piscando para indicar que há mensagens novas.

— Espero que eles não tenham escutado os recados remotamente — diz Emma, com um ar preocupado, mordendo as mangas da camisa preta. Parece pequena e vulnerável. Aperto o botão do play na secretária eletrônica. A voz de Emma preenche o silêncio, e num tom áspero, grave, ela se abre para Guy e sua esposa. Sento-me numa cadeira diante da escrivaninha, tiro os óculos e esfrego os olhos, tomada pelo sono.

— Seu marido está levando uma vida dupla... — começa a mensagem. Quero ouvir até o final, mas Emma se aproxima e aperta o botão de apagar antes que eu tenha chance de detê-la. Sinto-me levemente traída, pois acho que se ouvisse toda a mensagem, poderia ter acesso a partes dela normalmente inatingíveis.

— Não quero que você ouça — ela diz. — Eu pareço tão pateticamente desesperada. Meu lado racional sabe que eu deveria terminar com Guy, mas estou fraca demais para fazer isso. Nunca me senti tão próxima de ninguém. Acredito quando ele diz que me ama, mas o que percebo agora é que ele também é feliz quando está com a família, ao passo que minha vida fica interrompida até ele voltar. Nunca me senti tão frágil. E era tão óbvio que isso ia acontecer. — Então ela começa a chorar. — É o que acontece quando você se torna dependente de alguém. Você fica desarmada. Foi o que aconteceu com minha mãe e agora vai acontecer comigo.

— Se apaixonar é sempre um risco — digo, um tanto surpresa por ouvir a filosofia de Emma sobre relacionamentos exposta de maneira tão explícita. — Mas não é um sinal de fraqueza. Pode-se dizer que é um sinal de força. Porque inevitavelmente haverá períodos de dúvida e incompatibilidade, mas quando você os supera, eles se transformam em algo ainda mais valioso. Vamos descer e tomar uma xícara de chá.

Ela ri sem convicção.

— Às vezes eu gostaria de ser você, Lucy. Tudo em ordem.

— Não seja boba. É tudo um castelo de cartas. Pode vir abaixo a qualquer momento.

Paramos no final da escadaria na cozinha subterrânea. Acendo a luz. Estamos num espaço enorme, olhando para o balcão que parece uma pista de decolagem. Há uma chaleira elétrica numa das pontas e uma pilha de papéis na outra. Tiro as luvas de borracha e começo a abrir e fechar armários procurando pelo chá. Emma tem os olhos fixos na pilha de papéis, imersa no que parece ser o extrato da conta bancária da Mãe Gostosa Nº 1.

— Olhe só isso, Lucy — ela diz. — A esposa dele acha que está recebendo o aluguel do flat onde eu moro. Claro, todo mês um depósito de 2.500 libras é feito na conta dela com a indicação "Aluguel Clerkenwell".

Olho ao redor da cozinha. Todas as coisas estão dispostas em pares: duas pias, duas máquinas de lavar louça, duas chaleiras elétricas. Começo a preparar duas xícaras de chá de hortelã.

— Acabo de notar que todos esses utensílios são exatamente iguais aos do meu apartamento — ela diz, um toque de desânimo invadindo sua voz novamente. — Vou dar uma olhada no quarto.

Ela sobe correndo as escadas, e eu a sigo. No segundo andar, Emma encontra o quarto de Guy.

— Eu sabia — ela diz. — A cama é exatamente igual. Você acredita que ele escolheu uma cama exatamente igual à que divide com a própria mulher?

— Demonstra falta de imaginação — digo. — Mas você sempre diz que banqueiros não gostam de correr riscos e, veja bem, uma vez que você encontrou a cama ideal, não tem por que trocar. Acho que devemos ir embora de uma vez, antes que alguém se pergunte por que todas as luzes estão acesas.

Mas Emma havia desaparecido dentro de um closet. Vou atrás dela. Sempre tive curiosidade sobre a coleção de roupas da Mãe Gostosa Nº 1, e ela não deixou nada a desejar. Embora tenha ficado mais impressionada com a organização do que com o conteúdo em si. Há um armário de sapatos, cada um dentro de uma caixa com uma fotografia colada na parte externa. Há pilhas de suéteres de cashmere arrumados por cores. Tiro uma foto no celular para mostrar a Tom.

Emma parece estar procurando por alguma coisa. Ela tira as luvas de borracha e fico consternada ao vê-la saqueando a gaveta de roupas íntimas da Mãe Gostosa Nº 1. Ela tira um lindo conjunto de calcinha e sutiã Agent Provocateur e enfia dentro de suas calças.

— Você não pode roubar a lingerie dela — digo, agarrando uma alça do sutiã. — Isso é totalmente doentio. Ponha de volta no lugar, vocês nem devem usar o mesmo tamanho.

— Quero usar isso como prova — ela diz. — Sabia que ele me deu exatamente o mesmo conjunto?

— Se eu soltar esta alça, você promete sair desta casa agora junto comigo? — pergunto.

— Tudo bem — ela diz. — Só tem uma última coisa que quero fazer. — Ela vai até o banheiro da suíte e volta com um vibrador nas mãos.

— Dois desses — ela diz.

— Você quer dizer que ela tem mais de um? — pergunto.

— Não, ele me comprou o mesmo modelo.

Nunca mais vou conseguir olhar para a cara da Mãe Gostosa Nº 1. Emma o liga. O barulho se espalha pelo ambiente. Então ela entra novamente no closet e deixa o vibrador ligado dentro do bolso de um dos ternos de Guy.

— Isso vai provar a ele que eu estive aqui — ela diz, enviando uma mensagem de texto para contar a ele o que havia feito. O fim de semana nos Alpes de Guy chegou a um fim abrupto. Esforço-me para não sentir pena dele. Esse é o problema de ser capaz de ver as coisas sob o ponto de vista de todas as pessoas.

16

"É preciso mais que dois pares de pernas na cama para manter um casamento"

Sam está deitado em nossa cama enquanto Tom e eu nos arrumamos para a festa de hoje à noite. Ele me conta que seu próximo trabalho é sobre a Idade Média e quer saber se temos algo a dizer sobre o tema. Fico feliz por ter uma distração. Para surpresa de Tom, estou pronta há quase uma hora, metida no meu vestido transpassado que realça o decote e disfarça os pneuzinhos. Ao longo da semana passada, a ansiedade se tornou uma companhia constante, e descobri que além de seu potencial emagrecedor, ela também me transformou numa bitolada. Esqueça a dignidade, sob a pele de toda mãe organizada se esconde uma grossa camada de neurose.

Aliso o vestido sobre a barriga. Ele me é tão familiar quanto um velho amigo e me faz lembrar dos velhos tempos, de outras festas, com pessoas diferentes, reunidas por algo menos arbitrário que a coincidência de nossos filhos estudarem na mesma escola. Ele me remete a um tempo anterior ao casamento, e nesse sentido é um vestido poderoso, porque só eu conheço seu perigo.

Sam me vê passar creme nas palmas das mãos e massageá-las com meus dedos, dando atenção especial às costas de cada mão. Seu aspecto nodoso, as incipientes manchas escuras e a superfície áspera ao redor das juntas me fazem lembrar minha mãe. Nós duas sempre lavamos nossas panelas. Minha mãe nunca usou luvas porque achava que elas simbolizavam a subjugação doméstica das mulheres. Eu nunca as usei porque jamais conseguia encontrá-las nos momentos necessários. Acho que isso resume a diferença essencial entre nós. Sua paixão e minha passividade. No entanto, a origem das duas palavras é a mesma, do latim *passus*, sofrer.

Ao redor das minhas unhas, a pele está descascada, e o creme faz arder os sulcos vermelhos e esfolados. Quando minhas mãos estão brilhando de tão macias e oleosas, me dedico aos antebraços e vejo os olhos de Sam acompanhando o movimento da minha mão, que desliza rapidamente ao longo do braço.

— O que você está fazendo? — pergunto a ele.

— Estou tentando me hipnotizar — ele diz, completamente imóvel. Acaricio seus cabelos e por uma vez ele consente, aconchegando-se em meu ombro. Quando Sam era bebê, lembro-me de deitar ao lado dele no chão da cozinha, quando ele ainda não sabia se virar sozinho, tentando estimar o valor do pequeno espaço que ele ocupava, e de constatar que não tinha preço. Quando estava grávida de Joe, me parecia impossível que eu pudesse amar o novo bebê tanto assim. Eu imaginava que teria que dividir meu afeto pela metade, pois não é certo que deve haver uma quantidade finita de amor? Mas essa foi a maravilha da maternidade, a descoberta de que sempre havia reservas intocadas disponíveis. E todos os dias, apesar dos percalços e do caos, existem breves momentos em que isso é tudo o que sinto, o mais puro e absoluto prazer do amor.

Eu passei a Tom uma versão resumida do que ocorreu com Emma porque sabia que se ele estivesse ciente de toda a história se recusaria a ir à festa hoje. É claro que, assim que chegarmos lá e ele reconhecer Guy, vai perceber que houve uma pequena colisão entre dois mundos, mas então será tarde demais. É provável que seja uma atitude irresponsável, mas talvez essa descoberta desviasse a atenção do infeliz incidente do e-mail, uma fonte de grande aflição para ele. Pois nós dois estamos igualmente nervosos com a perspectiva de encontrar Robert Bass, embora por razões muito distintas. E acho que estar preocupado em ver uma pessoa é o suficiente. Se Tom estivesse experimentando a ansiedade que eu sinto quanto a ver Guy e a Mãe Gostosa Nº 1, então seria insuportável. Começo a esfregar distraidamente o creme para mãos em meu rosto, esquecendo que estou estragando minha maquiagem.

— Do que você acha que se trata a Idade Média? — pergunto a Sam, enquanto reaplico a base.

Ele cruza as pernas, reflete sobre a questão por um momento, com o dedo sobre os lábios, e então diz pensativamente:

— Suas novas sobrancelhas, o papai ficando careca, estando cansado o tempo todo, esquecimento. Ah, e desintegração. — É sua nova palavra preferida.

— Você está falando sobre estar na meia-idade — explico a ele. — A Idade Média é algo bem diferente. — Cito menestréis ambulantes, justas, sangrias e o advento do azeite de oliva na Inglaterra. Sam parece aliviado.

— Parece bem mais divertido — ele diz, saindo do quarto para o andar de baixo, onde a babá está fazendo chocolate quente.

— Você acha que estamos nos desintegrando? — pergunto a Tom. A imagem não me agrada.

— No sentido de que mais de nós está morrendo do que crescendo, suponho que sim — ele grita de dentro do banheiro. — Estamos nos aproximando da meia-idade, mesmo que as pessoas não gostem mais de definir a si mesmas desta maneira.

— Bem, eu não me sinto, de fato, na meia-idade — digo.

— Isso é porque você está tendo uma crise de meia-idade — ele diz por entre os dentes. Deve estar barbeando a região à direita do queixo. — Se agarrando aos últimos resquícios de juventude.

— Defina crise de meia-idade — digo, um pouco desconcertada.

— Insatisfação em relação ao status quo, inquietação, questionamento de decisões que tomou anos atrás, achar que se distanciou do marido, se perguntar se a felicidade pode estar em outro homem, arrombar a casa de estranhos — ele diz, surgindo no vão da porta e sacudindo a lâmina de barbear para enfatizar a última. — Mas você vai superar isso.

— Por que você nunca mencionou isso antes? — pergunto a ele.

— Não quero alimentar sua crise. E receio que possa ser contagioso.

— Mark diz que não nos comunicamos mais direito.

— Isso é porque sempre somos interrompidos por alguém, na maioria das vezes por nossos filhos, mas às vezes por suas amigas, e ultimamente pelo meu trabalho. Lucy, eu não tenho tempo para saber tudo o que está se passando pela sua cabeça. Mas tenho uma boa ideia do quadro geral e não acho que horas de análise ajudariam em alguma coisa. Na verdade, poderia até piorar a situação. De qualquer forma, neste momento estou muito mais preocupado que você se mantenha sóbria o suficiente para não revelar mais nenhum detalhe da nossa vida sexual para um bando de estranhos.

— Eles não são um bando de estranhos — digo.— E, quer saber mais, vamos conviver com essas pessoas pelos próximos seis anos. Para dizer a verdade, às vezes você descobre que pessoas que você acha que não conhece são mais familiares que as que você achava que conhecia. Se é que você me entende.

— Não sei se entendo — ele diz, suspirando. Logo entenderá, penso comigo mesma.

— Além disso, nós não arrombamos a casa do Guy, tínhamos a chave — insisto.

— Isso é o mesmo que dizer que o homem que roubou o carro porque você deixou a chave no degrau da porta estava só pegando emprestado — ele replica.

— Você prometeu que nunca mais voltaria a mencionar isso.

— Ainda estou digerindo o fato de que você compactuou com o plano de Emma. E que quando chegou em casa, você me acordou para me mostrar uma fotografia de um guarda-roupa no seu celular como se isso fosse a parte mais notável de todo o empreendimento.

— Bem, de certo modo foi.

Menos de uma hora depois, estamos diante da porta da casa da Mãe Gostosa Nº 1. Há luz suficiente no fim de tarde para vermos que os degraus estão cobertos por pequenos mosaicos em branco, azul e marrom. Há uma glicínia crescendo na lateral que ainda não floresceu. No jardim da frente foram plantados grama, coroas-de-cristo e imensos fórmios cor de vinho. Parece despojado de um modo encantador, mas sei que foi meticulosamente planejado, porque era um dos grandes projetos da Mãe Gostosa Nº 1. Os demais sendo varandas fechadas e o flat para alugar, que é onde Emma mora agora.

Uma pessoa que não reconheço abre a porta. Deve ser a empregada filipina, penso, tentando lembrar a dimensão exata do quadro de funcionários da Mãe Gostosa Nº 1. Lembro-me de ouvir falar de um bando de au *pairs* do Leste Europeu, um homem e uma mulher, "para que eles não vão embora", e uma babá inglesa, que estava treinando o bebê para dormir a noite toda usando técnicas de medicina aiurvédica. E o *personal trainer* eslovaco. Isso é globalização ao seu alcance.

Somos conduzidos à sala de estar, onde taças de vinho estão sendo distribuídas. Sei mesmo antes de ver a garrafa que o vinho é Pulligny Montrachet. Emma tem razão. Guy não é muito criativo.

Ouço a conversa de pessoas atrás de mim.

— Podemos IPO o MBO que fizemos ano passado e John vai ganhar uma fortuna em seu LTIP — diz um homem de terno para outro. Tom ergue uma das sobrancelhas para mim. A noite vai ser longa, diz o olhar.

A Mãe Gostosa Nº 1 desliza pela sala. Ela parece ainda mais magra que antes das férias escolares, fina e esbelta. Embora seja uma festa da escola, fica claro que ela se sente no papel de anfitriã. Está usando uma calça jeans skinny branca com plataformas de cortiça e uma blusa com motivos étnicos comprada na Selfridges. Está lindíssima.

Quanto desperdício, todas as horas investidas na academia e a meticulosa dedicação ao guarda-roupa. É como estudar para uma prova que é cancelada na última hora. Se você pode fazer tudo isso e ainda assim seu marido pula a cerca, então não há muito sentido em embarcar nas demoradas técnicas desafiadoras do tempo. É melhor ter o que aperfeiçoar que atingir a perfeição. Olhando para aquelas longas pernas que Emma admirou na fotografia semana passada, encerradas em calças jeans tão justas que afunilam no joelho e em seguida expandem-se levemente para abrigar a panturrilha, decido que não importa o que dite a moda, vou manter meus quilos extras e usar jeans de pernas retas pelo resto da minha vida.

Olho ao redor da sala para os outros pais. As outras Mães Gostosas estão vestindo variações do mesmo tema e, mais uma vez, me pergunto como elas sabem o que cada uma estará vestindo e por que se dão a todo esse trabalho se todas acabam parecendo iguais. Mas talvez esse seja o ponto. É uma coisa tribal. Saber exatamente qual marca de jeans de Los Angeles está em alta é uma arte ou uma ciência, afinal? Para a Mãe Gostosa Nº 1, isso foi definitivamente elevado a uma forma de arte.

As Mães Corporativas usam ternos emprestados de seus guarda-roupas de trabalho que parecem um pouco formais demais com seus cortes retos e cores sóbrias. Então há as mães como eu, as Mães Caóticas, as confusas e bagunceiras, que não sabem o que fazer quando têm um minuto livre porque isso é muito raro, usando vestidos velhos que alargaram junto conosco ao longo dos anos.

— Lucy, que ótimo ver você — diz ela, inclinando-se para me beijar nas duas bochechas. O contato é inesperado, e acabamos nos beijando na boca desajeitadamente. — E você deve ser Tom — ela diz, como se fosse a primeira vez que ele surgisse em seu radar, embora ela deva tê-lo visto na escola antes.

Noto que ostenta o visual panda invertido, comum em esquiadores de primavera. Olhos brancos em meio a um bronzeado intenso.

— Como foi de feriado? — pergunto a ela.

— Les Arcs, com alguns amigos — ela diz. — Uma neve fantástica. E você?

— Les Mendips — digo, com sotaque francês. — Com meus pais. Nevou durante a Páscoa. Muito atípico. — Tom dá um passo para o lado, olha para mim aturdido com os rumos da conversa e encolhe os ombros.

— Nunca ouvi falar desse resort. Fica na Bulgária? — ela pergunta.

— É um pouco mais para o oeste — digo de maneira vaga.

— Mark Warner? Powder Byrne? Off Piste? Pistas sinuosas? — ela pergunta, usando taquigrafia verbal para indicar o iminente encerramento de nosso debate sobre resorts de esqui. Como era de se esperar, vejo um rebanho de Mães Gostosas com bronzeados idênticos acenando para ela do outro lado da sala.

Lembro-me da tensa hora que passamos vagando por pequenas cidadezinhas no vale Avon depois que ao mesmo tempo esqueci de dizer a Tom para sair da M4 e então descobrir que faltavam cidades no nosso mapa rodoviário da Inglaterra.

— Dramático — digo. — Andamos muito. — Incluindo discussões sobre 1) por que nossas roupas estavam embaladas em sacos plásticos em vez de malas, 2) como, apesar da imensa quantidade de sacos plásticos no porta-malas, não havia nenhum disponível para episódios de enjoo no carro e 3) como um dia chegamos a considerar que éramos compatíveis o suficiente para nos casar.

— O resort ficava muito no alto? — ela pergunta educadamente.

— Mais ou menos. Mas fazia muito frio — digo. — Seu marido conseguiu tirar alguns dias de folga?

— Ele pegou um bate-volta nos dois finais de semana — ela diz. Então, quando vê minha expressão confusa, explica: — O voo da EasyJet para Genebra que sai sábado de manhã cedo.

A Mãe Gostosa Nº 1 volta sua atenção para Tom.

— Adoraria mostrar a casa para você, Tom, e ver o que você acha — ela diz. — Embora saiba que você tenha deixado as reformas de lado há muitos anos.

— Foi meu ganha-pão durante muito tempo — Tom diz. Então ela chama seu marido para nos conhecer.

— Guy, Guy — chama. — Venha conhecer os Sweeney. Eles acabaram de chegar de Les Mendips, parece fantástico.

Guy vem caminhando do outro lado da sala. Sorri como alguém que está bastante acostumado a estar no controle da situação. Um homem que sempre tem uma boa piada para contar durante o jantar, que sabe fazer uma mulher se sentir como se fosse a pessoa mais importante do mundo para ele, que é capaz de olhar em volta e localizar a pessoa mais útil para sua carreira e puxar conversa sem que ela perceba que ele está fazendo contatos.

É o mesmo sorriso que usa para fechar um grande negócio, ou quando quer impressionar colegas mais novos ou quando vai conhecer os amigos de sua amante pela primeira vez. Ele levanta uma garrafa de vinho num brinde. Eu o observo atentamente, querendo registrar o momento exato em que ele se dá conta de que não é mais o senhor dos seus domínios.

Leva alguns segundos a mais que o esperado, pois no caminho ele para para cumprimentar outros convidados e aproveita a oportunidade para olhar em volta da sala e apreciar a atenção. Tem os passos largos para um homem de sua altura. Quando ele está a aproximadamente 2 metros de nós, o sorriso desaparece completamente e por um instante ele para imóvel, em estado de choque, seus olhos correndo de Tom para mim. Por um momento imagino que o ambiente se cala, então Guy volta a caminhar em nossa direção, de modo um pouco tenso, talvez, mas ostentando uma aparência convincente de satisfação, embora, conforme se aproxima e aperta minha mão, possa ver os músculos ao redor de sua bochecha se contraindo com o esforço para manter a expressão amigável. Seus olhos, porém, não estão sorrindo. Estão frios e cheios de raiva.

— Tenho sorte de ele estar aqui; da última vez que íamos encontrar amigos para jantar, ele teve que ir a Paris a trabalho — diz a Mãe Gostosa Nº 1. — O trabalho é a amante dele. Não é mesmo, querido? — Tom congela ao meu lado, e apertamos um pouco mais nossas mãos, para transmitir um pouco mais de confiança um ao outro.

— Prazer em conhecê-los — Guy diz, cumprimentando-nos de maneira formal. Tom leva mais tempo para se recuperar e, embora dê um jeito de apertar a mão de Guy, recua um pouco quando o aperto é libertado e enfia a mão no bolso de trás da calça, onde ela se move impacientemente, para dentro e para fora, pelos próximos cinco minutos.

— Lucy faz parte da comissão de pais — diz a Mãe Gostosa Nº 1 amavelmente a Guy. — Ela ajudou a organizar a festa de hoje à noite e conseguiu convencer a mulher que coordena o grupo de que não precisávamos vir fantasiados de acordo com nossos personagens preferidos de um livro.

— O problema é que a festa de verão terá uma temática romana — digo.

Tom e Guy permanecem em silêncio.

— Ela é uma das minhas fiéis aliadas — diz a Mãe Gostosa Nº 1, olhando ansiosamente para Guy, como se implorasse para que ele dissesse algo apropriado. Tento não ficar lisonjeada, porque sei que ela está falando da boca pra fora e passará reto por mim no playground caso haja ofertas mais interessantes.

— Ouvi muito sobre você — Guy diz finalmente, pondo seu braço ao redor da Mãe Gostosa Nº 1, para se estabilizar. Ele enche a taça de Tom com vinho, e percebo que sua mão está levemente trêmula.

— Posso roubá-lo por um instante? — ela me pergunta, apontando para Tom. — Quero muito mostrar a ele as reformas da cozinha. Contratamos o mesmo arquiteto de David Cameron. Ele mora aqui na esquina. É muito emocionante viver nas sombras do próximo primeiro-ministro. — Ela sai andando, com uma das mãos no bolso de trás da calça jeans, exibindo o traseiro em toda a sua glória, um gesto que sei que é direcionado especificamente a Tom. Ele sussurra no meu ouvido ao se afastar:

— A meia-idade ainda não chegou aí.

Sei que no caminho de volta para casa, vou enfrentar uma parede de silenciosa reprovação, mas também sei que posso contar com Tom para evitar um escândalo.

— Falo com você mais tarde, Lucy, temos um assunto para discutir — diz a Mãe Gostosa Nº 1. Desta vez, consigo conter o impulso de imaginar enredos excitantes. Contudo, se ela quiser conselhos sobre escolas, então minha transformação em mãe com dignidade estará completa.

Guy e eu somos deixados ali. Pego a garrafa de vinho de sua mão e me sirvo uma generosa dose, então a acomodo sobre a mesa onde está a secretária eletrônica. Desta vez, ela não está piscando. Apoio-me na ponta da mesa, e Guy se vira de frente para a janela para que ninguém possa nos ver conversando.

— Você é admirador de Cameron? — pergunto gentilmente. — Ou acha que por trás de cada tóri se esconde o espírito de Norman Tebbit?

— Que teatro é esse que você está fazendo? — ele pergunta. Sua voz não se altera, mas está cheia de agressividade, e seu rosto está tão perto do meu que posso sentir o calor de seu hálito. — Voltando ao local do crime, exatamente uma semana depois? Estou pensando em chamar a polícia. Suas impressões digitais devem estar por toda a parte.

— Não seja ridículo — eu digo. — O que você diria à polícia?

— Bem, vocês vasculharam minha casa, roubaram roupas íntimas de minha mulher e deixaram aquele... aparelho no meu bolso — ele diz furiosamente. — Você sabe que ainda estava ligado quando chegamos em casa.

— Usamos luvas.

— Eu sei, porque vocês deixaram um par no closet de minha mulher. Tive de levá-las comigo para o trabalho para jogá-las fora.

— Fui uma mera espectadora. A única coisa que fiz foi ajudar a apagar a mensagem que Emma havia deixado para vocês dois, e acho que você vai concordar que lhe fiz um favor. Considere o que poderia ter acontecido — digo, tentando acalmá-lo ao apelar para a lógica.

Ele leva uma das mãos à nuca e começa a esfregá-la com irritação. Noto que está perdendo cabelo.

— Olhe só, me desculpe, estou sob forte estresse neste momento. Emma se recusa a atender minhas ligações, minha mulher está na minha cola. Acho que você poderia ter me alertado — ele diz. — Por que Emma não me falou que você conhecia minha mulher e que nossos filhos estudam juntos? — Ele suspira.

— Tive de vir hoje à noite porque ajudei a organizar a festa — digo, acenando para as pessoas ao redor da sala um pouco mais energicamente que o planejado. — Quanto a Emma, talvez o mais adequado seja perguntar diretamente para ela.

Meu braço bate em algo duro e me viro para trás, no instante em que o conteúdo da taça de vinho vira sobre a camisa listrada de outro pai da escola. Levanto a cabeça para ver se conheço a pessoa a quem estou prestes a pedir desculpas e sinto aquele familiar tremor de excitação percorrer meu corpo assim que vejo Robert Bass tentando enxugar o excesso de líquido com um lenço de aspecto sujo.

— Por Deus, me desculpe — digo, perguntando-me como uma taça tão pequena de vinho era capaz de provocar uma mancha tão grande numa camisa. — Guy, este é Robert Bass, o filho dele está na mesma turma que os nossos.

— Então você é o escritor — diz Guy friamente, depois de um silêncio constrangedor, e vejo que ele está ligando os pontos para chegar à conclusão lógica. — Lucy me falou sobre você.

— É mesmo? — diz Robert Bass, parecendo satisfeito.

— Estávamos falando sobre suas férias esquiando em Les Mendips — diz Guy. — E sobre como é inadequado esquiar fora dos limites quando você sabe que pode causar uma avalanche.

Então ele se retira sem dizer mais nada.

— Vou procurar uma toalha ou algo do gênero — digo a Robert Bass, sentindo-me estranhamente constrangida com a situação.

— O que há com ele? — pergunta Robert Bass. — Vou com você. — Saímos da sala de estar e andamos até o hall. Todos estão ou na sala de onde acabamos de sair ou na cozinha no andar de baixo. Entro numa pequena peça ao lado da porta de entrada de que me lembro da visita anterior. Parece um armário, mas é do comprimento da casa e é usado para guardar casacos e quinquilharias em geral. Ao fundo, voltado para o jardim, há um pequeno lavabo. Pego uma toalha e entrego a ele.

— Como você sabia deste cômodo? — pergunta Robert Bass, enxugando o vinho com a toalha. Pega sua taça e engole o que sobrou de líquido sem tirar os olhos de mim. Está olhando para o contorno do meu vestido transpassado, onde encontra a pele acima do meu ombro, traçando uma linha que vai do osso do meu esterno até as curvas acima do busto. Ele morde seu lábio inferior de forma pensativa e me encara com tanta intensidade que tenho que desviar o olhar.

— Instinto — digo.

— Você deve ter bons instintos, então.

— Às vezes.

— Bem, estamos definitivamente fora de circulação aqui, Lucy — ele diz, fechando a porta atrás de si.

Há um ponto num relacionamento em que o que está subentendido se torna mais importante que as coisas que são ditas, e acabo de atingir esse estágio com Robert Bass. Mas o que eu deveria ter dito a ele nesse momento era que minhas intenções eram nobres quando me ofereci para procurar uma toalha, e que não pretendia atraí-lo convenientemente para dentro de um armário. Em vez disso, fico em silêncio. A luz está acesa, mas ainda está escuro, e estamos isolados do mundo por camadas de casacos e blusões pendurados habilmente nos dois lados do cômodo. É o tipo de momento para o qual você olha em retrospectiva e fica imaginando como as coisas poderiam ter sido se você tivesse tomado um caminho diferente. É um momento decisivo.

Ele levanta a mão e com seu dedo médio percorre a linha que havia queimado com os olhos um minuto atrás, até repousá-lo no vão macio entre meus seios. Ouço um suspiro, um som que talvez fosse imperceptível numa situação menos silenciosa, e fico surpresa ao constatar que vem de mim. O prazer é excepcional. É como se minha mente tivesse se separado do corpo, e eu observasse isso acontecer com outra pessoa. Recosto-me sobre o casaco de pele de carneiro da Mãe Gostosa Nº 1 e inclino levemente a cabeça em direção ao teto, para que ele tenha acesso às regiões mais profundas do meu colo. Agora sou eu a morder meu lábio inferior. Não quero que ele pare, mas não quero assumir a responsabilidade de corresponder.

Ele tira o dedo, e eu suspiro novamente, pois cada parte do meu corpo exige mais atenção. Então o vejo se inclinar na minha direção. Ele apoia uma das mãos na parede, deixando-a pousar sobre meu braço, e a outra dentro do meu vestido acima do ombro, puxando-o lentamente para baixo, deixando à mostra a maior parte do meu tronco. Estremeço com o prazer do antegozo. O risco de sermos descobertos só faz aumentar a excitação, e me pergunto como fui capaz de evitar esse tipo de encontro durante tantos anos. Então ele se curva sobre mim, a mesma mão que estava no meu ombro está agora me puxando de encontro a ele em algum lugar acima de minha omoplata, e estamos prestes a nos beijar quando alguém bate na porta.

— Lucy, é você que está aí? — diz uma voz masculina do lado de fora. — Lucy? — O medo de ser descoberta é levemente aliviado pelo fato de que não é nem Tom nem a esposa de Robert Bass. Mas ele bate com tanta insistência que é inevitável que acabe por chamar a atenção de outros convidados.

Vou até a porta e abro uma fresta para encontrar o Pai Celebridade parado do lado de fora.

— Sshh — eu digo, pondo o dedo sobre meus lábios.

— Você não precisa fazer silêncio numa festa — ele grita, empurrando a porta e entrando. — Sabia que era você, Sweeney. Eu estava no jardim e reconheci seu vestido quando olhei para esta janela.

— No jardim? — pergunto.

— Achei que você pudesse estar cheirando coca — ele diz.

— Cheirando coca?

— Você vai ficar repetindo tudo o que eu digo?

Ele agora está dentro do armário e fecha a porta atrás de si. Robert Bass moveu-se para o fundo e está parado atrás de alguns casacos longos ao lado do lavabo. Posso ver suas pernas aparecendo entre pares de galochas e sapatos. O Pai Celebridade, porém, tem seu próprio objetivo e tira um cartão de crédito e um saco com pó branco de dentro do bolso da jaqueta. Ele olha para a porta e, então, ato contínuo, senta num pequeno banco, pega uma revista de uma pilha e começa a enfileirar as carreiras de cocaína com eficiência. Ele generosamente me oferece a revista, mas eu recuso.

— Já tenho dificuldade suficiente para dormir sem o uso de estimulantes químicos.

Ele se inclina sobre a revista e cheira uma carreira com uma nota de 20 dólares enrolada. Ele me é tão familiar que por um momento me pergunto, inebriada pela combinação de vinho, paixão não consumada e falta de ar, se estou de fato assistindo a um de seus filmes. Possivelmente algum dirigido por Quentin Tarantino. Então começo a considerar se seria pior ser pega em flagrante com um pai ou assumir estar usando drogas com outro, e concluo que não há muito a escolher entre os dois e que tenho de sair deste lugar o mais rápido possível.

— Então, o que você estava fazendo aqui dentro? — pergunta o Pai Celebridade. Ele está olhando para meu vestido, caindo do meu ombro. Puxo o vestido para cima, mas ele está preso em minha barriga. A única solução é desatá-lo completamente e enrolá-lo de novo em volta de mim, amarrando um laço acima da cintura.

— Estou me arrumando — digo. — Não esperava que fosse ter plateia.

— É ótimo sair de Los Angeles e estar de volta a um país onde as mulheres parecem mulheres — ele diz com entusiasmo. — Adoro toda essa coisa de bunda e peito que vocês têm aqui; é tão mais saudável que lidar com mulheres de meia-idade com corpos pré-púberes. Então, fique à vontade para se arrumar.

— Preciso realmente tomar um ar — digo, quando me convenço de que recuperei o decoro. — Acho que vou dar uma caminhada pelo jardim.

— Vou com você — diz ele. — Aquela mulher estava me enlouquecendo, perguntando que atividades extracurriculares meus filhos fazem, se eles vão tentar entrar em Harvard, minhas teorias sobre disciplina paterna. Ela é o bastante para levar qualquer um às drogas.

— E o que você disse a ela?

— Perguntei se ela podia me apresentar àquelas duas mulheres que apareceram na tela do computador quando estávamos no café.

Descemos até a cozinha, e o grupo de convidados se abre, como costuma fazer quando o Pai Celebridade se aproxima. Uma garçonete nos oferece uma bandeja com minúsculos rolos-primavera tailandeses e aproveito a oportunidade para pegar um punhado. Pergunto-me se o Pai Celebridade percebe toda essa atenção velada. Será que a deferência começou do dia para a noite depois daquele filme dos irmãos Coen ou foi algo que evoluiu lentamente com o tempo, de modo que o começo tenha sido imperceptível?

Procuro Tom em meio aos convidados, mas não o encontro. Apesar do olhar invejoso das outras mães, ele é a pessoa com quem eu mais gostaria de estar no momento. Vou até o jardim com o Pai Celebridade, ciente dos pares de olhos invejosos que me observam. Assim que respiro o ar da noite, ignorando a chuva fina, e engulo outra taça de vinho, meu corpo começa a relaxar com o alívio que se segue a um choque inesperado.

Não sou o tipo de pessoa que consegue se adaptar a essas situações, penso comigo mesma. Essa é a diferença entre mim e Guy. Ele é infiel de uma maneira profissional, ao passo que eu serei sempre uma amadora. Já estou me sentindo atormentada pela culpa por conta de um beijo que nem aconteceu. Decido imediatamente nunca mais me permitir chegar a uma situação tão comprometedora. E, apesar disso, já estou reprisando a cena incessantemente na minha cabeça, imaginando onde teria acabado e se, dadas circunstâncias similares, aconteceria de novo. Porque às vezes, quando uma pessoa chegou à beira do precipício, ela decide que prefere dar alguns passos para trás, ainda que a vista seja ótima. E quanto mais penso nisso, mais desejo ainda estar dentro do armário de casacos.

— Incomoda você a maneira como as pessoas se comportam à sua volta? — pergunto ao Pai Celebridade, procurando um assunto para me distrair desses pensamentos turbulentos.

— Como assim? — ele diz, fungando com força. Chegamos ao final do jardim, mas isso levou uns bons cinco minutos. No canto, ao lado do cortador de grama e do tipo de trepa-trepa que você encontraria num bom parque londrino, há uma impecável casa de boneca em tons pastéis, com um pequeno pórtico e uma floreira com plantas de verdade. Há pequenas luzes piscando em volta da janela.

Ele abre a porta.

— Primeiro as damas — ele diz, com falso galanteio. — A verdade, Lucy, é que não costumo sair com pessoas que não são famosas. Sei que isso soa arrogante, mas é verdade, e às vezes essas pessoas já perderam de vista quem realmente são, então é divertido estar com pessoas reais. Imprevisível. Como aquela mulher que lidera o comitê. Ela é hilária. Corrompê-la será minha missão. Aprendi a distinguir os tipos corruptíveis, e você não é um deles.

— Como você sabe? — pergunto.

— Por instinto — ele diz.

Nos abaixamos para passar pela pequena porta, mas o interior da casinha é tão amplo que podemos ficar de pé normalmente.

— Não diga nada. Sei que sou mais baixo na vida real — ele diz. — Não me fale coisas que já sei, conte-me coisas que não sei.

— É a isso que me refiro — digo a ele. — Você espera ser entretido, e a vida não é assim para o resto das pessoas. Temos de produzir nossa própria diversão.

— Lucy, quando estou com você, sei que vou me divertir — ele diz, puxando uma pequena cadeira infantil e preparando mais duas carreiras de cocaína. Estou examinando uma pia num dos cantos da casinha e fico pasma quando abro a pequena torneira e vejo sair água de verdade.

— Você não pode fazer isso aqui — eu digo, me virando e olhando por entre as janelas, para ver se há outros pais se aproximando. — Guarde isso. Não é esse tipo de festa.

— A propósito, eu vi o cara lá dentro, no meio de todos aqueles casacos como uma instalação de arte — diz o Pai Celebridade, ignorando-me.

— Do que você está falando? — pergunto hesitante, embora já saiba a resposta.

— Vi o Raso Profundo naquele armário com você — diz ele. — Mas não contarei a ninguém sobre sua vidinha secreta se você não contar sobre a minha.

— Não é o que você pensa — protesto. Não há nada pior que ser acusado de infidelidade sem desfrutar nenhum de seus prazeres.

Então ele se levanta teatralmente e diz num aceitável sotaque britânico:

What is it men in women do require
The lineaments of Gratified Desire?
What is it women do in men require?
*The lineaments of Gratified Desire.**

— Lucy, é isso que faz girar o mundo. William Blake sabia disso. Eu sei disso. De onde venho, todo mundo está nessa, não é nada de mais — ele diz.

— Mas você não entende. Para mim é. Amo demais o meu marido, no velho modelo para todo o sempre.

— Mas então por que quer trepar com esse outro cara? — ele pergunta, com um toque de exasperação na voz.

— Não sei ao certo — digo. — Acho que quero fazer algo insensato, para me sentir viva.

— Não sou nada sábio — diz o Pai Celebridade —, mas uma coisa que posso lhe dizer é que incerteza não é um bom fundamento para nada. Estou no meu terceiro casamento, lembra? Convivo com muita incerteza em minha vida. Estou há mais tempo com meu psiquiatra do que fiquei com qualquer uma das minhas mulheres. — Então ele se levanta subitamente.

---

*O que os homens querem nas mulheres?
Os sinais do desejo gratificado?
O que as mulheres querem nos homens?
Os sinais do desejo gratificado.

— Talvez então você devesse ter se casado com seu psiquiatra — digo.

— Ele é homem — ele diz. — Preciso ir me misturar com as pessoas. Acho que vou pôr uma música. As pessoas precisam se soltar um pouco. Exceto você, é claro. Talvez você precise se conter.

Voltamos para dentro, e o Pai Celebridade põe um CD do Radiohead para tocar e sai em busca da Mãe Alfa para convidá-la para dançar. Localizo Robert Bass no canto da sala, conversando com Tom. Os dois me olham. Robert Bass desvia o olhar um pouco rápido demais. Sob qualquer ponto de vista, uma linha foi cruzada. Mas as linhas às vezes estão borradas, e você pode cruzá-las sem se dar conta. Mark não considerou essa hipótese.

Engulo outra taça de vinho, na expectativa de que vá surtir um efeito anestésico sobre meu corpo. Cada terminação nervosa está em alto estado de alerta. Reflexos estão prontos para ser ativados. Sinto-me estranhamente viva, prestes a explodir. Mark me diria que meu corpo está tomado de adrenalina e que estou no modo matar ou morrer. Mas explicar sentimentos tira o mistério da vida.

Vejo a ocupada diretora da escola caminhando rapidamente em minha direção.

— Quero agradecê-la por todo o seu empenho — diz ela, sorrindo.

— Imagina.

— Organizado, mas não muito. Na medida. Eu sabia que a senhora teria uma influência de contenção, Sra. Sweeney. Já é difícil o bastante saber o que vestir sem a complicação adicional de vir fantasiada do seu personagem favorito. Deve ser um alívio dividir os encargos com o Sr. Bass.

Começo a me engasgar com meu minirrolo-primavera. Parei de contar quantos comi quando passei do sétimo.

— Sem dúvida — digo, com um pouco mais de entusiasmo do que pretendia. Então tusso mais um pouco e perco o início e o final de sua próxima pergunta. A parte do meio era "considera um quarto".

— Três é o nosso limite. Na verdade, meu marido está pensando em fazer vasectomia — ouço-me dizer. Deveria parar por aí, mas um impulso irresistível de expurgar nossos segredos de alcova me leva a mencionar a obsessão de Tom com métodos de contracepção. — Ele ainda não usa dois preservativos, mas estamos perto disso — eu digo, rindo. — Para falar a verdade, ele ainda tem ataques de tempos em tempos porque uma vez eu mencionei a hipótese de um quarto. Não um quarto preservativo, um quarto filho, quero dizer.

Ela está com um sorriso estático no rosto. Está acostumada a ouvir confissões de pais. Percebo que outras mães nos olham atentamente, sem dúvida se perguntando o que está mantendo a ocupada diretora da escola entretida por tanto tempo. A Mãe Alfa e a Mãe Gostosa Nº 1 se aproximaram e estão ouvindo o final na conversa.

— Acho que quatro é o numero ideal, porque assim ninguém precisa sentar sozinho no teleférico — diz a Mãe Gostosa Nº 1. Ela diz, numa fluente fala de mulher de banqueiro, que teve quatro sob três, ou seria cinco sob dois ou seis sob um? Seja como for, a conta é muito complicada.

— A parte mais difícil é levar minha filha de 5 anos para a aula de harpa, porque meu filho de 4 tem violino Suzuki no mesmo horário — diz a Mãe Alfa, buscando a aprovação da diretora, mas recebendo pouco mais que um sorriso glacial. Ela persiste. — Andar por aí com uma harpa não é fácil quando os prazos finais estão se aproximando. No início de cada ano escolar, penduro uma tabela de horários na parede da cozinha com todas as atividades de meu marido e meus filhos, tudo registrado, para que nada seja esquecido.

Ela olha diretamente para mim.

— Na verdade, o que eu estava perguntando era se você consideraria ficar na comissão de pais por um quarto período — diz a diretora da escola, virando-se para mim e acenando enfaticamente com a cabeça antes de se retirar para juntar-se a outro grupo de pais.

— Então você registra todas as suas atividades? — pergunto à Mãe Alfa, genuinamente impressionada.

— Tudo — ela diz.

— Até sexo? — pergunto, imaginando se essa poderia ser a solução para a escassez desse tipo de atividade em nosso lar. — Isso não tira a espontaneidade da coisa? Além do mais, você precisaria de um painel muito grande, já que a única hora em que as duas partes estão livres é por volta das 5 horas da manhã.

— Isso não é algo que planejamos com antecedência — ela diz.

Digo que é estranho que minhas amigas solteiras tenham tempo de sobra para fazer sexo, mas ninguém com quem fazer.

— Eu não tenho mais amigas solteiras. Na verdade, costumamos nos relacionar com outros casais — ela diz, do mesmo jeito que as mães dizem que seus filhos comem de tudo. Então digo que ela não sabe o que está perdendo, pois numa saída recente com amigas solteiras, só se falou sobre sexo e atividades que me fizeram ficar feliz que hemorroidas pós-parto e falta de tempo impedem qualquer coisa menos sexo. Ela diz que está muito contente com a nova política anti-bullying e então se retira.

— Lá vai uma mulher que não faz sexo com o marido há anos — diz a Mãe Gostosa Nº 1. — Lucy, você tem um minutinho?

Ela sobe a escada que leva ao hall de entrada e faz um sinal para que eu a acompanhe. Por um momento, me pergunto se ela vai me levar ao armário de casacos e me repreender por meu comportamento, mas ela continua subindo as escadas até chegar ao seu quarto. Esta noite está se transformando num daqueles pesadelos em que todas as coisas horríveis que você já fez na vida retornam para aterrorizá-la, e amigos, inimigos e pessoas que nem mesmo se conhecem aparecem misteriosamente na mesma hora para delatá-la. Conforme subo as escadas, considero meu pior pesadelo e imagino se meu antigo colega do *Newsnight* está aguardando no quarto dela com Tom, trocando figurinhas.

— Você se importa se eu usar o banheiro? — pergunto a ela quando entramos no quarto. Estou tonta e quero lavar meu rosto com água fria para tentar reconectar meu corpo à minha mente.

— É claro que não — diz ela, e eu entro no mesmo banheiro que explorei com Emma na semana anterior.

— Como você sabia que aí era o banheiro e não o guarda-roupa? — ela pergunta desconfiada.

— Instinto — digo com sagacidade.

Entro e fecho a porta atrás de mim me apoiando contra ela para recuperar o fôlego. Faço uma série de promessas impulsivas a mim mesma. Nunca mais vou reclamar que minha vida é sem graça. Vou me comportar com extrema dignidade em todas as situações. Nunca mais vou estourar o cartão de crédito. Nunca mais vou gritar com as crianças. Vou dedicar um dia por semana para lavar roupas. Vou fazer todas essas coisas se conseguir me safar dessa situação. Olho incrédula para o relógio. Como pode ter acontecido tanta coisa em tão pouco tempo? Estamos aqui há menos de duas horas.

Vejo meu reflexo no espelho. Meu rímel escorreu. A água corre fria, e limpo a maquiagem do rosto para tentar encontrar alguém que eu reconheça. Então saio do banheiro e entro no quarto onde a Mãe Gostosa Nº 1 está sentada com as costas eretas na ponta da cama, as pernas cruzadas.

— Você está bem, Lucy? — ela pergunta, examinando meu corpo no vestido transpassado daquela maneira que só as mulheres são capazes. — Você parece um pouco perturbada.

Por um momento, penso em contar tudo a ela. O que acabou de acontecer com Robert Bass, que seu marido está tendo um caso com uma das minhas melhores amigas, que sua casa em Notting Hill não passa de um castelo de areia. Mas resisto a este impulso, sabendo que o alívio da confissão será rapidamente substituído por um conjunto de novas preocupações sobre desencadear alguma nova e imprevisível série de eventos. O que preciso agora é sair do sufoco. Restabelecer-me. Comer comidas saudáveis. Dormir por dois dias. Fazer voto de silêncio.

— O que você achou de Guy? — ela pergunta, dando um tapinha no espaço ao seu lado na cama. A porta do closet está aberta, e sinto-me levemente enjoada ao ver a conhecida fileira de sapatos.

— Ele parece adorável, muito querido e cordial — digo resolutamente.

— Acho que ele está tendo um caso — ela diz. Meu peito se aperta e me concentro em inspirar e expirar pelo nariz para evitar uma hiperventilação.

— Por que ele faria uma coisa dessas? — digo, ofegante. — Ele é casado com uma mulher linda, tem filhos maravilhosos, uma vida perfeita. Não haveria sentido em arriscar tudo isso.

— Mas é exatamente por isso que ele teria um caso. É tudo previsível demais — ela diz, levantando-se e indo até uma cômoda. Ela tira um maço de cigarros, abre uma janela, acende um deles e traga profundamente, depois me oferece. — Podemos ir até a sacada. Faço isso sempre.

— O que a faz pensar que ele está tendo um caso? — pergunto.

— Em ordem crescente de importância — ela diz, grata, suponho eu, pela oportunidade de desabafar. — Primeiro, ele tem uma camisa nova que definitivamente não fui eu quem comprou para ele e sei que ele não teria comprado sozinho porque é da Paul Smith, e ele nunca compra lá. Além disso, vasculhei os extratos bancários dele e não encontrei nada que evidencie essas roupas novas que continuam aparecendo. Segundo, quando transamos, ele faz coisas que não fazia há anos. Terceiro, nos últimos dez dias ele tem andado de péssimo humor e grita o nome de outra pessoa quando está dormindo. Quarto, tem a questão dos pequenos visitantes.

— Isso é uma referência aos sete anões? — pergunto, pois a essa altura da noite não me surpreenderia se Elvis Presley entrasse em cena.

— Os piolhos — ela diz. — Perguntei à secretária dele, e ela ficou injuriada por eu ter pensado que ela tinha passado piolhos para ele. Se não foi ela que passou, então quem foi?

— Concordo, isso faz sentido — digo, porque seria ridículo discordar. — Mas não é conclusivo — dou uma longa tragada em seu cigarro.

— Não finja sentir pena de mim. Não sou o tipo de pessoa que inspira esse sentimento. Na verdade, sou o tipo de pessoa a quem os outros torcem para que isso aconteça — ela diz.

— Então, o que você vai fazer em relação a essas suspeitas? — pergunto, resistindo à vontade de coçar minha cabeça.

— Tenho várias opções. Posso seguir o exemplo da minha mãe e fazer vista grossa para a infidelidade dele, mas o problema é que Guy é o tipo de homem que poderia facilmente achar que se apaixonou por outra pessoa e decidir me deixar. E eu não vou correr esse risco. Se minha vida vai desmoronar, então quero ser eu a responsável por sua dissolução. Posso fazer o que a mãe dele fez ao seu pai e me divorciar dele e sair com um gordo acordo debaixo do braço. E então jamais seria convidada para jantar em qualquer lugar, porque as mulheres sempre ficariam preocupadas que eu pudesse roubar seus maridos. Ou posso abrir o jogo e tentar refazer nosso casamento.

— Você o ama? — pergunto a ela.

— Amo o que ele costumava ser, mas não o que se tornou — ela diz, como a refletir. — E acho que ele diria o mesmo em relação a mim. É estranho, mas o dinheiro pode fazer você ficar menos segura a respeito das coisas, porque ele possibilita escolhas demais. Acho que precisamos de soluções radicais. Na verdade, já tomei algumas atitudes.

— Que tipo de atitude? — pergunto com cautela.

— Estou fazendo um curso — ela diz.

— De jardinagem? — digo avidamente, pois este é o próximo passo lógico em sua trajetória de vida.

— Não seja boba, Lucy. É um curso de investigação. Desenvolvido para pessoas que querem espionar outras pessoas, mas muito popular entre mulheres na minha situação. Mesmo que minhas suspeitas não se confirmem, é uma boa garantia para as próximas duas décadas, até que o apetite sexual dele diminua. Ele é alguém que precisa ser seguido de perto. É vaidoso, e homens vaidosos são sempre vulneráveis a cantadas.

— Estou impressionada — digo, mantendo diversos debates ao mesmo tempo em minha mente. Posso alertar Emma sobre isso, insistir no fato de que se ela vai terminar o relacionamento, é imperioso que o faça agora, desta forma garantindo que não haja nada a ser descoberto. A Mãe Gostosa Nº 1 pode deixar suas provas de lado e desfrutar uma vida sexual mais variada. Se fosse comigo, eu ia querer saber?

— A propósito, qual é o nome que ele chama? — pergunto com falsa inocência.

Ela apaga o cigarro furiosamente, bastante perto da minha panturrilha esquerda desprotegida. Há um longo silêncio, no qual ela alisa com nervosismo as pernas de sua calça jeans. Estou completamente absorta, porque sei o que ela vai dizer.

— O seu — ela diz finalmente. Então ela me olha seriamente. — Ele diz a mesma coisa incessantemente. "Lucy Sweeney, o que foi que você fez?" E agora estou me perguntando a mesma coisa. Então me diga, você está trepando com meu marido?

Todo aquele flerte com Robert Bass é só fachada? E antes que você me humilhe mais ainda com suas mentiras, devo contar-lhe que descobri que Guy tem outros dois celulares registrados no nome dele e que as contas de um nos números têm inúmeras ligações feitas para você. E todo mundo sabe que foram seus filhos que iniciaram o último surto de piolhos na escola.

Abro e fecho minha boca como um peixe, mas não sai nenhum som. Ela deve estar falando do telefone de Emma.

— Podemos falar sobre isso em outra hora? — pergunto, com uma ponta de esperança.

— Não — ela diz severamente. Ficamos em silêncio por um momento.

— Você já considerou a hipótese de que a conta de telefone que você tem pode não ser minha, mas pertencer a outra pessoa que me conhece? — digo finalmente, escolhendo as palavras com cautela.

— Não — ela diz. — Mas, na verdade, isso faz sentido, porque o segundo telefone tem muitas chamadas para o primeiro, e quando liguei para o primeiro número, não foi você que atendeu, e quando liguei para o segundo, era Guy do outro lado. Conte-me o que você sabe, por favor. Se não puder fazer isso por mim, pense nos meus filhos. Se você põe os filhos em primeiro lugar, então todo o resto é consequência disso — ela diz, segurando meu joelho com força. — Você não pode imaginar como é terrível, Lucy, passar por uma coisa dessas. Tudo o que você dava como certo parece estar caindo por terra. Não há garantias. Desconfio de tudo e de todos. Você pode imaginar a humilhação que passei ao ficar esperando ele aparecer no restaurante? Ficava dizendo para as pessoas que ele ia chegar a qualquer momento e ligando incessantemente para o celular dele, e ele não apareceu. As pessoas sabiam que algo estranho estava acontecendo, pois evitaram fazer as perguntas mais óbvias sobre seu paradeiro. É por isso que tenho que resolver isso agora, pois, caso contrário, vou acabar ficando com ódio dele.

— Talvez você devesse confrontar Guy com o que você já sabe, não?

— Não vou revelar nada até que tenha todas as provas. Estou estudando técnicas de vigilância. Então, quando chegar a hora certa, vou escolher o melhor momento e agir. Qual das suas amigas você acha que pode estar tendo um caso com Guy? Pense bem, não será difícil descobrir. Provavelmente é alguém que ele conheceu no ambiente de trabalho. Ele fica sempre muito impressionado com mulheres inteligentes que usam ternos. Foi assim que o conheci.

— Vou pensar seriamente e volto a falar com você — digo.

— Você jura que não sabe? — ela pergunta.

— Tenho alguns palpites, mas nada confirmado — digo, perguntando-me se isso constitui uma mentira.

— Avise-me se você descobrir alguma coisa. Por favor.

Ouvimos a porta do quarto se abrir e colocamos a cabeça no vão da sacada para ver o Pai Celebridade e a Mãe Alfa entrarem no quarto. Eles olham em volta e então fecham a porta atrás deles. O Pai Celebridade põe uma cadeira embaixo da maçaneta. Ele se ocupa em cortar diversas carreiras de cocaína, e a Mãe Gostosa Nº 1 e eu olhamos estarrecidas enquanto a Mãe Alfa cheira avidamente duas das carreiras, então os dois vão embora.

— É certo que ela já fez isso antes — sussurra a Mãe Gostosa Nº 1. Não há a menor dúvida.

No táxi, no caminho de volta para nossa casa no subúrbio, fico em silêncio, tentando compreender tudo o que aconteceu esta noite. Sempre me intrigou como as pessoas têm impressões tão diferentes da mesma festa.

— Meu Deus, que noite chata — diz Tom. — Tirando o lance com Guy, mas, na verdade, acho que você estava certa em não me contar. Mas a mulher dele parece bacana. Surpreendentemente. Tive um bom papo com o Pai Celebridade também. Ele diz que você é a pessoa mais autêntica que ele já conheceu e quer que eu o leve a um jogo do Arsenal. E me reconciliei com o Raso Profundo. Acho que ele me perdoou. Então está tudo resolvido. Onde você se enfiou?

Fecho os olhos e finjo estar dormindo. A saída dos covardes.

17

"Pecados antigos projetam sombras longas"

Às vezes, durante minha insônia das 5 horas, tento voltar a dormir contando quantas decisões tomei em um dia. Quando estávamos acampando em Norfolk no verão passado, o momento em que, agora percebo, a insônia se estabeleceu, cheguei a contar 27. Elas percorriam um espectro em forma de pirâmide, começando na base com as mais banais: passar mais um dia sem tomar banho no chuveiro coletivo, frio e lamacento do camping ou ceder aos pedidos das crianças para tomar café da manhã dentro da barraca por causa do frio — sabendo que os flocos de arroz iriam acabar dentro do meu saco de dormir, misturando-se com a areia e a lama seca, formando uma lixa irregular que deixava o ato de dormir ainda mais difícil do que já era dentro dos limites de uma pequena barraca com três crianças inquietas.

— Pense nisso como uma esfoliação corporal grátis — Tom disse, alguns dias antes, quando estava tentando bancar o pai divertido, antes de seu humor ficar sombrio. No panorama geral das coisas, as consequências daquelas decisões foram insignificantes.

Então a pirâmide se afunilava, chegando às decisões de médio porte: devíamos abandonar o camping em troca de um pequeno hotel em algum lugar ao longo da costa? Devo contar a Tom que o passaporte desaparecido, razão pela qual tivemos de renunciar às férias na França, terminando num camping chuvoso em Norfolk, havia sido encontrado no porta-luvas do carro? Decidi pelo não em ambos os casos. E então havia as questões maiores. Rir ou chorar? Ficar ou partir? E a fatídica, que fez tudo começar. Uma daquelas decisões traiçoeiras, que começou na base da pirâmide e então irrompeu ao topo quando eu menos esperava.

Se o casamento é como uma paisagem, naquele verão, na costa norte de Norfolk, acho que cheguei ao meu habitat natural. Olhei para trás na praia e pude ver o pântano se estendendo. Atrás, uma fileira de árvores com aparência artrítica, com os galhos retorcidos em formatos imprevisíveis pela força do vento. À frente estava o mar, parecendo sombrio e traiçoeiro. Dependendo da maré, ele podia arrastar você por quilômetros e quilômetros ao longo da costa até Cromer ou para bem longe, em direção à Holanda. Eu sabia de onde eu vinha, mas não para onde estava indo. Via a mim mesma como uma bagagem transportada num dos enormes navios de passageiros que flutuavam no horizonte, com "destino desconhecido" estampado do lado.

Meus ouvidos doíam tanto por causa do frio que eu sentia a dor irradiando para a garganta, mas não era desagradável. Era reconfortante. Eu era pequena diante dos elementos. Eles me permitiam escapar de mim mesma por um instante. Ficamos ali parados um do lado do outro, como soldados em retirada, com Fred entre Tom e eu, de mãos dadas conosco, porque havíamos descoberto que uma rajada forte de vento poderia derrubá-lo, e Joe estava com medo que ele saísse voando, como Dorothy na primeira cena de *O mágico de Oz.*

— Vem direto da Rússia — Tom gritou para os meninos por sobre o vento, e até Fred pareceu impressionado. — É por isso que é tão cortante. — Peguei outro blusão na bolsa e vesti.

— Não está tão frio — gritou Tom. — É pior quando você não está usando cuecas, isso é certo. Minhas bolas são uma sombra do que costumavam ser.

— Você prometeu que não ia mencionar as cuecas de novo — eu disse.

— Vou parar se você parar de reclamar do tempo — ele gritou de volta.

— É você quem está dizendo que está frio. Eu não reclamei do tempo, simplesmente vesti outro casaco — insisti.

— Estou sendo descritivo. Vestir um casaco é uma crítica tácita. Vista seus casacos de uma maneira menos evidente.

— Aonde você sugere que eu vá para vestir meus casacos? — perguntei, acenando com o braço ao longo da praia deserta. Um pássaro preto e branco virou a cabeça, que estava enfiada dentro de seu corpo para conservar o calor, e me olhou com curiosidade, como se perguntasse por que eu estava tão emotiva. Poupe sua energia, ele parecia estar dizendo.

— Só não entendo como você pode ter esquecido de pôr cuecas para mim na mala se colocou dez para Sam, seis bermudas para Joe e três chapéus de lã para Fred. É tão sem propósito, Lucy. Você não fez uma lista antes de partirmos? — gritou Tom. Mesmo contra o vento, sua voz estava desnecessariamente alta.

— Por que você não leva em consideração todas as coisas que me lembrei de trazer, em vez das coisas que me esqueci? Você poderia ter arrumado suas próprias roupas.

— Mas você sabe como eu estava ocupado, tentando resolver aquele problema em Milão.

— Bem, você pode comprar uma cueca em Holt — retruquei, determinada a manter meu ponto de vista.

— Não vou fazer isso por uma questão de princípios — ele disse, com um tom santimonial invadindo sua voz.

— E qual seria o princípio? — perguntei, percebendo instantaneamente que a pergunta era um erro estratégico.

— O princípio de que é importante que você aprenda com seus erros e de que você nunca mais se esqueça de pôr minhas cuecas se eu tiver de resistir uma semana sem elas — ele disse presunçosamente.

— Não vou esquecer, porque nunca mais vou arrumar sua mala. Você está sendo tão ridículo, Tom, não vou nem me dar ao trabalho de responder. — Então começamos a rir, porque aquilo era absurdo, e as crianças riram também, sem saber por quê, mas foi tudo um pouco exagerado.

Éramos uma família isolada. Condenada a conviver dentro dos limites de uma barraca medindo aproximadamente 13 metros cúbicos. Eu sabia disso porque Tom e Sam passaram uma tarde chuvosa com uma fita métrica, fazendo o cálculo exato. As coisas estavam fora de compasso desde o momento que saímos de casa. O futuro da biblioteca de Tom em Milão, um projeto que já havia consumido a maior parte dos últimos dois anos, estava ameaçado. Nossa situação financeira era desanimadora. A empresa de Tom já havia investido muito dinheiro na biblioteca. Quando estávamos parados na calçada diante de nossa casa enquanto ele carregava o carro, comecei a considerar pela primeira vez que talvez tivéssemos de vender a casa.

Observei-o dispor a bagagem na calçada, tentando encontrar a melhor maneira de acomodar tudo. Ele pode não ser capaz de controlar os caprichos do departamento de planejamento de Milão, mas conseguia impor ordem no porta-malas do carro.

— Contanto que entre tudo, não importa realmente como estão as coisas, não é? — argumentei, considerando as crianças impacientes presas no banco de trás.

— Sistemas, é tudo uma questão de sistemas — Tom resmungou. — Estou tentando avaliar do que vamos precisar primeiro quando chegarmos lá e colocar essas coisas em cima. Você sabe o que vai fazer para o almoço?

Mais uma decisão. Mas uma decisão que podia e precisava esperar, porque definir o que vamos comer no almoço às 9 horas da manhã é dar um passo em direção à loucura.

— Podemos comprar alguma coisa lá mesmo — eu disse. — Ou no caminho.

— Mas se pararmos no caminho, precisaremos de um sistema diferente — ele disse, começando a priorizar pequenas cadeiras de armar em vez do fogareiro. — E nós vamos parar num posto ou comer sanduíches na beira da estrada?

— Você tem de concordar que precisamos de um grau de flexibilidade, Tom — eu disse, tentando evitar outra discussão. — Não saber o que vai acontecer pode ser libertador. De fato, é a eterna repetição da rotina que aniquila o espírito humano. — Ele me olhou como se eu fosse um ser de outro planeta. Fechei a porta do passageiro e abri o porta-luvas... e foi então que descobri o passaporte. Sam viu. — Não diga uma palavra — falei. Ele entendeu. Algum dia, Sam será um ótimo marido.

Então se deu o episódio das cuecas. Numa tarde, comigo me sentindo culpada depois da nossa discussão na praia, no único dia em que o sol fez uma aparição consistente por mais de duas horas, me ofereci para voltar a Holt e procurar uma loja de roupas íntimas. Foi o gesto que representou um cessar-fogo entre Tom e eu. Um acordo bilateral de paz.

— Você tem certeza, Lucy? — ele disse, agradecido. — É muito gentil da sua parte.

— Nós podemos estar mal de grana, mas cuecas novas não vão pesar no orçamento. No entanto, isso é mesmo generoso da minha parte — concordei, porque queria acumular pontos suficientes para sobreviver aos três últimos dias das férias. Claro que não é um grande sacrifício passar uma tarde sozinha, percorrendo lojas numa daquelas cidadezinhas de Norfolk que vendem cinco tipos diferentes de azeite de oliva e resistiram à pressão de construir um centro comercial fora da cidade. Eu estava feliz por ficar sozinha e deixá-lo na praia com as crianças durante a tarde.

Em Holt, rapidamente encontrei uma loja que ostentava uma ambiciosa seção de roupas íntimas. A extensão e a variedade da seleção eram desconcertantes para uma loja daquele tamanho e com aquela localização. Compreendia desde modelitos sem graça em tons pastéis a sungas justas em cores que eu não via desde que era adolescente, quando Mark insistia em usar cuecas vermelhas para exibir suas credenciais de "amante fogoso". Então havia calcinhas e sutiãs de renda que me deixaram com vontade de chorar porque eram muito brancos e delicados e ficariam inevitavelmente puídos e que comigo acabariam acinzentados dentro de uma semana. Além disso, eram muito caros e, como o projeto da biblioteca de

Tom estava suspenso por tempo indeterminado e minhas dívidas no cartão de crédito estavam fora de controle, resisti à tentação de comprar, mas não pude ir embora sem antes experimentá-los.

Parada em frente ao espelho, verifiquei que de alguma forma eles reduziam as dobras de gordura em volta da minha barriga e faziam meus seios desafiarem a lei a gravidade. Então, tendo escolhido uma cueca boxer para Tom, de algodão branco e grosso que protegeria sua masculinidade, decidi ficar com o conjunto de calcinha e sutiã, para aproveitar o momento mais um pouco.

Eu estava devaneando sob uma grande placa que dizia "Lingerie para ele e para ela" com um coração vermelho desenhado em volta do "ele e ela", quando percebi que não estava mais só. Havia um homem observando a seção Calvin Klein. Eu estava ponderando se o ego masculino era afetado por comprar cuecas de tamanho pequeno e se eu deveria trocar a tamanho médio que havia escolhido para Tom por uma extragrande, acumulando, assim, ainda mais pontos, quando o homem se virou de frente para mim e percebi imediatamente que o reconhecia.

Depois de dez anos, ele estava um pouco mais pesado. Suas bochechas estavam rosadas e rechonchudas, e pude ver mais claramente como ele devia ser quando era um bebê bochechudo, porque quilos a mais significam rugas a menos. Acrescentam mais carne aos ossos. Era a aparência de um homem que come e bebe bem. Seu cabelo estava mais escasso, o que fazia com que seu rosto parecesse desproporcionalmente grande, e abaixo do primeiro queixo, pude ver um segundo prestes a se formar. Os traços amplos eram os mesmos. Avaliamos um ao outro implacavelmente por alguns segundos, e concluí que, em comparação, o tempo havia sido um pouco mais generoso comigo, essencialmente porque minhas falhas eram mais fáceis de esconder.

— Lucy — ele disse surpreso. — O que você está fazendo aqui? Entrou aqui atrás de mim? — Fiquei irritada. Era típico dele pensar que, mesmo depois de todo aquele tempo, estava sendo perseguido por mim. Nosso relacionamento era baseado em flerte mútuo, inclinar-se sobre uma mesa para olhar alguma coisa no jornal por um pouco de tempo demais com nossos ombros se tocando, fazer um ao outro rir demais sem deixar outras pessoas entrarem na brincadeira e sempre garantir que nos sentássemos lado a lado nas festas do escritório. Era um confronto entre iguais. Mas, por baixo de sua estudada indiferença, ele era um homem vaidoso. Da mesma forma que primeiras impressões muitas vezes se mostravam corretas, fiquei contente ao constatar que um encontro inesperado depois de quase uma década só fez confirmar meu conceito sobre ele. A distância não atribuiu necessariamente encantamento à história, que era o que ocorria na Idade Média, quando a nostalgia em relação ao passado e o receio em relação ao futuro podiam gerar uma aliança explosiva para o presente.

— Na verdade, eu já estava aqui quando você chegou, e nós dois estamos atrás da mesma coisa, eu acho — falei, erguendo a cueca.

— Não consigo decidir se sou tamanho médio ou grande — ele disse.

— Médio, até onde lembro — eu disse. Ele riu. Às vezes, quando encontramos um ex-amante, há uma facilidade de comunicação que atravessa os anos. Pode haver um sentimento correlativo de perda, pois jamais o mesmo grau de intimidade poderá ser atingido.

— Você me pegou — ele disse amavelmente. — Quer tomar um café?

Acho que convidar uma mulher para um café no século XXI é o equivalente a um homem do período vitoriano convidar uma mulher para olhar suas pinturas. É um convite aparentemente inócuo, incitado por intenções supostamente inocentes, mas o propósito que está por trás é ficar a sós com aquela pessoa. Então, nós dois largamos nossas cuecas um tanto rápido demais e rumamos para um pequeno café, onde o chá era servido em xícaras de verdade sobre toalhas de mesa brancas. No espaço de uma hora ele me contou que estava de férias em Norfolk com a esposa e os dois filhos. Que eles haviam alugado um celeiro transformado em casa em algum lugar perto de Holt ao longo da costa por um preço consideravelmente elevado. Que ele estava dirigindo um filme independente ambientado em Bradford sobre um romance entre uma garota asiática e um garoto branco. Que ele estava no conselho do British Film Institute. Que passava muito tempo viajando. Que sua mulher ia bem. Que passar tanto tempo separados dificultava ainda mais estarem juntos, pois os dois viviam vidas independentes. Que ele nunca havia contado a ela sobre nossa história e que nada parecido havia acontecido de novo. Eu não tinha certeza se acreditava nele, mas isso dizia algo sobre a imagem que ele queria ter de si mesmo. Naturalmente, porque eu havia esquecido como ele era egocêntrico, ele não perguntou nada sobre mim até o bule de chá ficar frio e começar novamente a chover lá fora.

— E então, o que você tem feito, Lucy? — ele finalmente perguntou.

— Casada, três filhos. Mãe em tempo integral. Eis um cargo que encerra a conversa imediatamente. Deixei o *Newsnight* uns dois anos depois que você saiu. Trabalhei durante um tempo depois que meu primeiro filho nasceu.

— Por que você fez isso? Você amava aquele emprego. Você tinha tantos planos, tantas ideias. Eu achava que você estava destinada ao sucesso. Daria um emprego a você sem pestanejar.

— O equilíbrio entre a vida pessoal e a vida profissional se revelou complicado demais. Então decidi tirar um ano de folga, aí fiquei grávida de novo e de novo e, quando dei por mim, haviam se passado oito anos — expliquei.

Queria perguntar se ele conseguia se lembrar de alguma das minhas grandes ideias, porque eu certamente não lembrava, e elas poderiam ser úteis agora. Assim como todo o sono extra que eu não valorizava antes de ter filhos. Gostaria de ter armazenado tudo isso para referências futuras.

— E você gosta de ser mãe em tempo integral? — ele perguntou.

— Parar de trabalhar é um pouco como se mudar da cidade para o campo. Depois que a gente faz isso, é difícil voltar atrás. Fui engolida pelo turbilhão da maternidade. O ritmo de vida muda, é um terreno áspero e difícil, a cultura contemporânea passa batido pela gente, e vamos para a cama cada vez mais cedo, porque é muito exaustivo. Mas aprendemos a viver no momento novamente. E acho que meus filhos gostam de me ter por perto, e eu gosto de estar disponível para eles. Mas agora, é claro, estou absolutamente sem empregabilidade e tenho menos prestígio que uma dançarina de striptease.

Ele riu. E nós nos divertimos com a ironia das nossas ambições compartilhadas e os rumos radicalmente diferentes que tomaram, pois o feminismo pode ter feito muitas conquistas, mas ainda são as mulheres que têm de tomar as decisões difíceis.

— Dançarinas de striptease são pessoas muito influentes — ele disse. Então fez uma pausa. — E como vai a vida de casada? — A pergunta pairou no ar, porque era um território perigoso. Olhei para minha xícara de chá frio.

— Bem, às vezes difícil, às vezes tragicômica — eu disse, com o tipo de franqueza admissível quando você está com o alguém que sabe que não voltará a encontrar. O tipo de franqueza possível em viagens a terras estrangeiras. — Ter filhos nos leva a extremos, e os relacionamentos podem se perder na confusão doméstica.

— Nem me fale. Eu às vezes acho que é mais fácil se apaixonar por uma pessoa antes que você a conheça de verdade, antes que ela caia de seu pedestal. Quando fui morar com minha mulher e a vi cortar as unhas dos pés e comê-las, uma parte de mim morreu. É por isso que aqueles antigos relacionamentos que nunca passaram da fase do desejo ficam tão marcados na memória.

— É verdade — eu disse irrefletidamente.

— Meu próximo filme é sobre isso, é mais comercial, sobre um homem e uma mulher que se reencontram no site Friends Reunited e acabam tentando retomar um antigo romance. Os patrocinadores são americanos, então tem que ter um final hollywoodiano.

— E ela fica com o marido ou parte com o antigo namorado? — perguntei.

— Ela abandona o marido.

— Mas desde quando isso é um final feliz?

— Eu não disse que era um final feliz, disse que era um final hollywoodiano.

— Mas não seria mais romântico se ela ficasse com o marido? — insisti.

— Lucy, não seria meio sem graça se ela fizesse isso? — ele argumentou.

— E o que acontece com o marido?

— Ele acaba ficando com outra pessoa — ele disse, de modo um pouco impaciente.

— E quanto à mulher do ex-namorado?

— Ela está morta — ele diz, bocejando. — É mais conveniente desta maneira. Relacionamentos antigos não dão bons filmes. É o estágio inicial, a tensão sexual e a excitação que as pessoas querem ver.

— Acho que o amor de longo prazo tem mais a ver com atitude que com estado de espírito. Tem mais a ver com o quanto cada um pode dar do que com o que cada um pode receber do outro. Na verdade, em alguns aspectos é mais interessante que um relacionamento imaturo — eu disse. — Pelo menos assim eu espero.

— Um retorno gradual e seguro do investimento ao longo dos anos?

— Mais ou menos isso.

— Bem, então meu relacionamento está condenado, porque sou um filho da puta egoísta. E quanto ao seu marido?

— Ele é muito detalhista, o que pode ser muito irritante, mas, na verdade, ele não tem uma natureza egoísta. Não como você. Mas talvez seja por isso que você seja tão bem-sucedido.

— O problema do sucesso é que estamos sempre conhecendo pessoas ainda mais bem-sucedidas que nós. Quando fiz meu primeiro filme, achei que isso bastaria. Agora percebo que, a não ser que eu consiga produzir um trabalho consistente, vou me sentir como se tivesse fracassado. Há momentos de euforia, mas raramente me sinto feliz. A felicidade escapou por entre meus dedos.

Sei que perdi pistas evidentes, mas não me sinto mais atraída por esse homem. Minha curiosidade era em relação a alguém que estivera lá no início da história. Eu queria saber o que acontecia no meio para concluir se haveria ou não um final feliz.

Quando olhei para o relógio, constatei horrorizada que estava sentada naquele café havia quase duas horas. A loja agora estava fechada, e eu tinha esquecido de comprar as cuecas. Voltar ao camping sem as cuecas era inconcebível. Vasculhei minha bolsa atrás da minha carteira. Foi então que descobri que eu havia acidentalmente furtado o conjunto de calcinha e sutiã que tinha experimentado na loja. Era a primeira vez na minha vida que eu havia roubado alguma coisa. Decidi imediatamente que iria ficar com as peças. Não senti remorso algum, pois o roubo não havia sido premeditado. Era aceitável se envolver em atos precipitados moralmente suspeitos, contanto que eles fossem inconscientes.

— Sabia que eu nunca deixei de pensar em você, Lucy? Sempre me perguntei como teria sido, caso nossa relação tivesse evoluído — ele disse de repente. — Se você poderia ter sido a resposta. — A xícara de chá parecia minúscula entre suas mãos.

— É mesmo? — eu disse, com espanto. Vi uma de suas mãos se movendo em direção à minha e me levantei abruptamente da cadeira. Ela virou para trás e apoiou-se de maneira precária num radiador. Deixei-a como estava. — Eu não teria sido. É sempre um erro esperar que outras pessoas o façam feliz. Isso ajuda, mas não é uma panaceia — eu disse. — Acho melhor eu ir agora. — Deixei 5 libras sobre a mesa, sabendo que ele não teria dinheiro vivo, porque nunca tinha. — Foi muito bom ver você de novo. — Ele se levantou de modo desajeitado e me disse para entrar em contato, mas eu sabia que ele estava falando aquilo por falar. Havíamos falado sobre muitas coisas, e seria difícil nos vermos de novo.

Em certo sentido, foi um encontro fortuito, porque para mim representou o fim de um capítulo. Mas as repercussões de ter esquecido as cuecas de Tom e roubado roupas de baixo perduraram. Quando cheguei de volta ao camping, ele estava furioso, mesmo antes de saber que a empreitada havia sido inútil.

— O que você ficou fazendo a tarde inteira? — ele perguntou. — Fred caiu na lama e chorou durante quase uma hora. Joe pensou que estava murchando, pois a água salgada fez com que a pele dele ficasse enrugada. E eu encontrei o passaporte no carro, então Sam chorou porque ficou preocupado que você pensasse que ele havia me contado.

Olhei para Fred. Seu cabelo estava sujo com pedaços de alga, migalhas de lama seca e penas. Em seu rosto havia algumas partes limpas, entre a lama, onde imagino que rios de lágrimas tenham escorrido por suas bochechas.

— Por que você não o lavou? — perguntei, segurando seu pequeno rosto em minhas mãos.

— Achei que você estaria em casa para ajudar — Tom disse em tom de censura. Olhei para ele, então disse para Sam: — Nós só vamos discutir uma coisa rapidamente. Fique de olho em Fred e Joe, por favor.

Então contei a Tom que havia encontrado por acaso um antigo colega. Ele se lembrava dele com notável clareza e perguntou se nós já havíamos transado, porque ele sempre suspeitara que havia algo entre nós. Tomei uma decisão infeliz. Não consegui ver a situação do ponto de vista de Tom e achei que, como aquilo era irrelevante para mim, também seria irrelevante para ele. Então lhe contei a verdade sobre o primeiro episódio, porque pensei que aquilo tinha acontecido havia tanto tempo que não tinha mais importância, e estava contente em perceber que aquele homem não significava nada para mim. Mas é claro que tinha importância. Então não mencionei o segundo. E então disse a Tom que ele estava sendo hipócrita, pois era ele quem tinha dormido com Joanna Saunders e disse que ele tinha feito isso muito mais vezes e por muito mais tempo do que eu. Sua conta estava com saldo negativo. E todas aquelas feridas foram reabertas. Esquecer às vezes é mais fácil que perdoar.

18

"Se você não consegue montar dois cavalos ao mesmo tempo, não entre para o circo"

Quando recebo uma mensagem de texto de Robert Bass um mês depois da festa dizendo "Precisamos conversar. Você pode me encontrar para um café? Terminei o livro", reconheço que, seja qual for minha resposta, se trata de uma grande decisão do tipo topo-da-pirâmide. Depois do que havia acontecido na festa, a comunicação entre nós havia se tornado cheia de significados ocultos. Não havia nada de abstrato em relação ao episódio no armário de casacos. A atração era explícita, o que significa que agora eu teria de assumir maior responsabilidade por meus atos. É a diferença entre roubar roupas de baixo intencionalmente ou por simples distração. É o que acontece quando a fantasia invade os limites da realidade.

Obrigo-me a esperar pelo menos meia hora antes de responder, então escrevo: "Parabéns, mas acho que não é uma boa ideia." Admitindo tacitamente o que aconteceu, não apenas estou reduzindo as chances de que algo volte a acontecer, mas também sabotando a possibilidade de até um flerte inofensivo. Tento me sentir orgulhosa por ter tomado o que sei racionalmente ser a decisão certa. Se não houvesse nenhum fruto proibido no Jardim do Éden, Eva nunca teria tido de decidir se iria ou não comê-lo, digo a mim mesma. Há pouca hesitação no tom da minha mensagem para Robert Bass, mas ela não está escrita com absoluta convicção. Ser racional é um daqueles investimentos a longo prazo com poucos dividendos imediatos.

Embora eu tenha me sentido culpada, não é o tipo de culpa aguda, passível de alívio com uma confissão dramática. Está mais para uma variedade crônica que acho que talvez vá enfraquecer com o tempo. Consolo a mim mesma com o fato de que nada realmente aconteceu. Nem um emaranhado, nem mesmo um nó, o que significa que não há nada para desatar e ainda menos para confessar. E ninguém, com exceção do Pai Celebridade, sabe sequer que ficamos a sós. Ignoro o fato evidente de que segredos servem de alimento às fantasias.

Algumas semanas depois de enviar essa mensagem, com o feriado de Páscoa já transformado numa lembrança distante, entro no café local, depois de deixar os mais velhos na escola e Fred na creche, para uma reunião convocada pela Mãe Alfa para tratar do próximo evento. É a primeira vez desde a festa que vou estar tão próxima de Robert Bass, pois vinha, até o momento, evitado com sucesso qualquer contato com ele, a não ser o estritamente necessário.

A Mãe Gostosa Nº 1 acena para mim quando cruzo a porta. Ela dá um tapinha possessivo na cadeira ao seu lado, e eu me aproximo para sentar, aliviada ao constatar que cheguei cedo e que Robert Bass ainda não chegou. Estou ao mesmo tempo grata e ansiosa. Por um lado, eu me misturo ao cenário perto do colorido vestido estilo anos 1950 e dos imensos óculos escuros dela, por outro, ela inevitavelmente vai querer falar sobre Guy.

— Olá, Isobel — digo.

— Essa é a primeira vez que ouço você chamar meu nome — ela diz, parecendo satisfeita.

Lembro-me com nostalgia de uma época há não muito tempo quando eu tinha sorte se Isobel me concedesse algumas migalhas de atenção, e mesmo essas eram desprovidas de qualquer conteúdo emocional. Agora, meus sentimentos em relação a ela consistem numa desagradável mistura de sabores incompatíveis, como um experimento culinário em que um cozinheiro amador combina ingredientes improváveis numa tentativa inútil de produzir um novo e memorável prato. Curry em pó, açúcar e sal. Admiração, empatia e culpa. Admiração pela maneira com que ela escolheu lidar com a situação, pois carregou sozinha a carga emocional, sem jogar sua ansiedade em cima dos filhos, encarando o mundo com a mesma mistura de bom humor, desapego e estilo impecável. E essas características aumentam minha empatia.

Porém, culpa é o sentimento predominante. Minha lealdade está profundamente dividida. Desde o início, achei que seria errado trair Emma. A profundidade e a amplitude da minha relação com ela não se comparam à minha recente amizade com Isobel. Mas agora me sinto mais culpada por enganar Isobel do que pelo incidente com Robert Bass. Se eu permanecer firme, não haverá nenhuma repercussão para mim, apenas uma volta ao antigo status quo. A situação dela é muito menos previsível e envolve inevitavelmente uma boa dose de sofrimento.

Nas primeiras semanas depois da festa, tive várias conversas telefônicas desconfortáveis com Isobel sobre a possível identidade da amante de seu marido e os novos fatos que ela havia descoberto sobre a extensão da traição de Guy. O fato de que esses telefonemas sejam cada vez menos frequentes pode significar apenas que ela está perto de descobrir a identidade de Emma com seus próprios recursos ou que ela acha que eu faço parte da conspiração — o que é verdade.

Além disso, estou cada vez mais frustrada com Emma. Tentei explicar a ela que quanto mais durar o relacionamento entre ela e Guy, mais profundos se tornarão os sentimentos de mágoa e raiva de Isobel e mais difícil será para o casamento deles sobreviver. Toda vez que nos falamos, ela jura que o caso está prestes a terminar. Ela está usando um método que chama de "retirada gradual", o que eu já disse que soa como uma técnica de sexo tântrico, mas ela afirma que é parte de sua campanha para sair por cima da situação.

É tentador desmascarar Emma, mas, a essa altura, é muito pouco provável que isso vá ajudar em alguma coisa. A dignidade de Isobel foi parcialmente mantida por seu trabalho de investigação, que dá foco à sua raiva e tempo para criar uma resposta adequada.

Então, minhas reservas de raiva estão concentradas em Guy. Para minha surpresa, recebi diversos telefonemas dele, querendo garantias de que eu não ia contar nada do que estava acontecendo à sua esposa, nem convencer Emma a deixá-lo. Pergunto a mim mesma se Isobel ainda está monitorando suas ligações e qual será sua conclusão sobre essa nova pista na conta telefônica.

Olho para ela. A angústia lhe cai bem. Ela está esplêndida.

— Você está parecendo Jackie Kennedy durante a lua de mel em Acapulco — digo a ela.

— É uma analogia inadequada sob vários pontos de vista — ela diz, olhando por cima dos óculos. — Embora, a essa altura, dar um tiro em Guy seja uma das muitas alternativas que estou considerando. Especialmente desde que descobri que na noite do jantar no restaurante ele não estava na França.

— Eu estava me referindo à sua aparência. De qualquer forma, JFK provavelmente não estava tendo casos naquela época — digo, tentando ao mesmo tempo ser reconfortante e desviar de conversas sobre seu marido.

— Eu não estava pensando nos casos dele — ela sussurra laconicamente. — Estou usando esses óculos porque estou com um ferimento esportivo.

— Eu não sabia que era possível tonificar os músculos faciais — digo, genuinamente surpresa. — Isso não pode causar rugas?

— Você está me provocando deliberadamente, Lucy? — ela pergunta, mas sei que ela gosta de se entreter com esse tipo de assunto.

Gostaria de dizer a ela que estou profundamente incomodada com essa intimidade forçada entre nós e que quero que nossa relação volte a ser o que era antes. Mas é tarde demais. Estamos unidas pelas circunstâncias.

Ela levanta os óculos escuros para revelar um imenso hematoma que se estende da sobrancelha esquerda até a maçã do rosto.

— Acidentalmente golpeei meu rosto durante a aula de *kickboxing* — ela diz. — Minha cabeça está muito cheia de preocupações.

— Ter uma bunda tão dura tem que acarretar algum componente de sofrimento.

— Lucy, você tem duas opções na vida — ela diz, suspirando. — Ou você decide salvar seu rosto ou seu traseiro, e eu escolhi a segunda.

Devo estar com uma expressão confusa, porque ela continua:

— Se você fizer muito exercício, vai ficar enrugada; se estiver acima do peso, seu rosto parece mais jovem.

— Mas seu marido deve ver mais você de frente que de costas, não? — pergunto. — Não faria mais sentido investir no rosto?

— Na verdade, já que você perguntou, ele não me vê nem de frente nem de costas no momento. Suspendi todos os serviços. Além do mais, meu *personal trainer* diz que tenho que me concentrar no meu ponto mais forte — ela diz. — É um investimento para o futuro, caso as coisas não deem certo. — Sua voz está um pouco trêmula, e uma pequena lágrima escorre do canto inferior esquerdo de seus óculos escuros.

Ela a enxuga, fungando suavemente.

Estendo a mão para segurar seu braço. Queria que Emma pudesse ver esse lado da história.

— Não seja gentil comigo, não suporto que sintam pena de mim — ela diz. — Diga algo cruel para que eu não chore.

— Seu vestido é tão largo quanto um canteiro de crisântemos. Juízes não veem *personal trainers* com bons olhos em acordos de divórcio. Seu próximo carro será um G-Wizz — eu digo. Ela dá um leve sorriso.

Robert Bass se aproxima para juntar-se ao grupo, e tento me concentrar em meu suco de laranja, sorvendo-o ruidosamente pelo canudo, resistindo à tentação de levantar os olhos. Permito-me examinar suas pernas da coxa para baixo e noto que ele está usando bermudas cortadas que terminam de modo irregular pouco acima do joelho. Um verão com altas temperaturas não é a melhor época para combater pensamentos lascivos. Vejo suas pernas caminharem em direção a uma cadeira ao lado da Mãe Alfa. Tento achar algo engraçado em seus joelhos, procuro por pelos em seus dedos do pé, calos em seus calcanhares, qualquer coisa que possa furar a bolha de desejo.

Eu estaria mentindo se dissesse que não penso nele ao menos uma vez por dia, embora toda vez que ele invade os limites da minha mente eu me obrigue a pensar em algo diferente, um assunto sério que realce a frivolidade da minha obsessão. Por exemplo, faço uma lista mental de países que pagaram o pato pelas gafes da política externa americana e então, se isso não é o suficiente para me distrair, tento estabelecer algum tipo de ordem entre eles. O Iraque está pior que o Vietnã? A situação deveria ser avaliada de acordo com o número de civis feridos ou com as décadas que serão perdidas apenas para voltar ao ponto de partida? E, nesse caso, a Nicarágua foi uma tragédia maior que a Somália? Às vezes minha mente dá voltas. Será que um toque de infidelidade alteraria radicalmente a paisagem do casamento? Quanto tempo levaria para voltar ao status quo? Qual seria o número de feridos?

Se minha resolução precisasse de um reforço, eu parava e olhava para meus filhos e me sentia confiante de que tinha força de vontade para resistir a qualquer investida de Robert Bass. Mas o que eu falhara em perceber foi que, enquanto eu estava tentando tomar distância, ele ainda estava atrás de mim. Minha tendência para ver situações do ponto de vista de todos os envolvidos me traiu justo no momento em teria sido útil.

Mas, apesar de tudo isso, eu me considero uma pessoa de sorte, pois quando cada lembrança do armário de casacos ameaça dominar meus pensamentos, posso simplesmente desviar a atenção para os outros dilemas suscitados por aquela noite agourenta. Mark denominaria esses ciclos sobrepostos de angústia de deslocamento da ansiedade, porque precisa achar um rótulo para tudo.

A Mãe Alfa bate palmas oficiosamente para anunciar o início da reunião e me dá caneta e papel para tomar notas. Todos nos endireitamos em nossos assentos e, ainda assim, resisto ao impulso de olhar para Robert Bass. O Pai Celebridade entra no café. Ele está usando chinelos de dedo, calças jeans justas Super Fine que devem pertencer à mulher e um boné enfiado na cabeça, deixando apenas a parte inferior do rosto visível. Pede que eu e Isobel troquemos de lugar para que ele possa ficar ao meu lado. Eu agora estou espremida entre os dois. Ele cheira a suor e bebida alcoólica. Ele senta ao meu lado, e seu braço gruda no meu. Quando mexe o braço para levar a xícara de café preto à boca, eu disfarçadamente dou uma lambida em meu pulso e verifico que tem gosto de álcool. Ele está vertendo uísque puro pelos poros.

— O que está acontecendo, Sweeney? — ele sussurra com a voz rouca. Eu gostaria que ele parasse de me chamar pelo sobrenome.

— Ela está sugerindo que a festa tenha uma temática romana e que todos devemos ir vestidos a caráter e falar em latim — digo a ele.

— É um daqueles costumes ingleses esquisitos? — ele pergunta, tirando os óculos escuros.

— Não, apenas um daqueles costumes esquisitos do norte de Londres — digo. Ele está com uma aparência horrível, como se fosse o final de uma longa noite e não o início de um novo dia. Seus olhos estão tão vermelhos que os meus começam a lacrimejar. — Acho que você deveria ficar de óculos escuros — digo, apontando para Isobel. — Está bem acompanhado.

— Estou implodindo, Sweeney — ele diz. Ele faz um som semelhante a uma bomba explodindo.

A Mãe Alfa nos olha com censura.

— Minha mulher foi embora — ele diz. — Levou as crianças junto com ela para os Estados Unidos. Minha filha mais nova perguntou se eu estava num estábulo.

— O que ela quis dizer com isso? — pergunto.

— Instável — ele diz. — Mas eu não estou. Passo por períodos autodestrutivos, mas depois volto ao normal. É o meu jeito de lidar com a vida.

— O que você está fazendo aqui então, se seus filhos não estão mais na escola? — pergunto.

— Começo a filmar em Praga daqui a quatro semanas. Não tenho nada melhor para fazer. É mais divertido que ver TV, e tenho que vigiar você.

Depois de contar mentalmente até 250, me dou o direito de levantar a cabeça e lançar um olhar furtivo para Robert Bass. Noto que as mangas de sua camiseta branca estão dobradas de modo despojado para revelar seu braço e o início do osso de seu ombro. Sua pele está bronzeada. Ele se recosta na cadeira, com as pernas esticadas à frente. Está usando o dedo indicador da mão esquerda, o dedo que me tocou, para descrever pequenos círculos na mesa empoeirada. De tempos em tempos, passa a outra mão no cabelo, até que os fios começam a ficar arrepiados.

Evoco a constelação de situações embaraçosas que pairou sobre a festa naquela noite, como um cientista que reúne evidências empíricas para estimar a possibilidade de um desastre natural. Penso em pessoas em escritórios no Colorado, monitorando mínimos movimentos nas placas tectônicas todos os dias, na tentativa de prever a probabilidade de um terremoto. Se eles aplicassem a mesma ciência à minha vida, concluiriam indubitavelmente que um grave incidente ainda era inevitável. Decido que sou a falha de San Andreas.

Fecho meus olhos e encho os pulmões de ar, tentando não suspirar. Posso evocar o cheiro do casaco de pele de carneiro de Isobel, a torneira pingando, o calor de sua mão sobre meu corpo, que depois olhei para ver se havia deixado alguma marca. Considero quanto o tecido do meu vestido transpassado esgarçou com a força que ele usou para arrancá-lo do meu ombro. É provável ele que nunca mais recupere a forma. Começo a imaginar exatamente o que ele teria feito a seguir, se o Pai Celebridade não tivesse nos interrompido. Imagino aquela mão que está descrevendo o círculo na mesa dentro do meu vestido, percorrendo meu corpo. E então suspiro ruidosamente. O Pai Celebridade me cutuca com o cotovelo.

Quando abro os olhos, Robert Bass está olhando para mim. Pergunto-me há quanto tempo ele está me observando. Ele tira o dedo da mesa e passa-o sobre seu lábio inferior pensativamente. Então sorri para mim, uma espécie de meio sorriso, encoberto em parte pelo dedo. Tenho certeza de que ele sabe o que estou pensando.

— Contenha-se, Sweeney — sussurra o Pai Celebridade em meu ouvido. — A não ser que queira que o grupo todo capte esses olhares famintos. — Ajeito-me na cadeira, preocupada por ser tão transparente.

— Pensem em denarii. Pensem deuses e gladiadores — ouço a Mãe Alfa dizer com excitação.

— A qualquer momento ela vai introduzir um elemento de competição no processo — sussurro para o Pai Celebridade.

— E um prêmio para o pai que vier com a melhor fantasia — diz a Mãe Alfa triunfalmente.

— Adoro como os ingleses estão sempre procurando desculpas para se arrumarem — diz o Pai Celebridade. — Principalmente se há alguma possibilidade para se travestir.

— Acho que seria justo se fizéssemos uma votação para decidir uma coisa dessas — diz Robert Bass taciturno, inclinando-se para a frente. A manga direita de sua camiseta se desdobra, cobrindo a parte superior de seu braço.

— *In vita priore ego imperator romanus fui* — diz a Mãe Alfa. — Além do mais, não havia democracia na Roma Antiga. Concordamos semestre passado que todos os eventos escolares teriam um componente educacional.

— Mas nós não estamos na Roma Antiga, estamos no norte de Londres — insiste Robert Bass. — Nem todo mundo está estudando latim para ajudar no dever de casa dos filhos.

Ele fica ainda mais atraente quando está zangado, penso, fitando-o encantada. Com certeza é melhor que seus monólogos sobre a importância de escrever e dirigir as peças teatrais infantis.

— Talvez eu possa ir com a fantasia que usei em *Troia* — sugere o Pai Celebridade, tentando aparar as arestas da discussão. Robert Bass lança-lhe um olhar fulminante.

— Época errada, mas a ideia é maravilhosa — diz a Mãe Alfa, batendo palmas animadamente e abrindo seu laptop.

— Espero que você tenha trazido aquelas moças de novo — diz o Pai Celebridade, inclinando-se em direção a ela. A

Mãe Alfa se contorce na cadeira, cruzando e descruzando as pernas. Ela sorri de modo tenso. Mas claramente está gostando da atenção.

— Sua fantasia envolve couraça e armadura? — ela pergunta acanhada.

— Tudo o que tem direito, incluindo um elmo com uma cimeira vermelha — diz o Pai Celebridade.

— Você está propondo que façamos nossas próprias fantasias? — pergunto.

— Você pode fazer alguma coisa em sua máquina de costura, não pode? — diz a Mãe Alfa impacientemente.

— Eu não tenho máquina de costura e levei uma semana para fazer a fantasia de Urso Barney para a peça teatral da escola — alego.

— E o que os homens vão usar? — pergunta Robert Bass. — Nem todo mundo tem figurinos de filmes de Hollywood.

— Algo curto, plissado, com sandálias de tiras — replica a Mãe Alfa, sabendo que está no controle da situação. — Tenho certeza de que Lucy vai ajudá-lo. Vou sugerir que vocês dois tomem conta da tenda do bolo romano juntos.

— Não sei se isso é uma boa ideia — digo. Todos olham para mim. — Não posso ficar encarregada da tenda de Pregar o Rabo no Cavalo de Troia em vez disso?

— Época errada — diz a Mãe Alfa com indiferença. — Por que você não quer fazer a tenda do bolo com Robert? — Ela olha para mim e em seguida para Robert Bass, que encolhe os ombros.

— Você está preocupada com o nível de entusiasmo dele? — ela pergunta. Engasgo com o suco de laranja.

— Eu ajudo você também, Lucy — diz o Pai Celebridade. — Eu sou Spartacus. — Está fazendo sua melhor imitação de Kirk Douglas.

— Não, eu sou Spartacus — retruca Robert Bass. Então Isobel junta-se a eles.

— Não, eu sou Spartacus — ela diz. Todos começamos a rir.

Então, de repente Isobel fica em pé ao meu lado, com o braço estendido e a mão apontada para o ar. Todos olhamos para ela em silêncio espantado.

— Já sei — ela diz. — Pensem Pleats Please, pensem deslumbrantes sandálias Miu Miu estilo gladiador com pedras turquesa, pensem Virgens Vestais.

— A ideia é arrecadar dinheiro, não desperdiçar — diz Robert Bass rispidamente.

— Fico feliz que alguém demonstre um pouco de entusiasmo — diz a Mãe Alfa. — Nos encontraremos no playground no sábado de manhã com nossas contribuições, todas de acordo com o tema, é claro, e vestidos a caráter. — Assentimos humildemente com a cabeça.

— Por que você fez tantos bolos? — pergunta Tom na sexta-feira, tarde da noite. — É um para cada taça de vinho que você tomou esta noite?

— Só preciso que um deles fique perfeito — digo, afundando na cadeira e me enrolando no roupão de Tom. — Todo o meu status como mãe depende de fazer um bolo perfeito.

— Não seja ridícula, Lucy — diz Tom. — Como cozinhar pode ter alguma relação com suas capacidades maternais? Não faz o menor sentido. Você está agindo igual à sua mãe no Natal.

— É uma falha genética, a incapacidade de fazer um bolo.

— Você não podia ter pedido para o Raso Profundo fazê-los? — ele pergunta. — Afinal, vocês estão dividindo a tenda do bolo.

— Você tem que parar de chamá-lo assim.

— Bem, eu não posso chamá-lo de Pai Sexy Domesticado, posso? — ele diz zombeteiramente. — Isobel me disse que é assim que as mães se referem a ele. Achei que fazer bolos fosse a especialidade dele.

— E é. Esse é o ponto — digo, um pouco embriagada.

— Por que eles estão tão achatados? — ele pergunta, apertando um dos bolos, que imediatamente murcha ainda mais. — Parecem Frisbees. — Então faz uma pausa. — Por que você não finge que são discos romanos?

Olho para ele admirada.

— Que ideia brilhante — digo, quase chorando de alívio. Vou até ele e dou-lhe um abraço.

— Esse roupão é horroroso — ele diz, me envolvendo em seus braços. Ficamos recostados um no outro em silêncio

— Está tudo bem com você? — pergunta Tom. — Você anda muito distraída ultimamente até mesmo para os seus padrões. Você está preocupada com Emma? Ou Cathy? Ou Isobel?

— Estou bem. Estou esperando ansiosamente pelo verão para ir para a Itália.

— A biblioteca estará em plena marcha até lá, e tirarei uma folga decente. Vamos poder nos aproximar um do outro de novo, só precisamos resistir ao próximo mês. Vou me deitar. Eu disse que terei de passar o próximo fim de semana em Milão de novo?

Ele não tinha dito, mas, para ser sincera, eu estava me acostumando com a ausência de Tom. O problema não é estar separado, mas aprender a estar junto de novo. O afastamento começou meses atrás, e agora é de fato mais fácil ficar sozinha. Só preciso chegar ao fim do ano escolar. As férias de verão se aproximam no horizonte como terra firme depois de um período turbulento no mar. Se eu conseguir sobreviver à festa da escola, estarei a salvo. As férias criarão a distância necessária entre mim e Robert Bass e, além disso, depois ele estará viajando para promover seu livro.

Às 5 horas, desço trôpega até a cozinha pronta para recomeçar o combate. Mesmo antes de chegar ao porão, o acre cheiro de bolo queimado enche minhas narinas. No final da noite anterior, uma mistura de sono atrasado e excesso de vinho fez com que eu dormisse em serviço, condenando meu último empreendimento, um bolo chiffon, a um destino incerto que nada tinha a ver com o Império Romano.

Tomo um gole de vinho que sobrou numa taça na noite anterior para acalmar os nervos, esperando não ser submetida a um teste de bafômetro no caminho para a escola. Um cenário opressivo me aguarda, mais campo de batalha que idílio doméstico. Todas as tigelas utilizadas neste exercício tarde da noite estão cheias de massa de bolo, agora irremediavelmente dura. Sobre o balcão, há uma miscelânea de meleca não identificável e duas garrafas de vinho vazias. Panelas sujas estão abandonadas em poças de glacê. O mixer está parcialmente coberto de chocolate. Avalio a situação com admirável frieza e decido impassivelmente que o de chocolate, se meticulosamente esculpido e enfeitado, pode ser salvo, junto com um chiffon de chocolate levemente queimado e três discos.

Então ligo o rádio e ouço um programa destinado a pessoas que acordam cedo para ordenhar vacas e fazer pão. Mais andorinhas estão voando para a Grã-Bretanha depois de anos em declínio; há uma deficiência de pastores e vigários rurais. Essa imagem bucólica tem propriedades calmantes, e começo outro bolo com vigor renovado. Enquanto quebro ovos numa tigela, olho pela janela para o jardim e vejo um lençol tremulando suavemente no varal. Então me dou conta de que, com toda a compulsão de assar bolos, havia esquecido o ingrediente mais importante do dia, o traje romano feito à mão. Marcho decidida em direção ao jardim, animada pela taça de vinho matinal, e apanho o lençol do varal. Uma pomba olha para o bolo chiffon que deixo sobre o gramado e gorjeia agradecida do outro lado do jardim.

Nil desperandum, para cada problema existe uma solução, e a minha estava bem na minha cara. Um lençol de solteiro maravilhosamente limpo, ainda que um pouco amarrotado, esperando por seu momento de glória. Usando a tesoura da cozinha, corto um círculo tosco no lugar onde a cabeça deveria entrar. Comparado à bermuda feita por Joe, parece o trabalho de um amador, mas com uma corda ao redor da cintura, posso passar por uma escrava ou algum outro subalterno de antigamente. As cortinas dos vizinhos estão firmemente fechadas. Tiro o roupão e sacudo o lençol.

Ouço um barulho e olho para cima para ver Tom surgindo na janela do quarto, com uma expressão confusa. Ele abre a janela e inclina, sonolento, o corpo para fora.

— Por que você está pelada no jardim às 5 horas da manhã? — ele pergunta, aborrecido, como se temesse a resposta. Avista o bolo no meio do gramado. — Não me diga, você está treinando para a competição de discos de chocolate. Estou começando a questionar a sanidade mental dos pais desta escola, particularmente a sua.

— Sshh, você vai acordar todo mundo — digo, cortando um buraco um pouco maior ao redor do pescoço.

— Por que você destruiu esse lençol? — ele pergunta.

— Veja, não é óbvio? — pergunto.

— Não para quem está de passagem — ele diz.

— É meu traje romano — explico.

— Engraçado, porque parece que você está vestindo um lençol com um buraco no meio — ele diz, batendo com força a janela e resmungando por entre os dentes.

Alguns minutos depois, ele entra na cozinha. Olhando para as manchas de chocolate no teto, ele diz, com uma ponta de desespero:

— Por Deus, Lucy, como você consegue fazer tanta bagunça? Por que você não vai arrumando as coisas à medida que termina? É um sistema usado há séculos. Até na época do Império Romano. Olhe só o retrato da minha mãe, parece que ela tem alguma doença de pele. — Ele usa o dedo para limpar as manchas no retrato de Petra e os lambe meticulosamente.

Explico que num momento crucial do processo de confecção do bolo não consegui encontrar a tampa do liquidificador e então, com uma inocência ao estilo Heath Robinson, improvisei utilizando um pedaço de cartolina com um furo no meio para o batedor de ovos elétrico.

— Você viu isso no *Blue Peter*? — ele pergunta. — Você podia simplesmente ter usado uma tigela menor.

Tiro meu último empreendimento e o desenformo. Conseguiu ficar ao mesmo tempo queimado por fora e cru por dentro.

— Como isso é possível? — ele pergunta incrédulo. — É como ser gordo e magro ao mesmo tempo. — Ele vai até a caixa de ferramentas e traz um serrote.

— Funcionou no aniversário de Joe ano passado — ele diz, em tom tranquilizador. — Você pode fazer um buraco no meio e encher com ovos de chocolate.

— Mas ovos de chocolate não são autenticamente romanos — digo a ele.

— Nem tendas de bolo. Não sei por que você se oferece para fazer algo que inevitavelmente acabará em desastre. É tão masoquista. — Então ele para por um instante. — É difícil ter uma conversa séria com alguém vestindo um lençol.

Ele vai até o andar de cima e traz seu velho casaco de tweed.

— Sei que está calor, mas você não pode caminhar até a escola vestida dessa maneira. Você está ridícula. Vou voltar para a cama. Levo os meninos comigo mais tarde.

Com um humor rebelde, saio de casa duas horas depois, levando meus discos e o bolo de chocolate numa cesta. Ando em direção à escola sentido calor e coceira por causa do casaco de Tom. Em frente ao portão da escola, avisto Robert Bass colocando o cadeado em sua bicicleta, com uma forma de bolo Cath Kidston debaixo do braço. É tarde demais para evitá-lo.

— Bolo de cenoura. Totalmente orgânico — ele sorri. — Minha especialidade.

Decido evocar essa frase toda a vez que pensar nele, porque se existem sete palavras capazes de cortar o tesão, são essas.

Ele também está vestindo um casaco comprido. Olho para suas panturrilhas e noto que estão entrelaçadas por tiras de couro, como as de um homem da Roma Antiga.

— O que você tem embaixo disso? — pergunto.

— Conforme me foi ordenado, estou usando uma toga curta de um ombro só e um cinto de couro. — Ele sorri, rangendo os dentes.

— Quão curta? — pergunto.

— Bem, digamos que só conseguimos encontrar um lençol tamanho infantil — ele diz, abrindo o casaco para me mostrar o efeito glorioso completo. Robert Bass veio para a festa da escola de minissaia. Olho com indulgência para suas pernas, um pouco peludas demais para o meu gosto, mas bem torneadas. No espírito de vergonha compartilhada, mostro a ele meu próprio lençol customizado com o buraco no meio. Ele empalidece visivelmente.

— É o Gasparzinho — ele diz, dando um passo para trás para me ver melhor.

Sou salva de mais aviltamento pela chegada de Isobel. Ela para o carro ao nosso lado e abre o vidro elétrico.

— Fazendo comparações? — ela pergunta retoricamente. Desce do carro vestindo um vestido creme de alças finas com pregas passadas a ferro à perfeição.

— Como você conseguiu isso? — pergunto, genuinamente impressionada.

— Issey Miyake — ela responde.

— Eu não sabia que você tinha uma empregada japonesa — diz Robert Bass.

— Comprei especialmente para a ocasião — ela diz. Foi então que percebi que minhas prioridades estavam erradas. Bolos de chocolate são anônimos, mas o figurino é altamente pessoal.

Robert Bass e eu caminhamos em silêncio em direção à nossa tenda.

— Sobre a festa, Lucy — ele diz. — Precisamos conversar.

— Não há nada a dizer — eu digo, olhando em volta para ver se há alguém nos ouvindo.

— Você não pode me evitar para sempre — ele diz, com os braços cruzados atrás da mesa montada sobre cavaletes.

É difícil imaginar algo mais envolvente que a conversa que Robert Bass está propondo. Mas o playground se cala à medida que um centurião de aparência muito autêntica, vestindo uma saia branca curta, armadura completa e capacete com viseira e cimeira, vem andando em nossa direção.

— Ave, César — ele grita para nós, abanando sua espada no ar. O Pai Celebridade chegou. — Estou aqui para defender sua honra, Lucy — ele sussurra, enquanto Robert Bass vai até a frente da mesa e começa a desembrulhar os bolos. — Se eu não desmaiar antes. Essa roupa está apertada. Acho que engordei um pouco desde que fiz aquele filme. Deve ser a cerveja.

— E não o uísque? — pergunto.

— Bem, devem ser os dois.

— Pessoal, assumam suas posições — grita a Mãe Alfa, batendo palmas.

Quando estamos atrás da tenda do bolo, as nuvens se dispersam, e Robert Bass e eu descobrimos que, com o sol batendo em nossas costas, nossos lençóis ficam totalmente transparentes.

— Esses dois não deixam muito para a imaginação — diz o Pai Celebridade, nos olhando de cima a baixo por sob sua viseira, suas camadas de saia balançando para cima e para baixo suavemente. — Pelo menos você está usando cuecas grandes — ele diz a Robert Bass, pondo seu braço ao redor dele e cutucando-o na barriga com a espada.

— Contanto que fiquemos atrás da tenda, nossa dignidade estará protegida pelos bolos. Teremos de tentar mantê-los aqui pelo máximo de tempo possível — diz Robert Bass.

— Que conversa é essa? Há muito a fazer — diz a Mãe Alfa. De modo teatral, ela estende uma toalha de mesa bordada pessoalmente por ela com números romanos para combinar com bolinhos perfeitos confeitados com inscrições em Latim. Meu bolo cuidadosamente esculpido subitamente parece bastante rústico.

— Onde estão suas sandálias romanas, Lucy? — ela pergunta, olhando para meus sapatos e me entregando um prato de moedas romanas. — Aqui está o denarii, lembre-se de que queremos que tudo pareça o mais autêntico possível para as crianças.

— Bem, neste caso acho que eu deveria ter passado a noite assando em forno de barro — digo, empurrando meu bolo de chocolate para a frente e derrubando a primeira fileira de bolos no chão.

— Acho que essa foi uma autêntica vitória pírrica — diz Robert Bass, retirando meu bolo de perigo e ajudando a Mãe Alfa a resgatar seus bolinhos danificados.

— Lucy, o que você colocou nesse negócio? — ele resmunga. — Isso pesa mais do que eu.

Antes que eu possa responder, a Mãe Alfa anuncia que teve uma ótima ideia e decidiu usar meu bolo para uma competição de "Adivinhe o peso do disco de chocolate".

— Mas eles não faziam isso na Roma Antiga — protesto debilmente, amaldiçoando Robert Bass por dentro.

— Também não tinham rifas, mas temos que arrecadar dinheiro de algum jeito — ela diz laconicamente.

Robert Bass olha para mim com ar de culpa e encolhe os ombros.

— Sinto muito, ela é uma mulher com uma missão, Lucy.

— Talvez Robert pudesse coordenar essa competição, então? — sugiro avidamente.

Isobel desliza pelo playground, com o vestido tremulando suavemente atrás dela. Traz uma lança nas mãos.

— Pense Virgem Vestal — ela diz, olhando fixamente nos olhos do Pai Celebridade.

— Mas você tem quatro filhos — eu digo.

— Está mais para Minerva — diz Robert Bass. — Talvez eu possa ser seu escravo.

— Ou eu — diz o Pai Celebridade.

— Você tem que entrar no clima, Lucy — diz Isobel generosamente para mim.

— Ela já entrou — diz Robert Bass, apontando para minha fantasia. — Está fantasiada de Gasparzinho. — Todos riem, e até eu dou um sorriso relutante. Robert Bass se retira para preparar sua competição, e eu me sinto calma novamente.

O sol aparece por trás de uma pequena nuvem, e mais uma vez sou completamente exposta. Isobel olha para minha virilha e suspira.

— Se você tivesse usado um lençol cem por cento algodão egípcio com uma alta contagem de fios, poderia ter evitado isso — diz, acenando o dedo para mim.

— Mas leva tanto tempo para passar — argumento.

— Não saberia dizer, não é meu departamento — ela replica. — E, Lucy, poliéster inevitavelmente ficaria pegajoso. Se eu fosse você, da próxima vez usaria um lençol de algodão, e talvez uma depilação.

À medida que os outros pais chegam, lotando o playground, a notícia sobre a natureza íntima da experiência em oferta na tenda do bolo se espalha. Nos vemos inundados de pais e crianças que começam a dar lances por discos de chocolate e bolo. Uma fila indiana se formou para a competição de "Adivinhe o peso do disco de chocolate".

O sol agora está tão quente que estou enrolada em meu lençol de poliéster suado que gruda cruelmente em meu corpo. O furo cortado às pressas esgarçou terrivelmente, e meu decote passou de recatado a indecente no espaço de uma hora. Toda vez que me inclino para pegar moedas da caixa marcada "Denarii", tenho de pôr a mão sobre o peito para segurar o lençol. Encolher a barriga está se tornando cada vez mais cansativo. Preciso das duas mãos para distribuir as fatias de bolo, e o Pai Celebridade amavelmente protege minha dignidade pondo sua mão logo acima dos meus seios.

Durante um período de baixa no movimento, ele me olha de cima a baixo, apreciando meu corpo sem nenhum sinal de vergonha ou remorso.

— Mais para Vênus que para Minerva, eu acho — ele diz, provocador. — Não há nada como uma mulher romana para estimular o apetite de um humilde centurião.

Avisto Tom se aproximando com nossos três filhos de arrasto.

— Ouvi dizer que a tenda de bolos é a sensação da festa, Lucy — diz Tom, incrédulo. — Eu deveria ter posto mais fé.

Ele olha para o Pai Celebridade.

— É uma fantasia e tanto — ele diz. — Talvez você devesse tentar outro visual quando formos ao Arsenal. — O sol aparece de novo. — Por Deus, Lucy, você está praticamente nua. Ainda bem que você tem um centurião para defender sua honra.

Então ele ri por quase um minuto, a cabeça jogada para trás.

— Dá para ver a calcinha da mamãe — anuncia Sam para todos ao redor.

— Volto mais tarde — diz Tom.

— Não há nada como as crianças para nos fazer pôr os pés no chão — diz o Pai Celebridade pesarosamente. — Às vezes você não sabe o que tem até perder. Pessoas que não sabem o que querem são perigosas, Lucy. Dispensei meu psiquiatra, a propósito. Decidi que ele era parte do problema.

19

"O fogo é um bom criado, mas um mau amo"

Mais tarde naquele mesmo dia, subo lentamente a escada do clube particular de Emma. É um daqueles dias de verão típicos de Londres, em que o calor desce queimando do céu e sobe pela calçada, de modo que sentimos sua força total na altura da cintura. Minhas roupas grudam no corpo, e parte de mim gostaria de ter ficado em casa, exceto pelo fato de que estamos aqui para comemorar a mais recente promoção de Emma. Subo lance depois de lance, e fica cada vez mais quente, até que finalmente chego ao último andar do prédio. Recosto-me nos painéis de madeira para recuperar o fôlego, com a esperança de me refrescar, mas os painéis estão quentes e grudentos e deixam manchas marrons em minha camisa branca.

Penso com inveja no vestido de Isobel e imagino as ondas flutuantes da saia me refrescando. Dou-me conta de que não compro roupas novas há quase um ano. A empregada de Isobel levou um dia inteiro para separar suas roupas de verão das de inverno. Minha vida não tem nenhum desses limites de estação. Estou usando a mesma calça jeans que usei da última vez em que estive aqui, dez meses atrás.

Estou me sentindo tão exausta por causa da minha empreitada noturna e matinal fazendo bolos que me vejo em um daqueles momentos por que passava quando os meninos eram bebês, quando, caminhando pela rua, sentia uma sacudida repentina, como se alguém estivesse tentando me acordar. Eu estava acordada ou sonhando? Não havia qualquer ângulo filosófico nessa questão. Era uma sensação puramente física, produto de quase dois anos sem uma noite completa de sono. Consolei a mim mesma com o fato de que ninguém jamais morreu de privação de sono, embora indubitavelmente ela provoque comportamentos erráticos. Para começar, tudo fica parecendo um sonho. Não é uma desculpa, apenas uma explicação parcial.

Tom se ofereceu para cuidar dos meninos porque estava se sentindo culpado por não ter me contado que ia passar o fim de semana seguinte em Milão. Mas a oferta estava limitada a eles estarem na cama antes de eu sair de casa para que ele conseguisse trabalhar um pouco antes da viagem. Então, entre a festa e o momento de sair de casa, quero deixar claro que consegui, simultaneamente, fazer um espaguete à bolonhesa para o jantar e cuidar de um machucado no joelho de Fred, provocado por um chute acidental de Joe durante um jogo de futebol no jardim. Joe convenceu Fred a ser Jens Lehmann. Mas Fred ficou imóvel na frente de Joe quando ele deu um chute a gol, e como Joe estava usando chuteiras, saiu sangue. Isso sempre foi uma fonte de intenso fascínio, mesmo para Sam, que, aos 9 anos, ainda não se cansou das possibilidades dramáticas de um ferimento sério. "Tem sangue?", é a pergunta que um deles sempre faz cheio de esperança, e posso sentir o frisson de emoção quando a resposta é afirmativa, uma mistura de fascínio e espanto. Acho que o sangue deve ser para as crianças a prova de que elas existem separadamente dos pais. Um sinal de que terão de enfrentar as dificuldades da vida sozinhas.

Ao mesmo tempo, pus uma carga de roupa na máquina e fiz um teste de soletrar com Sam. Liguei para outra mãe para confirmar a presença de Joe numa festa de aniversário, arrumei uma estante e passei a calça jeans úmida que estou usando agora enquanto respondia a perguntas de Joe sobre espermatozoides. Sua obsessão com *A noviça rebelde* passou, e agora ele está ligado nos programas de vida selvagem de David Attenborough.

— Mãe, qual é o tamanho de um espermatozoide? — ele perguntou.

— Minúsculo — respondi.

— Mesmo se é um espermatozoide de baleia?

— Isso mesmo — respondi, esperando que se eu não desse conversa, ele fosse escolher outro momento para embarcar naquela discussão. — Não importa o tamanho, o espermatozoide é sempre minúsculo.

— Posso ter um espermatozoide como animal de estimação?

— Na verdade, eles não sobrevivem depois de saírem de casa — disse a ele, sabendo que essa bobagem vai semear a confusão mais tarde. Eu deveria encontrar Emma e Cathy em menos de uma hora.

— Papai podia dar alguns para você — disse Sam, tentando ser útil. — Ele cria espermatozoides.

Joe olhou para ele desconfiadamente. Sam vive no lado leve da vida, mas para Joe sempre haverá perguntas.

Aquele teria sido um bom momento para embarcar numa conversa rudimentar sobre os pássaros e as abelhas, mas eu simplesmente não tinha tempo. Tive uma visão de Joe aos 16 anos, fazendo sexo com a namorada, engravidando a menina e me culpando porque eu lhe disse que o espermatozoide não sobrevivia no mundo externo. Concluí que, no fim, haveria muitas oportunidades para essa conversa até lá.

— Acho que vou guardar minha mesada para comprar alguns, então — ele disse.

— Talvez um peixe dourado seja melhor — respondi. — Eles têm mais personalidade. Por que vocês dois não brincam de Transformers?

Não foi exatamente como ter uma babá de qualidade, que me daria uma noite sem banhos e histórias, um processo que toma mais ou menos uma hora e meia, mesmo com atalhos. O tipo de babá com a qual você está exausta na hora em que sai de casa. Quando estava lendo para Joe, senti os olhos ficando pesados, e eram 20h30 quando Tom me acordou.

— Botei Fred na cama — ele disse. — Rápido, que você ainda consegue ir.

Saí correndo pela porta, agradecendo, mas fiquei chateada com ele porque podia contar as vezes que ele havia ficado de babá dos meninos este ano nos dedos de uma das mãos, enquanto que havia perdido a conta de quantas vezes eu tinha botado os meninos na cama sozinha. Não recebi nenhum aplauso por isso, mas ainda assim sei que ele vai achar que, por ter ficado de babá esta noite, tem direito a pontos que nunca vou ganhar. O que acontece mesmo com os homens mais prestativos que os leva a quantificar todos os seus esforços domésticos? Cada pequena contribuição é meticulosamente registrada, desde dar banho e café da manhã até guardar a louça da máquina de lavar. Eles querem e esperam reconhecimento e aplausos. Sei que, quando chegar em casa, vou encontrar restos do jantar ainda sobre a mesa e terei de cuidar de Fred quando ele acordar, como faz quase todas as noites.

Assim, embora a ideia de uma noite com minhas amigas normalmente me deixe com o tipo de entusiasmo reservado a uma adolescente que vai sair com um novo namorado pela primeira vez, hoje eu não queria nada além de passar uma noite na frente da televisão na companhia de uma garrafa de vinho.

Mas quando Emma e Cathy acenam para mim do outro lado do salão, meu ânimo melhora um pouco. Faz quase dois meses desde que nos vimos pela última vez, e minha última noite com Emma foi memorável por todos os motivos errados. E certamente não envolveu muita conversa agradável. Tenho estado acabada desde que resolvi abandonar qualquer contato com Robert Bass. No final, vou acabar ressurgindo com energia renovada, mas por ora há um vácuo em minha vida.

— À dominação do mundo — diz Emma, passando-me uma taça de champanhe enquanto sento em frente a ela. — Eu agora estou encarregada da Europa, do Norte da África e do Oriente Médio.

Bebo o champanhe como se fosse água e brindo ao seu sucesso. A capacidade de Emma de sempre olhar para fora me impressiona e espanta. Ela conquista novos territórios como uma superpotência colonial, enquanto me sinto como se estivesse envolvida numa luta constante para controlar uma minúscula parte do terreno sob meu comando. Até a pilha de roupa suja está em constante estado de rebelião.

— Suponho que seja mais ou menos como ter três filhos — digo. — O mais velho é relativamente calmo, mas inclinado a ter discussões sobre dinheiro. O do meio sempre se sente deixado de fora. E o caçula é teimoso e volátil.

Recosto-me no sofá de veludo, satisfeita com meu relativismo geográfico.

— Eu ainda leio jornal, sabia?

Então o telefone toca. Sei, mesmo sem olhar, que é Tom. Penso comigo mesma que, se fosse uma região, eu seria a África Central, fora de controle, a caminho da guerra civil e governada por ditadores mesquinhos.

— Lucy, não estou encontrando nenhuma fralda — diz ele. — E Fred vai mijar a casa toda se não estiver de fralda à noite.

— Acho que pode ter acabado. Compro algumas na volta para casa. Você vai ter que dar um jeito — digo, segurando o telefone longe da orelha.

— Exatamente o que você está propondo? — ele pergunta desconfiado.

— Você pode usar um pano de prato e botar uma calça grande por cima. Isso vai lhe garantir pelo menos umas duas horas — digo.

— Você já fez isso antes, não fez? — ele pergunta exasperado. O telefone fica mudo.

— Não consigo nem imaginar uma situação em que você não consiga dar uma resposta — diz Emma, parecendo impressionada. — Você é muito boa no improviso. É uma habilidade e tanto.

— Vem com o território — digo. — Três filhotes e um marido de pavio curto são capazes de liberar seu bombeiro interior.

— Não imagino que algum dia vá ter três filhos para trocar impressões com você — diz Emma sem qualquer traço de melancolia. — É irônico, mas embora esteja com um namorado firme pela primeira vez em anos, estou mais longe do que nunca da questão de filhos. Guy definitivamente não iria querer mais. — Ela dá tapinhas na enorme bolsa preta que usou para guardar as ferramentas durante nossa visita noturna à casa de Guy da mesma forma como uma grávida dá tapinhas na própria barriga. A bolsa parece estar cheia, e me pergunto o que pode haver lá dentro, levando em consideração o que continha da última vez em que saímos juntas.

— Melhor assim, já que ele tem uma esposa firme também — digo, notando que ela usa o presente para se referir a Guy.

— E eu nunca mais vou ter outro, se minha situação atual durar muito — diz Cathy. — Acho que Pete daria um pai melhor, mas não seria um bom começo para uma vida familiar.

— Mas você não pode escolher um em vez do outro? — pergunto.

— Ou ter um filho com um e depois com outro? — diz Emma.

— Daí eu teria três filhos com três pais diferentes — diz Cathy. — Dá para ser pior que isso? Enfim, não é uma opção. Acho que o trato é que ou saio com os dois ou não saio com nenhum, embora nunca analisemos a situação. Na verdade, os dois juntos formam o homem perfeito.

— Então sobre o que vocês conversam? — pergunto.

— Futebol, filmes, restaurantes, aonde ir nas férias, livros que estamos lendo, o de sempre — ela diz. — Dentro da sua estranheza, é tudo muito normal. Eu só acho um pouco cansativo. É ótimo fazer tanto sexo e ser adorada por dois homens, mas é um pouco como comer muito chocolate. Dá para enjoar até de uma coisa boa.

— Então quando Ben está com o pai e você passa o final de semana com eles, como decide na cama de quem vai dormir? — pergunto.

— Todos dormimos na mesma cama.

— Muito aconchegante — diz Emma.

— Na verdade, está um pouco quente demais — diz Cathy.

— Então em que ponto o outro sabe que pode chegar em você? — pergunto, imaginando o tipo de sistema de sinetas que encontramos em algumas casas de campo. O melhor de sair com Cathy e Emma é que as situações delas são invariavelmente mais divertidas que a minha.

— Bem, esta foi a única parte do relacionamento que evoluiu — diz ela. Fico impressionada com a forma como os dois homens se fundiram. — Sem entrar em muitos detalhes, tudo meio que acontece ao mesmo tempo.

— Então existe um elemento gay — Emma diz triunfalmente, por achar que sua teoria original foi provada.

— Não acho que seja tão simples assim — diz Cathy. — Acho que eles sentem prazer de ver um ao outro fazendo sexo com a mesma mulher. E tem um elemento competitivo em tudo isso.

— Com os homens, sempre tem — diz Emma.

— Meu Deus, preciso contar isso a Tom — digo.

— Quero redescobrir as alegrias do sexo baunilha — diz Cathy.

— O que é isso? — pergunto, imaginando um cenário que envolve sorvete, uma perspectiva que eu sequer cogitaria, já que pioraria a já precária situação da minha lavanderia.

— Refiro-me a sexo simples e convencional — ela explica. — Nunca parecemos chegar àquela parte do "atirados na frente da televisão com comida entregue em casa".

— Você tem muitos anos pela frente para esse tipo de coisa — digo em tom cansado.

— E não tem muito companheirismo. Seu irmão diz que a lealdade e uma natureza carinhosa são traços importantes num homem, e que aos 20 anos tendemos a dispensar homens que os demonstram. Daí, quando chegamos aos 30, esses homens já estão comprometidos, e ficamos com o resto exatamente quando nossas prioridades mudaram.

— Ele inclui a si mesmo no resto? — pergunto.

— Ah, sim — diz ela. — Ele descreve a si mesmo como um clássico compromissofóbico, incapaz de manter um relacionamento com uma mulher por mais de dois anos.

— Ah, então vocês têm se visto? — pergunto, porque esse não é o tipo de conversa que as pessoas têm pelo telefone.

— Eu o encontrei por acaso há umas duas semanas, e almoçamos juntos umas duas vezes — diz ela.

Um garçom se aproxima com outra garrafa de champanhe.

— Você quer uma cerveja de gengibre? — ele me pergunta, depois de cumprimentar Emma.

É o mesmo garçom da minha última visita, e o elogio por sua memória impecável e olho com inveja para conferir seu avental. Desde que Petra foi embora, o setor de lavagem de roupas evoluiu um pouco. Descobri um serviço de lavanderia para as camisas de Tom, e a babá está ganhando um extra para separar o resto. As coisas progrediram, mas ainda é um daqueles problemas perenes.

Para minha surpresa, o avental está amarrotado e coberto de manchas. São tantas que parece um mapa-múndi. Procuro o contorno dos diferentes países e encontro uma marca de vinho tinto que se parece com a Austrália e uma série de pequenas ilhas vermelhas ao longo de uma mancha maior, todas formadas, imagino, por molho de tomate, que poderia ser a Grécia continental e algumas ilhas, possivelmente Creta e Corfu. Ele me vê olhando e sacode a cabeça com tristeza.

— Ele me deixou — diz. — Eu vivia deixando a porta da geladeira aberta. Desci numa manhã durante essa onda de calor e tudo tinha começado a estragar. Foi o que bastou. Três anos de aventais engomados se dissolveram em menos de cinco minutos por causa de um litro de leite talhado.

Ele dá de ombros, serve-me outra taça de champanhe e vai embora.

— Não acredito que casais se separem por questões tão sem importância — diz Emma.

— Elas parecem sem importância se as consideramos isoladamente, mas quase sempre são precipitadas por uma cadeia de eventos — digo.

Conto a Emma e Cathy sobre minha mais recente briga doméstica com Tom.

— Depois de longas discussões, ele finalmente aprovou a compra de um hamster para o aniversário de 6 anos de Joe, com a condição de que eu assuma total responsabilidade pelo bem-estar do bichinho — explico.

— Eu não quero que ele fique correndo por aí, roendo fios elétricos e fazendo bagunça — dissera ele.

— Não é como se você precisasse levá-lo para passear ou coisa parecida. É uma coisinha minúscula. Você nem vai notar — argumentara eu.

Explico como fui a uma pet shop local com os três meninos e escolhi um hamster cor de laranja, que todos resolveram chamar de Rover, porque o que queriam na realidade era um cachorrinho. Um animalzinho deslocado, como diria Mark. Cathy ri alto disso.

Quando chegamos em casa, Rover roera uma porta de saída na caixa de sapatos e estava desaparecido em algum lugar do carro. As crianças ficaram inconsoláveis, de modo que voltamos à pet shop para comprar um substituto imediato, que transportei para casa num aquário amarrado no banco da frente do carro e transferi imediatamente para uma gaiola de segurança máxima no jardim.

Na manhã seguinte, quando entramos no carro para sair, descobri que Rover havia montado residência lá. Tinha encontrado o caminho para o porta-luvas e roído alguns fios vermelhos e brancos. Tinha comido um biscoito quebrado e um miolo de maçã e deixado seu cartão de visita por tudo. Tom tentou pôr um CD, mas o aparelho não funcionou. Assim como a luz do porta-luvas. Então ele olhou para dentro e tirou de lá uma barra de chocolate roída.

— Se eu não soubesse, diria que essas marcas de dentes pertencem a um roedor — disse ele, desconfiado.

— Bom, Rover está seguro na gaiola dele — eu disse. — Você o viu lá.

— Quem é Rover? — ele perguntou. — Achei que o hamster se chamasse Spot.

— É o nome do meio dele — sussurrei. — Não fale sobre isso, porque a escolha do nome deu briga.

Tom desenterrou o guia de *A a Z* do chão atrás do banco do passageiro. Levou-o até a frente do carro e pequenos pedaços de papel flutuaram ao redor. Rover estava claramente montando um ninho.

— Lucy, o que diabos aconteceu com este mapa? — ele perguntou. — Alguma coisa comeu metade de Islington.

Felizmente, ele estava tão ocupado tentando remontar a página que não viu um pequeno hamster o encarando da parte de trás do porta-luvas. Infelizmente, as crianças viram.

— Mamãe, olhe, é Rover, ele ressuscitou — disse Joe. Rover saltou do porta-luvas em cima de Tom, que deu um pulo no banco gritando palavrões.

— Papai disse a palavra com F, papai disse a palavra com F — começou um coro atrás do carro.

Rover desapareceu lá atrás.

Levamos mais meia hora para apanhá-lo e devolvê-lo à gaiola, em parte porque estávamos discutindo tão alto que Rover se recusava a sair.

— Você é péssima em subterfúgios — disse Tom, quando fechamos a porta da gaiola. — Imagino pelo menos que isso queira dizer que você nunca vai ter um caso ou, se tiver, nunca vai conseguir mantê-lo em segredo.

— Bem, ele tem razão quanto a isso — diz Emma. — Você é muito transparente.

— Acontece que em três meses o hamster pode ser visto como um momento definitivo — digo eu, pensativamente. — A ponta do iceberg.

— O que você quer dizer? — pergunta Cathy, com cautela.

— Nada explícito. Tudo o que quero dizer é que é só com o benefício da visão em retrospecto que podemos ver como um único evento impacta outro. São reações em cadeia.

— Você quer dizer como quando o arquiduque Ferdinando foi morto em Sarajevo? — diz Emma.

— Exatamente — respondo. Terminei minha taça de champanhe, e Emma me serve outra taça cheia.

— E então, como estão as coisas com o Pai Sexy Domesticado? — pergunta Cathy.

— Perdi o interesse — digo. — Nós nos tornamos amigos. A coisa evoluiu de uma fantasia de distração para uma realidade banal.

— E ele? — ela pergunta.

— Nem um frisson — digo tão convincentemente que quase acredito no que estou falando.

— Gostaria de poder desligar a tensão sexual que tenho com Guy — diz Emma. — É a parte mais difícil do processo

— E qual é o prognóstico geral? — pergunto a ela.

— Está quase tudo resolvido na minha cabeça, e posso garantir que tudo estará completamente acabado antes de o fim de semana terminar — ela diz misteriosamente. — Na verdade, vou me encontrar com ele mais tarde. Prometo que vou contar todos os detalhes depois, mas não quero falar sobre isso agora porque posso amarelar.

— Não posso continuar mentindo para Isobel indefinidamente — digo. — Fico me sentindo péssima.

— Não posso imaginar como isso deve ser constrangedor — diz Emma.

— Talvez você devesse se esforçar um pouco mais — diz Cathy com firmeza. Emma ignorou o fato de que esse é o mesmo território em que Cathy esteve há uns dois anos quando o marido a deixou. — Se você não tem convicção suficiente a respeito de Guy, tem o dever moral de terminar o relacionamento agora. As crianças quase sempre são as mais prejudicadas pela separação dos pais. Elas crescem e se envolvem em relacionamentos sem qualquer modelo a seguir. Olhe para você, ainda está tão afetada pelo fato de seu pai ter deixado sua mãe que só sai com homens que nunca querem que você tenha uma vida doméstica.

— Mas Ben me parece bem — diz Emma, depois de um silêncio desconcertante.

— E está, em parte. Tentamos vender o fato de os pais dele não morarem mais juntos como algo positivo. Digo que ele tem sorte de ter dois quartos, duas casas, dois presentes de Natal, o dobro de festas de fim de ano. Mas mesmo quando estou dizendo isso, não acredito.

— Olhe, eu estou quase lá — diz Emma. — Toda vez que o encontro, descubro mais uma coisa para desgostar. Vou acabar me sentindo forte o suficiente para abrir mão dele por completo. Basicamente, preciso encontrar um substituto.

— Alguma possibilidade? — pergunta Cathy. Estou feliz pela intervenção dela na conversa. A capacidade que Emma tem de só ver as coisas do próprio ponto de vista é na maior parte do tempo frustrante nesse tipo de situação.

— Comecei um belo flerte com um colega do trabalho — ela diz.

— E o que está pegando? — pergunta Cathy.

— Ele trabalha no escritório de Nova York — ela diz. — Mas não é casado. Um oceano é mais fácil de transpor que um casamento.

Se ela está usando isso como uma forma eficiente de acabar com nossa linha de interrogatório ou se realmente está com um grande plano para se separar de Guy, não dá para saber. Decido, porém, que o que quer que aconteça, na semana que vem vou contar a Isobel tudo o que sei.

Termino outra taça de champanhe. Já estou sentindo as pernas um pouco bambas. O calor, o cansaço, o álcool e a falta de ar na sala com paredes cobertas por painéis de madeira são uma combinação inebriante. Fecho os olhos. O mundo começou a girar. Quando abro os olhos de novo, meu irmão está de pé ao lado da mesa.

— O que você está fazendo aqui? — pergunto, confusa com sua chegada não anunciada.

— Vou dar uma palestra amanhã de manhã e me botaram num hotel. Então não vou demorar, porque senão vou beber demais. Cathy me disse que vocês viriam aqui, então pensei em me juntar ao grupo. Querem outra bebida? — Ele caminha em direção ao bar, e eu o acompanho. — Você não se importa de eu me intrometer na sua noite com as meninas, não né?

— Desde que não durma com nenhuma das minhas amigas — brinco, perguntando-me quantas vezes ele se encontrou com Cathy.

— Estou velho demais para isso — diz ele. — Onde está Tom?

— Em casa com as crianças. Uma babá relutante. Do tipo que me faz desejar ter pagado alguém. Ainda que toda vez que pago alguém isso meio que aumenta a pressão para me divertir. Mas ele já ligou duas vezes, e eu só saí de casa há uma hora.

Mark pede uma garrafa de cerveja ao barman.

— E o projeto da biblioteca? — ele pergunta.

— De volta aos trilhos. Inacreditável. Ele se tornou uma parte tão grande de nós que não consigo imaginar a vida sem ele. Tom recebeu boas comissões por conta disso, então nossa situação financeira parece estar muito melhor do que antes.

Normalmente, não consigo imaginar nada mais relaxante do que estar com meu irmão. Crescer nos arredores de uma cidade minúscula significou que, durante a maior parte da nossa infância, nós éramos dependentes um do outro para nos divertirmos. Embora ele fingisse me achar irritante quando seus amigos estavam por perto, eu sabia que era uma atitude para não ficar mal diante deles. Ser adolescente é complicado o bastante quando se é sozinho, sem ser responsável por uma irmã mais nova. Eu compreendia isso e não me importava com o fato de que sua conversa adolescente se limitasse a três assuntos principais: garotas, sexo e como fazer essa equação funcionar para eles. Meu irmão sempre teve namoradas, e os amigos o procuravam em busca de conselhos.

— Conversem com elas e as tratem como deusas — lembrava-me dele dizendo aos amigos. — Daí é sopa no mel. Analisar, elas adoram analisar. E sexo oral. Isso é fundamental.

Mark gostava de mulheres. Logo, as mulheres gostavam de Mark. Mesmo que soubessem que ele era estruturalmente não confiável. Ele transformava relacionamentos ruins em amizades, porque estava sempre disposto a conversar sobre tudo.

Eu censuro muito pouca coisa nas conversas com ele, e acho que ele diria o mesmo. Mas esta noite estou desconfortável por estar sozinha com ele. Ele sentou num banco do bar, com a cabeça apoiada no braço, e claramente não está planejando voltar tão cedo para nossa mesa. O queixo dele está coberto de pelos curtos, e a camisa está amarrotada. Compreendo que ele está ali numa missão específica.

— Você veio direto do trabalho? — pergunto.

— Hmmm — ele faz um ar sonhador, inclinando a cabeça para trás para tomar alguns goles de cerveja. Fica segurando a garrafa, e noto que está olhando para nossa mesa, sorrindo levemente e então tomando outro gole de cerveja. — E como estão meus encantadores sobrinhos?

— Estão ótimos. Como cachorrinhos hiperativos — digo. — Andam por toda a casa, fazendo a maior das bagunças, mesmo quando tentam arrumar, brigam e se pegam pelo menos duas vezes por dia, comem mais ou menos constantemente e falam sem parar, na maior parte do tempo me fazendo perguntas todos ao mesmo tempo e então me acusam de amar a um deles mais que aos outros quando dou prioridade a uma pergunta em vez de outra. Estou ansiosa pelas férias de verão.

— Por quê? — ele pergunta com desconfiança. — Você normalmente acha as férias exaustivas. Na verdade, o verão é a única época do ano em que já ouvi você falar seriamente na possibilidade de voltar a trabalhar em tempo integral.

— É engraçado como as pessoas falam sobre voltar a trabalhar como se cuidar de três crianças não fosse trabalho — digo. — Trabalhar é muito mais fácil que cuidar de crianças.

— Li uma entrevista com John McEnroe, e ele disse que era mais fácil jogar uma final em Wimbledon que cuidar dos filhos — diz Mark. — As mães se torturam muito mais que a maior parte das pessoas, com exceção de velhinhas católicas.

— Na verdade, a maternidade e a culpa estão tão interligadas que é difícil ver onde termina uma e onde começa a outra. A culpa simplesmente se torna uma segunda natureza. Embora desde que eu deixei de trabalhar haja um vácuo de culpa tentando ser preenchido — digo, sabendo que ele está me tratando como a um de seus pacientes, gentilmente fazendo perguntas em círculos cada vez menores, até o assunto que ele quer abordar estar finalmente em foco. Mas ele esquece que eu já fui uma jornalista que passava muito tempo vendo políticos desviando de perguntas constrangedoras. — Tenho muitas coisas planejadas — digo. — Talvez eu vá ficar com uma amiga em Dorset, depois vou visitar mamãe e papai e daí vamos à Itália.

— Quem é a amiga em Dorset? Eu conheço? — ele pergunta.

— Você quer saber se dormiu com ela? A resposta para as duas perguntas é não. Na verdade, ela é uma das mães da escola, e é casada com o namorado de Emma.

— Isso parece complicado.

— É uma situação difícil. Minha amiga Isobel sabe que o marido está tendo um caso e está muito perto de identificar Emma, mas Emma não quer que eu diga nada a Isobel até ter se desligado do relacionamento com Guy — explico. — E o processo de desligamento está levando mais tempo do que eu imaginava.

Penso em Isobel. Raramente conheci alguém tão absolutamente convencido da forma como sua vida é construída. Desde que a conheço, ela nunca demonstrou nem sombra de dúvida. Ainda assim, seu marido passou o ano anterior sistematicamente perfurando as fundações de forma que toda a construção ameaça desmoronar sobre ela. Pergunto-me o que ela será capaz de recuperar das ruínas.

— E como vai sua paixonite? — ele pergunta, pedindo outra cerveja e conferindo as mensagens no celular ao mesmo tempo. Mark é um dos poucos homens que podem genuinamente fazer duas coisas ao mesmo tempo. — Você não fala nele há horas. Na verdade, a ausência dele chama muita atenção.

— É muito Jonathan Ross fazer uma pergunta assim. O que aconteceu com a sutileza? — digo, esperando desviar do assunto.

— Você está sendo evasiva.

— Ele está ótimo. Não nos falamos muito mais.

— Por quê?

— Perdemos o interesse um no outro, acho eu — digo, tranquilamente. — Como você está se saindo com o celibato? Viver sozinho não é um dos seus pontos fortes.

— Lucy, não acredito que vocês tenham acordado um dia e passado a não se acharem atraentes — ele diz. — Só se pode fazer isso quando não houve manifestação das intenções.

— Não quero falar sobre isso, na verdade — digo, me levantando.

— Você dormiu com ele, não dormiu? Está com aquele ar de abstração. — É uma provocação absurda, e caio direto na armadilha.

— Nós estávamos numa festa, e houve uma pequena situação. Nem nos beijamos, e resolvi que deveríamos impor uma certa distância entre nós. Na verdade, acho que me comportei de forma bastante impecável.

— Você contou a Tom? — ele pergunta. — Se não contou, vou continuar desconfiado.

— Não tinha nada para contar.

— Se não tinha nada para contar, por que está sendo tão cautelosa sobre o assunto? — ele pergunta.

— Preciso de muita concentração. Tentar não pensar em alguém é muito cansativo.

— Não há nada de tranquilo em ficar num estado de desejo constante — diz Mark.

Emma se aproxima.

— Vocês dois vão se juntar a nós? — ela pergunta, sorrindo. — Ou vão passar o resto da noite tratando de questões de família?

Voltamos à mesa, e me sento de novo. Cathy e Mark trocam um sorriso cúmplice. Estou convencida de que ela o convenceu a fazer isso, para checar a veracidade dos meus relatos sobre Robert Bass. Mas não fico chateada, porque sei que no fundo os dois estão preocupados comigo. Essa ideia me alivia.

Emma pergunta a Mark sobre seu trabalho.

— Você sempre gosta dos seus pacientes? — ela pergunta.

— Estou menos envolvido no cuidado de pacientes agora, mas quando estava estudando, normalmente achava que todo mundo tem qualidades recompensadoras. Na verdade, alguns grupos de pacientes são mais interessantes que outros.

— O que você quer dizer? — pergunta Emma.

— Bem, certas psicopatologias provocam uma associação de traços de personalidade — ele diz. — E alguns desses traços são mais atraentes que outros. Anoréxicos, por exemplo, frequentemente são perfeccionistas e preocupados em agradar. Pessoas com transtorno obsessivo-compulsivo são muito inflexíveis e sempre arrumam minha mesa.

— Quais são os seus preferidos? — pergunta Cathy.

— Pessoas viciadas em sexo — diz ele sem hesitar por um instante. — Não porque elas sempre tentam nos seduzir, o que realmente fazem, mesmo os homens, mas porque o sucesso delas depende de serem absolutamente encantadoras.

São extremamente sociáveis e nos fazem rir muito. Têm o objetivo de se divertir.

— Como Russell Brand? — pergunta Emma.

— Exatamente — diz Mark.

— Como você resiste às investidas dessas pessoas? — Cathy pergunta.

— Penso no fato de que perderia o emprego se cedesse. Repasso as consequências mentalmente. Com os homens é mais fácil, já que não consigo ser nada além de resolutamente heterossexual. E atendo mais homens que mulheres. É um problema mais comum em homens.

— Como saber a diferença entre um vício e uma obsessão doentia? — pergunto.

— Algumas pessoas podem ver todas essas coisas como uma forma de vício — ele diz. — Mas, para se qualificarem como vício, essas coisas precisam dominar a vida da pessoa diariamente, afastá-la dos outros. O vício se torna um amigo. Há também um elemento de autodesprezo. Você, Lucy, pode estar obsessiva, mas não é viciada. — Ele se recosta, parecendo satisfeito. Mark adora seu trabalho.

— Você acha que eu sou viciada no Guy? — Emma pergunta hesitantemente.

— Não — diz ele. — Guy poderia facilmente ser outra pessoa, você simplesmente é viciada num tipo de homem que nunca poderá ser seu. Em última instância, você tem medo de intimidade, para o caso de ser rejeitada.

Fico um pouco surpresa. Nenhuma de nós fala com Emma com tamanha sinceridade.

— Então qual é a cura? — ela pergunta, parecendo menos confiante do que mais cedo naquela noite.

— Você deveria evitar conscientemente esse tipo de homem. Na medida em que começa a reconhecê-los como um tipo, eles também reconhecem você — diz ele. — Você provavelmente deveria procurar ajuda profissional.

— E quanto a você? — diz Emma.

— Na verdade — diz Mark —, acho que conheci alguém com quem posso querer me casar.

— Porra — digo. — Quando vamos conhecê-la?

— Logo — ele diz misteriosamente.

Alguém está batendo em meu ombro. Imagino que seja o simpático garçom e me viro lentamente na direção do braço do sofá para pedir mais uma garrafa de champanhe, porque resolvi tratar esta noite como se não houvesse amanhã. Mas não é um garçom. É Robert Bass.

Ele põe as mãos no braço do sofá e se inclina para falar comigo. Está com os dedos abertos, e noto que ele está raspando o veludo, deixando pequenos sulcos de um jeito que sugere uma certa determinação nervosa.

— O que você está fazendo aqui? — pergunto, tentando parecer menos assustada do que realmente estou.

— Acabei de jantar com meu editor — ele diz. — Vi você e achei que não seria gentil ir embora sem dar um alô. O que está fazendo aqui? Você disse que nunca sai.

— Não normalmente. Estou aqui com umas amigas e com meu irmão — digo, mas não faço qualquer esforço para apresentá-lo a eles.

Levanto-me do sofá e fico de pé na frente dele, em paralelo à mesa, para indicar que ele não deve se sentar conosco. Ele se inclina para a frente e me dá um beijo na bochecha. É um gesto que, num nível superficial, parece insignificante. Nem

Mark nem minhas amigas parecem remotamente perturbados. Imaginam que se trate de um velho amigo, alguém dos meus tempos de *Newsnight*, sem dúvida. Mas o beijo dura um pouco mais do que deveria. Sinto a bochecha dele contra a minha, e a mão dele em meu ombro. São gestos deliberados, uma sequência da intimidade da festa. Dou-me conta de que nós dois devemos ter repassado o episódio mentalmente várias vezes. Quando nos olhamos, posso ver meu próprio desejo refletido nos olhos dele. Começo a ficar sem fôlego. Vejo a frente da minha camisa subindo e descendo rápido demais e começo a mastigar meu lábio inferior. Quero fazê-lo sangrar para me distrair com a dor e me desligar dessa situação. Penso no joelhinho de Fred, coberto de sangue, e na forma como ele chamou por mim, como se não houvesse mais ninguém no mundo que pudesse fazê-lo se sentir melhor. Penso em Tom, frio, racional, certo das coisas.

— Lucy, você me deve uma conversa, não pode fingir que nada aconteceu — ele sussurra em meu ouvido. — Somos cúmplices.

— Tenho uma responsabilidade com a minha família, e você, com a sua — digo. — Não é nem a hora nem o lugar.

— Diga a hora e o lugar. Não consigo passar por isso sozinho. Estou realmente atormentado. — Então meu irmão, gregário e amistoso como sempre, levanta-se e caminha em nossa direção.

— Você quer uma bebida? — ele pergunta a Robert Bass. Eu o apresento à mesa, aliviada por ninguém mais conhecê-lo por outro nome que não Pai Sexy Domesticado. Preciso conseguir que ele vá embora o mais rápido possível.

— Deixe-me pagar uma rodada — diz Robert Bass, caminhando em direção ao bar.

Eu me sento, sentindo-me um pouco enjoada. Mas desta vez não posso culpar a bebida. Estou doente de desejo. Concluo que é como tentar interromper uma experiência química quando os ingredientes já foram misturados num tubo de ensaio.

— Quem é esse? — Emma pergunta teatralmente. — É maravilhoso. Definitivamente poderia me distrair de Guy. Eu até abandonaria a dominação do mundo por um pedaço daquilo. — É gratificante ouvir uma velha amiga validando meu gosto para homens, mas, por outro lado, me questiono se Robert Bass não é simplesmente óbvio demais.

— É um velho amigo — digo. — Não o via fazia muito tempo. Mas tenho quase certeza de que é casado.

— O casamento é um estado de espírito — diz Emma. — É o que Guy diz. Quando está com a mulher, ele se sente casado, e quando está comigo, sente vontade de trepar. Diz que o ideal para ele é ser solteiro durante a semana e casado nos fins de semana.

— Isso é porque os homens têm uma assustadora capacidade de compartimentar a vida — suspiro. — As mulheres jamais conseguiriam viver assim.

— E então, de onde você o conhece? — pergunta Mark. — Deve fazer uma década desde seu último emprego. Quero dizer, desde que você resolveu evoluir de funcionária de escritório para operária.

— Por que operária? — pergunta Emma.

— Cuidar dos filhos é como trabalhar numa fábrica, só que nunca há intervalos entre um turno e outro — digo. Então me viro para Mark e olho bem dentro de seus olhos. — Ele é um velho contato — digo, deliberadamente vaga. Mark levanta as sobrancelhas duas vezes, mas Robert Bass voltou para a mesa. Ele se senta numa poltrona ao meu lado, com Emma do outro.

— E então, o que você está fazendo aqui? — pergunta ela, virando o corpo para ele e sorrindo com seu jeito mais sedutor. Emma é incorrigível. Robert Bass se apoia no cotovelo esquerdo, de forma que fica de costas para mim. Mas suas pernas escorregam mais para baixo da mesa. Sei que eu deveria me ajeitar no sofá para eliminar a possibilidade de qualquer contato físico, sabendo que minhas defesas estão baixas e que toda vez que nos tocamos disparamos uma terrível reação.

Mas antes que eu possa pôr esse plano em ação, sinto a perna esquerda de Robert Bass se encaixar decididamente entre meus joelhos, forçando caminho na direção das minhas coxas. Ou ele já fez esse tipo de coisa antes, já que se trata de um perfeito ato de ousadia, ou simplesmente tem a intenção de fazer sexo comigo. Por sorte, a mesa é tão alta que nos esconde de olhares desconfiados.

Cathy continua falando. Está distraída. Mark está na outra ponta da mesa, na frente de Robert Bass, e tenho certeza de que não consegue ver nada. Sei que eu deveria me afastar, mas já que isso pode atrair ainda mais atenção para o que está acontecendo, resolvo aproveitar o momento.

— Então, Lucy, você tomou alguma grande decisão sobre o que vai fazer em setembro, quando Fred estiver na creche o dia todo? — ela pergunta.

— Sabe, acho que vou começar a pintar de novo — digo em tom sonhador, inclinando-me o máximo possível para a frente, para que a área abaixo da mesa não possa ser vista. Está escurecendo lá fora, mas as luzes ainda não foram acesas do lado de dentro. — Tenho uma ideia para um livro infantil e acho que vou começar a fazer algumas ilustrações e ver aonde isso vai me levar. Não vou procurar por nada em tempo integral. Sei que isso significa que ainda não teremos dinheiro suficiente para comprar completamente minha saída do caos doméstico, mas decidi que isso não importa.

— Parece ótimo — ela diz. — Meu foco no momento é transformar meu triângulo numa linha reta antes que ele vire um quadrado. — Ela olha para mim de modo enigmático. Não faço a menor ideia do que ela está falando. — Quero me desvencilhar desse relacionamento e entrar em algo mais linear.

Emma levanta-se para ir ao banheiro.

Cathy está falando com Mark, e Robert Bass se vira para mim. Sua expressão não revela nada. Ele se inclina em direção ao meu ouvido esquerdo, com a respiração fazendo cócegas em meu pescoço.

— Imagine a minha mão onde está a minha perna — diz. — E então imagine minha cabeça onde está a minha mão.

— Você é mau — digo a ele.

— Não sou não, eu apenas sei o que quero — ele diz. — É uma bela coincidência nós dois estarmos aqui esta noite, vamos tirar proveito disso. Podemos passar algumas horas juntos e depois esquecer o que aconteceu. Suspender a realidade por um momento, e então voltar para nossas vidas entediantes. Vamos, Lucy, viva um pouco.

É sempre tentador dar uma leitura exagerada às coincidências. Mas a verdade é que atribuímos significados para alguns eventos e não para outros. Por exemplo, é tentador, considerando o fato de Robert Bass estar aqui esta noite e de que eu estive aqui apenas duas vezes no ano passado, conferir um significado a esta casualidade. Dizer que o destino deu as cartas e me eximir da responsabilidade pelas minhas ações. Mas, na verdade, as chances de encontrar meu irmão são estatisticamente menores e, no entanto, não dei a menor bola para essa coincidência. E quanto ao fato de termos sido atendidas exatamente pelo mesmo garçom? Gostamos de achar simetria no mundo à nossa volta para encontrar algum sentido em sua arbitrariedade.

A mão de Robert Bass se move para a parte superior da minha coxa, e seus dedos circundam de leve a área entre meu joelho e a parte interna da minha coxa. É claro que eu poderia me levantar e sair dali, mas a sensação é boa demais.

Noto que nós dois estamos olhando fixamente para nossos copos. É impossível falar, como se o mundo todo estivesse reduzido ao simples movimento de sua mão em minha coxa.

— Então, de onde vocês dois se conhecem? — meu irmão pergunta subitamente do outro lado da mesa. A pergunta me faz estremecer. Eu quase tinha esquecido que todos estavam ali. — Vocês não têm muito assunto, considerando que não se veem há anos.

Lanço-lhe um olhar que espero ser malévolo o bastante para deter seu interrogatório. Robert Bass não move sua mão.

— Já passamos por muitas coisas juntos — ele diz. — Tenho que ir para casa. — Pega um pedaço de papel, escreve alguma coisa e passa para mim. — Meu endereço, caso você queira entrar em contato.

Quando ele tira a mão da minha perna, sinto uma instantânea sensação de perda. Levanto-me para me despedir dele.

Ele me beija novamente na bochecha. Desta vez, é um gesto rápido e mecânico.

— Até mais — ele diz para Cathy e meu irmão.

— Espero que eu não o tenha espantado — diz Mark. Eu o ignoro e desdobro o pedaço de papel.

Espero você no Hotel Aberdeen em Bloomsbury, diz o bilhete. Eu o amasso rapidamente e coloco no bolso. Emma volta para a mesa.

— Ele já foi? — pergunta. — Achei que a festa estava apenas começando.

Digo que estou cansada e, 15 minutos mais tarde, me vejo tomando um táxi para o hotel.

20

"A viagem é o destino"

Quando chego ao Hotel Aberdeen, passo com as costas eretas e a cabeça erguida em direção ao homem atrás do balcão da recepção e digo que tenho uma reserva. No começo, me sinto ofendida pelo fato de ele não se levantar do banquinho em que está sentado para falar comigo. Então me dou conta de que o homenzinho de terno largo é tão baixo que, mesmo de pé, mal consegue tocar os cotovelos na mesa da recepção. Isso não dá à ocasião a formalidade que ela merece. Olho em volta procurando por alguém, mas o saguão está vazio. Não se pode esperar que hotéis que alugam quartos por hora tenham o tipo de serviço do Sanderson, mas fico surpresa ao ver que ele está apontando um lápis.

— A senhora está participando da convenção sobre ansiedade? — ele pergunta lentamente, num forte sotaque espanhol, acariciando o queixo com ar de sabedoria.

— Eu pareço nervosa? — respondo, intrigada com o fato de um estranho completo conseguir ler minhas emoções com tanta precisão. Ele aponta para um quadro de avisos exposto ao lado dos elevadores. Um cartaz dá as boas-vindas aos convidados na terceira conferência anual sobre ansiedade. Os palestrantes tratarão de uma variedade de assuntos, incluindo

1) o papel da respiração profunda no controle do nervosismo, 2) como fazer da ansiedade uma amiga e 3) como romper o ciclo de tensão. Haverá um intervalo para que representantes ansiosos tomem café e chá juntos.

— Às vezes falar a respeito simplesmente não ajuda — digo a ele. — E a cafeína só aumenta o problema. — Ele olha para mim com ar desconfiado e larga o apontador.

— Posso procurar um especialista para falar com você, se tiver alguma dúvida — ele diz. — Sempre acontece. Os ansiosos costumam ficar mais ansiosos ao participar da conferência de ansiedade.

Por um instante, me pergunto se esse hotel, conhecido por seu papel de abrigar casos ilícitos, virou algo como um daqueles canais de televisão que exibem dramas angustiantes e então diz números para as pessoas ligarem caso o programa seja perturbador demais. Talvez fosse uma boa ideia conversar com algum especialista em ansiedade sobre meus motivos para estar ali.

— Tenho um encontro com o Sr. Robert Bass — digo decidida. — À uma hora da manhã.

— É um dos líderes da conferência? — ele pergunta.

— Não — respondo. — Ele é, humm, um amigo. Bass, como o peixe, em inglês.

— Um peixe amistoso? — ele pergunta. Então diz lentamente: — Um peixe amistoso e noturno.

Começa a conferir a lista de reservas, passando a mão lentamente por um grande livro com capa de couro, parando em cada nome por um instante, indicando-o com seu lápis recém-apontado antes de murmurar um sobrenome.

— Smith... Klein... Robinson... McMannus... Smith... Villeroy.. Raphael... Smith — diz ele, pronunciando cada sílaba como se estivesse numa aula de inglês e girando impressionantemente os Rs, para que eles ressoem como rajadas de metralhadora. — Roderick Riley — ele diz com satisfação, sorrindo para mim. Há duas páginas de nomes. Poderia levar quatro ou cinco minutos para ir do começo ao fim. Mesmo lendo de cabeça para baixo posso ver que não há ninguém com o sobrenome Bass na primeira página. Olho nervosamente em volta no foyer do hotel, imaginando como vou me explicar se vir alguém conhecido, então me tranquilizo com o fato de que é improvável que qualquer presença ali possa ter uma explicação inocente, a menos que esteja participando da convenção sobre ansiedade.

Olho para o nome na lapela do casaco dele, virando a cabeça levemente para o lado porque não está preso corretamente. Seu nome é Diego.

Quando olho para cima, a cabeça dele está de frente para a minha, virada num ângulo parecido. Ele sorri de modo tranquilizador.

— Você acha que ele está usando o nome verdadeiro? — ele pergunta. — Temos muitos Smith todos os dias.

— Tenho certeza de que ele reservou o quarto com o nome de Bass — digo. — Acho que é *trucha* em espanhol.

— *Trucha* é truta, *trout* em inglês — ele diz. — Você não está querendo dizer merluza?

— Será? É mais um peixe de água fria. Um peixe inglês.

— Temos muitos peixes maravilhosos na Costa Rica — ele diz, melancolicamente. — Você já esteve lá? — Sacudo a cabeça, querendo que ele vire para a próxima página da lista de reservas porque vi que outra pessoa chegou e está esperando atrás de mim numa distância educada, trocando o peso do corpo de um pé para o outro e tentando não prestar atenção à conversa.

— Ele está aqui pelo adultério ou pela ansiedade? — pergunto nervosa a Diego. Ele sorri calmamente, sem revelar nada.

— E peixes-bois — ele diz. Percebe minha impaciência. — *Trout, trout, trout* — murmura.

— Não, Bass, B-A-S-S — repito. — Quer que eu dê uma olhada?

Ele me passa o livro com um floreio e vira para a segunda página. Repasso os nomes e então, quando encontro o nome Robert Bass, sinto uma espécie de excitação nauseada.

— Ah — diz Diego, piscando para mim. — Ele ligou há apenas vinte minutos. Vou levá-la ao seu quarto. Está reservado por três horas, mas se vocês passarem desse tempo, não vou cobrar.

Ele começa a caminhar na direção do elevador. Não posso acreditar que Robert Bass tenha reservado o quarto por tanto tempo. A mulher dele não vai ficar desconfiada se ele ficar fora até as 4 horas? É estranho, mas não me ocorre fazer a mesma pergunta a respeito de Tom.

Tento calcular quantas vezes podemos fazer sexo em três horas e fico insegura. O homem que estava atrás de mim na fila da recepção parece ficar confuso quando sigo Diego obedientemente até o elevador.

— Vejo que não tem bagagem — diz ele, fechando as portas do elevador atrás de nós e apertando um botão para irmos até o quinto andar.

— Não vou ficar por muito tempo — digo. Ele está olhando para a minha aliança de casamento. Ponho as mãos atrás das costas e olho para o teto.

O elevador para com uma sacudida no quinto andar. Percorremos um longo corredor, e ele abre a porta do quarto 507 com orgulho.

— É um dos nossos melhores quartos — ele diz. Vai até a cama, levanta as cobertas e puxa o primeiro pedaço dos lençóis, que ficam esticados sobre a cama num perfeito triângulo em forma de sanduíche. Imagino Robert Bass e eu deitados naquela cama e estendo uma das mãos para me equilibrar.

Diego quer me mostrar o banheiro.

— A banheira é enorme. Grande o bastante para dois. Ou três — diz ele. — Não é grande o bastante para um peixe-boi, porém. — Não importa o que ele diga, sua voz ainda é triste.

Ele pergunta se quero alguma coisa do serviço de quarto.

— Temos um chá calmante para os participantes do congresso de ansiedade — ele diz gentilmente.

— Seria ótimo — respondo.

A expectativa não aumenta necessariamente o desejo. Para os infiéis profissionais, que costumam esperar pelos amantes em quartos de hotel em Bloomsbury, pode funcionar como um tempo para entrar no clima, para trocar o astral de trabalho pelo de brincadeira, para tomar uma ducha e pensar nos prazeres que estão por vir. Talvez eles se deitem sobre a cama cuidadosamente feita com a colcha que combina com as cortinas e assistam ao canal da Playboy ou leiam um livro e peçam uma garrafa de vinho barato.

Eu, por outro lado, sento-me cuidadosamente na beirada da cama e me pergunto quão limpo está o colchão, considerando-se sua carga de trabalho. Meu clima de desejo lânguido passou, e estou começando a me tornar ciente demais do que me cerca. Quando olho para a chave da porta do quarto sobre a cama a meu lado, começo a dar aos números ridículos significados emocionais. 507. Se subtrair 7 de 50, dá 43, a idade de Tom. Nós nos casamos em 5 de julho. O metrô de Londres sofreu um atentado a bomba em 7 de julho. Pergunto-me a que horas da manhã a conferência sobre ansiedade está programada para começar. Concluo que começará cedo, porque não seria bom deixar um grupo de pessoas tensas esperarem por muito tempo pela redenção.

O quarto tem uma televisão, mas prefiro o silêncio. Se ficar insuportável, posso ligar o rádio e ouvir o noticiário internacional. Pergunto a mim mesma se Robert Bass ouve o noticiário internacional e se eu poderia sugerir como exercício preliminar que ficássemos deitados um ao lado do outro em silêncio ouvindo rádio por 15 minutos e então fôssemos para casa. Então me pergunto a que ele assiste na televisão, que livros lê, se dá gorjeta decente aos garçons, se é otimista ou pessimista, qual o último filme que viu. Dou-me conta de que sei muito pouco sobre ele além do tipo de informação de rotina dividido pelos pais da escola. Sei que os filhos dele tomaram vacinas contra sarampo e que cada um toca dois instrumentos musicais.

Será que ele conseguiria fazer uma fogueira num dia úmido num acampamento? Será que ele patrulha a geladeira atrás de inexplicáveis mudanças na forma de organizar a comida? Ele notaria, por exemplo, se os iogurtes estão na mesma prateleira que a galinha, se a alface formou uma forte relação com uma geleia pela metade ou se o leite não está estocado de acordo com a data de compra? Será que ele fala dormindo? Será que tem complexo com a mãe? Será que seus pais estão vivos? Será que tem irmãos ou irmãs?

É claro que posso descobrir que combinamos em tudo. Mais provavelmente, eu poderia determinar que suas imperfeições são diferentes das de Tom, mas não necessariamente menos irritantes no longo prazo. Da primeira vez em que alguém dorme diagonalmente atravessado na cama, com as pernas estendidas para o outro lado, o desejo por comunhão nas solitárias horas da noite faz com que esse pareça um gesto doce. Em uma semana, vai se tornar suavemente irritante e doloroso. É o prenúncio de um futuro com camas separadas.

Então penso no fato de que, muito frequentemente, acho que o que Robert Bass fala é irritante. É algo que tenho tentado abstrair ao longo dos últimos meses, mas agora todos os seus mais inoportunos comentários e hábitos se enfileiraram, brigando por consideração.

A vaidade de remover o capacete de ciclista e pentear os cabelos antes de entrar na escola parece ridícula; o jeito como ele expõe suas técnicas de paternidade — nada de televisão durante a semana; a importância de brincar com crianças sem comandar a brincadeira; o fato de nunca usar comida processada, nem mesmo uma lata de feijões cozidos — torna-se perfeitamente irritante. Até o jeito como ele anda, como um caubói, de repente parece ridículo. Tudo é muito cheio de trejeitos. As cicatrizes no rosto, longe de serem uma característica masculina, são resquícios da acne adolescente.

Isso me lembra de algo que acontecera durante umas férias de verão quando, fora do contexto, Simon Miller ligara para a casa de meus pais perguntando se podia ir me ver. Já tinham se passado dois anos desde que nos víramos pela última vez, pois eu estudava em Manchester. Meus pais estavam de férias, e eu estava totalmente preparada para ele passar a noite, e nós poderíamos reviver a paixão dos anos de adolescência. Quando ele chegou, notei que usava um par de meias atoalhadas brancas, e por alguma inexplicável razão isso detonou uma série de sentimentos negativos em relação a ele, culminando com ele passar a noite num quarto comigo, que contava as horas que faltavam para ele ir embora. Quando conheci Tom, e ele cometeu, de longe, o pior hara-kiri de estilo, me senti aliviada por achar que não teve um efeito negativo. Mesmo o roupão peludo era encantador. Pensar em Tom me faz me sentir nostálgica.

Há uma batida leve na porta. Não estou certa do que fazer. Penso que parece um pouco adiantado demais deitar na cama, mas abrir a porta pode parecer ainda mais estranho porque não está claro onde nos sentaríamos. Há uma pequena mesa com uma cadeira ao lado da janela. Todos os caminhos levam para a cama. Eu poderia jurar que há um caminho desgastado entre a porta e a cama, como uma trilha feita com uma máquina de cortar grama através de um campo com gramado alto, criada por pessoas para quem o tempo é essencial.

— Entre — grito. Diego entra com um bule de chá e uma reconfortante caneca cor de laranja. Quando me dou conta de que fiquei aliviada por ver Diego em vez de Robert Bass, sei que o momento passou. Esse é o problema do desejo. É amorfo demais. Se tivéssemos chegado juntos, não há dúvida de que, agora, eu estaria envolvida numa relação de adultério com um pai da escola dos meus filhos. O momento não teria passado.

— Devo servir? — ele pergunta solicitamente.

— Pode deixar comigo — respondo.

— Ainda nenhum sinal de Robert Bass. Ligue para a recepção se precisar de algo.

É 1h30 da madrugada. Pergunto a mim mesma como cheguei ali. Olho no celular para o caso de ele ter mandado uma mensagem. Nada. Nenhuma chamada perdida. Nenhuma mensagem. A primeira lição para o adúltero amador é, portanto, chegar tarde. A segunda é fechar as cortinas e manter as luzes na penumbra. Já cometi dois erros, porque, numa rara demonstração de pontualidade, cheguei cedo e agora estou olhando pela janela com suas vidraças de plástico, imaginando que caminho Robert Bass iria percorrer. A terceira lição é evitar conversas com funcionários do hotel, mas eu já havia caído nessa armadilha. Agora estou pensando sobre a fauna e a flora da Costa Rica e considerando suas possibilidades como destino de férias em família para quando os tempos estiverem menos difíceis.

Vou até a cama e deito de novo, mas o que realmente quero fazer é ir para casa. Apesar do ar-condicionado, o quarto ainda está tão quente que minhas canelas grudam na colcha de poliéster. É uma brilhante bagunça de formas verdes e roxas interligadas que me deixam tonta se eu olhar por muito tempo. O carpete é de um tom diferente de verde, um pouco mais escuro, e os abajures ao lado da cama são roxos. Ouvi Emma falar sobre esse hotel tantas vezes, mas não sinto nada do que ela descreveu.

— É muito vulgar — ela nos dizia. — Como um filme francês. Todo mundo tem um segredo a esconder, e o ar pesado e cheio de luxúria paira por tudo. É o pano de fundo ideal para o sexo desinibido.

Mas não consigo me relacionar com coisa alguma daquilo. Em vez disso, penso numa conversa que Tom e eu tivemos depois da festa.

— Sabe, acho que o Raso Profundo gosta de você — disse Tom, logo depois de eu acordar às 5 horas. Ele estava deitado de lado, apoiado no cotovelo, com uma das mãos na minha bunda. — Você parece um pouco bêbada — ele disse, quando resmunguei. Meus hábitos de bebida estavam saindo do controle e, depois que Tom fora dormir, eu me sentara no jardim e fumara os dois últimos cigarros. Puxei minha perna para fora da cama e coloquei um pé firmemente no chão para parar a sensação de giro.

— Por que você acha isso? — perguntei, tentando ficar de pé.

— O jeito como ele evitou você na festa, o jeito como ele olha para você, o jeito como sempre passa o braço pela cintura da esposa quando me vê olhando, como se quisesse salientar o fato de estar interessado nela.

— Bem, isso não é verdade — eu disse, um pouco na defensiva demais. — Ele é bem-casado.

— Estar bem-casado não impede de achar outra pessoa atraente — disse Tom racionalmente. — Você o acha atraente?

— Ele não é feio.

— Não foi o que eu perguntei. Você gosta dele?

— Você acha outras mulheres atraentes?

— Às vezes. Principalmente quando o Arsenal ganha. Pare de tentar evitar o assunto em questão.

— Então, você nunca ficou tentado? — perguntei a ele.

— A ideia já me passou pela cabeça em algumas ocasiões. Sou apenas humano. Mas há uma grande diferença entre pensar em fazer alguma coisa e realmente fazê-la.

— O quê, exatamente?

— A diferença entre trepar e não trepar com alguém, Lucy. Deixe de ser tão ingênua.

— Você acha que existe isso de adultério emocional? — perguntei.

— O que você quer dizer?

— Você acha que passar muito tempo pensando em transar com alguém que não é seu marido ou mulher é cometer adultério?

— Não. Isso é absurdo. Passar muito tempo com alguém pensando que gostaria de fazer sexo com esse alguém é um território mais perigoso porque significa que ambos estão procurando criar uma circunstância na qual algo poderia acontecer.

— E você já chegou perto disso? — perguntei.

— Esta deveria ser uma conversa sobre você, não sobre mim.

— Você não respondeu à pergunta.

— Bem, você também não — ele contestou.

— Temos o direito a uma pergunta cada. Eu primeiro. Você já se sentiu tentado?

— Houve uma situação. Na Itália. Uma noite, saí para beber algo com Kate, e quando voltamos para o hotel, ela me perguntou se eu queria subir para o quarto dela.

— E você subiu?

— Você já fez sua pergunta. Agora é minha vez. Você gosta do Raso Profundo?

— Às vezes, principalmente quando está quente — eu disse. — E então, o que disse a ela?

— Eu disse que não era uma boa ideia. Porque não é. E então fui para o meu quarto. Sozinho. Para ser sincero, estou feliz que essa fase da biblioteca esteja resolvida, e a tentação esteja fora do caminho.

— Mas como você resiste à tentação?

— Você pensa em todas as coisas boas sobre você mesmo e ignora o resto: sou um bom pai, não jogo golfe todos os finais de semana, não dou em cima das suas amigas, estou relativamente bem financeiramente. Você pensa em como não quer se tornar outro clichê de meia-idade. A infidelidade é um mau hábito para se adquirir aos 40. Senão, pode acabar como o Raso Profundo.

— O que você quer dizer?

— Adúltero em série. Está escrito na testa dele.

Alguém bate à porta, uma única batida seca que me faz dar um pulo.

— Entre — grito, um pouco alto demais. Robert Bass olha ao redor e entra no quarto. Fecha a porta atrás de si e se apoia nela, ofegante, com o conhecido capacete de ciclista verde numa das mãos e os cabelos despenteados. Imagino que ele tenha ficado pelo menos trinta segundos passando os dedos pelos cabelos para alcançar esse estilo cuidadosamente desgrenhado. Está comendo um tipo de barra de cereais.

— Liberação lenta de carboidrato — diz ele, secando a testa com a manga e sorrindo.

— Tem alguém seguindo você? — pergunto. Ele sorri levemente.

— Não, estou exausto por ter pedalado muito rápido. Achei que você pudesse ter ido embora — ele diz. Está suando abundantemente. — Desculpe por estar tão atrasado. Deus, estou morto de calor, deve estar uns trinta graus lá fora.

Ele vem para a cama e senta no canto, em cima do triângulo de cobertores e lençóis que Diego arrumou. Sua camiseta está encharcada de suor. Ele se inclina para me beijar.

— Você já fez isso antes? — pergunto, afastando-me dele.

Ele parece um pouco desconcertado com minha linha de questionamento.

— Não — ele diz, sentando-se. — Por quê?

— Você parece bem profissional.

— O que você quer dizer?

— Você sabia sobre este hotel.

— Todo mundo sabe sobre este hotel — ele replica. — Você sabia. Eu não vim aqui para uma inquisição, não de você. De qualquer maneira, já tenho o bastante disso com minha mulher — ele diz, secando o suor da testa.

— Por quê? — pergunto. Ele me olha com cautela.

— O de costume. E um pouco mais. Geralmente pelo fato de não ganhar dinheiro suficiente para que ela possa trabalhar menos. Olhe, eu não estou aqui pela conversa.

— Por que você não toma um banho? — sugiro, apontando para a portinha localizada entre dois armários. Não consigo entender por que quartos de hotel têm guarda-roupas tão grandes, quando a maioria das pessoas tem tão pouca bagagem.

— Acho que vou fazer isso — ele diz, entrando no banheiro. Sua cabeça gira perto da porta. — Quer vir junto?

— Acho que vou ouvir o final deste programa sobre o ciclo de vida da samambaia da Amazônia — respondo. — É muito interessante. — Ele olha para mim com ar desconfiado e entra no banheiro.

Quando tenho certeza de que estou sozinha de novo, respiro fundo e me apoio no armário. O móvel range e balança de um lado para o outro precariamente. Não posso acreditar que esteja num quarto de hotel em Bloomsbury com Robert Bass esperando para transar comigo. Mesmo que tenha imaginado esta cena muitas vezes no ano passado, agora que ela está prestes a se materializar estou absolutamente desligada.

Não é isto que eu quero. Pela primeira vez em quase um ano, sinto-me absolutamente certa sobre alguma coisa. Não acredito que cheguei tão longe. Justifico a situação pela combinação do poder persuasivo dele com o álcool e algo mais indefinível: o desejo de fazer algo impulsivo. Às vezes é preciso chegar ao ponto sem volta para saber exatamente aonde vamos. Percebo que o que eu queria era mais a ilusão que a realidade da fuga.

Ele deixa a porta aberta, e quando tenho certeza de que está no banho, me levanto para sair. Resolvo não dizer nada a ele, para o caso de ele conseguir me demover da decisão. Em todo caso, não quero vê-lo pelado.

A água para, e Robert Bass cantarola uma música do Coldplay. Desligo o rádio, mas lá fora no corredor ouço vozes aumentando. Vou para a porta e escuto. Há barulho de alguém correndo, e então uma mulher começa a gritar. A voz de um homem se junta à dela, e uma porta bate e então abre de novo. Enfio a cabeça pela porta, para o caso de alguém precisar de ajuda.

O quarto da frente está aberto, e o barulho definitivamente vem de lá de dentro. Caminho nas pontas dos pés pelo carpete feio e gasto e entro no quarto 508.

Há três pessoas em pé lá dentro. A princípio, elas não me veem no vão da porta. Isso me dá tempo de absorver o fato de que reconheço todos. Falam ao mesmo tempo, em voz alta, usando gestos desajeitados para ilustrar diferentes pontos. Quando me veem ali parada, ficam em silêncio, com os corpos imóveis, muito embora estejam com as mãos levantadas no ar em posições esquisitas, que devem deixá-los com dores nos músculos. Um tríptico de rostos pálidos, com as expressões congeladas, me encarando.

— Lucy Sweeney, o que você fez? — diz Guy raivosamente, sem se mover da posição que ocupa do lado direito da cama dupla. Está com os botões da camisa abertos e as calças soltas nos quadris, amassadas e com o zíper aberto. Imagino que estivesse no processo de se despir, e não no de se vestir. Está com os braços estendidos ao lado do corpo, com os punhos cerrados de raiva. As mangas da camisa caem sobre suas mãos. Ele está procurando algum lugar para canalizar sua raiva.

— Isso não tem nada a ver com ela — gritam Emma e Isobel ao mesmo tempo. Mas é o único momento harmonioso durante as próximas horas torturantes que passaremos neste quarto.

— Lucy, graças a Deus você está aqui — diz Emma, como se fosse algo que tivéssemos planejado juntas. Ela parece aliviada por me ver. — As coisas não estão saindo de acordo com o plano. — Obviamente Emma pensa que estou aqui por causa dela. Não lhe ocorreria que minha presença se relaciona a algo acontecendo em minha própria vida.

— Cheguei ao fim da trilha — explica Isobel, sem tirar o olhar de Emma. Há uma ponta de orgulho em sua voz, mas ela parece exausta. Sei que está analisando brutalmente a mulher à sua frente, perguntando-se o que Emma oferece que ela não pode dar. Quero dizer a ela que isso é um erro, que tentar comparar uma esposa de dez anos com uma amante de um é um debate sem sentido, que pesará inteiramente em favor da nova namorada. O fato de que Isobel provavelmente tem um corpo mais bonito que Emma, que eu acho que nunca chegou nem perto de uma academia na vida, é irrelevante. Emma tem a novidade ao seu lado. O tempo torna as pessoas mais críticas umas das outras, faz com que percam sua mística; as esposas se tornam implicantes, e os maridos se tornam ranzinzas.

— É como comparar a catedral de St. Paul com o edifício Gherkin — eu disse. — Uma é velha e familiar, o outro, novo e excitante. A questão é: qual dos dois vai resistir?

— Desculpe, não entendi, Lucy — disse Emma. Não me dei conta de que estava falando alto.

— Você sabia o tempo todo? — Isobel pergunta, virando-se em minha direção. Noto que seus olhos negros perderam o brilho e que ela se vestiu para a ocasião. Suas sandálias Roger Vivier lhe dão a vantagem de estar mais alta que todos nós, e ela está usando um vestido mais apropriado para a festa anual do Serpentine. Mas, é claro, tudo isso é irrelevante. Embora eu me dê conta de que manter o padrão tem uma grande importância psicológica para ela. Ela definitivamente se qualifica para a escola das esposas divorciadas Jerry Hall, penso comigo mesma.

— Sinto muito, Isobel — digo. — Eu queria contar a você, mas achei que Emma poderia terminar o relacionamento antes que você descobrisse. Fiquei numa situação muito complicada.

— Entendo o seu dilema, Lucy. Mas você deveria ter decidido isso no balanço da situação. Eu tinha o direito de saber. — Ela levanta uma maleta e a segura com as duas mãos na frente do corpo. Começo a imaginar o que pode haver ali dentro. Por um momento, me pergunto se ela está planejando atirar em Guy. Mas com sua mesada, poderia ter contratado alguém, racionalizo. — Na verdade, você me fez um favor, porque há quatro semanas eu não teria descoberto a extensão da traição dele, e talvez tivesse considerado algum tipo de reconciliação — diz ela. — Eu poderia não ter me dado conta de que ele é um mentiroso compulsivo.

Ela abre a maleta e tira de dentro vários pedaços de papel e fotografias. Começa a listar coisas. Algumas são familiares para mim, outras vêm como surpresas. Ela sabe de Emma morando no flat em Clerkenwell. Sabe que ele pegou piolho indiretamente dos meus filhos. Sabe que a secretária dele é cúmplice da traição. Sabe inclusive que Emma e eu arrombamos a casa deles. Ela olha para mim quando diz isso, e olho para os meus pés como uma criança arrependida.

— Desculpe, eu me sinto péssima. Achei que Emma apagar a mensagem poderia alterar o curso da história.

Outras descobertas me surpreenderam. Emma conheceu os dois filhos menores dele. Ela passou um fim de semana num hotel perto do retiro de Dorset, para que Guy pudesse vê-la quando dissesse que ia correr. Isobel sabe inclusive sobre outra mulher com quem ele dormiu algumas vezes no ano que passou.

— Ela não significou nada para mim, Emma — diz Guy, suplicando para que Emma reconsidere sua posição.

— Tarde demais, Guy — diz Emma. — Quando estive em sua casa naquela noite, eu me dei conta de que você nunca teve a intenção de deixar sua mulher.

— Como você pode se desculpar com ela quando esteve casado comigo por mais de dez anos? — Isobel diz para Guy. Lágrimas silenciosas rolam por seu rosto, e a maquiagem cuidadosamente aplicada do olho começa a borrar. Ofereço-lhe um lenço de papel sujo que encontro no bolso, me aproximo e passo um braço em volta dela, que me empurra.

— Sinto muitíssimo — diz Emma. — Eu não queria que tudo isso acontecesse.

— O que você queria que acontecesse? — Isobel pergunta secamente, caminhando lentamente na direção de Emma. — Ações têm consequências.

— Acho que eu estava apenas aproveitando o momento — diz Emma, recuando até a mesa de cabeceira. — Achei que estava apaixonada. Guy é quem deve se sentir responsável pelas suas ações, não eu.

— Você não tem o direito de se apaixonar pelo marido de outra mulher — grita Isobel, que agora está de pé a poucos passos de Emma. — Você não apenas o tirou de mim, você o tirou dos filhos dele. Você chegou a conhecer dois deles e não sentiu remorso pelo que estava fazendo. Você queria roubar a família de outra pessoa porque não tem uma sua.

Isobel puxa um envelope.

— Prova fotográfica — ela diz, jogando-a sobre a penteadeira.

Na maior parte do tempo, Guy está chocado demais para falar. Imagino se Emma já teria terminado o relacionamento com Guy quando Isobel irrompeu no quarto.

Olho para a cama. Não tinha sido usada e, seguindo a linha dos comentários de Emma mais cedo naquela noite, compreendo imediatamente que isso é significativo. Olho mais de perto e me dou conta de que há diferentes objetos e peças de roupa sobre uma colcha que tem o mesmo desenho verde e roxo do meu quarto. Estão cuidadosamente arrumados. É um pouco como aqueles jogos de memória que as crianças jogam quando são colocados objetos aleatórios no tabuleiro e então têm que lembrar o que tinha ali cinco minutos depois. Reconheço o sutiã Agent Provocateur e a calcinha que Emma pegou da casa de Guy, em parte porque a alça do sutiã arrebentou durante nosso conflito. Eles se orgulham do lugar no meio da cama. O vibrador está posicionado verticalmente à esquerda da calcinha. À direita há uma variedade de outros itens que imagino terem sido presentes de Guy para Emma: um bracelete idêntico ao que Isobel está usando; perfume Jo Malone; um romance e uma série de passagens aéreas de diversos finais de semana passados. Aos pés da cama há uma, agora vazia, Chloe Paddington preta.

— Eu estava justamente terminando tudo, Lucy — diz Emma, olhando para mim em busca de aprovação. — Eu lhe disse que estaria tudo acabado antes do final do fim semana.

— Você disse que estava na Alemanha — interrompe Isobel para se dirigir a Guy. — Como pode mentir para mim com tanta convicção? Não tem nenhum respeito por mim ou por nossos filhos? — Ela se levanta ainda imóvel e, como se mantém parada, todos os demais estão plantados cada um em seu lugar.

Guy parece dominado pelo pânico. Está com os olhos arregalados de espanto. Seu olhar passa rapidamente de uma pessoa para outra até que, finalmente, descansa num ponto neutro a meia distância. Está olhando a si mesmo no espelho da penteadeira.

— Nosso casamento estava completamente acabado — diz ele friamente. — Eu era só uma carteira para você. Você não queria nem pensar em eu mudar de emprego porque gostava muito dos benefícios. Nós raramente fazíamos sexo. Nossa vida estava prescrita por seus planos intermináveis, nos quais eu estava me afogando. Sufocando no subúrbio.

— Notting Hill não é exatamente um subúrbio — diz Isobel.

— O subúrbio é um estado de espírito — argumenta Guy.

— Nós fazíamos sexo a cada duas semanas, e estávamos muito bem — ela diz. — Não é, Lucy?

— Ela tem razão — diz Emma. — Lucy ficou muito mais tempo que isso sem fazer sexo com Tom.

— Isso é porque ela não tem empregados — diz Isobel.

É a primeira vez que qualquer um deles se refere a mim. É estranho, mas embora haja uma lógica esquisita, mas explicável quanto à presença deles no hotel, não há nenhuma para a minha, e ainda assim ninguém questionou o que eu estaria fazendo ali no meio da noite. Olho para o relógio e me dou conta de que já passa de 2 horas. Começo a me preocupar com quão cansada estarei no dia seguinte e me pergunto como fazer para sair daquele quarto e pedir para Diego chamar um táxi para eu ir para casa. De repente, não há lugar no mundo em que eu gostaria mais de estar do que deitada com Tom dormindo a meu lado.

Fico chocada ao lembrar que Robert Bass está no banho no quarto em frente. Isso parece ainda mais extraordinário para mim agora que há dez minutos. Fui apanhada pela emoção da vida de outras pessoas e esqueci do drama da minha própria. Isso porque meu drama está resolvido. Vejo uma cadeira perto da porta aberta e me sento. Todos olham para mim com ar desconfiado. Está claro que ninguém quer que eu saia.

— Devo fechar a porta? — pergunto a Isobel. — Acho melhor fechar.

— Não, deixe-a aberta, por favor, Lucy — ela diz.

No corredor, posso ouvir mais vozes se aproximando. Talvez esse tipo de coisa aconteça todo o tempo. Talvez em outro quarto, mais adiante no corredor, uma cena idêntica esteja acontecendo. Diego deve estar acostumado com esse tipo de coisa. Posso ouvir a voz do lado de fora.

— Venha por aqui, por favor. O barulho estava vindo daqui. Podem ser alguns dos representantes ansiosos — ele sussurra. Ainda sentada na cadeira, porque pareço incomodar a todos se parecer que estou indo embora, inclino-me para trás para espiar o que está acontecendo no corredor. Se for Robert Bass, talvez eu consiga afastá-lo antes de alguém o ver. Mas é outro casal.

— Vou ver o que está acontecendo — digo para o grupo reunido.

— Não demore, está bem? — diz Guy, com um tom de pânico na voz. Olho para ele com indiferença. Ele não quer ser deixado sozinho no quarto com Isobel e Emma.

Saio para o corredor. A essa altura, o casal já quase alcançou o quarto.

— Lucy — grita um deles espantado. — O que está acontecendo? — É meu irmão, e ele está segurando a mão de Cathy.

— Fale baixo — eu digo num sussurro, como se estivesse mostrando lugares a pessoas que chegaram atrasadas ao teatro. — O que você está fazendo aqui?

— Vou dar uma palestra na conferência de amanhã — sussurra Mark. — Meu quarto é neste andar. O sujeito da recepção disse que houve uma briga e pediu que eu investigasse. O hotel está cheio de participantes do evento de ansiedade.

— E o que você está fazendo aqui? — pergunto a Cathy. — Você é uma das ansiosas?

— Só se for para ver você — ela diz. — Na verdade, vou passar a noite aqui. Com seu irmão.

Ela olha para os pés encabulada. Fico feliz por ter sido editora de notícias por tanto tempo, porque nunca perdi a capacidade de absorver informações de múltiplas fontes, todas de uma vez, e imediatamente priorizar o que é mais significativo, enquanto processo simultaneamente as repercussões de curto, médio e longo prazo. Então os pontos negativos serão os seguintes: 1) ouvir Cathy elogiar meu irmão; 2) lidar com ambos se o relacionamento não der certo e 3) contar para Emma.

— A gente ia contar a você — Cathy diz rapidamente. — Eu queria encontrar o momento certo. Além disso, a coisa está rolando há menos de um mês.

— Mas ele não é confiável — digo a Cathy. — Tem certeza de que quer correr o risco?

— Isso é tão desleal, Lucy — diz Mark, mas não está zangado. Na verdade, está com aquela expressão doce de um homem nos primeiros estágios do amor.

— Indo mais direto ao ponto, Lucy, o que você está fazendo aqui? — pergunta Mark.

Aponto para o quarto 508 e dou a eles um rápido resumo do que aconteceu.

— Acho fundamental tirar todo mundo daqui o mais rápido possível — digo a Mark, tentando não revelar nenhum interesse particular.

Voltamos para o quarto. Isobel e Emma ainda estão discutindo. Guy está sentado na cama segurando a cabeça entre as mãos. Suas roupas ainda estão desarrumadas. Ninguém fica surpreso por ver mais pessoas ali. Três observadores imparciais devem diluir um pouco a tensão.

— Sou o irmão de Lucy, Mark — diz Mark, apertando a mão do grupo e dando um beijo superficial no rosto de Emma. — E esta é minha namorada Cathy, que você, Guy, já conhece. — Ele coloca o braço em torno de Cathy e sorri com ar possessivo, como se o verdadeiro motivo pelo qual estamos todos reunidos naquele quarto seja celebrar seu novo relacionamento. Ele fica ali parado de pé, esperando que as pessoas o cumprimentem. Cathy sorri contente para ele. Isso pode ficar chato, penso comigo mesma, sem conseguir deixar de sorrir com o olhar de perplexidade de Guy.

Então vejo o rosto de Emma e me dou conta de que, para ela, o súbito florescer desse relacionamento é mais desconfortável.

— Eu não sabia que você tinha um irmão — diz Isobel, apertando educadamente a mão de Mark.

— Acho que vamos embora logo. Isobel, posso deixar você no caminho? — pergunto, mais num tom de ordem que de pergunta. Ela olha para mim em busca de mais algum comando e então assente com a cabeça. Deixa os ombros caírem, e peço que recolha todos os papéis e fotografias que arrumou cuidadosamente sobre a penteadeira.

— Levaremos Emma para casa — diz Cathy. Noto que ela já está tomando decisões por Mark.

— Mas nós não vamos passar a noite aqui? — pergunta Mark para Cathy, deslizando os dedos por entre os cabelos dela e usando o braço que jogou por sobre seus ombros para puxá-la para perto de si.

— Não quero voltar para Clerkenwell sozinha — diz Emma na frente de todos. — Posso ficar com você, Lucy? Só até que eu possa me mudar de volta para meu antigo apartamento. Não posso encarar o fato de estar sendo levada para casa por Cathy e seu irmão. Sempre pensei que talvez um dia pudéssemos dar um jeito nas coisas entre nós.

Mal posso acreditar que Emma escolheu justamente o momento que Mark revelou publicamente seu relacionamento com Cathy para, pela primeira vez, declarar que tinha questões não resolvidas com ele. Não é a primeira vez que me pergunto se Mark não tem razão, que ela poderia se beneficiar de uma conversa com um terapeuta para arrumar as coisas em sua cabeça.

— Nós seríamos um desastre — diz Mark um pouco nervoso demais. — De qualquer maneira, é sempre um erro revisitar antigos relacionamentos.

Então concordo em ligar para Tom para lhe contar que Emma estará chegando em casa logo e que ficará por lá indefinidamente enquanto deixo Isobel em sua casa em Notting Hill.

Achei fácil tirar todos do hotel, mas agora está menos claro como vou explicar minha presença ali quando a pergunta inevitável for feita. Começo a me sentir calmamente confiante de que poderia me safar com uma história confusa sobre ter seguido Emma até lá depois de deixar o clube por estar preocupada com o bem-estar dela. Contanto que ninguém disseque muito de perto os fatos, posso conseguir neutralizar qualquer suspeita residual.

Mas vou ter de me preparar para o interrogatório detalhado de Tom.

— Mas você não disse que saiu primeiro? — podia imaginá-lo dizendo. — E por que calhou de você estar passando por aquele hotel, se fica longe de onde você estava e fora do caminho de casa? — Com sorte, o drama da noite pode satisfazer sua curiosidade e distraí-lo dessa lógica.

— E eu? — Guy me pergunta enquanto todos se preparam para sair. Seu tom é um pouco petulante, embora seja eu a responsável por organizar a saída de todos.

— Acho que talvez você precise passar a noite aqui ou ir para o apartamento de Clerkenwell — digo-lhe, perplexa por ele estar olhando para mim como se eu tivesse de resolver seu problema de acomodação e seja incapaz de absorver as repercussões do que ocorreu ao longo da última hora.

— O quarto estava reservado de qualquer maneira, e se este não estiver disponível para a noite toda, tenho certeza de que podem arranjar outro.

— Por favor, posso ir embora com você? — ele implora para Isobel.

— Não posso acreditar que você tenha se desculpado com ela por sua infidelidade com outra mulher, não tenha demonstrado remorso pelo que fez comigo e com as crianças e agora peça para voltar e passar a noite comigo. O que você precisa entender sobre adultério é que ele adultera seu relacionamento existente. Tira alguma coisa que nunca poderá ser colocada de volta da mesma maneira — ela diz zangada, apontando para Emma e se virando para Guy de novo. — Você supõe que tem o direito de fazer o que quiser sem qualquer consequência. Sua arrogância é seu maior erro.

— Mas onde eu vou morar? — ele pergunta, percebendo que ainda está com a calça aberta e puxando-a até a cintura.

— Isso não é problema meu. Você perdeu o direito de chamar nossa casa de sua casa. Pode se mudar para o apartamento de Clerkenwell — ela diz. — Vá em casa amanhã à tarde e explicaremos tudo para as crianças.

— Mas o que vou dizer a elas?

— Que você se apaixonou por outra pessoa — ela diz, começando a chorar de novo, aumentando o tom de voz. — Não posso aceitá-lo de volta. — Ela se dirige a todos nós: — Existem graus de traição, e o de Guy é completo. Eu jamais poderia confiar nele de novo, principalmente já que esta mulher não é a primeira e, tenho certeza, não será a última. Nosso casamento caiu na primeira cerca.

Todos concordam e assentem sensatamente, até Mark, que raramente deixou um relacionamento sem um período de sobreposição com outra mulher. Talvez com o tempo ela possa reconsiderar a decisão, durante um período de frias reflexões, quando a ressonância emocional desta noite tiver desaparecido. Guy pode mudar. A experiência pode tê-lo humilhado. Ambos podem se dar conta de que deixaram o casamento sem rumo por tempo demais, que o casamento é mais que um ato de fé, requer cuidadosa administração e aparas. Sinto-me como se estivesse olhando para a extensão lógica da minha falha de comunicação com Tom, como se tivesse tido a chance de ver o que acontece se a podridão se instala. Decido ir para casa e lhe contar tudo do início ao fim.

Justo neste momento em que começo a sentir que a noite se dirige para um fim, Robert Bass aparece, com uma toalha branca enrolada na cintura. Ele entra no quarto.

— Fiquei esperando por muito tempo — diz ele dirigindo-se a mim, apontando para o quarto em frente. Então se dá conta de que há outras cinco pessoas o encarando. Faz-se um silêncio que parece durar eras. Ele passa a mão pelos cabelos.

— O que todas essas pessoas estão fazendo aqui? — pergunta ele afinal. — É uma armadilha? Eu devia saber que não deveria me envolver com você. Você é uma receita de desastre. Minha mulher provavelmente está dentro do armário. — Todos olhamos nervosos para o armário, e até eu me pergunto se ela escolheria esse momento para fazer uma aparição.

— Ah, meu Deus, Lucy — diz Cathy, parecendo angustiada. — O que ele está fazendo aqui?

Isobel olha impressionada.

— Vocês todas estão fazendo isso. — Ela chora. — Não posso acreditar que você está tendo um caso com um pai da escola. Está tudo tão errado.

— Pensei que ele era um velho amigo do *Newsnight* — diz Mark, fechando a porta.

— Não seja ridículo. Ele é o Pai Sexy Domesticado — Isobel diz a todos. — Os dois vêm flertando um com o outro o ano todo. Pensei que era apenas um pouco de diversão. Nunca imaginei que fosse se transformar num caso de verdade.

— Não acredito que você tenha feito isso — diz Emma, cobrindo a boca, chocada.

— Ela não é melhor que eu. É o pior tipo de hipocrisia — diz Guy, animado pela primeira vez na noite.

A coincidência pode nos fazer acreditar que há uma estranha lógica na vida, mas muitas numa única noite sublinham seu caos essencial, como se qualquer coisa pudesse acontecer a qualquer instante.

— Não aconteceu nada — digo a todos. Eles não parecem convencidos.

— Ele está praticamente nu, Lucy — diz Cathy. — Isso não parece bom.

— É porque acabou de tomar banho — digo, como se eles pudessem achar esta explicação crível.

— Lucy, ninguém vem a um hotel como este para tomar banho — Mark diz zangado. — Vai me dizer agora que veio aqui para ouvir o noticiário internacional.

— Na verdade, eu estava ouvindo o noticiário internacional — digo. — Não posso acreditar no quanto vocês todos são hipócritas. Com exceção de Isobel, todos estão envolvidos em um tipo ou outro de infidelidade. Passei todo o ano passado me perguntando o que fazer a respeito deste homem, e nós sequer nos beijamos propriamente.

— Ela tem razão — diz Robert Bass. — Sei que isto não parece bom, mas realmente nada aconteceu. De fato, Lucy tem tentado resistir aos meus avanços em várias ocasiões.

Alguém bate à porta. Todos olhamos nervosos para ela. Não é a batida silenciosa, hesitante e rítmica de Diego. É mais determinada e exigente.

— Quem é? — Pergunta Robert Bass, olhando para mim. Todos me encaram também.

— Quem é, Lucy? — diz Mark abruptamente.

— Como eu posso saber quem está na porta? — digo, irritada.

— Você é a linha de conexão aqui — diz Mark.

— Vou abrir — Isobel diz resolutamente. — Pode ser alguém do meu curso de investigação.

— Deixem-me ir — insisto. Pode ser Tom.

Penso no que está por vir. Meses de recriminação, de dúvidas sobre a autenticidade da minha história, a suspeita escondida de cada um neste quarto de que Robert Bass e eu não estávamos falando a verdade. Então penso em como cada uma das pessoas ali vai usar minha história para difamar os próprios dramas e emoções até que o resto de noite desapareça na insignificância quando comparado com minha suposta infidelidade. Tom vai querer acreditar em mim, mas vai encarar a humilhação de todas essas pessoas achando que ele está sendo cego. Suspiro profundamente, o primeiro do que imagino provavelmente ser uma vida inteira de suspiros. Tom pode me deixar. Pode decidir que não sou confiável e que seria melhor para as crianças viver num círculo familiar com menos suspeitas e tensões. Ele pode retaliar com uma infidelidade real, não uma malpassada fantasia pouco convincente do tipo que cometi.

Viro a maçaneta.

— Sweeney — diz uma voz masculina, empurrando a porta quando sente minha resistência. — Deixe-me entrar. Estou aqui para salvá-la. — A última palavra é dita com um forte sotaque sulista. Os outros ficam paralisados quando o Pai

Celebridade entra no quarto. Preocupo-me que ele tenha finalmente sucumbido a um colapso nervoso parcial e esteja revivendo algum personagem que tenha interpretado num filme de Hollywood. Possivelmente algo filmado nos trópicos, escrito por Graham Greene, porque está usando um terno sujo que provavelmente começou a semana cor de creme, mas acabou num tom de cinza descolorido.

— Não ele — geme Robert Bass. — Caramba.

— Ah, meu Deus — diz Emma, animando-se. — Posso só dizer que vi todos os seus filmes e que você é um talento fantástico? Além disso, estou solteira de novo.

O Pai Celebridade olha para ela com ar agradecido.

— O que você está fazendo aqui? — pergunto a ele.

— Estou aqui com o objetivo específico de levar você para casa — ele diz. — Estou com um carro esperando lá fora.

— Você pode me deixar no caminho? — pergunta Isobel.

— Queria apenas dizer que vocês realmente sabem como se divorciar com estilo — diz o Pai Celebridade em tom de admiração. — E é claro que posso deixá-la em casa.

— Não é exatamente um consolo — diz Isobel, mas posso dizer que ajuda levemente.

— Mas como você sabia que eu estava aqui? — pergunto.

— Tom me ligou — ele diz. — Há umas três horas você se sentou no seu celular e discou para casa. Tom ouviu tudo o que aconteceu desde então. Achou meu número na lista da classe e ligou perguntando se eu poderia vir apanhá-la.

— Há quanto tempo ele está ouvindo? — perguntei, agarrando nervosamente a manga do casaco dele.

— Desde que você chegou ao quarto do hotel e começou a ouvir a um programa sobre samambaias da Amazônia —

explica o Pai Celebridade. — O prelúdio erótico menos ortodoxo de que já ouvi falar.

— Então ele sabe que não houve nada entre mim e Robert Bass? — perguntei.

— Absolutamente — diz o Pai Celebridade. — Ele se deu conta de que você estava completamente atrapalhada e me ligou para que eu interviesse. Ele me passou um resumo de tudo o que estava acontecendo, disse que você estava numa situação que requeria uma resolução imediata e que, como conhecia todos os envolvidos e sou um companheiro torcedor do Arsenal, eu seria a melhor pessoa para vir dar um jeito nas coisas.

— Mas por que ele não veio? — perguntei.

— Ele se preocupou que Fred pudesse acordar e encontrar um ator americano bêbado dormindo no sofá — explicou. — Além do mais, eu conheço este hotel. Tenho muitas lembranças boas do Aberdeen. — Ele ri saudosamente.

Diego entra no quarto.

— Seu tempo acabou — avisa-me, com pesar. — Nós costumamos cobrar por pessoa.

O Pai Celebridade dá a ele um maço de notas.

— Isto deve cobrir o custo. Ele pagará o resto — diz, apontando para Guy, que continua sentado na cama.

— É como naquela parte de *Cães de aluguel* — diz Emma. — Ou foi em *Traffic*? *Los Angeles Cidade Proibida*? Deus, não posso acreditar que ele esteja conosco aqui.

No caminho para casa, sentamos enfileirados no banco de trás. O carro está limpo e arrumado, e o motorista toca uma música suave. Isobel está quieta. O Pai Celebridade tira uma garrafa de uísque de um barzinho atrás do banco do motorista, dá um gole e oferece a ela. Ela inclina a cabeça e bebe profundamente, tremendo com o amargor.

— Vai ser duro fazer tudo sozinha — ela diz. — Sei que tenho muitos empregados, mas precisarei assumir a responsabilidade.

— Você poderia ter sido casada com alguém como eu e então estaria fazendo tudo sozinha de qualquer maneira — diz o Pai Celebridade.

— Talvez você não fique sozinha para sempre — eu digo.

— Preciso fazer o luto do meu casamento por um tempo e tentar dar um sentido a tudo isso. Não estou sem culpa na história. É só que estou pagando um preço alto por meus erros — ela diz desoladamente. — Mas não vou punir as crianças pelos pecados do pai. O que você vai fazer? — ela pergunta ao Pai Celebridade.

— Na realidade, tenho aprendido muito com toda essa experiência — ele diz, engrolando as palavras e golpeando o dedo no ar. — Quando vivemos uma vida tão pública, ficamos com muito medo de lidar conosco mesmos na vida privada, porque há um abismo muito grande entre uma e outra. Eu gostaria de acreditar no mito de mim mesmo, mas toda vez que olho no espelho, tudo o que vejo é a realidade. Acho que preciso de um tempo em algum lugar distante com minha mulher e meus filhos para tentar encontrar o chão de novo. Algum lugar sem um bar a menos de oitenta quilômetros. Quando Tom me ligou esta noite, senti que eu tinha algum propósito na vida acima e além de me divertir. Na verdade, me senti bem por ser chamado para fazer algo positivo. Algo real. É também um bom ensaio. Tenho um papel confirmado num filme sobre namorados de infância que se encontram no site Friends Reunited. E você, Sweeney? — ele pergunta. Os dois olham para mim.

— Tudo na mesma, imagino — eu digo, com um diferente traço de certeza no meu tom. — E menos de qualquer coisa diferente.

Não tenho certeza do que espero quando procuro minhas chaves para abrir a porta de casa, mas ao menos esperava um comitê de recepção. Tentei não pensar no humor de Tom ou nas discussões que poderiam estar me esperando, porque é frequentemente difícil compreendê-lo e, ao menos do meu ponto de vista, a noite marcou o fim de alguma coisa.

No entanto, está escuro quando subo para o quarto. A porta do banheiro está levemente aberta, e a luz está acesa. Entro para lavar o rosto e tirar as lentes de contato. Como não consigo encontrar o estojo, as coloco numa xícara de café que está numa prateleira e a escondo na prateleira superior do armário. De repente, ouço um leve respingo no outro lado do banheiro.

É claro que Tom está no banho. Isso é perfeitamente previsível, e sinto uma onda de alegria com a lógica da situação. Aproximo-me e espio pelo lado da cortina do chuveiro e o encontro deitado embaixo d'água, com os cabelos flutuando ao redor do rosto formando padrões agradáveis ao olhar. Estendo a mão para tirar uma mecha que está presa na bochecha quando ele agarra meu pulso.

— Lucy — ele diz, sorrindo. — Você está em casa.

AGRADECIMENTOS

Eu gostaria de agradecer principalmente a Gill Morgan, por deixar Lucy Sweeney desabafar na *Times Magazine* todas as semanas. Nada disso teria acontecido sem ela. Também estou em dívida com Simon Trewin, que me acompanha em cada passo do caminho, e com Zoe Pagnamenta em Nova York. Sou muito grata aos meus editores, Nikola Scott e Kate Elton da Century and Arrow, e Sareh Mcgret na Penguin, e a equipe da Random House, pelo entusiasmo e a dedicação inabaláveis. Nenhum agradecimento é grande o bastante ao meu marido Edward Orlebar, por seus impecáveis conselhos em qualquer coisa e em tudo e por proteger a família quando ela mais precisava. Helen Townshend e Henry Tricks leram os originais e deram um constante estímulo desde o início. Helen Jonhston foi uma inspiração de todas as formas. Sou muito grata a Sally Jonhston pelos insights sobre a vida na BBC e a Imogen Strachan pelo aconselhamento nas questões psicológicas. Obrigada a meus pais por muitas coisas, mas principalmente pelas risadas. Para as mães caóticas originais, obrigada pela amizade e principalmente por dividirem segredos do negócio. Vocês devem saber quem são, mas, caso não saibam: Louise Carpenter, Carey Combe, Caroline Combe, Alexa Corbett, Sarah Dodd, Vicky McFadyen, Ros Mullins e Amanda Turnbull. Por último, mas não menos importante, obrigada a Lucy Sweeney, uma inspiração para todas nós.

Este livro foi composto na tipologia Minion, em corpo 11,5/16, e impresso em papel off-white 80g/m²
no Sistema Cameron da Divisão Gráfica
da Distribuidora Record.